·西北大学"双一流"建设项目资助
　Sponsored by First-class Universities and Academic Programs of Northwest University
·国家社科基金一般项目"20世纪中国'水浒戏'剧本研究"（立项号18BZW156）成果
·2019年陕西省优秀博士学位论文

20世纪中国水浒戏研究

Research on Chinese Water Margin Drama in the 20th Century

焦欣波　著

中国戏剧出版社
CHINA THEATRE PRESS

图书在版编目（CIP）数据

20世纪中国水浒戏研究 / 焦欣波著. -- 北京：中国戏剧出版社，2022.11
ISBN 978-7-104-05251-7

Ⅰ.①2… Ⅱ.①焦… Ⅲ.①水浒戏－戏剧文学－文剧学研究－中国－现代②水浒戏－戏剧文学－文学研究－中国－当代 Ⅳ.①I207.37

中国版本图书馆CIP数据核字(2022)第111627号

20世纪中国水浒戏研究

责任编辑：邢俊华
责任印制：冯志强

出版发行：	中国戏剧出版社
出 版 人：	樊国宾
社　　址：	北京市西城区天宁寺前街2号国家音乐产业基地L座
邮　　编：	100055
网　　址：	www.theatrebook.cn
电　　话：	010-63385980（总编室） 010-63381560（发行部）
传　　真：	010-63381560

读者服务：010-63381560
邮购地址：北京市西城区天宁寺前街2号国家音乐产业基地L座

印　　刷：	北京九州迅驰传媒文化有限公司
开　　本：	787mm×1092mm　1/16
印　　张：	19.25
字　　数：	306千
版　　次：	2022年11月　北京第1版第1次印刷
书　　号：	ISBN 978-7-104-05251-7
定　　价：	118.00元

版权专有，违者必究；如有质量问题，请与出版社联系调换。

目 录

凡 例	1
引 言	3
一、水浒戏创作及改编的历史与演变	3
二、水浒戏学术研究的历史与现状	6
三、20世纪中国水浒戏的研究方法与价值	10

第一章　水浒批评与现代启蒙　　16
第一节　政治批评与文学翻新　　16
第二节　杂糅的现代性　　31
第三节　两种启蒙及其面向　　41

第二章　从政治诉求到抗战救国　　54
第一节　政治文化与"高台教化"　　55
第二节　"侠之大者"与民族正气　　69
第三节　公义、私义及其冲突　　80

第三章　革命道路、革命想象与革命叙事　　95
第一节　旧戏的革命化叙事　　95
第二节　英雄、乌托邦以及女性痛苦　　106
第三节　历史叙事与革命的修辞策略　　116

第四章　新的美学规范与"梁山"重构　128
第一节　渐变、调整与确立　129
第二节　梁山英雄形象的再构　145
第三节　淫妇、女汉、佳人　165
第四节　传统戏整理与工农兵文艺指向　177

第五章　后革命时代：续写、反思与媚俗　189
第一节　续写与回归传统　190
第二节　从历史反思到日常叙事　202
第三节　喜剧性的浪漫与类狂欢　217

第六章　21世纪：病相、英雄以及空间　227
第一节　病相及其身体叙事　227
第二节　英雄的消释与传奇　241
第三节　空间、视角与视觉策略　253

余　论　话语、史诗与寓言　264
一、叙述话语的秉承与转化　264
二、史诗性叙述构建与隐喻表达　269
三、寓言的突破及消解　273

参考文献　278

附录一　20世纪以来中国水浒戏新编、改编剧目　289

附录二　"十七年""戏改"时期京剧整理、
　　　　　改编剧目（部分）　299

后　记　300

凡　例

一、传统戏的整理、改良、改编、新编是创作者对剧目的不同处理方式。

二、单个传统戏在不同时期、不同团体、不同创作者中存在不同的剧目名称，单个创作者的同一个剧目也会随时间推移而不断更名。对于此类情况，本书的处理方针为：依照实际情形使用剧目名称，不为了统一而"矫正"。

三、除题材一定而剧目名称不固定之外，剧目内的主要及次要人物姓名，也常因编辑、演出、创新等进行的整理、移植、改编、新编而发生变化。譬如，《杀惜》《坐楼杀惜》《闹院杀媳》《乌龙院》《阎惜姣》等演绎同一本事的戏中，可能会出现"阎惜姣""阎惜娇""阎婆惜""阎婆媳"等女主人公不同的名字。对于此类情况，本书的处理方针为：依照时人命名，根据各剧本实际使用，不强求统一变更、统一"矫正"。

四、对于自然纯粹的移植现象以及非重要时期的非重要文本，或说不具有史学价值的传统戏文本，本书不列为研究对象。

引 言

一、水浒戏创作及改编的历史与演变

在中国古典戏剧创作中，元代是水浒戏大发展大繁荣的黄金时期，元代水浒杂剧及明中叶以前的水浒戏对《水浒传》形成具有重要的历史性影响。元代水浒戏是以北宋末宋江三十六人在宣和年间的起义事迹为基础，经民间艺人和文人逐渐加工、演化而生成。根据南京大学中文系资料室编撰的《水浒研究资料》统计，现存元代水浒杂剧约34种。其中，全本共有10种，确认为元代作品的为6种，即高文秀的《黑旋风双献功》、李文蔚的《同乐院燕青博鱼》、康进之的《梁山泊黑旋风负荆》、李致远的《大妇小妻还牢末》、无名氏的《争报恩三虎下山》和无名氏的《鲁智深喜赏黄花峪》。[①] 元代水浒杂剧多为梁山好汉路见不平、行侠仗义的故事，明显带有市民化、世俗性特征，着重表达元代平民阶层朴素的反抗思想与精神。元代立国之初推行汉法，任用汉儒，致力于消弭民族之间的隔阂，自忽必烈中统三年（1262）后则加强民族控制、钳制汉人并巩固特权制度，这使得汉族文人知识分子在科举考试大门紧闭后只能担任一些小的闲散的职位，因而歧视性的民族政策导致汉族文人涌向市民阶层，以笔墨抒发内心的愤懑和满腔的奢望。

就创作模式来讲，郑振铎在《水浒传的演化》中谈到元代水浒戏时指出，各剧里所有的情节往往雷同，《双献功》《还牢末》《争报恩》《燕青博

---

① 南京大学中文系资料室编：《水浒资料研究》，内部资料，1980年，第21—30页。

鱼》四剧，其故事情节几乎是完全相同的，全都是"正人"被害、英雄报恩，而以奸夫淫妇授首为结束。此可见剧作家想象力的缺乏，更可见他们是跟了民间的嗜好而走去的。民间喜看李逵戏，作者便多写李逵；民间喜看杀奸报仇的戏，作者便多些《双献功》一类的戏。至于其他很可取为题材的"水浒故事"，"他们却不大肯过问"。①这种固定的创作模式深受市民审美诉求的影响，有以迎合大众口味为其创作的心理动机，但在客观效果上因早已销迹的游侠再次回到市民的舞台与视野，反而给了作家一种恣意汪洋的创作空间和发挥余地，在快意恩仇、刀剑人生中凸显出人的精神的绝对自由和崇高品质。举例来说，《黑旋风双献功》剧末宋江断云："白衙内倚势挟权，害良人施逞凶顽；孙孔目含冤负屈，遭刑宪累受熬煎；黑旋风拔刀相助，劫囚牢虎窟龙潭。秉直正替天行道，众头领与孔目庆贺开筵。"②《同乐院燕青博鱼》宋江对燕青说："将这奸夫奸妇，背捆绳缠，拏上山去，缚在花标树上，杀坏了者！敲牛宰马，杀羊造酒，做一个庆喜的筵席。俺三十六勇耀罡星，一个个正直公平。"③《鲁智深喜赏黄花峪》宋江下断："则为你衙内倚势挟权，李幼奴守志心坚；强夺了良人妇女，坏风俗不怕青天；虽落草替天行道，明罪犯斩首街前；黑旋风拔刀相助，刘庆甫夫妇团圆。"④梁山英雄在张扬个性的同时，锄强惩恶，扬善弘道，借助法律之外的道义和正义完成社会伦理道德的整合及风俗秩序的教化，以突出个体人格、力量和意志对贪污腐败、道德堕落等现象的社会拯救功能。郑振铎所言的"他们却不大肯过问"的"水浒故事"题材，有可能是《水浒传》前七十回着重于演绎的"官逼民反"主题。实际上，元杂剧以北曲为特质、蒙元文化交织的艺术特征往往表现出北方文人的豪迈英姿、阳刚健劲，在个人气质上可能更倾向于"替天行道"式的孤胆英雄。因此，正是这种历史际遇、政治背景、文化杂糅以及相对宽松的平民生活环境，才使

---

① 郑振铎：《水浒传的演化》，《小说月报》1929年第20卷第9期。
② （元）高文秀：《黑旋风双献功》，载傅惜华等编《水浒戏曲集》（第一集），中华书局1962年版，第15页。
③ （元）李文蔚：《同乐院燕青博鱼》，载傅惜华等编《水浒戏曲集》（第一集），中华书局1962年版，第30页。
④ （元）无名氏：《鲁智深喜赏黄花峪》，载傅惜华等编《水浒戏曲集》（第一集），中华书局1962年版，第93—94页。

文人能够较充分地发挥主体创作意志，塑造出像李逵、燕青、鲁智深等脍炙人口、栩栩如生的英雄形象。

元末明初的四个水浒戏《梁山五虎大劫牢》《梁山七虎闹铜台》《王矮虎大闹东平府》《宋公明排九宫八卦阵》延续了元代水浒戏的侠义思想，同时也深化了儒家思想对水浒戏的渗透和感染，寄托了历史转折时期知识分子不满现实及其企图重构社会秩序的政治理想。譬如，《梁山七虎闹铜台》中有"秉心正直行公道，将无徒须尽一个个文武才高。有一日圣明主招安去，扫蛮夷，辅圣朝，麒麟阁都把名标"①的句子，其他水浒戏中也有类似"忠君辅国""替天行道"等儒家话语。实际上自《水浒传》集儒侠为一体之大成后，明清时期的水浒戏最迥异之处在于对"招安"一事持肯定态度，但他们又无法放弃酣畅淋漓的侠义精神以及对贪官污吏、黑暗统治的鞭挞，这正是明清许多知识分子复杂多变的内心写照。其实，清代许多水浒戏因有反抗官府、诲淫诲盗等成分常常被官方禁止演出，在一定程度上影响了水浒戏的持续发展和创新。

《水浒传》从明代中叶广泛流传以后与水浒戏的关系变得较为复杂，而且还在《水浒传》后的历史时空里衍生出了《后水浒传》《水浒后传》《荡寇志》《新水浒》等诸多的文学作品，它们自身又衍生出了像《林冲夜奔》《醉打山门》《桃花村》《野猪林》《生辰纲》《乌龙院》《武松杀嫂》《翠屏山》《打渔杀家》等数不胜数的水浒戏曲，以及借"水浒之事"演绎出与"水浒"系列故事并无太大瓜葛的水浒戏，像《五花洞》《蔡家庄》等，而这些水浒戏构成了 20 世纪中国水浒戏的"潜在"主体力量。并且，金圣叹评价《水浒传》之后，《水浒传》得以在文人士大夫视野内广泛传播，尤其是"小说界革命"迅速提升了中国传统"俗文学"的地位，将小说视为"国民之灵魂""文学之最上乘"，②《水浒传》一时成为清末知识分

---

① （明）无名氏：《梁山七虎闹铜台》，载傅惜华等编《水浒戏曲集》（第一集），中华书局 1962 年版，第 161 页。
② 狄平子：《论文学上小说之位置》，载阿英编《晚清文学丛钞·小说戏曲研究卷》，中华书局 1960 年版，第 27—28 页。原载于《新小说》（1903）第一卷第七期，署名楚卿。

子心中"民权""民主""自由",乃至"社会主义"①的象征,救国救民的利器。尽管他们所怀政治思想、社会目标各不相同,但对《水浒传》的现代性、政治性阐释赋予了新的思想内涵和时代生命力。从此,以《水浒传》为代表的水浒系列故事成为关心民族命运的文人、政治家所极力推崇的文学作品,作为流传最广之一的水浒戏也与《水浒传》一同成为20世纪戏剧界的新宠儿。

水浒戏毕竟要依靠剧作家、演员、剧团和观众齐心协力去完成其生命创新。随着清代晚期雅部昆曲的衰落及花部地方戏的崛起,高腔、弦索、秦腔、皮黄、昆腔合称五大声腔的地方戏,在频繁的交流、融合、革新盛况下,依据水浒戏曲、《水浒传》及其衍生故事不断生发出种类繁多的剧目,仅京剧就有百余种。应该说,自清末戏剧改良运动以后,原本以消费、娱乐和表达士人理想为载体的水浒戏开始与民族国家的命运紧密相连,水浒戏以其自由的侠义精神、官逼民反的抗争意识和替天行道的政治思想,获得了三千年大变局之时代文人的青睐。尽管五四新文化运动先驱以西学为宗极力排斥诲淫诲盗的水浒戏,但是在抗战时期水浒戏的民族情怀大放光彩,特别是延安时期水浒戏满足了当时的革命合法性诉求,一直到新中国成立后的"十七年"时期,水浒戏都被当作戏剧最重要的撷取素材,创造了令人叹羡的20世纪中国水浒戏景观。水浒戏虽已走过千年,新时期却并未在市场经济和消费时代中被弱化和抛弃,而是又回归到了元代的勾栏瓦肆之中,成为新的平民审美的对象,虽不乏对水浒思想的全面反思和批判的力作出现,但这也是新时期中西文艺思潮激荡的结果。

二、水浒戏学术研究的历史与现状

元明时期以及清初戏曲在文学方面取得了极为丰硕的成就,戏曲作为文学的一种而受到历代史学家的重视,然而戏曲及其剧作家的地位始终不高。纪昀在编《四库全书》时特别指出:"词曲二体,在文章与技艺之

---

① 定一:《小说丛话》,载阿英编《晚清文学丛钞·小说戏曲研究卷》,中华书局1960年版,第344页。原载于《新小说》第一、二卷(1903—1904)并参校《小说丛话》单行本(1906年新小说社刊)整理。

间，厥品颇卑，作者勿贵"……"其于文苑，同属附庸，亦本可全斥为俳优也。"①甚至污蔑戏曲为"俚俗淫靡游荡无益"之物，这是经学知识背景下戏剧的价值和地位。伴随近代西学东渐之风的盛行，资产阶级改良派和革命派急于挽救危机日益严重的中华民族，着手提倡"小说界革命""戏曲改良"运动，以新时代的眼光重新审视和认知戏曲的社会地位、历史意义以及文学价值，祈求唤醒民众、启蒙民智。梁启超在《小说丛话》中将"戏曲"提高到"诗"的"正统地位"，王国维则认为，"凡一代有一代之文学：楚之骚，汉之赋，六代之骈语，唐之诗，宋之词，元之曲，皆所谓一代之文学，而后世莫能继焉者也"，并称元曲"出乎自然，盖古所未有"。②近代知识分子对戏曲文学地位与价值的确认，一改花部戏曲盘踞剧坛之后，格外重视表演而轻视戏曲文学性、思想性的现象，戏曲便强势介入社会政治生活，其根本还是利用传播力、影响力最广的文艺形式服务于社会变革的需要，但在客观上使得戏曲返回文学殿堂，突破了传统思想观念的制约，极大地促进了整个20世纪戏剧的文学性、思想性和戏剧性。

将水浒戏从元杂剧等戏曲研究中分离出来作为学术研究对象，是20世纪日本著名的中国学专家狩野直喜。他在日本刊物《艺文》1910年8月第一年五号上发表《〈水浒传〉与中国戏曲》，考证了元杂剧中的五部水浒戏及其与《水浒传》之间的关系。③随后又因胡适的《〈水浒传〉考证》一文，狩野直喜对应地写了一篇《小说〈水浒传〉与杂剧》，强调："我所运用的方法与胡君相同，认为该书成于明初，并通过元杂剧进行了论证。"④第一次使用"水浒戏"这一概念命名关于水浒的戏曲的人则是胡适，他于1920年完成的《〈水浒传〉考证》，在第三部分考证元杂剧中说："元朝水浒故事非常发达，这是万无可疑的事。元曲里的许多水浒戏便是铁证。"⑤

---

① （清）永瑢等撰：《集部·词曲类》，载《四库全书总目》（卷一百九十八），中华书局1965年版，第1807页。
② 王国维：《宋元戏曲考》，载《王国维戏曲论文集》，中国戏剧出版社1957年版，第3页。
③ 〔日〕狩野直喜：《〈水浒传〉与中国戏曲》，周先民译，载《中国学文薮》，中华书局2011年版，第257—267页。原载于日本《艺文》1910年第一年五号。
④ 〔日〕狩野直喜：《小说〈水浒传〉与杂剧》，周先民译，载《中国学文薮》，中华书局2011年版，第277页。原载于日本《支那学》1921年第2卷第2号。
⑤ 胡适：《〈水浒传〉考证》，载《胡适文存》，上海科学技术文献出版社2015年版，第387页。

1929年郑振铎的《水浒传的演化》同样是考证《水浒传》的发展形成,使用了"水浒剧本"来指称元曲中的水浒戏,并对元代"水浒剧本"中的故事情节、英雄好汉给予了详细的考证。①实际上,包括后来较有影响力的1944年庄一拂的《关于水浒戏曲的叙演》和1946年孙昌熙的《元曲中的水浒故事》,针对元杂剧中水浒戏的考证,都是围绕《水浒传》一书的萌发、发展、成形而去考证水浒戏的出处、作者、情节、人物等,目的是给《水浒传》最终形成提供铁证。尽管因《水浒传》而使得水浒戏成为现代学术界关注的重要对象,但是,首次将水浒戏作为独立的主体性的研究对象,是出现于1939年女作家林培志的一篇《水浒戏》。该《水浒戏》用较长篇幅考证并探讨了元明清三代水浒戏的产生、延续、剧目、本事、人物以及与《水浒传》的互文性关系,认为元代"宋江等故事,既已深入民间,故掇拾谱入曲者亦特多",以及"明初承元代余绪,仍有不少作家致力于杂剧者"和明代"传奇剧作家所写之水浒戏,大半全根据于已定型之水浒传矣"等。②这是第一次将元明清的水浒戏进行了细致入微且富于学术性的讨论,应被视为真正意义上确立水浒戏学术地位的开篇之作。

  1949年以后水浒戏这一概念被学术界、创作界以及主流意识形态等普遍接受,进入学者的研究视野及其论文、专著、教材等学术性成就。像北京大学中文系文学专门化1955级集体编著的《中国文学史》、程千帆的《元代文学史讲义》③等,皆采用"水浒戏"这一文学术语且专门论述之。其实,上述关于水浒戏的学术研究以及黄裳的《水浒戏及其他》、云南人民出版社出版的《评水浒戏及其它·文艺评论集》、陈建平的《水浒戏与中国侠文化》和中国台湾谢碧霞的《水浒戏曲二十种研究》等代表性著作,尤其是傅惜华的《水浒戏曲集》(第一、二集)、《元代杂剧全目》、《明代杂剧全目》、《明代传奇全目》、《清代杂剧全目》等文献成果,基本上全部围绕元明清三代传统水浒戏展开,而关于元明清传统水浒戏的论文更是汗牛充栋。

---

① 郑振铎:《水浒传的演化》,《小说月报》1929年第20卷第9期。
② 林培志:《水浒戏》,《文学年报》1939年第5期。
③ 该讲义在约半个世纪后于2013年由吴志达修订后出版,即《元代文学史》,详情见其"后记"。

其实涉足20世纪中国水浒戏创作及改编的学术性研究，早在文明戏阶段就已有之，像1914年郑正秋的《新剧考证百出》收录了陆镜若编写的古装新剧《豹子头》以及燕士编写的《花和尚鲁智深》，详细介绍了本事、剧情等；同年还有民鸣社（文明戏剧社）改编的新剧《武松》的评论性文章《论民鸣社之武松》《记民鸣社之古装剧武松》等发表在当时的报刊上。应该说，"时评"是1949年以前和"十七年"时期评论者批评水浒戏常用的方法方式，真正开展文学的学术性研究是在新时期以后。随着20世纪中国水浒戏作品的丰富以及学者学术独立性的强化，才出现了数量较为可观的研究论文，主要集中在三个方面：一是对极具历史争议人物潘金莲的研究较多，研究成果丰富，像《论潘金莲形象及其叙事功能在新文学中的演变》（刘传霞）、《"潘金莲母题"发展及其当代命运》（袁国兴）、《异性书写的历史〈潘金莲〉：从欧阳予倩到魏明伦》（苏琼）、《欧阳予倩话剧〈潘金莲〉的文学史意义》（任动）、《台湾新编京剧的"戏中戏"叙事方法——以〈荒诞潘金莲〉、〈阎罗梦〉、〈孟小冬〉、〈百年戏楼〉为探讨对象》（林淑薰）以及生活·读书·新知三联书店1988年出版的关于魏明伦荒诞川剧《潘金莲》的评论集《剧本和剧评：潘金莲》等，体现了当下学人对20世纪中国水浒戏的考察视角、人义观照与思想深度；二是从改编角度考察文化生产、文化体制以及文本衍变的研究，主要集中于延安时期的新编水浒戏，像《集体创作与后期延安文艺戏剧作品的形成——以〈逼上梁山〉和〈三打祝家庄〉的创制为中心》（袁盛勇）、《重评延安平剧〈逼上梁山〉》（惠雁冰）、《〈逼上梁山〉与延安"旧剧革命"的运行机制》（周涛）、《延安新编平剧与样板戏的雏形——以〈三打祝家庄〉为例》（李斌）等；三是研究文明戏（新剧）受日本新剧影响而涉及"水浒新剧"的论文，如《"中华木铎新剧"在日本的公演》（黄爱华）、《「中華木鐸新劇」の来日公演について—近代における日中演劇交流の一断面》（吉田登志子）、《论日本新剧运动对陆镜若的影响》（魏名婕）等，主要关注点是中日戏剧的交流与影响。

应当指出，20世纪中国水浒戏的研究比较薄弱，大多限于单篇作品或某一形象母题的主题思想、生产模式、外部影响等的研究，而针对性较强的学术专著目前还比较稀缺。其实一些专著已经部分地涉及，像何丽的

《水浒戏纵横谈》，其探究的"纵向"从元明清延伸到1989年的水浒戏，涉猎范围十分广泛，内容紧紧围绕水浒戏李逵、鲁智深、武松等十多个英雄人物形象塑造中的变异、发展而开展讨论，包括水浒戏的主题思想、艺术形式、艺术表演等都给予了必要的观照。①作者既考据又论述，详细地阐释了人物、主题、艺术的演化过程及所蕴含的思想价值，但只涉及极个别的20世纪水浒戏曲而未涉及水浒话剧等现代戏剧剧目。倒是王晓家的《水浒戏考论》在详细考论元明清至20世纪80年代中期所产生的"约二百九十种之多"的同时，将20世纪产生的水浒戏曲、水浒话剧、水浒电影、水浒电视剧等纳入考察的范围，突出考论了剧目种类、创演时间、故事本源、故事梗概以及作者和出版情况。②纵观而言，这一部以考据为主要研究方法的专著，并没有对20世纪中国水浒戏进行深入的学理性探讨，无法真正体现水浒戏在近百年戏剧文学发展历程中的史学价值与文化意义。

总体上来看，作为一种独立的、重要的学术性研究对象，元明清时期的水浒戏得到了充分、广泛而深入的理论性探讨，而20世纪所产生的中国水浒戏还未有系统性的学术性研究专著，因而学术界特别应当从水浒戏内在发展衍变规律和20世纪文学学术的诉求出发，全面思考20世纪中国水浒戏的再现与重构，以及其在历史背景影响下所呈现的资源意义、时代意义、历史意义与审美价值。

三、20世纪中国水浒戏的研究方法与价值

20世纪中国水浒戏指出现于20世纪，尤其是新剧兴起之后新的关于水浒故事（含后水浒故事）的戏剧，主要分水浒戏曲、水浒新剧、水浒话剧以及水浒广播剧等几个常见种类。实际上，新剧是话剧在中国的萌芽状态，新剧的艺术形式复杂而多样，但表演方式无分戏曲与话剧，或二者杂糅而成；水浒广播剧的剧本也是以话剧剧本的形式来呈现。就体裁创编而

---

① 何丽：《水浒戏纵横谈》，载《〈艺术论坛〉戏曲专著特刊》，山东省艺术研究所1989年发行。
② 王晓家：《水浒戏考论》，济南出版社1989年版。

言，20世纪中国水浒戏大致有古典戏、改良戏、整理改编戏和新编戏等数种。事实上，20世纪中国水浒戏存在着两种创作特征：一种是在思想性、文学性以及表演性方面或多或少进行了改良、改编和新编，融入现代文化元素的同时，在一定程度上表现出某种现代性倾向；另一种是承继了明清时期古典戏的审美性、娱乐性和平民化特色，在程式化、符号化和表演性突出的传统戏曲中不断创新文本和舞台技能，坚守艺术的独立性、纯粹性及商业市场地位，就其思想精神而言，基本延续了元明清时期水浒戏内在价值的多重性、娱乐性，甚至时有明显的庸俗化倾向。就后者来说，像20世纪初期著名京剧表演艺术家叶盛章的《时迁盗甲》、马连良的《打渔杀家》以及反复演出的《五花洞》等类似的大量剧目都是在传统戏曲的基础上，着力改进表演艺术和舞台呈现方式，而其剧本的思想性、文学性等无有发展进步。正如周贻白在《中国戏剧史长编》中所指出的，地方乱弹戏曲的崛起，其格式渐归一律，但有声腔的不同，字句上并无根本差异。而且同一故事、同一情节、同一名目、同一排场的戏剧，所在皆有，甚至连唱词说白，也彼此相差无几。① 更甚至于说，即使再创编也只是唱词说白的遣词造句、表演形式的技术更新，而不影响其传承下来的基本框架、思想内涵及其审美娱乐功能。所以，这一固守传统戏曲的传承姿态使20世纪一部分水浒戏与元明清时期的水浒戏创作、编排和演出具有极高的认同度和同质性，它是对以舞台表演为核心、强调名角制的传统地方戏曲为基础的复制与延伸，本质上缺乏20世纪所展现出的精神内涵与审美特质。就20世纪中国水浒戏的剧本研究而言，文学研究是其出发点，它更注重水浒戏文本的文学性、审美性、历史性、思想性研究。固守型水浒戏几乎完全遵循古典戏曲的路子，一般不在本书主要考察和研究范围之内，但是部分改良京戏本，经文人的整理、修订，在人物塑造、丰富情节、艺术表现以及突显主题等方面做出了一定的努力，仍然属于本书讨论的范围。

20世纪中国水浒戏研究整体上侧重于新编戏、改编戏，尤其在思想精神内核上具有现代意蕴的水浒戏，即除了20世纪中国新产生的水浒传统戏之外还包括清末民初的水浒新剧以及横跨整个20世纪的水浒话剧等。

---

① 参见周贻白《中国戏剧史长编》，人民文学出版社1960年版，第575页。

20世纪水浒话剧是水浒戏在21世纪独特的艺术表演形式，也是中西文化文艺思想碰撞、摩擦、融合而成的新的水浒戏剧样式，它依照西方话剧的情节整一创作原则表现人物及戏剧性冲突，遵循一定的既定规范叙述一个完整的故事，其作品内部各要素协调发展推进，呈现出一种有机的结合与互动。这一点不同于中国古典戏曲。以成熟的元曲为例，中国古典戏曲本质上仍然是抒情诗，不仅是情节的艺术，也是语言的艺术，它一般不追求创造情节的意象，不依靠情节的意象提供审美资源，而以语言直接刻画人物的外貌与情感，创造人物"意、趣、神、色"的意象。[①] 所以，中国古典戏曲有一套自己的创作规范，像皮黄的唱词为七字句和十字句，字别尖团，句分上下，上场的引子，下场的对口，韵脚采用十三辙等。清代戏曲尤为重视语言艺术，非情节化现象十分突出，也有像清代《缀白裘》中的《燕青打擂》以及无名氏的《打渔杀家》等具有完整故事情节的作品。实际上，水浒戏曲在20世纪的传承就文学性、戏剧性来说，其发展参差不齐。准确地说，整个20世纪是戏曲现代化、话剧民族化的时代，戏曲与话剧互相渗透，水浒题材在20世纪20年代就被话剧所采用，不仅出现了讽刺灰色革命人物的《宋江》，还产生了极具文学史意义的《潘金莲》。到了20世纪30年代，更有马彦祥的"一个新的企图"——把戏曲《打渔杀家》改编成了话剧《讨渔税》。戏曲与话剧在20世纪的相互渗透、共生共存的关系，使得像新时期创编的《草莽劫》出现了微乎其微的唱词、海量的对白，不能不让人怀疑它的属性问题。尽管以新编京剧命名，但在人物性格冲突、剧情安排以及思想的深邃等方面，均可看出话剧对戏曲的深度介入与改造。

20世纪中国水浒戏中的水浒戏曲自清末民初戏曲改良伊始，就与整个20世纪大的主题背景、民族意识、政治运动、革命话语、社会变革乃至经济发展及文化思潮碰撞息息相关。尽管它们仍旧在传统的程式化表演框架内延续着艺术的生命形式，但是其精神内核吸收了近代以来的启蒙思想、革命思想、政治思潮和文化精神，多多少少体现了中华民族的现代化进程和数代知识分子建立民族—国家的渴望，以及在市场经济条件下水浒戏对

[①] 吕效平：《戏曲的本质》，南京大学出版社2003年版，第10页。

革命的反思与新的审美规范的建立。因此，与人有关、与现代性相关的20世纪中国水浒戏实质上是中国现代、当代文学重要的组成部分。20世纪中国水浒戏不仅是戏曲戏剧的重要力量，而且也是文学的一个支点。陈平原曾明确地说，整个20世纪的中国历史就是由古老的中国向现代中国过渡的时期，在历史的转折中，逐渐地建立起现代民族政治、现代民族经济、现代民族文化，实现整个民族的现代化。20世纪中国文学是逐渐形成中的中国现代民族文化的重要组成部分，是一种现代民族文学。[①]所以，以现代性追求为特征的20世纪中国水浒戏曲已经参与到民族的独立、自由和民主进程中来，它的精神内核是现代性的，所谓"旧瓶装新酒"，无论是借重于历史人物、事件隐喻20世纪的现实世界，还是直接借用故事框架表现现代人的生活或革命，都是在传统戏曲的假定性情节、表演中演绎现代社会与人生。

　　因此，20世纪中国水浒戏研究具有历史感、现实性和未来性三重价值和意义。它与中国传统的思维模式、游侠精神、儒家思想以及戏曲艺术审美风格相联系。甚至于说，水浒戏曲所蕴含的一切传统因素延伸到了整个20世纪的文学艺术当中，与西方文化艺术思潮相交汇，与现代的启蒙思想等相融合，并常常参与到诸如抗日战争这样举国上下、全民奋起的爱国主义运动之中，对于构建现代民族精神具有强烈的警示和启迪作用。又如，传统思维模式和价值观念也在延安时期与新的政权及革命伦理道德发生了必要的关联，特别是在毛泽东本人的大力推动下，水浒题材的戏剧开始繁华，直到"十七年"时期，行侠仗义、官逼民反和替天行道等观念经主流意识形态的支配与规范，对新中国成立、社会主义改造以及群众教育都发挥过重要的艺术影响力。而且，元明清戏曲、《水浒传》及其衍生性故事所塑造的许多妇孺皆知的情节、人物，在20世纪的艺术大潮中获得了重生。像原本行侠仗义又粗鲁暴虐且排头杀人的李逵，在"十七年"时期被塑造成无产阶级英雄形象，李逵的人格被拔高的同时，也变得乖巧、聪慧，甚至恢复了元杂剧《黑旋风双献功》《梁山泊黑旋风负荆》等中的诗意情怀，莽夫也懂得了倜傥风流。又如林冲的形象从隐忍羞耻向富有反抗精神的方

[①] 陈平原、黄子平、钱理群：《二十世纪中国文学三人谈：民族意识》，《读书》1985年第12期。

向挺进。当然在整个20世纪,被刻画最多、形象最复杂、内涵最丰富的莫过于"中国第一淫妇"潘金莲。潘金莲在20世纪20年代欧阳予倩笔下成为女性觉醒的代表,第一次获得了"翻身",从肉的淫妇转化为灵的天使,在延安时期成为被同情的形象,到"十七年"时期又被塑造成充满歧义的形象,或以贫苦女儿的身份出现,或以淫毒的荡妇面目登上舞台,在新时期潘金莲又一次成为说不尽的审美对象,尤其是魏明伦的荒诞川剧《潘金莲》的出现,使广大观众包括整个文艺界、理论界掀起了争论的热潮,潘金莲再次以"一个女人的沉沦史"成为新时期新启蒙的关键人物,迫使读者在专制制度、封建伦理及女权主义等多个层面反思历史。诸如此类都表明,20世纪的水浒戏使得元明清时期留下来的文化艺术宝库资源,焕发出新的生命力、创造力和精神价值,推动着现实世界的人们去思考历史的内容与特性,并追问当下我们如何去承继历史,弘扬、反思这一文艺资源,以及如何创造未来。

传统水浒戏本身是一个连绵不断且自元代以来连续被生产、再生产的作品链或互文性文本,它与水浒系列故事可以组成一个自成体系的文艺谱系,而且水浒戏还具有惊人的"开放式结构",其前人文本不仅被后人继续修订、改写和新编,甚至直到今天,同时代的文人、剧团等之间依旧频繁地互相兼容、渗透、分离和创造。因此,就20世纪中国水浒戏的研究来说,本书是以时间为主的文学史视角与以空间为主的专题研究视角的结合,从共时和纵向两个角度,既着眼于戏剧历史场景的考量,又赓续前人的研究成果,同时参照当下社会思潮、文艺思潮、戏剧理论的发展趋向,使一切新的观点都建立在扎实的史料梳理、新的阐释视角和新材料的发掘之上。从文学研究的角度,而不仅仅是从改编的角度切入,清晰地剖析20世纪中国水浒戏的审美性、艺术性以及其与社会、政治、文化之间的紧密关系,力图展示水浒戏在20世纪中自身的发展规律与演化过程,揭示戏剧文学的历史丰富性、复杂性及无限可能性,探究梁山好汉、梁山故事、梁山思想在20世纪的重构过程及其内在主题表达、形象塑造、叙事模式、审美价值和文学意义。同时,本书有意避免宏大叙事的惯性思维,而着重于调整考察的基本思路,以文本细读为着力点,综合其他诸多戏剧艺术研究因素,有助于将20世纪的戏剧文学研究引入纵深的方向。

需要提及的是：其一，20世纪中国水浒戏研究以曲界翘楚京剧和话剧（含新剧）为主体，兼及具有一定影响力的地方戏曲。这是因为庞大的地方戏之间存在着普遍的相互借鉴行为，一个剧本诞生后，其他剧团或地方剧种改编、移植、照搬等现象十分严重，像魏明伦的荒诞川剧《潘金莲》被近两百个地方移植演出。本书对同一个剧本一般只研究影响力大的剧种，而忽略掉其他剧种的文本移植现象。毕竟，浩如烟海的水浒剧要一一梳理、分析和研究，几乎是不可能完成的任务，何况许多剧本身并非一个版本，像颇具划时代性的《逼上梁山》就经历了几次大的修改，直到1977年再次搬上舞台时，又经过一次大的修订和精练。对于这种与政治、文化等密切相关的版本变迁是本书考察的一个重点，对于唱词、说白无太大变化的修订和移植现象，特别是京剧以外的无戏剧史意义和文学史意义的作品，一般不进入本书的研究视域。其二，部分艺人和剧团出于维护自身权益的必要，未将已演或还在演出的戏剧剧本正式刊出或出版。这一现象在整个20世纪较为突出。因此，本书在以出版物（含报刊）作为剧本主要来源的同时，兼及选取有一定影响力的戏剧，将其未正式出版的排演本、作者手稿、音像视频等作为研究文本，以解决研究对象匮乏问题。其三，"十七年"时期中国共产党推进"改人、改戏、改制"的"戏改"运动，在一定程度上缓解了禁戏带来的日益严重的剧本荒问题，也为其他地方戏曲改编、演出提供了基础性的可鉴资源。其间通过合作艺人、整理者、审定者等类似的"三人小组"，依照主流意识形态的要求实现了水浒传统演出本或藏本从口传心授到文学剧本出版的变迁，完成了老艺人水浒戏曲的美学规范和文类秩序的整合，同时集中体现了整理方向、选题准则、编辑理念和"戏改"目标等时代性、政治性特征，具有深刻的历史性意义，因此十分有必要纳入本课题的研究范围。其四，作为20世纪中国水浒戏创作及改编的延伸，进入21世纪以来水浒戏表现出多重新的创作面向，无疑极大地拓展了水浒戏的审美空间与主题内涵，丰富了水浒戏的体裁、技巧与舞台功能，很有学术探讨的价值与意义。

水浒批评与现代启蒙

正如伽达默尔所说,"'再创造'乃是创造性艺术本身的原始存在方式"①。传统水浒戏本身就是一个不断发展衍生、相互借鉴的活文本,它在20世纪初期面对风起云涌、变化莫测的社会政治大变局,依旧没有丧失其存在的历史价值与现实意义,反而焕发出新的思想萌芽,甚至成为剧作家笔下的"常客"。不得不说,水浒戏蕴藏的强大生命力和戏剧自觉意识足以令人赞叹不已,它所塑造和流传下来的情节故事、戏剧人物,同样能在近现代散发出醉人的艺术魅力。应该说,20世纪初期的戏剧转型与探索活动,真正开启了千年以来水浒戏的新纪元。

第一节 政治批评与文学翻新

19世纪末20世纪初,中国文学及戏剧的艺术创作模式、审美意识发生了根本性变化,西方近现代文学与中国文学、中国戏曲呈现出一种复杂交织、融合多变的新格局,加之民族危机日益严重,知识分子着手重新审视和评判俗文学的认知价值和社会功能。因此,"小说界革命""曲界革命"在晚清"西学东渐"中蓬勃兴起,《水浒传》及水浒戏开始进入知识分子的批评视野,迅速成为资产阶级改良派和革命派用以改变社会腐败、政治落后的思想文化资源,以及表达其政治观念的有力武器。水浒作为一

---

① 〔德〕伽达默尔:《真理与方法》,洪汉鼎译,上海译文出版社1999年版,第209页。

种表达政治社会价值观念的载体可谓举足轻重，尤其自1903年肇始受到前所未有的重视与推崇，围绕水浒展开的各类正面性批评随之而来，水浒小说的现代性翻新也使得水浒进入一个新时代。这一切不仅延续了水浒强大的艺术生命力，并促使水浒在整个20世纪与社会思潮、革命政治、文艺观念等紧密结合，形成一种独特的文学文化现象。

1. 新典范：" 小说（曲）界革命" 与俗语文学崛起

在中国传统上层社会及士大夫的视野里，具有审美娱乐艺术功能的文学等同于玩物，它被孔子的弟子子夏视为"小道"，自外于儒家的政教文治系统，正如司马迁所言："文史星历，近乎卜祝之间，固主上所戏弄，倡优畜之，流俗之所轻也。"① 否定文学艺术，其"最主要的理由是基于文学之美与政教理性的冲突而形成的"②，中国审美意识形态传统是排斥不具有工具理性特征的文学的，因其不能经国治家，所以迨至清代的《四库总目》不录《西厢》《还魂记》诸曲本，《四库全书总目提要》也只列文言小说，排斥白话小说。由此可见，小说在中国古代并没有太高的地位，甚至可以说地位低贱不堪。1897年，严复、夏曾佑撰写《国闻报馆附印说部缘起》，由传统戏曲小说的影响力以及域外西洋诸国历史的考察推导出"说部之兴，其入人之深、行世之远，几几出于经史之上，而天下之人心风俗，遂不免为说部所持"，认为"欧、美、东瀛，其开化之时，往往得小说之助"③，大大提升了说部（含曲部）的社会地位和教化功能，并借重创办刊物提倡小说以开化民智。康有为也认为，在开化民智方面"启童蒙之知识，引之以正道，俾其欢欣乐读，莫小说若也"④。其弟子梁启超于1898年流亡日本期间创办《清议报》并在《译印政治小说序》中写道，"彼美、英、德、法、奥、意、日本各国政界之日进，则政治小说，为功最高焉。英名士

---

① （汉）司马迁：《史记·报任少卿书》，凤凰出版社2009年版，第331页。
② 彭亚非：《中国正统文学观念》，社会科学文献出版社2007年版，第423页。
③ 严复、夏曾佑：《国闻报馆附印说部缘起》，载阿英编《晚清文学丛钞·小说戏曲研究卷》，中华书局1960年版，第12页。原载于天津《国闻报》。
④ 康有为：《〈日本书目志〉识语》，载《康南海先生遗著汇刊（十一）》，（台湾）宏业书局1976年版，第734页。

某君云：小说为国民之魂。岂不然哉"①，大肆倡导政治小说为政治改良张目。梁启超赋予小说几乎无所不包的社会功能，几乎将小说推至社会的神坛，1902年他发表了著名的《小说与群治之关系》一文，开篇写道："欲新一国之民，不可不先新一国之小说。故欲新道德，必新小说；欲新宗教，必新小说；欲新政治，必新小说；欲新风俗，必新小说；欲新学艺，必新小说；乃至欲新人心，欲新人格，必新小说。何以故？小说有不可思议之力支配人道故。"在文末，梁启超表明主旨："故今日欲改良群治，必自小说界革命始，欲新民，必自新小说始。"②梁启超以小说改造社会、改造国民的"小说救国"理论得到清末广大知识分子的肯定和拥护，无论是用笔墨响应其观点，还是译印外域文学作品，抑或创办刊物书写新小说，都有力地推动了"小说（曲）界革命"。

戊戌变法的失败，使得维新知识分子意识到要想自上而下进行政治改革、延续清王朝的命运是不可能实现的，因此只有通过"小说（曲）界革命"，大力提升并突显小说的教化功能以唤醒大众、启蒙民智、移风易俗，将西方先进的文化文明引进来且以此改造社会，以社会改良来推动政治改良，方可挽救民族于危亡之中。所以，随之维新人士抛弃了经史子集等上层士大夫所秉持的文治教化体系，反而对受中下层市民欢迎的文学推崇备至，认为应以"熏、浸、刺、提"的方式铸造新国民。但是，什么样的文学易被民众所接受，成为改良派或革命派知识分子不得不首先考虑的问题。众所周知，过半的经史子集以及传统小说都由文言文书写而成，"言文分离"和"语言不一"导致传统小说出现雅与俗的分野，两种文体并存且各自拥有读者群。改良派要实现自下而上的政治改革，必须以俗语文学推动"小说界革命"。1897年梁启超在《变法通议·论幼学》中写道："今宜专用俚语，广著群书，上之可以借阐圣教，下之可以杂述史事，近之可以旁及彝情，乃至宦途丑态，试场恶趣，鸦片顽癖，缠足虐刑，皆可穷极

---

① 梁启超：《译印政治小说序》，载阿英编《晚清文学丛钞·小说戏曲研究卷》，中华书局1960年版，第14页。原载于《清议报》第一册。
② 梁启超：《论小说与群治之关系》，载阿英编《晚清文学丛钞·小说戏曲研究卷》，中华书局1960年版，第14—19页。原载于《新小说》第一卷第一期。

异形，振厉末俗。"①这里的"俚语"即为俗话小说。实际上，梁启超否定了文言文更为广泛的表意达情的符号功能，间接宣布文言文乃为"死文字"，"俚语"不仅表意达情的弹性功能好，而且传播力度尤甚。这一点严复、夏曾佑在《国闻报馆附印说部缘起》中也有所指出，"若其书之所陈，与口说之语言相近者，则其书易传；若其所书与口说之语言相远者，则其书不传"。而且，严复、夏曾佑通过考察文字与语言之关系，还得出结论："据此观之，其具五不易传之故者，国史是矣，今之称之《二十四史》俱是也；其具有五易传之故者，稗史小说是矣。"②"稗史小说"即所谓的《三国演义》《水浒传》《长生殿》《西厢记》等传统白话文。也只有这些传统白话文，才出现了妇孺皆知的奸臣曹操、忠臣诸葛亮、英雄武松以及淫妇潘金莲等深入人心的形象。

1889年5月，裘廷梁创办《无锡白话报》并在第8期发表了《论白话为维新之本》，应该说这是白话文运动的开端。他痛陈文言之流弊，力述白话之优长，明确提出"崇白话而废文言"的主张。随后白话报如雨后春笋般破土而出，蔚为壮观，有学者统计，"1897—1911年出版的完全采用白话的报刊，至少有130种"③。白话文的兴起与进化论思想在中国的迅速传播密不可分，"物竞天择、适者生存"以及"强权即公理"等观念在清末知识分子中被广泛地认可和接受，文学成为衡量一个民族知识、智慧、思想等文明程度的尺度，白话文进而成为推动文学和民族文明进度的一把利器，"文学之进化有一大关键，即由古语之文学变为俗语之文学是也。各国文学史之开展，靡不循此轨道"④。

尽管俗文学在古代不登大雅之堂，但自唐五代白话话本文学蔓延以来，经过元曲、明清小说的长足发展，产生了一批艺术价值很高的经典作品，形成中国传统文化中一支庞大的文脉，其强劲的生命力和广泛的影响力不可

---

① 梁启超：《变法通议·论幼学》，载《饮冰室合集》（第1集），中华书局1989年版，第54页。
② 严复、夏曾佑：《国闻报馆附印说部缘起》，载阿英编《晚清文学丛钞·小说戏曲研究卷》，中华书局1960年版，第10—12页。原载于天津《国闻报》。
③ 夏晓虹：《中国现代文学语言形成说略》，载夏晓虹、王风等《文学语言与文章体式》，安徽教育出版社2006年版，第10页。
④ 梁启超：《小说丛话》，《新小说》1903年9月6日第七号。

能被清末知识分子所忽略。一方面，清末知识分子不断扩充西方文学、文化的翻译数量，极力推进这股西化思潮，将小说视为"国民之灵魂""文学之最上乘"等；另一方面，部分知识分子几乎全盘否定中国传统文学之价值，视其为海淫海盗之作、妖魔鬼怪之作。但仍旧有些许知识分子从民族情感出发，认同民族文化及其价值，寻求立国之精神和动力，认为"祖国之文明，首推文学"[1]，针对"由古语之文学变为俗语之文学"这一基本问题，认为"元代词曲一科，甚形发达，正语言文字合一之渐也。故稗官小说即由是而兴盛。彼水浒、西厢、西游、三国诸书，已开俗语入文之渐"[2]。也就是说，明清之际俗语与文学经文人加工创作已形成成熟的通俗小说文体，树立了俗语文学的典范。早在1887年黄遵宪完成的《日本国志》一书中单辟一章《文学》，提到《红楼梦》是"从古到今第一部好小说，当与日月争光，万古不磨者"，"论其文章，直与《左》、《国》、《史》、《汉》并妙"。[3] 梁启超也认为："自宋以后，实为祖国文学之大进化。何以故？俗语文学大发达故。"[4] 这就推翻了以往知识分子对于小说以及文学的界定，否认了以文言文为正宗的文学样式，使得中国文学由文言的艺术转向语言的艺术，逐步推动以俗语文学为上乘的文学范式。特别是民国初期，中华民国国语研究会召开了第一次会议，教育界的有识之士掀起一股改革文字的热潮，蔡元培被推举为会长，主张"言文合一""国语统一"。第二年即1917年，胡适在《新青年》第2卷第5号上发表《文学改良刍议》，力倡"文学以白话为正宗"[5]。1918年5月《新青年》也一律改用白话撰文。同一年，鲁迅发表《狂人日记》，被誉为中国新文学史上的里程碑式的现代白话小说诞生了。

2. 1903年：两种水浒批评的分水岭

作为一种履行政治革命使命的文学语言典范，《水浒传》无可非议，

---

[1] 陶曾佑：《中国文学之概观》，载舒芜等编选《近代文论选》（上），人民文学出版社1959年版，第241页。
[2] 同上书，第244页。
[3] 陈铮编：《黄遵宪全集》（上），中华书局2005年版，第648页。
[4] 梁启超：《小说丛话》，载阿英编《晚清文学丛钞·小说戏曲研究卷》，中华书局1960年版，第309页。原载于《新小说》第一、二卷（1903—1904）并参校《小说丛话》单行本（1906年版，新小说社刊）整理。
[5] 胡适：《文学改良刍议》，《新青年》1917年1月1日第2卷第5号。

但就其思想内容而言，清末民初的知识分子对《水浒传》的评价则莫衷一是。应当指出，清末知识分子对《水浒传》的批评主要是以西方进化论、民族主义与自由主义三大理念为核心，依据《水浒传资料汇编》以及其他现有资料来看，基本上可以划定为两种观点：一种是全盘否定《水浒传》的思想价值，以诲淫诲盗评价之；另一种则认为《水浒传》具有民权、民主、平等、自由乃至社会主义思想。无论哪种观点，本质上还是以西方价值观念煽动君主立宪式的改良或挖掘排满革命的原动力，为民族危机寻找政治出路，《水浒传》只不过是体现他们主要思想的载体而已。

有意思的是，1903年是评价《水浒传》的一次小高潮，也是对《水浒传》两种评价的一次分水岭。1903年之前梁启超的评价颇具代表性和影响力，撇开1897年严复、夏曾佑在《国闻报馆附印说部缘起》直书"《水浒传》者，志盗也"不提，梁启超在《译印政治小说序》中认为中国传统小说"综其大较，不出诲淫诲盗两端"，而且"陈陈相因，涂涂递附"，①对国人的品质、道德影响不可谓不大。在《论小说与群治之关系》一文中，梁启超阐释得更为猛烈，直斥民风民力："今我国民轻薄无行，沉溺声色，缱绻恋床笫，缠绵歌泣于春花秋月，销磨其少壮活泼之气……多感、多愁、多病为一大事业……甚者为伤风败行，毒遍社会，曰：惟小说之故。"②落后挨打以及甲午惨痛，使得启蒙巨子梁启超彻底颠覆了传统温良恭俭让的礼乐文化，积极鼓吹"强权论"思想。1899年梁启超在《论强权》中写道："世界之中，只有强权，别无他力，强者常制弱者，实天演之第一大公例也。"③梁启超的"强权论"思想受日本明治时期思想家加藤弘之的影响，"加藤弘之原是天赋人权的主张者，后来读了达尔文等的进化论和德国国家主义政治学家伯伦知理的著作之后，思想发生了大的'转向'，成为强权论的积极鼓吹者"④。实际上，这种"强权论"思想的背后是对西方进化论

---

① 梁启超：《译印政治小说序》，载阿英编《晚清文学丛钞·小说戏曲研究卷》，中华书局1960年版，第13页。原载于《清议报》第一册。
② 梁启超：《论小说与群治之关系》，载阿英编《晚清文学丛钞·小说戏曲研究卷》，中华书局1960年版，第18页。原载《新小说》第一卷第一期。
③ 梁启超：《论强权》，载《梁启超全集》第1册，北京出版社1999年版，第353页。
④ 许纪霖：《现代性的歧路：清末民初的社会达尔文主义思潮》，载许纪霖、宋宏编《现代中国思想的核心观念》，上海人民出版社2011年版，第182页。

思想的误读和误用。那么在梁启超看来，只有强权，才能使人人获得自生的权利，也才能实现民族主义的理想。梁启超在《国家思想变迁异同论》中认为，当今欧美处于"民族主义与民族帝国主义相嬗之时代也"①。或受卢梭之徒民约论思想的影响，或受斯宾塞之徒进化论思想的影响，在梁启超看来，民族主义者才是"世界最光明正大公平之主义也……其在于本国也，人之独立；其在于世界也，国之独立"②。那么，中国只有走民族主义道路，才能抵御帝国列强的侵略。因此，基于民族主义和自由主义的个人，也需要增强个人的"强立之气"，一扫过去沉迷于享乐、萎靡不振的精神状态，培养出"新国民"。

但是，梁启超提倡"尚武""强立之气"的国民精神，绝不是《水浒传》的侠义英雄。在他看来，"今我国民绿林豪杰，遍地皆是，日日有桃园之拜，处处为梁山之盟，所谓'大碗酒、大块肉、分秤称金银、论套穿衣服'等思想，充塞于下等社会之脑中，遂成为哥老、大刀等会，卒至有如义和拳者起，沦陷京国，启召外戎，曰：惟小说之故"③。固然，梁启超排斥梁山英雄替天行道之举，与其主张君主立宪制的思想有直接关联，推翻清朝政府不是他政治革命的目的。但是，梁山泊对于民间秘密会社以及太平天国、义和拳等的影响，造成社会巨大的悲痛和灾难，是有目共睹的历史事实。鉴于此，清代的金圣叹一反明代李贽关于其"忠义水浒"主题的批评，同样视《水浒传》英雄为"豺狼虎豹"的"强盗"。不得不说，《水浒传》不可不谓社会离乱的流毒。较之于金圣叹的批评，梁启超以中西比较的方式论述中国古代所谓"革命"即王朝更替具有的七大缺陷，而这七大缺陷《水浒传》无一例外全部具备。简言之，这七大缺陷分别为有私人革命而无团体革命、有野心的革命而无自卫的革命、有上等下等社会革命而无中等社会革命、有复杂革命而无单纯革命、有时日之长革命而无时日之短革命、有异党派者革命而无公敌者革命、有借外族势力革命而无本民族御敌革命等。梁启超认为，中国革命者"血管内皆含黄巾闯献之遗传

---

① 梁启超：《国家思想变迁异同论》，载张枬、王忍之编《辛亥革命前十年间时论选集》（第一册上卷），生活·读书·新知三联书店1960年版，第30页。
② 同上书，第32页。
③ 梁启超：《论小说与群治之关系》，载阿英编《晚清文学丛钞·小说戏曲研究卷》，中华书局1960年版，第18—19页。原载于《新小说》第一卷第一期。

性",没有"高尚严正纯洁"的革命者,因此,中国的风俗甚为人堪忧。① 由此可见,梁启超认为中国文化的根子出了问题,必须以西方文明洗涤华夏文明,倡导公德,重塑国民。而水浒英雄意气用事、私心膨胀、毫无公德、滥杀无辜等,只能称之为一群乌合之众。但正是小说的这种"熏、浸、刺、提"使《水浒传》不得不为世风败坏负相应的责任,这也正是梁启超改良政治的首选途径:创造新小说。

在中国近代文学史上,1903年是关键性的一年,有学者称之为"一枝独秀与众声喧哗"②。这一年,新小说创作如井喷一般涌现,高潮迭起,清末重大的文学作品几乎都在此年亮相,白话报刊及白话文运动、国语运动等蓬勃开展。不仅如此,这一年文学批评和理论也卓有成果,对于《水浒传》的批判此年也丰富多彩,收获颇大。1903年文学创作和批评之所以如此繁荣,既是"诗界革命""小说界革命"积极倡导的结果,又与社会思潮的推动息息相关。1903年章太炎的《革命军》、邹容的《猛回头》、陈天华的《警世钟》等革命派作家的重要著述问世,其中以"鼓动革命为己任"的"苏报案"的发生,使得改良派思想开始萎缩而革命派民主思想得以更加迅猛地发展,影响乃至决定了清末中国的政治走向与历史选择。激进的社会思潮、社会情绪似乎与激进的文学批评是天作之合,相互配合且相互促进,彼此推动中国三千年未有之大变局。

1903年《新小说》刊登的由十三人撰写的《小说丛话》,以一种谈话体的形式发表长短不拘、活泼生动的文学批评文章。以《水浒传》为代表的中国古典小说是其最重要的批评对象。此年对于《水浒传》的文学批评与之前不同,主要在于1903年之前以梁启超为代表的文学批评借用西方思潮否定中国古典文学作品,而1903年则转向肯定小说在社会中具有巨大作用的同时,通过微言大义的形式深入分析总结了《水浒传》等古典小说的艺术魅力和社会思想。当然,无论之前之后,其文学批评的视点皆立足于民族主义,最重要的是完成革命的历史性任务。

在《小说丛话》中,曼殊(梁启勋)指出:"《水浒》、《红楼》两书,

---

① 梁启超:《中国历史上革命之研究》,载张枬、王忍之编《辛亥革命前十年间时论选集》(第一册下卷),生活·读书·新知三联书店1960年版,第801—812页。
② 胡全章:《1903:一枝独秀与众声喧哗》,《中州学刊》2009年第2期。

其在我国小说界中,位置当在第一级,殆为世人所同认矣。"在曼殊看来,《水浒》还略胜于《红楼》,因《水浒》写一百零八好汉形象,无一重复之处实最难。①而另一位作者定一更明确地指出,"《水浒》可做文法教科书读"②,在叙事技巧方面给予充分的肯定和赞扬。其实,《小说丛话》诸作者在对待古典文学态度方面有两种倾向:一种以知新主人为代表,认为中国小说不如外国;另一种以侠人为代表,认为"吾国小说之价值真过于西洋万万也"。仅后一种而言,认为"中国小说,每一部书中所列之人,所叙之事,其种类必甚多,而能合为一炉而冶之,除一二主人翁外,其余诸人,仍各有特色",而"西洋则不然,一书仅叙一事,一线到底,凡一种小说,仅叙一种人物,写情则叙痴男女,军事则叙大军人,冒险则叙探险家,其余虽有陪衬,几无颜色矣"。因此,中国小说"读之愈味愈厚,愈入愈深"③。同年,夏曾佑在《小说原理》中就认为,《水浒》武大郎一传,叙西门庆、潘金莲等事,"与人人胸中之情理相印合,故自来言文章者推为绝作"④,对《水浒传》叙事极具称颂。作为中国最早一批专载小说的期刊《新小说》《绣像小说》,在资本印刷技术和大众媒体的强力支持下,对《水浒传》等古典小说的批评,客观上强化了民族的文化认同感和价值归属感,对形成近代民族想象的共同体起到了极好的促进作用。而且,这种对《水浒传》的批判方式和批评态度,往往能引起民族知识分子对民族自身文化文学的深层思考,并与现实社会紧紧联系。

1903年《新小说》第三期第七号上发表了一篇狄平子的《论文学上小说之位置》,其目的在于论述"小说为文学之最上乘",实际上开启了《水浒传》思想批评的另一扇大门。狄平子指出,当初见到北村三郎编著的

---

① 曼殊(梁启勋):《小说丛话》,载阿英编《晚清文学丛钞·小说戏曲研究卷》,中华书局1960年版,第317页。原载于《新小说》第一、二卷(1903—1904)并参校《小说丛话》单行本(1906年新小说社刊)整理。
② 定一:《小说丛话》,载阿英编《晚清文学丛钞·小说戏曲研究卷》,中华书局1960年版,第344页。原载于《新小说》第一、二卷(1903—1904)并参校《小说丛话》单行本(1906年新小说社刊)整理。
③ 侠人:《小说丛话》,载阿英编《晚清文学丛钞·小说戏曲研究卷》,中华书局1960年版,第328页。原载于《新小说》第一、二卷(1903—1904)并参校《小说丛话》单行本(1906年新小说社刊)整理。
④ 夏曾佑:《小说原理》,《绣像小说》1903年第三期,作者署名别士。

《世界百杰传》，将施耐庵与释迦、孔子、华盛顿、拿破仑并列，令他骇然；又见日本诸多学校有所谓《水浒传讲义》等，令他骇然。显然，从这两个"骇然"能看出这种评论背后的西方话语思潮，对进化论的尊崇以及民族、民权、自由等现代观念的综合运用。侠人认为，"有暴君酷吏之专制，而《水浒》现焉"①，此揭示了《水浒传》诞生于施耐庵对君主专制的痛恨。作者定一的观念最具有代表性，直书《水浒》"独立自强而倡民主、民权之萌芽也"，认为"替天行道"即"倡民生"，"忠君者，据乱之时代也；忠民者，大同至时代也"，《水浒传》是忠民而非忠君的作品，它"叛宋而自立"，因此《水浒传》是"独倡民主、民权之萌芽"，开创了中国民主、民权的时代。事实上，明代的施耐庵不可能有这种西方近代观念，定一借西方近代观念阐释《水浒传》在文学批评方法上是一大进步，但这种过度阐释很显然是为越来越激进的政治革命摇旗呐喊。定一还指出，《水浒传》"以雄大笔，作壮伟文，鼓吹武德，提振侠风，以为排外之起点"，煽动民众起来推翻满清政府。②定一的批判视野和方法直接影响了1903年以后至民初多位革命派文学批评家对《水浒传》的政治性解读，《水浒传》也不再是一部单纯的历史演义小说和诲盗小说，其一跃成为社会批判小说和政治小说。

　　1907年黄人（黄摩西）在《小说林》第一卷上发表《小说小话》，将《水浒传》定性为纯社会主义小说，认为"自有历史以来，未有以百余人组织政府，人人皆有平等之资格，而不失其秩序；人人皆有独立之才干，而不枉其委用者也"，因此"山泊一局，几于'乌托邦'矣"。③早在1902年，日本人村井知玄在《翻译世界》杂志上撰写《社会主义》一文，大篇幅详细介绍了欧美各国社会主义流派的观点。1906年，中国同盟会机关报《民报》和梁启超创办的《新民丛报》就如何开展社会革命展开了一场

---

① 侠人：《小说丛话》，载阿英编《晚清文学丛钞·小说戏曲研究卷》，中华书局1960年版，第332页。原载于《新小说》第一、二卷（1903—1904）并参校《小说丛话》单行本（1906年新小说社刊）整理。

② 定一：《小说丛话》，载阿英编《晚清文学丛钞·小说戏曲研究卷》，中华书局1960年版，第342页。原载于《新小说》第一、二卷（1903—1904）并参校《小说丛话》单行本（1906年新小说社刊）整理。

③ 黄人（黄摩西）：《小说小话》（节录），载朱一玄、刘毓忱编《水浒传资料汇编》，百花文艺出版社1981年版，第408页。

论战，孙中山将"社会主义"界定为民主主义，主张推行土地国有和经济平等的社会革命，而梁启超则反对在中国实践"社会主义"革命，支持开明专制的君主立宪。革命派与立宪派在政治上的分歧，"根本还在于建立一个什么样的理想社会"①。而黄人却进一步倡导《水浒传》中的"社会主义"思想，着重建立维护平民利益和实现经济平等的国家，所以黄人说："更取山泊之团体与赵氏之政府而一比较之，呼保义与道君皇帝，孰英明孰昏暗乎？"②一目了然，黄人反对君主立宪建国，反而在《水浒传》中找到了建国的"乌托邦"式理想社会。黄人一文之后，王钟麒在《论小说与改良社会之关系》中写道："吾尝谓《水浒传》，则社会主义之小说也。"③又在《中国三大小说家论赞》中指出，"生民以来，未有以百八人组织政府，而人人平等者，有之，唯《水浒传》"，并将施耐庵与柏拉图、巴枯宁、托尔斯泰、迭盖司诸氏相提并论，认为《水浒传》不仅是社会主义小说，也是虚无党小说④、政治小说等，⑤使得《水浒传》的思想内涵更为丰富。此一时期，对《水浒传》的批判较为独特的是《新世界小说社报》第八期刊登的一篇《中国小说大家施耐庵传》，作者并未对施耐庵生平做详细的考证，而是重点阐发施耐庵的思想，实际上依旧是阐释作者自身的革命政治观念，但首倡《水浒传》"女权之思想"，认为"男女之最不平等惟中国，而《水浒》之巾帼，压倒须眉，女权可谓发达矣"，则举潘金莲、潘巧云、阎婆惜以及贾氏等为例，以说明施耐庵对妇女之重视，可比达尔文。这种对《水浒传》的"误读"还体现在他就"诲盗"的辩护上，他强调"盗而

---

① 金观涛、刘青峰：《从"群"到"社会"、"社会主义"——中国近代公共领域变迁的思想史》，载《观念史研究——中国现代重要政治术语的形成》，法律出版社2016年版，第214页。
② 黄人（黄摩西）：《小说小话》（节录），载朱一玄、刘毓忱编《水浒传资料汇编》，百花文艺出版社1981年版，第408页。
③ 王钟麒：《论小说与改良社会之关系》，载朱一玄、刘毓忱编《水浒传资料汇编》，百花文艺出版社1981年版，第389页。原载于《月月小说》1907年第一卷第九期。
④ 俄国虚无党（又称无政府党）是俄国19世纪末20世纪初因无政府主义思潮而产生的政党组织，对俄国专制体制往往采取暗杀等极端行动，并产生了一批虚无党小说。晚清的暗杀风潮也受此影响，在辛亥革命之前此类小说大受中国知识分子译介，辛亥革命之后随着政治形势的变化，译著迅速减少。
⑤ 王钟麒：《中国三大小说家论赞》，载朱一玄、刘毓忱编《水浒传资料汇编》，百花文艺出版社1981年版，第389—390页。原载于《月月小说》1908年第二卷第二期。

不诲"则必为张角、朱三、黄巢、李闯之盗,扰乱治平,为天下害;"盗而有诲"则必为汉高祖、朱元璋、亚历山大之盗,肃清天下。①此文对《水浒传》的批评可谓中西掺杂,充满"新—旧"理论的矛盾。

最为夸张的是燕南尚生,他将《水浒传》从"祖国第一小说"的位置上直接推到"施耐庵者,世界小说家之鼻祖",较之卢梭、孟德斯鸠、拿破仑、华盛顿、克伦威尔、西乡隆盛等人,施耐庵"独能发绝妙政治学于诸贤圣豪杰之先",其完全可大扬国威,无须过分蔑视祖国之小说。因此,在燕南尚生看来,《水浒传》几乎涵盖了一切小说文体类型:社会小说、政治小说、军事小说、侦探小说、伦理小说、冒险小说,乃至"讲公德之权舆也,谈宪政之滥觞也",所以《水浒传》可以成为清政府预备立宪以及组建民主共和政体考察的范本。②可见,燕南尚生对《水浒传》的批评也是为清政府预备立宪所张目。

纵观以上《水浒传》批评,大多未能从文学内部给予客观性的评价和分析,而是基本上借助《水浒传》阐述其政治主张和革命要求,或否定《水浒传》以寻求西方式民主革命道路,或肯定《水浒传》从华夏文化内部寻求革命道德的合法性和原动力,但其背后皆显示出清末各种社会思潮的争鸣与论辩。仅就文学理论和批评方法而言,这种新旧杂糅、以西为主的民族批评视野,其主要价值"在于促进了中国小说从古典形态向现代形态的过渡"③,为《水浒传》的续衍和再创造空间提供了多种可能性。

3. 新纪元:水浒的现代性探索与转型

清末文学理论和文学批判昌盛的同时,紧跟社会思潮、文艺思潮以及印刷技术的发展产生了一批冠之以"新"字开头的小说,这批小说以改写中国古典文学作品为最大特色,诸如《新水浒》《新三国》《新西游记》

---

① 《中国小说大家施耐庵传》,载陈平原、夏晓红主编《二十世纪中国小说理论资料(1897年—1916年)》,北京大学出版社1989年版,第282—284页。原载于《新世界小说社报》第八期,作者未署名。

② 燕南尚生:《新评水浒传许》,载朱一玄、刘毓忱编《水浒传资料汇编》,百花文艺出版社1981年版,第391—392页。原载于《新评水浒传》卷首,清光绪三十四年(1908)保定直隶官书局排印本。

③ 陈平原:《前言》,载陈平原、夏晓红主编《二十世纪中国小说理论资料(1897年—1916年)》,北京大学出版社1989年版,第3页。

《新石头记》《新镜花缘》《新金瓶梅》《新封神传》《新野叟曝言》《新七侠五义》等，采用"旧瓶装新酒"的方式，体例人物新旧杂陈，思想精神同义反复。阿英先生在《清末小说史》中称之为"拟旧小说"，也有学者名之曰"翻新小说"①，两者大致皆可，但后者以"翻新"命名更能体现清末"新小说"的时代性与颠覆性。

单水浒翻新现象，有学者统计清末共有九种以"新水浒"为题的新作品，其中除寰镜庐主人《新水浒》外，从光绪三十年至宣统二年（1904—1910），每年至少有一种。②就清末《水浒传》翻新小说创作动机来说，历来莫衷一是，有"娱乐说""批评与修正说""工具说""理想与憧憬说""新民说""救国说""救世说"等，可谓琳琅满目，令人眼花缭乱。无论出于何种初衷，清末水浒翻新小说都无法回避其具有的现代性因子，以及为整个20世纪水浒的改写、改编创造了文学发展空间。

当然，水浒的不断被翻新有其生长的"天然属性"——民间性，在《水浒传》广泛流传之前，宋代宋江故事除有正史记载之外，还有野史笔记传说流行于民间。经历代文人加工、演绎和丰富，在元代形成无名氏所作的《大宋宣和遗事》及水浒戏杂剧，而后在元末明初聚合、裂变成英雄史诗《水浒传》。《水浒传》广泛流传后，又有明清水浒传奇剧以及《水浒后传》《后水浒传》《荡寇志》等诸多通俗文学作品诞生。《水浒传》的成长及其衍生反映出言语体裁文学作品的流变性和循环往复性等特征，在传承性与变异性之间创造出曲折生动、引人入胜的情节故事，像《三国演义》《西游记》《白蛇传》等中国古典文学作品都具有这种民间文学的典型特质，其按照一定的程式（并不一定是作为最小情节单元的母题）作为叙事的时间起点或再生空间，书写新的历史事件或个人生活。因此，水浒故事本身蕴藏了潜力强悍的"输血功能"，清末新水浒翻新文学的出现是水浒与近代历史碰撞并自然生长的结果，无可置疑。

然而，清末毕竟是中国传统小说解体的时代。清末的现代性不同于西方社会由内部酝酿其现代性萌芽并以反叛的姿态实现现代化过程，清末的

---

① 欧阳健：《清末"翻新"小说总论》，《社会科学研究》1997年第5期。
② 王鑫：《陈景韩"新水浒"系列"游戏"与清末翻新小说的繁荣——以〈新水浒〉同题小说为中心》，《浙江海洋学院学报》2012年第4期。

现代性受西方现代文明成果的刺激并被逐渐本土化。学者王德威在其《被压抑的现代性——没有晚清，何来"五四"？》一文中针对晚清文学的现代性指出，如果我们追根究底，以现代为一种自觉的求新求变意识，一种贵今薄古的创造策略，则晚清小说家的种种试验，已经可以当之。别的不说，单就多少学说创作，书籍刊物的竞以"新"字为标榜，就是一例。①新水浒不仅以"新"字求新求变，新水浒在叙述策略上也吸收了新媒体技术引发的"新闻式时效性"特征，在内容上紧贴时代政治变革的步伐。吉登斯的现代性就囊括了"一组政治制度，包含民族国家和民主"②。梁启超《新中国未来记》的发表，标识着近代中国文学现代性因子的植入，开创了中国文学的新纪元。但是与西方现代性的"脱神入俗"、摆脱宗教束缚的本质不同，中国的现代性则是"脱圣入俗"，中国文化失去了圣化的品格，沦落为凡俗文化。③《新中国未来记》充分表达了梁启超向往民主政治、建立民权国家的愿望，主张开明君主立宪制，实施三权分立，以实现国富民强的民族之路。清末最具代表性的两部新水浒在《水浒传》的基础上，借鉴《新中国未来记》《新石头记》等小说的叙事策略和政治主题，呈现出一种有别于梁山英雄替天行道、官逼民反豪侠之气的气节，在时代倒错之中寻求凡夫俗子的经济生活与社会发展。

可以说，西泠冬青的《新水浒》与陆士谔的《新水浒》存在一种民族乌托邦与反乌托邦的关系。两部作品诞生的背景都是甲午惨败以及庚子事变，这极大地震撼了国人，清政府被迫着手政治体制改革，满足士绅阶层对社会改良的要求。1905年12月清政府派大臣赴东西洋各国考察宪政，1906年5月通过了梁启超起草的《考察各国宪政报告》，清政府宣布预备立宪，到宣统元年即1909年各省相继成立了咨议局。

作为一部民族乌托邦小说，西泠冬青对君主立宪制度抱十分肯定的态度，反对激进的革命思想，把社会改良和立宪作为民族的出路加以大肆书写。其《新水浒》开篇第一回便叙述梁山泊英雄听说国家预备立宪等待招

---

① 王德威：《被压抑的现代性——没有晚清，何来"五四"？》，载《想象中国的方法：历史·小说·叙事》，生活·读书·新知三联书店1998年版，第7页。
② Jean-Marie Benoist, La Révolution Structurale, Ditions Grasset et Fasquelle, 1975, p.104.
③ 杨春时：《论中国现代性》，《厦门大学学报》2009年第2期。

安,进而借吴用之口评论道:"'立宪'两字,原是泰西推行过来的治体,但有共和、专制两种……如今我中国国民程度尚低,'立宪'二字,恐怕还够不上。那些激烈改进的新党,只想三脚两步推翻'专制'两字,定要闹到民主革命地步,殊不知今日中国,实非君民共主不可。"①在西泠冬青的安排下,以前大口喝酒、大块吃肉、打家劫舍的好汉开始转变思想,下山充当立宪国民,以经济工商实业履行强国梦想。在作者看来,他"要演出一部《新水浒》,将他推翻转来,保全社会",梁山众多英雄良莠不齐,封建忠君愚孝思想浓厚者有之,奸夫淫妇者有之,皆有伤风俗。因此,西泠冬青令英雄下山,要求其在创业实践中完成国民性的现代化塑造。同时可以看出,西泠冬青对君主立宪实现民族富强独立抱有极大的信心。而与此相反,陆士谔对君主立宪充满怀疑,并以一部同名的《新水浒》小说力述君主立宪制的种种弊端。陆士谔认为,清末社会"强敌外窥,会党内伺,魑魅充斥,鬼蜮盈途,朝廷有望治之心,编氓乏自治之力",因此,"吾国民程度之有合于立宪国民与否",是值得质疑的。可见,陆士谔与西泠冬青在国民素质及文明程度上具有相似的认同度,但西泠冬青对国民性格的改造持积极态度,而陆士谔则认为"此刻新世界盛行的是'文明面目,强盗心肠'","哪知今日新法是行了,百姓依然贫乏,国家依然软弱,不过换几样名式,增几样事儿,为做官的多开长痛赚钱的门径",并不认可政治改革会带来好的结果。②基于对社会这种大面积阴影式的认知,陆士谔同样选择让梁山英雄从事实体创业,将梁山泊改造成经济组织梁山会,英雄好汉纷纷下山办公司、开银行、设学堂、开夜总会等。然而,梁山好汉积习难改,本性卑劣,手段肮脏,在新世界如鱼得水般大把大把地赚取银子,这恰好以未来的方式反映了君主立宪之后各行业的黑暗污秽。陆士谔对清末政府的讽刺不差于《水浒传》对北宋统治者的鞭挞。

两部《新水浒》都将旧人物放在新时代予以重塑,这种历史倒置方式让人产生强烈的荒诞之感,甚至在历史人物与现实世界的间隔和交融之间

---

① 西泠冬青:《新水浒》,载《水浒系列小说集成·新水浒》,黑龙江人民出版社1997年版,引用均见此作。
② 陆士谔著、欧阳健校点:《新水浒》,载《水浒系列小说集成·新水浒》,黑龙江人民出版社1997年版,引用均见此作。

倍加佩服作者的陌生化诉述方式。对历史人物而言，在现实世界的生存，一切都是新鲜的；反向考察之，在现实世界里历史人物未曾露出的真面目得以充分地展现，人物的形象更加丰满和圆润。如张青和孙二娘开夜花园、卢俊义独自承办铁路、阮氏三兄弟开渔业公司等，在一定程度上解构了英雄之"义"，裸露出英雄人物世俗性的一面。如此这般，作品反而闪耀出思想智慧的火花，让读者易于陶醉。另外，这种历史倒置是受一种特殊的时间观念即未来观念所影响，是要借助未来以丰富现在，尤其是丰富过去。只有现在和过去，才具有世纪的现实力量，才能证实现实。①西泠冬青和陆士谔都想证实现实的肯定性或否定性，无论把未来想象得多么好与坏，都是为当下现实而服务，因此，这是一种现实的幻想。

这种发端于《新中国未来记》的展望体叙事方式，实际上是清末新小说最为表征的一种现代性叙事方式，一种由文学传统内部生生不息的创造力而形成的带有文艺实验性质的新体。这也启示着水浒故事，特别是水浒戏具有极强的时代适应性和自觉创造性，以及所蕴含的现代性品质，且能够在以后的文学再生产过程中不断有更为大胆的新的文类体裁和文学作品出世，尤其是对于人的观照，将成为水浒故事翻新和水浒戏翻新的新征途。

第二节 杂糅的现代性

学界把清末民初一段时期内，相对于昆曲、皮黄等旧有的演出活动而言的各种新式演剧称为新潮演剧，范围包括发端于京津等地的戏曲改良、上海的学生演剧，以及1907年之后春柳社、春阳社、进化团、南开新剧团等一系列的"文明新戏"。②新潮演剧唯新是尚，在求新求变中追求与时代风尚的契合，因此，新潮演剧在艺术形态上表现出一种混搭甚至混沌的"跨界现象"，新文化先驱黄远生曾指出："今日普通所谓新剧者略分为三种：（一）以旧事中之有新思想者，编为剧本……（一）以新事编造，亦带唱白，但以普通之说白为主，又复分幕……（一）完全说白不用歌唱……亦

---

① 巴赫金：《小说理论》，河北教育出版社1998年版，第342页。
② 施旭升：《"新潮演剧"：中国戏剧现代化的逻辑起点》，《广州社会科学》2010年第4期。

如外国之戏剧者……"①黄远生的三分法实际上包含了戏曲改良、时事新剧以及早期的话剧形态，但其标准略显混杂，既有以思想倾向性而分类，又有以戏剧表演形态进行分类，也有以题材相分类。无论怎样界定，新潮演剧的"新"都是在以梁启超为代表的革命派大肆提倡戏剧地位的过程中，在教会学校以及日本戏剧的影响和推动下产生的，一批具有新文化元素或新思想精神的戏剧，新的戏剧美学观念正在逐步建立。追随整个社会变革和戏剧变迁的大潮，传统水浒戏在一些新潮演剧家笔下产生了新式的现代戏剧——《豹子头》《花和尚鲁智深》《武松杀嫂》《武松》等。

实质上，无论从作者经历与教育背景的考察，还是通过剧团属性及可管窥一斑的剧情的捕捉，1914年前后在外来思想影响下，特别是在日本新派剧强有力的催生下，中国的水浒新剧诞生了。水浒新剧区别于以往传统的水浒戏曲恰恰在于其进步的民族意识、革命思想，对社会现实的强烈观照，在艺术演出方面采用了新剧的分幕方法，但是其表演形式仍旧带有传统戏曲的写意性、程式化以及象征符号的痕迹。不可否认，水浒新剧为后来水浒话剧以及蕴藏着现代思想观念的新编水浒戏曲的生产、演出，起到了极为关键的开创性、借鉴性作用。

1914年戏剧家兼革命者刘艺舟编演了《豹子头》。据刘艺舟儿子刘木铎回忆，其父亲去世后剧本寄存在桂林，抗战时期失散，一本也没有留下来。②更为遗憾的是，也未能发现陆镜若《豹子头》剧本的踪迹，但就两位作者的经历、思想、戏剧观念以及有关剧本的考证资料来看，也可管窥民国时期最早的两部新剧《豹子头》。

刘木铎记述，其父亲少时喜读《三国演义》《水浒传》，关注时事国政，后来作为清政府第一批官费留日学生，东渡日本在早稻田大学读书。留日期间，刘艺舟结识了黄克强、宋教仁等革命党人，接受了孙中山的革命思想，加入了同盟会。刘艺舟从小就爱看戏，去日本后也经常看戏，看过日本春柳社演出的《黑奴吁天录》《热血》等新剧后，十分兴奋，备受鼓舞，回国便取艺名"木铎"，意为宣传爱国思想，揭露清政府的黑暗统治，

---

① 黄远生：《新茶花一瞥》，载《远生遗著》（下），商务印书馆1984年影印版，第262页。
② 刘木铎：《回忆我的父亲——刘艺舟》，载《戏曲研究》第8辑，文化艺术出版社1983年版，第216页。

唤醒民众热情，鸣钟击铎。辛亥革命爆发后刘艺舟投身革命事业，攻占登州城，收复烟台、黄县。后来反袁失败，流亡日本，那期间刘艺舟编演了《豹子头》四幕新剧。①刘艺舟以戏剧传播革命思想为己任，他曾组织过励群新剧社，在其"小启"中写道："吾心之向，提倡人权，吾志所趋，铲除国贼。"②无怪乎刘木铎认为其父亲"编写《林冲》（笔者注：《豹子头》），借林冲发配他乡被逼上梁山一段历史故事，表达革命党人亡命他国的心境和与袁氏统治势不两立的决心"③。由此可见，至少《豹子头》是一部表达革命决心和革命党人落魄心境的新剧，明显具有启蒙思想的倾向性。

刘艺舟组织"中华木铎新剧"在日本大阪、东京公演，关于《豹子头》四幕剧剧目，据吉田登志子考证，大阪演出海报显示如下：

  第一，水浒传中的历史剧《豹子头》四幕
    第一幕　（前）菜园（后）东岳庙
    第二幕　（前）林家（后）白虎节堂
    第三幕　（前）林冲哀别（后）森林危难
    第四幕　（前）沧州草料场（梦）白虎节堂
    （后）草料场 ④

在东京的演出剧目，日本学者波多野太郎的绿芜草堂也有类似资料收藏：

  第一，水浒传《豹子头》
    第一幕　（前）菜园之场
      （后）东岳庙之场

---

① 刘木铎：《回忆我的父亲——刘艺舟》，载《戏曲研究》第8辑，文化艺术出版社1983年版，第207—211页。
② 欧阳予倩：《谈文明戏》，载《欧阳予倩全集》（第6卷），上海文艺出版社1990年版，第194页。
③ 刘木铎：《回忆我的父亲——刘艺舟》，载《戏曲研究》第8辑，文化艺术出版社1983年版，第211页。
④ 吉田登志子：《"中华木铎新剧"的来日公演——日中戏剧交流史上的一断面》，李毅译，《中国戏剧》1992年第3期。

第二幕　（前）林冲家之场
　　　　（后）白虎节堂之场
第三幕　（前）林冲哀别之场
　　　　（后）森林危难之场
第四幕　（前）沧州草料所之场
　　　　（梦）白虎节堂之场
　　　　（后）再草料所之场①

由两处公演海报可看出，刘艺舟的《豹子头》已经采用话剧的分幕形式，大致四幕九场，同时代的新剧家郑正秋曾在《新剧考证百出》"豹子头"条目下评论道："刘艺舟曾编剧，演于日本东京，只分五幕（笔者注：四幕），剧情未免太略。唯风雪山神庙一场，增加梦境，演林冲梦见高衙内逼婚，张氏自缢，张教头忧愤而死等情节，穿插甚妙（张氏等乃均有着落），可谓善矣。"②"梦境"情节的增加在一定程度使得《豹子头》具有浪漫的艺术气息，而"张教头忧愤而死"与《水浒传》张教头逃走故事不符，显然是为迎合日本观众的悲剧审美观而刻意营造。日本传统戏剧的悲剧意识特别浓厚，能乐、净琉璃剧目大多取材于悲惨性事件。日本近代的新派剧基本上继承了日本传统戏剧的悲剧艺术特征，几乎所有的新派剧主人公都以死亡或自杀作为戏剧的结局。《豹子头》悲剧内容的增加打破了传统水浒戏大团圆式的结尾的同时，加强了戏剧人物冲突及其思想的向度，深化了观众的审美记忆。但是，从《豹子头》艺术形态方面来考察，《豹子头》应该属于古装新剧，是针对传统戏曲"林冲夜奔"本事的改良改编。1914年11月9日，《大阪每日新闻》的评论《中座的中国剧》写道：

只因《豹子头》是罗曼蒂克剧，演员的念、做皆充满着中国剧夸张的特色。最富有特色的是团长刘艺舟扮演的林冲，使人感到中国传统戏剧很注重台词的流畅，而且形体动作的表现重于表情的表现。但

---

① 吉田登志子.「中華木鐸新劇」の来日公演について—近代における日中演劇交流の一断面.日本演劇学会紀要（通号29）1991. p.13-29。
② 郑正秋、张冥飞：《新剧考证百出》，中华图书集成公司1919年版，第17页。

其中只有正旦史海啸对张氏的艺术处理，全部是写实的手法。能在罗曼蒂克剧中表现出中国妇女的生活，是史海啸艺风的可贵之处。①

这里的"罗曼蒂克"，笔者揣测应该是指中国传统戏曲程式化、意象性、夸张式的表演，而史海啸扮演的张氏给日本观众留下了深刻的印象，对女性细腻入微的艺术再现着重于人物的情思与具体生活，这一点也打破了《水浒传》及水浒戏对张氏寥寥几笔的勾勒，使得女性人物在新剧当中丰润多彩。不得不说，日本脱亚入欧解放了女性，女性的地位逐渐提高，女性在日本戏剧观众席中已经成为重要的力量。刘艺舟应当在某种意义上考虑了日本女性观众的票房收入，有意增加了张氏的戏份，这使得台上的女性人物与台下的女性观众有了互动。

除此之外，《新剧考证百出》记载，春柳社还曾演出九幕古装新戏《花和尚鲁智深》，由燕士编写。其本事见于《水浒传》，大致分幕如下：

> 第一幕，鲁达遇史进，及周济金氏父女
> 第二幕，拳打镇关西
> 第三幕，鲁达出家避难
> 第四幕，酒醉半山亭
> 第五幕，大闹五台山
> 第六幕，小霸王逼娶刘氏女
> 第七幕，花和尚洞房打周通
> 第八幕，花和尚之饥不择食
> 第九幕，火烧瓦官寺②

《花和尚鲁智深》取材于《水浒传》第三回"史大郎夜走华阴县，鲁提辖拳打镇关西"至第六回"九纹龙剪径赤松林，鲁智深火烧瓦官寺"，讲述鲁智深行走江湖、仗义行侠的故事。从九幕故事目录来看，新戏与《水

---

① 转引自吉田登志子《"中华木铎新剧"的来日公演——日中戏剧交流史上的一断面》，李毅译，《中国戏剧》1992年第3期。
② 郑正秋：《新剧考证百出》，赵骥校勘，学苑出版社2016年版，第52页。

浒传》大致情节相似，突出的精神思想也相差不远，始终以歌颂英雄及其崇高的品德行为为旨归。关于编剧燕士，依梅兰芳《戏剧界参加辛亥革命的几件事》文中所言，辛亥年，刘艺舟与光华、燕士等组织了一个剧团到大连、安东、辽阳、威海一带演出，从事反清革命活动，剧团的演员既是演员，又是武装别动队。①可见，燕士具有多重身份，不仅是新剧编剧兼演员，而且还是一位反清的革命战士，加之春柳剧场即使演出旧剧也一般选择与革命相关的题材，那么可揣测《花和尚鲁智深》意在通过塑造英雄人物鼓动人心、弘扬革命的企图。春柳剧场因陆镜若1915年秋积劳成疾不幸去世而随之解散，因此，《花和尚鲁智深》的演出时间不会超过1915年秋季，也不会早于1912年新剧同志会成立之前，可断定《花和尚鲁智深》也大致在1912—1915年演出。可惜的是，《新剧考证百出》并未给出过多的文字记载，也很难查到关于编剧燕士的生平资料。

与刘艺舟革命家兼戏剧家双重身份不同，陆镜若是一个纯粹的戏剧艺术家，他也曾编演了一部《豹子头》。陆镜若在1909年年初与欧阳予倩合演《热泪》至1915年去世，在其短暂的戏剧生涯中为日本春柳社的成长以及中国话剧的起步做出了巨大的贡献，也成为见证中日戏剧交流影响十分重要的线索。关于陆镜若的生平事迹，欧阳予倩是较为详细的叙述者之一。在欧阳予倩眼中，陆镜若可以说在当时是话剧艺术唯一的通才，读过不少剧本和文学书籍，学过表演和舞台技术，能编、能演、能排，还能够谈些理论。②陆镜若在日本留学时期受藤泽浅二郎的戏剧影响较大，藤泽浅二郎是日本新派剧的代表人物。日本新派剧是日本歌舞伎向新剧（话剧）发展的过渡阶段，是一种学习西方演出方式但又未达到成熟状态的新剧。他常常让陆镜若去其学校——东京俳优养成所学习，传授其戏剧演技与理论。明治维新以后，日本迅速掀起文明开化、西化以及改良的社会风潮，日本近代戏剧改革从一种新形式"活历史剧"开始，以区别于题材采用荒诞事件的旧史剧，藤泽浅二郎即是日本新派剧，尤其是新历史剧发展

---

① 梅兰芳：《戏剧界参加辛亥革命的几件事》，中国人民政治协商会议全国委员会文史资料研究委员会编《辛亥革命回忆录（第一集）》，中国文史出版社2012年版，第281页。
② 欧阳予倩：《谈文明戏》，载《欧阳予倩戏剧论文集》，上海文艺出版社1984年版，第191—192页。

演变的中心人物。除此之外，陆镜若还在日本读了易卜生的戏剧作品，并加入日本文艺协会且深受其熏陶。1906年2月坪内逍遥创立文艺协会，并于当年11月举办了第一次公演。他对莎士比亚和易卜生格外推崇，认为学习他们是建立日本"国剧"的必由之路，借此希望日本能够"创作文学价值高的话剧剧本"①。陆镜若及其春柳社以及后来从春柳社诞生出来的春柳剧场②，都在日本接受了西方的话剧思想。作为春柳新剧系统的核心骨干，陆镜若从日本回到上海后改译了多部戏剧，像《猛回头》（日本新剧作家佐藤红绿的《潮》）、《社会钟》（佐藤红绿的《云之响》）以及莎士比亚的《奥赛罗》、托尔斯泰的《复活》等，并创作出剧本《家庭恩怨记》（七幕）、《痴儿孝女》（七幕）、《渔家女》（七幕）、《豹子头》（十一幕）等。当时春柳剧场在创作演出方面"多半称赞爱国志士、见义勇为的人和江湖豪侠之流，宣传纯洁的爱情、婚姻自由、爱人如己、牺牲自己成全别人……总的看起来倾向还是对的，也反映着知识分子进步的一面"③。然而，春柳剧场的骨干，基本上是留学日本回国的知识分子，直接受过日本新剧派的影响，往往不知不觉在节奏和格调方面或多或少流露出日本新派演员的味道。④像陆镜若本人对伊井蓉峰的演技有所偏爱，《热泪》中的露兰、《不如归》中的赵金城、《爱海波》中的三郎等，其原型具有伊井蓉峰舞台形象的痕迹。⑤伊井蓉峰致力于新剧演出，曾将壮士剧改良为新派剧而做出过努力，以追求戏剧的艺术性和写实性来为其表演个性。他容貌英俊，扮演的角色多为风流倜傥、气质洒脱的正面人物。这些对陆镜若的影响巨大，也使得一个15岁即到日本留学的中国学生的人生观、价值观、戏剧观在日本新剧改革大潮的陶冶下逐渐建构起来。

陆镜若编演的《豹子头》取材于《水浒传》，为十一幕古装新剧，于

---

① 唐月梅：《日本戏剧史》，昆仑出版社2008年版，第440页。
② 1912年初由陆镜若在上海发起并组织了职业剧团新剧同志会，参加者多数是东京春柳社回国的成员，他们自认为是春柳的继承人，戏剧史上一般都把新剧同志会称作后期春柳。1914年4月陆镜若等以春柳剧场的名义在上海南京路谋得利戏院正式开幕演出，不过仍然使用新剧同志会的团体名称。
③ 欧阳予倩：《回忆春柳》，载《欧阳予倩戏剧论文集》，上海文艺出版社1984年版，第168页。
④ 欧阳予倩：《回忆春柳》，载《欧阳予倩文集》，华夏出版社2000年版，第408页。
⑤ 魏名婕：《论日本新剧运动对陆镜若的影响》，《戏剧艺术》2012年第4期。

1914年4月至1915年9月在春柳剧场演出，后经中华图书集成公司于1919年4月10日出版。据《新剧考证百出》收录载，陆镜若《豹子头》十一幕新剧大致故事情节为：

> 第一幕林冲与鲁智深结义及高衙内戏林冲妻；第二幕陆虞候计赚林妻；第三幕陆谦设计陷林冲；第四幕林冲买刀；第五幕林冲误入白虎堂；第六幕林冲休妻及陆谦谋杀林冲；第七幕鲁智深大闹野猪林；第八幕林冲棒打洪教头；第九幕李小二闻陆谦等阴谋；第十幕草料场交替及火烧草料场；第十一幕林冲杀陆谦等三人。①

就故事情节来说，陆镜若的《豹子头》与《水浒传》基本相似，笔者认为，《豹子头》与春柳社在思想表达方面主要表现出来的针砭时弊以及启蒙思想相差不会太远，而且在戏剧形态、演员演技方面应直接受到日本新派剧的影响。

李叔同《春柳社演艺部专章》可旁证陆镜若《豹子头》一剧的具体情况。李叔同其文介绍，演艺之大别有二：曰新派演艺（以言语动作感人为任，即今欧美所流行者），曰旧派演艺（如吾国之昆曲、二黄、秦腔、杂调皆是）。本社以研究新派为主，以旧派为附属科（旧派脚本故有之词调，亦可择用其佳者，但场面、布景必须改良）。可见，当时春柳社演出古戏新剧在艺术形式上延续了传统古典戏曲的结构、风格、语式，但在舞台道具、布景乃至演员服装等方面具有时代改良的性质。同时，李叔同指出，春柳社无论演新戏、旧戏，皆宗旨正大，以开通智识、鼓舞精神为主。②也就是说，春柳社所演旧戏，必为与启蒙大众、开通民智、鼓舞革命精神相关的剧目。陆镜若依照《水浒传》编演的《豹子头》本身就蕴含着官逼民反的革命精神与启蒙思想，必然成为"后春柳"（春柳剧场）"择用其佳者"的"旧派脚本"，但不能否认春柳剧场融入新思想、新精神、新内涵进行再加工再创造的可能性。

---

① 郑正秋：《新剧考证百出》，赵骥校勘，学苑出版社2016年版，第49页。
② 李叔同：《春柳社演艺部专章》，载阿英编《晚清文学丛钞·小说戏曲研究卷》，中华书局1960年版，第636页，原载《北新杂志》第三十卷。

值得注意的是，1914年出版的朱双云著作《新剧史》[①]里有一张剧照插图，图注为"最新古装新剧《武松杀嫂》"（见图1-1），图中新剧家为（陈）镜花、（汪）优游、（郑）正秋、（徐）半梅，由（张）冶儿摄影，扮演者皆为新民社的主要成员。这张写实性舞台剧照中共五人，一男一女两人在带窗屋内，三人在门外，其中门外一矮人正在撞门，另一年轻小伙撞向一老者。由《水浒传》及传统戏曲"武松杀嫂"情节可推断，由张冶儿摄影的剧照应是郓哥带武大郎捉潘金莲与西门庆之奸一节。根据《新剧史》出版时间1914年以及陈镜花、汪优游、郑正秋、徐半梅等人的演出时间推算，特别是郑正秋1913年开始正式组建新民社并兼导演与演员，以及剧照注明"最新"二字，古装新剧《武松杀嫂》应该是1913—1914年间的新编水浒戏剧，此剧照应该是带有广告宣传性质的照片。该剧照足以佐证在1914年两部《豹子头》诞生之前或同年，新编水浒戏剧《武松杀嫂》已经排演完毕。另有《记民鸣社之古装剧武松》记载的"新剧古装，创自新民，民鸣继之，亦排武松、西厢两处"[②]也可力证新民社《武松杀嫂》的存在。新民社是文明戏衰微时出现的以商业方式经营、以盈利为目的的剧团，他们排演的家庭题材新剧风靡一时，取得了较高的票房收入。就新民社的商业属性来说，《武松杀嫂》极有可能是家庭题材类以惩戒淫妇为主题的古装新剧。

图1-1　新民社古装新剧《武松杀嫂》剧照

[①] 朱双云：《新剧史》，新剧小说社1914年版。
[②] 梨史：《记民鸣社之古装剧武松》，《上海》1915年第1卷第1期。

与新民社竞争而起的是民鸣社，民鸣社与新民社共同成就了戏剧史上的"甲寅中兴"，促进了新剧的繁荣，但也因大肆经营商业性质浓厚的家庭新剧以致粗制滥造，文明戏走向衰落。民鸣社在1914年演出了古装新剧《武松》，此剧由顾无为编剧并扮演武松角色，是民鸣社经常上演的热门剧目。由《论民鸣社之武松》[①]和《记民鸣社之古装剧武松》两篇评论文章，以及《水浒传》"武松杀嫂"本事可推断，《武松》一剧为十三幕古装新剧，分幕大致为第一幕"遇兄"、第二幕"戏叔"、第三幕"别兄"、第四幕"挑帘"、第五幕"通情"、第六幕"告密"、第七幕"捉奸"、第八幕"规妻"、第九幕"哭灵"、第十幕"显灵"、第十一幕"询何"、第十二幕"杀嫂"、第十三幕"诛庆"。故事情节基本与《水浒传》所叙相似，其主要人物为武松、西门庆、武大、潘金莲和王婆。所不同的是，"何九叔"被改称为"何九翁"。另外在具体细节方面有多处修改，比如"戏叔"一幕门外无雪、门内无火炉布景，"捉奸"一幕郓哥本以掷篮为号而剧中乃作掷帽为号，"询何"一幕郓哥本不在座而剧中在座，西门庆在狮子楼饮酒本偕一客二妓而剧中皆无，等等，不一而足。[②]就主题来说，据《民鸣社一周年纪念书》记载："凡读施耐庵《水浒传》者，莫不知有武松，其他稗乘野史亦见不一见。慨夫有宋不国，朝政紊如，权奸当路，草泽英雄末由自进，抚髀太息，容有其人。想当日横刀距跃之，概亦一血性男儿也。较彼醇酒妇人，偷安苟息，置大耻于不顾，视家国若敝屣者，胜多多矣。顾君无为特编为剧本，演诸舞台，健儿身手不致沦没于百世之下，并用以铖国人奄懦之疾。"[③]《武松》侧重表现血性男儿武松除奸卫国的家国思想，"偷安苟息"的"醇酒妇人"潘金莲只不过隐喻了"权奸当路""朝政紊如"的社会现状，此剧有较强的政治时事色彩。但在《论民鸣社之武松》一文中，作者云楼批评西门庆扮演者新剧家查天影"脸敷脂粉已犯旧剧恶习，加以举止轻浮，形容过度，于通情一幕淫秽之态不堪入目，淫秽之咎天影其能辞乎？且新剧为社会教育，凡关于迷信淫荡者，悉宜被除何物，天影竟敢以此败坏风俗"，剧

---

① 云楼：《论民鸣社之武松》，《白相朋友》1914年第1期。
② 梨史：《记民鸣社之古装剧武松》，《上海》1915年第1卷第1期。
③ 转引自上海图书馆编《中国近现代话剧图志》，上海科学技术文献出版社2008年版，第172—173页。

中潘金莲竟然也"以天影之诲淫亦从而附和之"①,而且潘金莲"一言一动、一哭一笑莫不令人满身起栗,作三日恶"②,说明表演者有取悦、满足观众庸俗乃至低俗心理的倾向。但是,《论民鸣社之武松》和《记民鸣社之古装剧武松》两篇评论文章都谈到了该剧对武大郎细致入微的刻画,武大郎不仅忠厚老实,且在"别兄"一幕中与武松依依难舍,情深义重,手足之情令人叹羡。③由上述可知《武松》一剧不仅加重了情感戏份,并在突出政治主题的同时,发挥了戏剧的教育功能和娱乐功能。毕竟,作为一个纯粹的商业性新剧剧团,民鸣社以其强大的商业资本大举渗透新剧市场,在新剧创编演出方面必然要寻求商业与艺术的最佳结合点,以获取利润最大化。

然而从新民社的《武松杀嫂》到民鸣社的《武松》,较之陆镜若、刘艺舟的《豹子头》以及《花和尚鲁智深》等拓展了水浒戏的题材内容和审美范畴,特别是从家庭角度演绎、深化了兄弟之情。但是,对潘金莲淫荡的过度渲染反而与封建意识达成默契,使潘金莲成为不得不被杀以以儆效尤的对象,延续了淫祸这一恒久的文学主题,不利于女性解放和社会的进步。

第三节 两种启蒙及其面向

五四时期既是新的人文思潮得以译介与融合创新的时期,又是军阀混战、外强干预导致清末革命意识延续与更迭的阶段,同时新剧在文明戏之后,一大批戏剧人不断探索与掘进使戏剧艺术形式日趋完善,话剧也因1918年前后以《新青年》为阵地发生的"新旧剧之争"得以普及开来,于是产生了水浒历史上首部以革命为主题的话剧《宋江》和具有划时代意义的女性主义话剧《潘金莲》,而这两部话剧分别从革命和女性两个角度进行了一次现代启蒙。

1. "灰色英雄"及其革命的意义:《宋江》

中国戏曲改革在艰难的步履中经过梁启超、柳亚子、陈去病等人的强

---

① 云楼:《论民鸣社之武松》,《白相朋友》1914年第1期。
② 梨史:《记民鸣社之古装剧武松》,《上海》1915年第1卷第1期。
③ 同上。

烈呼唤，以及汪笑侬、夏月润、潘月樵、梅兰芳，春柳社和其他诸多新剧剧社的创作与舞台实践，使改良戏曲与民族意识、社会变革同步发展，中国新剧也在外来新剧思潮的影响下茁壮成长。但是，民国初期传统戏曲依旧表现出强大的生命力，尽管国民政府大力推进戏曲改良运动，同时于1915年在教育部所辖设立戏曲研究机构通俗教育研究会戏曲股，从戏曲调查、改良、排演、市场销售等方面给予审核指导，以"禁止旧戏之有害者、奖励旧戏之有益者、编制新戏、筹设童伶识字学校"等为主要工作内容，而且各省及主要城市加强了对传统戏曲的整顿，特别是禁止淫戏剧目的演出。①然而，国人对传统戏曲的审美期待保持着坚挺的态度。此一时期的时装新戏、文明戏因剧本、演员、舞台效果等种种不成熟的表现，日趋粗制滥造甚至腐败堕落而在戏剧改良运动中走向失败，随之而迎来的五四新文化运动便掀起了新旧剧之间的一场大规模的争论。

早在1904年陈独秀发表了《论戏曲》一文，他意在抬高戏曲及戏曲家的社会地位和教育功能，对神仙鬼怪的戏、淫戏以及富贵功名的俗套给予有力的抨击，认为像《武松杀嫂》《翠屏山》《乌龙院》等水浒戏，煽惑愚民，危害不浅，"其尤可恶者"②。五四新文化运动伊始，陈独秀又在《文学革命论》中把明清小说认定为"惜为妖魔所厄"③，全盘否定了传统小说及戏剧的价值。除陈独秀外，胡适、钱玄同、刘半农等高举文学革命的大旗，尖锐地批判旧戏中的种种"恶腔死套"。胡适在《新青年》上发表《历史的文学观念论》，从进化论角度倡导一时代有一时代之文学，中国戏曲应该走白话化、通俗化道路。钱玄同的观点更为激进，他讽刺旧戏的脸谱不仅离奇，而且"真和张家猪肆记卍形于猪鬣，李家马坊烙圆印于马蹄一样的办法"。他在给刘半农的信中说，"中国的戏（笔者注：旧戏），本来算不得什么东西。我常说这不过是《周礼》里'方相氏'的变相罢了，与文艺美术，不但是相去正远，简直是南辕北辙"④。"方相氏"是驱疫避邪的神，指旧戏也不过是迷惑普通老百姓的鬼把戏而已。所以戏曲改良根本没

---

① 陈洁编：《民国戏曲史年谱》，文化艺术出版社2010年版，第21—27页。
② 陈独秀：《论戏曲》，《安徽俗话报》1904年第11期。
③ 陈独秀：《文学革命论》，《新青年》1917年第2卷第6号。
④ 钱玄同：《致刘半农》，《新青年》1918年8月15日第5卷第2号。

有必要，直接引进西方戏剧才是中国文学革命的正途，"现在主张恢复昆曲的人与崇拜皮簧的人，同是缺乏文学进化的观念"①。为此，《新青年》还专门开辟"易卜生专号"，以社会问题剧推进文学革命及写实主义的创作风格。五四新文学革命先驱激进的文学戏剧主张的背后是对民族启蒙运动的大力推进，期望以西方进化论、民主与科学等思想文明革除乱象横生、愚昧落后的政治现状和国民性格，戏剧革命无不渗透着政治工具论的思想。持相反态度的张厚载着眼于戏剧独特的艺术表现和审美价值，主张把旧剧作为国粹全盘保存下来，他说："纯粹新戏既然是新社会的戏剧，那就不能扮演古事。新戏不能扮演古事，然则专门扮演古事的旧戏能不能因新戏发生而就消灭，也实在可疑得很。"②从题材上分割旧剧与新剧，并强调其并存的想法，固然与众多老戏迷的审美习惯相符合，但与时代的潮流走向是背道而驰的。这场轰动当时的论争，看似是新剧与旧剧之间的论争，实际上"则包含着政治与艺术在那个特定时代的深刻矛盾"③。论争的结果是关注现实、揭露时弊和张扬个性的西洋话剧迅速登上中国的戏剧舞台，并且使得《新青年》"戏剧做传播思想，组织社会，改良人生的工具"这种社会性的戏剧观念影响深远。④

20 世纪 20 年代前后是中国社会内惩国贼、外反欺辱风起云涌的时代，1919 年的五四运动加剧了国人的愤怒情绪，摆在中国人面前的历史任务是既要推翻国内的军阀统治，又要抗争，以解除帝国主义种种不合理的条约与特权。无论是将广州作为大本营的国民党，还是以个人名义加入国民党的中国共产党，都在寻求以俄为师的革命方式，许多急于改革现状、改造社会的知识分子也力图以激进的革命方式解决中国的现代性问题，因而革命显然跃居为时代最重要的课题。于是乎，远在日本的戏剧家赵伯颜作为一名三民主义笃定的支持者和信仰者，感时愤世创作了现代戏剧史上第一部水浒题材的话剧《宋江》。该话剧于 1921 年 5 月脱稿于赵伯颜在东京住宿的日印精舍，并于当年 6 月 2 日试演于东京剧学研究社文艺剧第二次试

---

① 胡适：《文学进化观念与戏剧改良》，《新青年》1918 年 9 月第 5 卷第 4 号。
② 张厚载：《我对于改良戏剧的意见》，《晨报》1919 年 1 月 7 日。
③ 胡星亮：《中国现代戏剧论集》，中国戏剧出版社 2010 年版，第 97 页。
④ 洪深：《导言》，载《中国新文学大系·戏剧集》，上海良友图书公司 1935 年版，第 20 页。

演会,后在同年10月间发表于《晨报附刊》。

话剧《宋江》①取材于《水浒传》第四十二回"还道村受三卷天书,宋公明遇九天玄女"一节,故事框架大致相似,不同之处在于增加了具有象征色彩的玉帝神光、心怀各异的搜山捕衙对白和九天玄女的授书情节。《宋江》开端于"说明者"登场,介绍宋江是"徘徊于理想世界与现实世界之间的烦恼者",处于传统士大夫"随俗沉浮"抑或"遗世独立"的思想斗争旋涡,随后又以玉帝神光提醒观众故事暗含的寓意。所谓玉帝神光是"被重重叠叠的罪恶密密包裹了的良心的光辉"。玉皇大帝本为道教三界六道之主神、太极界第一尊神,道教主张清心寡欲、返璞归真,民间祭祀以求庇佑,不可能有"良心的光辉"普照大地、解救民众这样类似西方基督教上帝之光的表述与文化内涵。很明显,伯颜的玉帝神光实际上是汲取了上帝之爱的悲悯情怀,把"上帝之爱"进行了本土化加工和处理,使得传统的中国神仙从不问世事、缺乏大爱的享乐主义形象转化为济世救民并具有普世价值的形象,如此这般九天玄女的三卷天书更具有了人间的合法性和正义性。伦理之爱是政权合法性的出发点,《宋江》多处细致描述了人间世界的景象:生在这种万恶的世界里……遍地盗匪成群,贪官酷吏到处都是,稍微有一点半点不合,不是死在山野,就要遭贪官酷吏的毒手!因此,玉帝派九天玄女到人间找"星主"宋公明,将替天行道、去邪归正的重大责任寄托于他及梁山众多好汉。在《水浒传》中,九天玄女所授三卷天书不仅神化宋江使其坐上梁山头把交椅,而且为梁山替天行道取得了"天意"的合法地位。

在中国,神格化、人格化的天隐含着受命于天的革命思想,汤武革命就是一例,历朝历代莫不如此。传统的革命思想目的在于改朝换代,对20世纪20年代唤醒民众、完成"大革命"具有一定的现实借鉴意义。事实

---

① 伯颜:《宋江》(一幕),《晨报附刊》1923年10月13日至17日连载,署名伯颜。引文均见于此。吴晓樵在《文汇报》发表有《发现赵伯颜》(2018年3月27日)一文,详细介绍了被遗忘的这一位现代文人:赵伯颜在20世纪二三十年代翻译过近代德国文学家阿图尔·施尼茨勒的戏剧作品《循环舞》《恋爱三昧》《绿鹦鹉》,他自己曾在《小说月报》《晨报副镌》《创造月刊》等重要现代刊物上发表过文学作品,其中戏剧有《宋江》《朱江》《沙锅》等。赵伯颜乃文学研究会成员,曾游学于日本、德国等国,苏雪林在《现代中国戏剧概观》中写五四运动期间的历史剧时提到了"赵伯颜的宋江"。

上，伯颜曾在《中国革命之意义及其前途》一文中明确反对汤武革命和马克思主义革命，而是坚持"我们革命的意义，是要反对专制，主张民权；又要反对民族侵略，而主张民族"①的三民主义革命。事实上，作者对孙中山三民主义革命思想的认知还存在局限性。其实，汤武革命以"恭行天命"的革命原则历数夏桀大罪，誓言替天行道，可谓顺乎天又应乎人。孙中山也曾说，"首事革命者，如汤武之伐罪吊民，故今人称之为圣人"②，"乃在美华侨多有不解革命之义者……革命者乃圣人之事业也。孔子曰：'汤武革命，顺乎天而应乎人。'此其证也"③。可见，孙中山先生以及许多革命党人已经明确诉诸汤武革命的古典传统，天命革变和革命建国的政治观念构成了中国政治传统不可脱离的文化基础。④应当说，作者伯颜已意识到，他在文学形式上借鉴《水浒传》中这一"天授天书"情节结构，实际上与自身所笃信的革命思想具有某种程度的相似性与一致性。

正因为现实世界法度废弛、人心不古、污秽不堪、罪恶连连、无公平与正义可言，才迫使晁盖等一帮行侠仗义之士结义上梁山，竖起反叛大旗。外号及时雨的宋江，实质上是一个小知识分子，他不仅因孝顺被称为孝义黑三郎，而且也多有江湖义气，为帮晁盖等人脱险杀死阎婆惜，发配流放又发生"闹江州""劫法场"等不轨事件，自然成为被官兵重点追捕的对象。《宋江》一剧中，面对黑暗残酷现实的打击，宋江悲观绝望甚至丧失了死的勇气，连做"善人"的勇气也灭绝了，他早已身心疲惫。"我在这个世界上还有什么希望？这么毒恶充满了的恶魔世界，还有玉帝神光再现的一天么？"一提起个人遭际就想到把愤怒转为恶魔般的发泄，"除非把全世界上人的血来洗清这个世界"，他不相信玉帝神光有再现的一天，

---

① 伯颜：《中国革命之意义及其前途》，《革命军》1927年第2期。
② 孙中山：《在檀香山正埠荷梯厘街戏院的演说》，载中国社科院近代史所等编《孙中山全集》第1卷，中华书局2011年5月版，第226页。据《檀山华侨》中陆文灿《孙公中山在檀事略》译出（译自火奴鲁鲁英文报纸《鸭抉汰沙》1903年12月14日，今译作《火奴鲁鲁广告者报》）。
③ 《在旧金山丽婵戏院的演说》，载中国社科院近代史所等编《孙中山全集》（第1卷），中华书局1981年版，第441页。据《中华民国开国五十年文献第一编第十六册：革命之倡导与发展——中国同盟会六》（台北正中书局一九六五年版）转录星加坡（现新加坡）《星洲晨报》一九一○年四月十八、十九日原文。
④ 凌斌：《从汤武到辛亥：古典革命传统的现代意义》，载王奇生主编《新史学·第七卷·20世纪中国革命的再阐释》，中华书局2014年版，第28—29页。

不相信世界会清洁优美，但九天玄女不允许滥杀无辜、残害百姓，相信"玉帝的神光就可以弥漫在宇宙之间，并不需要那样悲惨的流血"。这种对现实不满、屡受打击、怀恨在心又唯唯诺诺的宋江式的人物，确实深入刻画了革命道路上某些知识分子乃至革命志士的灰暗心理。对他们而言，要么随俗沉浮，要么遗世独立，民族大业的情怀无法突破个人保守、落后的传统思想。当听到庙门外粗暴残酷的呼声喊成一片、李逵挥舞双斧的时候，宋江不仅丢失了天书，而且旧病复犯又犹豫不决。剧情到此戛然而止。《宋江》一剧批判宋江的主要目的还是为国民革命呐喊，"只有使大家都明了革命的意义，一齐起来参加，使革命能早日成功，这就是最好的方法"①。所谓玉帝神光，内隐着革命的意义，只有明确了革命的意义，才能不辜负九天玄女的三卷天书，完成替天行道、为国家务要全忠仗义、为生民造幸福、去邪归正的重托。可见，九天玄女的三卷天书中的替天行道并不是传统意义上王朝兴替式的革命，而是通过扫清残酷的现实以期实现充满玉帝仁爱的大同世界的革命，这也正是作者要求知识分子须具备的现代革命观念，只有如此将个人的抉择与命运的选择相统一，怀揣革命的现代意义与民众的立场，既不能随俗浮沉，也不要遗世独立，而是"走到他们中间去"，与人民一起谋求人生的幸福，才是知识分子的历史重任。"走到他们中间去"是20世纪20年代中国知识分子倡导"到民间去"运动的变相称谓，当时《晨报副刊》《努力周报》等都刊载过此类文章，呼吁青年学生投身社会改革、肩负农民教育等。早在1919年，李大钊也受19世纪以来俄国民粹主义理论提倡者"到民间去"运动的影响，积极推广俄国经验，以唤醒广大民众，参与到民众之中。赵伯颜如同其他20世纪20年代的知识分子一样，忧患于外强与军阀，意在渴求知识分子或革命者与大众融为一体，"要全体民众来共同担负的，并且这是为全体民众的幸福"的"国民革命"。②如此一来，赵伯颜的革命意义及写作意图就十分明显了。

《宋江》一剧是对英雄的消解，特别是通过对宋江如同梦呓一般大量自言自语式对白的运用，将其个性心理展现得淋漓尽致，但整个剧情缺乏

---

① 伯颜：《中国革命之意义及其前途》，《革命军》1927年第2期。
② 同上。

外在性的情节冲突或人物冲突，过度注重于内心的刻画反而弱化了革命性主题，更多地倾向于复杂多变的心理写照。应该说，《宋江》是一部充满强烈人道主义精神的话剧，它不仅关注灰色革命人物宋江的内心世界及其剧烈的痛苦、矛盾，展现其性格懦弱的一面，而且也意在遏制革命过程中出现的魔心即滥杀无辜的暴力，尽管革命需要暴力，暴力成为当时诸多革命人选择社会变革、政治推进的一种激进方式，然而，《水浒传》中的滥杀无辜乃至以私仇报复公众的英雄行为，皆为作者所反对。事实上，《宋江》全剧突出刻画了宋江的双重人格，其仗义而胆小、狂野又自责、压抑且恶意膨胀的内在矛盾历历在目，可以说这一部话剧既是作者鞭挞、批判灰暗、灰色革命者的文艺作品，又是作者阐释自己革命思想的一部社会问题剧，更是对《水浒传》替天行道思想的一次富于时代内涵的注解。

20世纪20年代如《宋江》一样具有启蒙性质的历史剧产量为数不少，苏雪林在谈论这一时期的历史剧时，认为并不能以"历史剧"命名此类戏剧，这类"借历史人物来表现自己的主观和见解，或借以传布某种思想的东西"，只好命名为"教训剧"或"理想剧"。[①]苏雪林可谓一语中的。《宋江》恰恰是二者的合成，既表现为对知识分子的革命性教训，又表达了作者本人的革命理想，因而《宋江》在启蒙方面实际上超越了社会问题剧揭示社会弊病而不给药方的局限性，既直指革命者或知识分子灵魂深处的病灶，又给予明确的目标，尽管这一目标是以一种象征主义的手法表现的。

2. 女性启蒙及其姿态:《潘金莲》

潘金莲形象本由《水浒传》首创，后在"淫书"《金瓶梅》中大放异彩，又经明代剧作家沈璟《义侠记》以及清代戏曲《挑帘打饼》《调叔》《灵堂杀嫂》等轮番强化，其淫妇形象可谓家喻户晓，在中国乃首屈一指。正如有学者指出，潘金莲一出来，中国文学的想象力便开拓了一个新范围，以后妇女的精力与她们自身的活动可以写了。[②]传统形象中的潘金莲是典型的女人祸水形象，本质是男性视女性为淫祸，把女性作为情与欲的代表和象征。但是这一形象在1926年经由欧阳予倩改写出话剧作品《潘

---

① 苏雪林:《现代中国戏剧概观》,《青年界》1937年第11卷第3期。
② 孙述宇:《金瓶梅的艺术》,台北时报文化出版公司1978年版,第84页。

金莲》^①而大为改变，产生了颠覆性的巨大影响力，首次清算了几千年以来中国男权思想统治下扭曲的女性观念以及对女性的根本性污蔑。

实际上，从1898年至1925年，有关女性的一切价值判断发生了翻天覆地的变化，女性受到了前所未有的关注：她们的身体被凝视、被讨论、被批判、被试图改造，女性从来没有这样被举国重视。[②]其间的五四新文化运动更是"人的发现"与"女性的发现"并举的时代。1918年6月15日《新青年》杂志推出"易卜生专号"，隆重介绍了这位"欧洲近代第一文豪，其著作久已风行世界，独吾国尚无译本"的戏剧家，同时他的《娜拉》《国民公敌》《小艾友夫》等戏剧中译本被刊载。尽管胡适说，易卜生的文学，易卜生的人生观，只是一个写实主义，[③]但易卜生戏剧对专制社会压制个人的批判、对女性家庭命运的关注，却掀起了中国现代女性解放运动的高潮。欧阳予倩是较早接触易卜生社会问题剧的剧作家，在春柳剧场时期，欧阳予倩与陆镜若排演过易卜生的《娜拉》，后因演出市场不景气而终止演出。1922年欧阳予倩创作了两部家庭题材的戏剧《泼妇》《回家以后》，然而《回家以后》却遭受了猛烈的批评。有人认为女主人公吴自芳"是家族主义下的女性型"[④]，有人则讥讽《回家以后》是"挂了新招牌而提倡复古思想"[⑤]的作品。激进知识分子无法容忍女性的妥协和寄生，包括新文化运动先驱们及欧阳予倩为代表的戏剧界，都曾对女性主体性构建即男女同权问题、女性的自我角色等展开过热烈讨论，对女性自我的全新构建成为解决女性问题的根本途径。《妇女评论》在其创刊宣言中强调不能持与男子等齐的观点，认为"我们觉得仅仅叫现在的女性做成和现在的男性一样的人，不是讨论妇女问题的根本办法。现在的男性，都（多）半不会得着'人的生活'……女性底要求如果仅仅限于取得和男性同样的现在已有的生活，这有什么大意思呢？……我们是主张解放了历来施于女

---

① 话剧《潘金莲》由1926年京戏本《潘金莲》改编，京戏本已丢失。
② 张莉：《浮出历史地表之前——中国现代女性写作的发生》，南开大学出版社2010年版，第1页。
③ 胡适：《易卜生主义》，《新青年》1919年6月15日第4卷第6号。
④ 周建人：《吴自芳究竟是家族主义下的女性型不是？》，《妇女周报》1925年1月4日第66期。
⑤ 章锡深：《吴自芳的离婚问题》，《妇女周报》1925年1月5日第67期。

性的种种束缚,让女性自由发展出伊们底能力来。凡思想、制度,能够成为新锁镣的,我们都要不容情的攻击"①。如此一来,欧阳予倩在《回家以后》中塑造的女性形象显然与社会主流思潮相悖,因此不得不重新思考女性的性别意识及自我角色等社会问题。

欧阳予倩曾在《〈潘金莲〉自序》中谈到其创作的动机:"我编这出戏,不过拿她犯罪的由来分析一下,意思浅显极了,真算不了什么艺术,并且丝毫用不着奇怪。男人家每每一步步地逼着女子犯罪,或者逼着女子堕落,到了临了,他们非但不负责任,并且从旁边冷嘲热骂,以为得意,何以世人毫不为意?还有许多男子惟恐女子不堕落,惟恐女子不无耻,不然哪里显得男子的庄严?更何从得许多玩物来供他们消遣?"②在欧阳予倩看来,女性的犯罪及堕落是由男性主导的封建社会造成的,因此,《潘金莲》第一幕便刻画了张大户的丑恶嘴脸。张大户有钱有势,以玩弄女性为日常娱乐,在他眼里,女性就如同自己鱼缸里养的金鱼,不仅如此,他还充当维护地方风化的绅士,"自然是应当维持风化的",而且"伦常风化总是要紧得"。这样一位满脑子封建正统思想和男权意识以及把女性当玩物的绅士,其目的无外乎满足不断膨胀的私欲和性欲。正如潘金莲的控诉:"男人家有什么好的?尽只会欺负女人——女人家有通天的本事,他也不让你出头!只好由着他们攒着在手里玩儿……本来,一个男人要折磨一个女人,许多男人都帮忙,乖乖儿让男人折磨死的,才都是贞节烈女。受折磨不死的,就是淫妇,不愿意受男人折磨的女人就是罪人。"③除有钱有势、又老又丑的劣绅张大户,自命不凡的土霸、好勇好色的青年西门庆,也仗着有钱有势,到潘金莲这儿来买笑寻欢。着实令潘金莲感到绝望的是,武大不仅外貌丑陋,而且性格懦弱,缺乏大丈夫气概,可谓人格低下、精神卑微。武大不能在精神世界与潘金莲实现交流与沟通,也不能在情欲上满足其个人需求。潘金莲唯一爱慕的好汉英雄是武松,尽管武松人品刚正、英勇无比,然而武松骨子里坚守着深厚的封建纲常伦理。应该说,武松维护儒家

---

① 《宣言》,《妇女评论》1921年第1期。
② 欧阳予倩:《〈潘金莲〉自序》,载《欧阳予倩全集》(第1卷),上海文艺出版社1990年版,第93页。
③ 欧阳予倩:《潘金莲》(五幕话剧),载《欧阳予倩全集》(第1卷),上海文艺出版社1990年版,第55—91页。引文均见于此。

的道义，又用儒家道义杀女人的两面性，直接导致潘金莲成为传统主流文化的牺牲品。正如潘金莲痛斥的，真正杀死武大郎的是张大户、王婆、西门庆等人，就是他们主导的社会制度和伦理文化造成了一个女子的淫荡、狠毒与犯罪（见图1-2）。

图1-2 欧阳予倩、周信芳之《潘金莲》

其实，《潘金莲》一剧中的潘金莲是一位女性意识高涨、与整个以男性为主导的世界对抗的女子。剧本第二幕高升对王婆讲过，张大户欲将潘金莲收房，潘金莲"她不肯，偏去爱上我们的一个同事"。潘金莲故意与张大户作对，爱上另一个男子；其后潘金莲对王婆讲她"真是想死"。潘金莲的觉醒，首先是性别意识的觉醒。在潘金莲看来，男人不过是贪图女人的姿色，那么女人都应该死绝，由此以惩罚男人。潘金莲这种极端的玩笑话虽出于怨愤，但可知女性对整个世界的绝望程度，女性丧失了社会的自我角色以及由此而产生的地位、价值与意义。所以，潘金莲认为，既然女人是男人的消遣品，那么女人也可以拿男人做消遣品，她与西门庆相好"也不过是拿他解闷儿消遣；一声厌了，马上就散"，把毫无意义和价值的人生撕裂来看，更显示出这个世界的荒谬性。因此，潘金莲干脆以一种玩世不恭的态度抗衡男性以及由男性主导的世界。然而，女性毕竟还是女性，爱情虽不是女性的全部生活，但是爱情是女性生活里最为重要的部分。依照潘金莲的性别意识与性别角色,唯一的出路仍是将人生寄托在爱情上——找一个可以抵御外力和邪恶的英武男人。武松的出现,成为潘金莲的最后一根救命稻草。令人遗憾的是,欧阳予倩并未赋予武松以新的形象和内涵,武松的形象自《水浒传》诞生,历经明清传奇剧以及地方戏曲直到近代以来未曾有丝毫改变,武松依旧是一条行侠仗义、爱兄如父、有仇必报的硬汉。作为封建卫道士形象的武松的断然拒绝,给潘金莲以致命的打击,既然生存没有希望,还不如死在心爱的人刀下,也算是一种爱的奉献。只有对爱情执着、浓烈、决绝的追求与体现,似乎才能全部完成潘金莲这样一个女性自我价值的现实表达。

应该指出,欧阳予倩笔下的潘金莲形象尽管丰富饱满、意志坚定、性格矛盾,极富人格魅力,但尤为惹人注意的是潘金莲透露着一种实用主义的狡黠性格,这足以表明女性在现实与理想之间所呈现出的人格分裂与精神自抑。武大郎死后,西门庆为潘金莲倾身而出却并没有打开爱情之门,在潘金莲来看,"论他的势力,比不上你;家财,更比不上你;要论人品武艺,他可比你高强百倍"。武松才是她的理想对象,与西门庆交往只不过是潘金莲一时的权宜之计,因此常常对西门庆施展柔媚之态。一个女人要生存,就不得不向男权世界妥协乃至委曲求全、逢迎谄媚,这是男权扭曲女性的具体表现。西蒙·波伏娃曾指出,一个女人之人,与其说是"天生"的,不如说是"形成"的。[①]那么,被"形成"的潘金莲表现出一种独特的女性生存智慧,她在被男性挤压的狭窄空间顽强、灵巧地平衡着被损害的内心精神,并向整个男权世界寻找自身的性别价值。就本质而言,潘金莲还不具备现代意义上完全独立的女性人格以及应有的社会自我角色,她既没有处在一个现代价值理念成熟的空间,也没能彻底摆脱男性世界中一个女性特有的价值与意义。因此,潘金莲的现代价值观在剧中显得独特而勉强,毕竟除她以外的所有戏剧角色还处于蒙昧状态,唯独她"鹤立鸡群"。

需要强调的是,最终潘金莲从一个游戏英雄西门庆的实用主义者迅速转变为一个爱情至上的唯美主义者,这正是现代五四启蒙精神熏染的成

---

① 〔法〕西蒙·波伏娃:《第二性》,桑竹影、南珊译,湖南文艺出版社1986年版,第23页。

果。《新青年》曾大力提倡对爱情的绝对信仰，认同爱情至上的先锋姿态，爱情被描述为一个完美自足的自由王国，爱情神秘、高贵，并且具有强大的力量，可以使乞丐变为天上人。①因此，恋爱至上在五四时期是女性觉醒与解放的重要表现，许多杂志期刊如《妇女杂志》等译介过包括厨川白村在内的近代思想家的恋爱观，讨论恋爱至上对女性的存在、人格独立具有举足轻重的地位与作用，"性的道德，实在是女子觉醒的中心问题"，大力倡导"融合精神肉体为一，所谓灵肉一致的爱恋"，认为"这种恋爱，才有价值"。②恋爱至上思潮风靡一时，尽管后来多受诟病，但在 20 世纪 20 年代却推崇备至。结尾潘金莲"（撕开自己的衣服）……里头有一颗很红很热很真的心"叫武松拿去，将自己灵与肉一体送给所爱的人，用实际行动完美地践行了"恋爱至上主义"。除此之外，日本东京的春柳社成立于 1907 年，这一年王尔德的《莎乐美》被介绍到日本，欧阳予倩回国后 1914—1915 年在上海"谋得利"戏院挂出春柳剧场的牌子，曾演出《莎乐美》。③这部唯美主义作品到中国后，被田汉评为"这个剧本对于反抗既成社会的态度最明显"④。此后众多文学家、戏剧家以此为创作和演出的底本，在中国话剧史上具有开山之举的春柳社、春柳剧场不可能不受此影响，欧阳予倩笔下的潘金莲明显具有带着嗜血的虐恋情结。潘金莲的激进恰恰像一口警钟一样警示着男性以及男性统治的世界，在主动女性自由精神、女性性别意识的戏剧冲突中，刺破了牢不可破的极度不平等的男女权力关系结构，构建着女性特有的性别意识与自我角色，同时也提醒，正在被启蒙的女性在寻找社会自我角色以及建构女性意识的过程中，其激进的负面效益也会带来某种道德缺陷。

不可否认，欧阳予倩在《潘金莲》一剧中的女性翻案意识以及对女性社会角色的重新确立，直接影响了整个 20 世纪戏剧文学对水浒"淫妇"们的不断改写与重估。像抗战时期田汉在其京剧《武松》中竭力塑造武松这一特殊时期的侠义英雄好汉，依然对潘金莲充满了足够的人性关怀，随

---

① 张莉：《浮出历史地表之前——中国现代女性写作的发生》，南开大学出版社 2010 年版，第 115 页。
② 瑟庐：《近代思想家的性欲观与恋爱观》，《妇女杂志》（上海）1920 年第 6 卷第 10 期。
③ 袁国兴：《中国话剧的孕育与生成》，台北文津出版社 1993 年版，第 219 页。
④ 田汉：《田汉文集》（第 14 卷），中国戏剧出版社 1987 年版，第 197 页。

后从延安时期到"十七年"时期以及以魏明伦的《潘金莲》为代表的新时期的水浒戏，都未曾抛弃欧阳予倩赋予潘金莲的基本价值观念以及解放女性这一宏大主题的思路框架。

从政治诉求到抗战救国

人间正义与政治诉求往往交织在一起，水浒戏创作及其改编在20世纪30年代以铲除土豪劣绅恶霸、反对封建思想意识为主要内容，体现出强烈的政治化特征和意识形态性倾向，直接引发水浒戏在创作上表达政治激情的审美倾向的形成，且一直延续到抗战时期。水浒戏当中的公义即"侠之大者"、为国为民的精神得以大力弘扬，无论是国统区抑或"孤岛"上海，文本中的侠义精神所散发的民族正气令人血液澎湃。与此同时，对侠义中的私义现象，剧作者以较为隐晦的手法给予了批判，表明水浒戏内在的褊狭与现代民族精神有着根本的冲突。需要提醒的是，在商业利益的驱动下，20世纪30年代出现了大量反潮流的以"戒色"为主题的水浒戏。这种落后的封建意识要求女性坚守传统贞节乃至践行殉道德性，好在仍有一批剧作家写出了以人道主义为思想根源的歌颂真挚爱情、追求个人自由的水浒戏，甚至抗战末尾有剧作家重新认识了水浒女性，再次肯定其女性主义及其价值立场。不可否认的是，抗战中对水浒英雄的塑造无意中流露出诸多父权及夫权思想，要么将女性想象成女色或淫妇，要么想象成女孩子或贞洁烈妇，这种两极化想象乃弘扬抗战精神而迁就英雄豪杰的结果，暴露出抗战水浒戏创作及改编过于重视作品的宣传性与政治性，在一定意义上忽视了本应同时注重、推进的现代民族精神。

第一节 政治文化与"高台教化"

20世纪30年代（此处指1927—1936年）的传统戏曲文本探索整体上呈现出多元化态势，既有以改良京戏本为代表的对传统戏曲的承继和发展，又有能与时代社会政治紧密结合的改编戏，而且还出现了由传统戏曲新编的多部现代话剧。毕竟，诸多有着现代意识的文人加入传统戏曲的改编与创作是这一时期最为显著的特色，文人的积极参与以及与艺人之间的互动、合作，对剧本的文学性、思想性与表现性产生了极大的影响，推动了传统戏曲在20世纪前半叶的大发展。具体来说，人间正义与政治诉求往往交织在一起，体现了20世纪30年代水浒戏的时代性特征与审美追求，以及多元化、复杂化、矛盾性的价值取向格局，并碰撞出革命化的新的叙事模式和美学观念，也融入了诸如歌颂自由恋爱等现代性精神，表现出独特的美学品格与价值意义，从而促进了传统戏曲的转型与嬗变。

1. 政治诉求：人间正义与除恶反封

20世纪30年代的新编水浒戏剧与社会整体的政治诉求存在着紧密的关联。在中国现代戏剧文学史上，20世纪30年代的文学在题材选择、主题确定以及审美价值等方面具有某种程度的政治化特征和意识形态性倾向，"它广泛涉及不同的党派、社群乃至个人的政治愿望"[①]，体现出作家强烈的历史使命感和社会责任心。就既擅长话剧又热衷于戏曲改革的田汉及其南国社来说，田汉在《南国社的事业及其政治态度》一文中就明确地指出，南国社"是想在一面干歌剧——创造新的歌剧，一面干话剧，以推动戏剧运动"，毕竟，"中国现在应当有新歌剧之创造"。然而，在1929年同时演出"艺术至上"戏剧和"写实主义"戏剧的南国社，其"政治态度"也"不能说全无ism（主义）"，他们的社员对三民主义、国家主义、共产主义、安那其主义（无政府主义）都采取一种纯客观的研究态度，田汉个人也曾编撰过《黄花岗》《黄鹤楼》《孙中山》等与国民党有关的戏剧作

---

① 朱晓进：《政治文化与中国二十世纪三十年代文学》，人民出版社2006年版，第3页。

品。事实上，在田汉看来，"政治时常是维持现状的，而艺术时常是对于将要停滞、将要固定的现状之冲破力"①。面对社会矛盾的日益尖锐和阶级意识的不断觉醒，田汉不得不用艺术回应社会现实，表明自身及南国社的政治态度。他认定艺术是冲破政治僵化的有力武器，艺术完全可以改造政治乃至整个社会。然而到了 1930 年特别是左翼剧联的成立，戏剧人和戏剧团体在特定的政治文化氛围中纷纷"站队"，正如郑千里所总结的："整个戏剧战线事实上不得不严格地根据政治的观点重新组合以形成一种新的对立的情势。"②所以，20 世纪 30 年代的新编水浒戏剧不可能不受时代社会思潮的干扰和浸渍。众所周知，经过五四新文化运动洗礼之后的戏曲界早已"感染"了民主思想，并且能够与社会政治运动同步并行编排演出剧目，杨小楼、梅兰芳、周信芳、程砚秋等名角都曾演出过许多具有民主思想、反抗暴政、批判社会的戏曲，何况大致在 1920 年后有更多的文人如齐如山、罗瘿公、陈默香、清逸居士、吴幻苏等长期与演艺名角合作专门创编新剧。他们在加强戏剧故事性、文学性的同时，尤为以借古喻今的方式褒贬现实、针砭时弊，宣扬人间正义和时代思想。

1929 年年底田汉创作了"二场京剧"《林冲》③。实际上，"二场京剧"《林冲》只是第一幕的上、下两部分，与同时代以林冲为主题的传统戏曲和《水浒传》等的基本情节相比较，其故事还远不完整。但就"二场京剧"《林冲》单体而言，林冲、鲁智深的性格刻画已经十分突出，读者依据以往本事也能够大体预知框架结构的基本走向，因此，可以视其为完整的戏剧剧本。《林冲》第一幕上部着重表现鲁智深粗放豪爽的个性特征和仗义行侠的精神人格；第一幕下部则着重叙述高衙内调戏林冲妻子，而鲁智深则依旧英雄盖世，天不怕地不怕要替兄弟出气，却被林冲阻止。与《水浒传》等中的林冲"不怕官，只怕管"的敬畏权威的心理不同，《林冲》剧中林冲隐忍的原因在于有妻室，与妻子过团圆安稳的日子、追求家庭幸福是他真实的意图。但这并非唯一的意图，由林冲妻子评价鲁智深"原来也

---

① 田汉：《南国社的事业及其政治态度》，《南国期刊》1929 年 7 月 28 日第 1 期。
② 郑千里：《中国戏剧运动发展底鸟瞰（1930—1931）》，《北斗》1932 年 1 月 20 日第 2 卷 1 期。
③ 田汉：《田汉戏曲集》（第三集），上海现代书局 1932 年版，第 195—209 页。本部分引用均出自此书。

是一个不得志的英雄"可得知，林冲日常也少不了英雄不得志的感慨，因此也就有了对鲁智深"分明是一人温饱天下饥寒"的暗讽。这种暗讽有可能指向林冲自身，英雄好汉顾家守妻之外，面对天下饥寒却无用武之地。所以可推测，"二场京剧"《林冲》是一部英雄好汉反抗强权暴政、追求天下人人温饱的新歌剧，这或许是田汉希冀以戏剧艺术冲破社会黑暗政治的一种表达。

与田汉《林冲》一剧英雄无用武之地的控诉不同，吟碧馆主（吴幻荪）为郝寿臣新编的《桃花村》①则直接表现英雄好汉对戕害良民、霸女夺财的"恶霸"的"改造"。《桃花村》一剧因"开净角排演新戏之先例"而"誉满华北"，名噪一时。这出戏取材于《水浒传》"小霸王醉入销金帐，花和尚大闹桃花村"一回，突出塑造了鲁智深鲁莽豪爽、嗜酒如命、扶危济善、智勇双全的个性特征。有意思的是，鲁智深担忧村民不信他有救危扶弱的本领，便假装神仙，自称"吾神奉了神天菩萨、如来我佛、达摩老祖敕旨，算就你们桃花村"，取得了刘从善和村民的信任，从而降服恶霸，为民除害。鲁智深行侠仗义需要得到神助才可实现，否则无人相信。固然，设置神仙戏是"戏不够、神仙凑"的传统戏曲创编方法，是完成故事的基本叙述结构的必要，同时也展现了民间信仰对民众日常生活的影响力，人间正义只有在神/佛神秘力量的扶助下才能彰显出来，凡人面对恶人是无能为力的。否则，《桃花村》中的百姓几乎都可能屈服于恶势力，并且还要劝说刘从善"忍着点儿"以图保全整个村子。细究则发现，《桃花村》一剧中的恶霸们其实也是好汉，鲁智深的行侠仗义并未彻底铲除这等危害百姓的山霸王，而是以江湖威信使得恶霸们最终悔改，自觉重新做人。固然说，英雄皆有缺陷瑕疵，况中国人英雄概念模糊、英雄崇拜盛行，开国

---

① 北京市戏曲学校编的《郝寿臣演出剧本选集》由北京出版社于1962年10月出版，其"后记"写道："关于剧本的整理，我们采取的是保持当年演出实况的原则，除了剧本格式、锣鼓经、舞台提示以及个别词句做了统一、填注或修订之外，未作（做）较大的变动。"《桃花村》文本被收录在第241—270页，后标注"（本剧1929年首演于北京）剧本原作、整理：吴幻荪"。事实上，此收录主要依据郝寿臣的演出剧本，因此与吴幻荪的原作剧本稍有不同。笔者将1930年王无为刊登在《戏剧月刊》第2卷第10期上的《郝寿臣的杰作：桃花村》与《鲁智深单词》进行比较，发现《桃花村》主要是对一些粗话、俚语、花哨性词句做了改动，但两者主题思想相一致。所以，本书引用以郝寿臣回忆本为主，以参考吴幻荪原作《鲁智深单词》为辅。

帝王是英雄，奸雄是英雄，草莽也是英雄，实际上具有英雄人格的梁山英雄，其"罪孽"历来得到读者或观众的容忍与宽恕。应该说，《桃花村》最后一场，鲁智深对诸位寨主喊出"你等今后，须要改邪归正，不可再做欺压百姓之事。想我等，虽然身在绿林，杀的是贪官污吏、土豪劣绅，救的是安善良民、义夫节妇"这样的话，才真正成为全剧的点睛之笔，确切地表达了整个戏曲反贪官污吏、土豪劣绅的政治诉求。

其实，反恶霸是中国传统文学和戏曲共同的一个重要主题和母题，元代兴盛的水浒杂剧的一个核心内容就是对恶霸的批判和鞭挞。有学者曾归纳中国古代恶霸主要由皇亲国戚、贵族权要、乡绅恶吏、土豪地主、奸商大贾等组成。① 他们巧取豪夺、把持公门、无恶不作，不仅对封建政治制度和专制皇权构成严重威胁，还破坏百姓日常生活，污染社会良好风气，甚至导致民不聊生、激化矛盾，最终使得社会动荡不安，人民生灵涂炭。铲除恶霸成为历代统治者的一项重要而棘手的任务。

需要指出的是，五四新文化运动之后，社会风气以及观众的审美情趣随之迁移，梨园界的名角们为适应时代之变化，争取观众，纷纷赶排新戏。郝寿臣本身是一个思想极为活跃的京剧艺人，富有创造精神。他曾与梅兰芳合作排演过时装新剧。他从1920年排演第一部新戏《打曹豹》到1938年6月隐退，曾与多位名角合作，共同新排戏剧36出，平均每年2出。这种旺盛而执着的锐意创新精神保持了他思想的活跃性和新鲜感。《桃花村》紧贴政治文化主题，杀贪官污吏、土豪劣绅恰恰是剧作家对时代的艺术表达。"土豪劣势"一词是20世纪中国现代革命的产物，是大革命时期国民党、共产党以及进步知识分子共同打击、铲除的对象。究其原因，则是晚清以来特别是科举制度的废除，原本拥有知识并能在官、民之间取得尊重的乡绅，以及包括辛亥革命之后留在乡村的新式知识分子，他们与官僚勾结"招收义子、包揽诉讼、纵横乡里、鱼肉人民、指使爪牙、草菅人命"②，日益权力化、流氓化、恶霸化。1927年国民党公布了《惩治土豪劣绅条例》，其中列举了包括欺压百姓、胁迫官吏、敛财肥己等在内的11项

---

① 郭英德、过常宝：《中国古代的恶霸》，商务印书馆国际有限公司1995年版，目录第1页。
② 一墨：《土豪劣绅研究》，《革命》1929年第106期。

大的罪状及其详细的处罚措施。①而共产党人毛泽东早在1925年第一次国共合作时期，于中国国民党中央宣传部主办的刊物《政治周刊》创刊号上写的发刊词，就旗帜鲜明地喊出"我们为了革命，得罪了一切敌人——全世界帝国主义，全国大小军阀，各地买办阶级、土豪劣绅……一切反动政派"②。土豪劣绅不仅是革命的阻碍，更被视为封建势力的拥护者，"夫土豪劣绅，皆封建制度之余孽也，其生活之目的及条件，实与军阀官僚买办等同为掠夺国家及人民之利益以自肥"③。所以，必须给予彻底摧毁铲除，否则，革命的胜利犹如空谈。事实上，国民党在1927年"清党"后与共产党对土豪劣绅的范畴界定及其惩罚逐渐相左，但日益盛行的左翼思潮对剧作家的影响仍不可低估。

20世纪30年代的新编话剧《沂水县李逵迎母》（权）④、新编京剧《讨渔税》（欧阳予倩）和话剧《讨渔税》（马彦祥）以及话剧《萧恩》（穉珪）等都突出了反恶霸的主题，其中，后三剧皆改编自水浒传统戏曲《打渔杀家》。值得注意的是，《沂水县李逵迎母》中造成李逵及百姓的不幸甚至悲剧的主要根源是行走于江湖的"恶霸"，而非"官府"。另外，《桃花村》中也无"官府"的只言片语。但是1930年以后产生的新编水浒戏剧，特别是改编自《打渔杀家》的多部水浒戏，则突出表现恶霸或土豪劣绅与官府的

---

① 《惩治土豪劣绅条例》，《中国国民党浙江省党部周刊》1927年第1卷第4期。
② 毛泽东：《〈政治周刊〉发刊理由》，《毛泽东文集》（第一卷），人民出版社1993年版，第21页。毛泽东当时任国民党中央宣传部代理部长兼该刊主编。
③ 《土豪劣绅》：《真光》1926年第25卷第2期。
④ （张）权：《沂水县李逵迎母》，《春晖学生》1931年第4期，作者署名权。本书引用均出自该刊。《沂水县李逵迎母》剧作落款处有"一八年冬作于浙四中"。笔者考察作者乃张权，其1930年前后主要在《春晖学生》和《四中季刊》上发表小说、戏剧、诗词等。《春晖中学》是1922年由经亨颐、夏丏尊等在浙江绍兴创办发展的春晖中学的校办刊物，该中学与当时一些文人如朱自清、丰子恺等联系紧密，自创校以来十分注重校内刊物，先后办有《春晖》半月刊（1922.10—1928.5）、《春晖的学生》（1924.3—1924.12）、《白马嘶》（1925.6—1925.7）、《春晖学生》（1930.6—1933.6）、《春晖青年》（1941）。《春晖中学》撰稿者师生皆有，以学生为主体，其创刊发刊词《卷头的话：这小小的刊物》（《春晖中学》创刊号1930年）中大力提倡"天下为公"的精神，并说"我们'将来'的目的却非只望我们中华民国的'和平'和'有真理'！我还要更近一层求全世界的'和平'和'有真理'"。张堂锜《白马湖作家群论稿》等多部著作有详细介绍。《四中季刊》为浙江省立第四中学学生自治会刊物，丰子恺曾为其第七期（1930年12月18日出版）作封面插图。

相互勾结、鱼肉百姓。以（岳）穄珪的话剧《萧恩》①为例。这部于1936年在《时事月报》第15卷第3期上发表的作品共两幕，与传统戏曲《打渔杀家》的故事情节基本一致。《打渔杀家》讲述了一个县令吕子秋为官不正，丁员外与其勾结欺压百姓以及萧恩父女复仇杀死丁员外、大教师等人的故事。②反抗恶霸、伸张正义是《打渔杀家》之所以经久不衰的原因所在。《萧恩》一剧中本地人周伯伯因为交不上渔税银子，被丁府上的人打了两个嘴巴押到衙门去了。面对如此强势而凶狠的恶霸，萧恩、萧桂英父女作为"外乡人"，必然日子更为艰难。因此，丁郎儿对萧恩说道："我告诉你：难道你还不知道你们那些同行的吗？当老婆卖孩子也得交税银。"恶霸之狠毒令人触目惊心。剧中萧恩谈到梁山聚义时说："当初我们上梁山……发誓是专为老百姓解除痛苦……那（哪）知就为了这一点才遭了皇上家的嫉恨。"因此，萧恩告官挨打是必然的，但最终是否走上反抗之路却未必。《萧恩》一剧遵循了《打渔杀家》的故事结局，萧恩完成了复仇，也完成了一位老英雄向新英雄的蜕变，但却付出了再次流浪的代价。所不同的是，《萧恩》一剧在剧尾发出"天一亮就有了新的家了"的呼唤，给人以希望的慰藉。

事实上，20世纪30年代各地区的恶霸相当猖獗，他们"上焉者把持县政，挟制县长，下焉者垄断乡曲，把持乡政，并在地方买田置地，承包税收，富甲一方"③。他们通过强制性的武力和财力，支配着乡村基层社会的可支配性资源。《萧恩》同欧阳予倩、马彦祥的《讨渔税》一样，都激励民众走上反抗的道路，铲除恶霸、土豪劣绅及其背后的势力、官府和皇权专制，重建新的家园。应该说，20世纪30年代新编水浒戏剧所表现出的现实感和政治诉求，既有革命政党、进步知识分子和民众寻求政治正义的革命性要求，又能充分彰显中华民族的正义精神。但是，这种政治话语

---

① （岳）穄珪：《萧恩》，《时事月报》1936年第15卷第3期，作者署名穄珪。本书引用均出自该刊。笔者考察相关资料，认为作者乃戏剧研究学者岳穄珪，由阎哲吾主编、大风书店于1937年6月出版的《地方戏剧集》收录有岳穄珪几篇重要的研究成果：《河北省乡村戏剧演出概况》《河北的乡村梆子》《谈老调梆子》《河北省昆曲班演出概况》《谈弋腔》《北方的傀儡戏》等。
② （清）无名氏：《打渔杀家》，载隗芾选编《元明清戏曲选》，吉林人民出版社1981年版，第384—414页。
③ 王奇生：《革命与反革命——社会文化视野下的民国政治》，社会科学文献出版社2010年版，第336页。

与艺术审美相结合的文艺表达，在政治道德的合理性和民间正义的呼声中，也有可能走向革命的反面，成为进步力量的阻碍。像发表《萧恩》一剧的《时事月报》，它拥有强大的官方背景，不仅由国民党最大的出版机构正中书局发行，而且以提倡三民主义文艺为宗旨。①发表在它上面的反恶霸、反封建文艺作品极有可能被读者误读，特别是缺乏理性又饱含感性的侠义精神，在强烈地反封建、反宗法制、反恶霸及土豪劣绅的同时，却在不知不觉中成为国民党一党专政、保甲制度及其官方文艺政策的帮凶，追求人间正义的侠义精神在"合理的"政治诉求过程中，逐渐丧失其锄强扶弱、维护公义的反抗精神和社会功能，变为"这样一来，弄成现在的高压政策，成为侠义精神的高压政策了"②。

20世纪30年代使得反封除恶真正从个人主义雪仇走向集体主义反抗，并且由梁山英雄豪杰率领"群众"实现反压迫、打倒土豪恶霸的是马彦祥和欧阳予倩的两部《讨渔税》。这两部作品皆改编自传统水浒戏曲《打渔杀家》，其戏剧冲突主要围绕"压迫—仇恨—反抗"这一故事情节的内在逻辑展开，而且将以往水浒戏个人式的叙述话语改编为一种集体性的叙述话语，格外突显阶级意识和斗争意志。这种暴力叙事及斗争话语在某种程度上契合了时代的政治主题和革命热潮，但削弱了水浒戏在20世纪30年代改编的现代价值和美学意义，关于这一点将在下一章详细论述。

2."逆历史"的"改良"与"戒色"

20世纪30年代的戏剧演出市场中，梨园界仍占据着大半江山。仅以上海为例，20世纪二三十年代是上海京剧繁荣鼎盛的时期，正规的京剧戏院始终保持在20家左右，还有其他小型京剧戏院10家，混合型戏院更多。1926年建成的大新舞台（后改为天蟾舞台）拥有3917个座位，1930年创办的黄金大戏院座位1292个，其他京剧戏院都能容纳1000个以上的看客，而此时的电影院座位都没有能超过1000个的。③那么在广大的农村

---

① 李勇军：《图说民国期刊》，上海远东出版社2010年版，第111页。
② 王绍之：《高压政策与侠义精神》，《民族魂（上海）》1934年第1卷第4期。
③ 徐剑雄：《京剧与上海都市社会（1867—1949）》，生活·读书·新知三联书店2012年版，第244页。

地区，稍有一定人口规模的集镇皆有戏剧舞台，加之地方戏种类繁多，遇到节庆日或红白喜事更是经常交汇上演。因此，传统戏曲的影响力和传播功能十分强大。水浒戏作为中国传统戏剧剧目中的一大支流，随着地方戏剧的崛起更是遍地开花，十分流行，像《翠屏山》《乌龙院》等各种版本的"淫妇戏"，虽时常被国民党政府下令禁止演出，但仍以改良、改名或新编等方式改头换面寻求上演，招徕观众，增收票房。

20世纪30年代的水浒改良戏基本上承继了元明清以来水浒戏的题材主题、情节结构和审美情趣，其改良基本上属于部分性改良，其中一些剧目的改良对整个剧情的推进、人物性格的丰富深化以及表演性与文学性的统一，都起到了较为重要的积极作用，以龙彭祖改编的《翠屏山或杀嫂投梁》、李白水改编的《闹院杀媳》（见图2-1）为例便知一二。龙彭祖的《翠屏山或杀嫂投梁》①与《京戏杂志》1936年第8期刊登的卢继影校订的《翠屏山》②相比较，大致有四处"改良"：其一是删去了潘巧云的吟念子

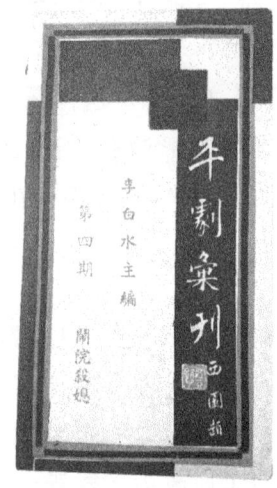

图 2-1 改良戏《闹院杀媳》

---

① 龙彭祖：《翠屏山或杀嫂投梁》又名《全部翠屏山》，为改良京戏本，本书引用均参考上海戏学书局翻印发行版本，上海戏学书局乃1940年湖南人陈慈铭接盘晓星书店而成立。龙彭祖的《翠屏山》最初由上海晓星书店出版，该出版社在1930年初出版了一批改良京戏本，此外涉及的水浒改良京戏本有《打渔杀家》（陈希新）、《花田错》、《谭觉存》、《五花洞》（沈乃葵）等。
② 卢继影校订：《翠屏山》，《京戏杂志》1936年第8期。《翠屏山》全称为《名伶秘本：翠屏山》。

（上场对子）、念诗（四句四季景色诗）、自报家门（念白，介绍婚姻情史）等词语；其二去掉了粗俗骂人的词语；其三是人物对话删繁就简，唱念流畅，增强了戏曲的动作表演；其四是潘巧云、云儿等人物性格更加凝练、集中。《京戏杂志》刊登的《翠屏山》是极具代表性、典型性的一个传统剧目，1933年上海大东书局出版的剧本集《戏学汇考》第三册就有收录，后经过卢继影校订又刊出，在抗战后又被上海中央书店出版的京剧剧本集《戏典》再次收录。上海戏学书局出版的一套《平剧汇刊》是"集各名伶真本合编而成故定名曰（平剧汇刊）"[①]，李白水改编的《闹院杀媳》与1934年《新编戏学汇考》第十卷收录的《乌龙院》和由卢继影校订的马连良真本《乌龙院刺惜姣》两个版本相比较，大致增加了两场梁山英雄的戏份：一场是刘唐奉晁盖之命下山聘请宋江上山为王；另一场是刘唐与宋江见面，递上一大包黄金和书信。从情节发展来看，这两场戏为宋江奔赴梁山做了铺垫，也深入体现了梁山英雄的知恩图报、兄弟情深，对丰富宋江人物形象起到了积极的作用。但是，从主题思想来说，龙彭祖和李白水改编的两部水浒戏，皆以"戒色"为其核心内容，注重戏曲高台教化的习俗和社会教育的功能。中国戏曲本身带有强烈的是非观念，不仅剧作家自身在剧中隐含着道德评判和情感倾向，而且，戏曲理论家也大肆提倡戏曲对正统观念的传播以及教化作用，像元代夏庭芝在《青楼集志》中说"杂剧则不然……皆可厚人伦，美风化"[②]，明代吕天成在《曲品》中将"合世情，关风化"列为戏曲"十要"之一[③]。惩恶劝善、万恶淫为首是宋明理学所倡导的"存天理、灭人欲"等观念、理论的推广与衍生，以致对女性极尽压抑、侮辱乃至戕害的戏曲层出不穷。

事实上，宋元明时期对阎惜娇（阎惜姣）形象的叙述略微不同，宋元话本《宣和遗事》中叙述道，"宋江回家……宋江一见了吴伟两个，正在假倚，便一条忿气，怒发冲冠，将起一柄刀，把阎婆惜、吴伟两个杀

[①] 李白水：《闹院杀媳》，"凡例（一）"，《平剧汇刊》第四期，上海戏学书局翻印发行。《平剧汇刊》由李白水主编，于1936年至1937年发行，共60集，每集一个剧本。

[②] （元）夏庭芝：《青楼集志》，载孙克强主编《中国历代分体文论选·下》，北京交通大学出版社2006年版，第592页。

[③] （明）吕天成：《曲品》（选录），载金艳霞、孙董霞主编《中国古典剧论选辑》，兰州大学出版社2012年版，第121页。

了"①；而《水浒传》中作者写道，"阎婆惜是个风尘娼妓的性格"②，明代传奇《水浒记》中则有风流浪荡的张三郎与"阎婆息"私通、后被宋江娶走的叙述③，但《水浒传》与《水浒记》中的阎惜娇并不是因为淫荡而被宋江杀死，只不过阎惜娇发现宋江私通梁山后，以此要挟宋江允她嫁于张三郎而最终被杀，可见，阎惜娇被杀的主要原因是挡住了英雄的去路且威胁英雄的性命。但是，清代至民国时期关于阎惜娇被杀的原因被艺人和编剧所修改：宋江被阎婆（妈儿娘）从大街上拉回乌龙院后，宋江与阎惜娇夜里共躺一床，半夜宋江就有了杀阎惜娇的心思，阎惜娇也有了杀宋江的心思。京剧名伶马连良的传统戏曲《乌龙院刺惜姣》中宋江思索着"我本当上前来一刀直追尔的命哪"，此时阎惜姣也思索到"我本当用剪刀结果了他的命"。④《新编戏学汇考》收录的《乌龙院》中宋江得知阎惜姣私通张文远詈骂其"这个狗淫妇贼淫妇"，并将拆散他原配夫妻情感的怨恨迁怒于阎惜姣，到了三更时分，"宋江起下杀人心，我这里，将他来刺死"，阎惜姣也同样有了杀宋江之心。⑤李白水改编的《闹院杀媳》同样是三更时分各自起了杀人的心思，（宋江）"我这里一刀追尔的命哪"，（阎惜姣）"我本当用剪刀将他刺定"。⑥通过历史性的这一对比我们发现，《水浒记》受《水浒传》影响，"宋江怒杀阎婆惜"侧重叙述英雄本色，远离女色，图谋济世安民，大干一番事业，淫妇是推动其奔赴梁山的一个动因而已。尽管作者对女性充满歧视与侮辱，正如小说叙述者突然跳出来说："看官听说，原来这色最是怕人。"⑦我们知道，文学与接受者之间的关系是历史性的关联，"历史的关联则显然在于第一批读者的理解力能够在接受的长链中一代一代传递下去，并不断丰富起来，因此也决定了一部作品的历史意义，

---

① （宋）无名氏：《大宋宣和遗事·元集》，载朱一玄编、朱天吉校《明清小说资料选编·上》，南开大学出版社 2012 年版，第 213 页。
② （明）施耐庵、罗贯中：《水浒传》（上），人民文学出版社 2013 年版，第 256 页。
③ （明）许自昌：《水浒记》，载傅惜华编《水浒戏曲集》（第二集），古典文学出版社 1958 年版，第 231—298 页。
④ 马连良秘本、卢继影校订：《乌龙院刺惜姣》，罗汉出版社 1937 年版。
⑤ 《乌龙院》：许志豪编《新编戏学汇考》（第十卷），上海大东书局 1934 年版，第 152—157 页。
⑥ 李白水：《闹院杀媳》，载《平剧汇刊》第四期，上海戏学书局翻印发行，第 61—63 页。
⑦ （明）施耐庵、罗贯中：《水浒传》（上），人民文学出版社 2013 年版，第 262 页。

显示了他的美学地位"①。明清的接受者深受宋明理学思想的侵蚀和浸渍，"饿死事极小、失节事极大"等道学观念逐渐普及，性以及妇女贞操问题成为道德价值体现的焦点。并且，一个女子婚后的淫荡与否直接影响到男子的性权力、声誉、财产、地位乃至继承人等诸多问题。因此，20世纪30年代以"戒色"为主题的水浒改良戏作为20世纪的历史性接受者，承继并传播着被五四新文化运动所彻底否定和批判的伦理道德，延续清代以来叙述的重心不再是英雄塑造而是"惩戒淫妇"的文本传统，实在令人汗颜。当然不得不承认，20世纪30年代的观众并非人人具备现代审美意识，也不排除一些艺人、编剧及剧团在改良过程中的从众心理。他们竞相效仿，丢弃个性和自我意识，加之坚守着传统心态的观众也带有强烈的盲从心理，缺乏思考，窥伺"淫戏"，一笑了之。这种改良水浒戏直到今天依旧是各大城市与农村上演的流行曲目，不得不说，现代戏剧启蒙的义务与责任任重而道远。

3. 爱情：在忠贞与启蒙之间

20世纪30年代的改良水浒戏也有一些与时俱进的作品，虽然其改良的步伐仍然缓慢。1930年上海的三星舞台开演了《水泊梁山》中的《坐楼杀媳》一段，在道具布景趋向现代的同时，其角色配置也进行了相应的调整。《申报》的记者给予了详细的介绍：

> 全剧优点，摘录如次：（一）旧剧演《杀媳》，本尚有"闹院"一段。此段结构虽极有精彩，究竟出自后人杜撰。该台所演者，仅有《坐楼杀媳》，而无《闹院》，盖根据《水浒》正传也。（二）布景极佳，且有变化。宋江进乌龙院后，电灯一熄，即变为阎媳姣之卧室。室内布置精雅，有门有窗，有床有梯，肖然逼真。宋、阎赌气后，各据□床安寝。天明后，宋江潜步下楼，略去开门动作。出院时，双手一摊，口云：我再也不来了，招文袋即堕落在地。天衣无缝，妙绝佳绝。

---

① 〔德〕汉斯·罗伯特·尧斯：《作为向文学科学挑战的文学史》，王卫新译，载中国艺术研究院马克思主义文艺理论研究所外国文艺理论研究资料丛书编委会编《读者反应批评》，文化艺术出版社1989年版，第143页。

(三)阎惜姣起身,口里说:我到妈房里睡去,较老词为佳。后拾招文袋,念书信全文,均佳。但念到一半,幕忽闭。(四)幕外表演宋江匆促行走,忽遇卖糖王好老。宋江念"我今有金子一锭,可偿其宿欠",索摸招文袋,方知遗失。于是惊慌万分,此点描写极有力。(五)此时幕又分开,则见阎惜姣念书信正完。情节联贯之至。(六)张文远化装服饰,完全为一白面书生,极合逻辑。以视旧剧以小丑饰张文远,丑陋荒谬,不啻霄壤之判。盖阎惜姣之爱张三,张三必有可爱之点,不可少也。以上种种,俱为全剧中最精采(彩)之点,甚望扩充而提倡之,改良国剧始有成功期望焉。①

《申报》记者对三星舞台的《坐楼杀媳》给予了高度评价,并将其看成国剧改良的成功范式。应该说,该剧的舞台性、剧场性显然吸收了话剧的写实主义风格;在情节安排方面则去掉了传统戏曲中"闹院"一节,即去掉了张文远与阎惜姣调情,以及宋江与阎惜姣话不投机发生口角等情节,而是从宋江与刘唐分手后遇见阎婆作为开端。这一情节的改良意味着去掉了传统戏曲中游戏、热闹等成分,使得整个剧情变得严肃、悲情。但同时又安插了宋江遇卖糖王好老、发现招文袋遗失一节,这一节恰好安排在阎惜姣念梁山书信的中间时段,这一安排使围绕招文袋的两个不同时空的矛盾性动作发生在同一舞台,加强了戏剧的冲突性和表现力,观众一眼便知。另外,张文远形象从丑角改为小生即白面书生,合理地解释了阎惜姣偷情的理由,较之传统戏曲中张文远性情放浪以及阎惜姣的淫荡人格,这一改动可能使观众对张文远和阎惜姣的偷情充满同情与怜悯,甚至将批评的矛头指向不近女色的宋江,从而在一定意义上消解了宋江的传统英雄形象。《坐楼杀媳》改编的成效是五四以来现代思想和女性意识觉醒的结果。事实上,传统改良戏曲中女性的觉醒是十分艰难的,像《坐楼杀媳》最精彩的部分已被记者所"摘录",则可看出其改良的有限性,但还无法与欧阳予倩《潘金莲》一剧中的潘金莲形象相比较,阎惜姣还不具有现代意义上的爱情意识。同样是1931年陈墨香为荀慧生创编并上演的《美人

---

① 白雪:《记三星舞台之四本〈水泊梁山〉》,《申报》1930年10月15日。四本《水泊梁山》及《坐楼杀媳》原剧本未知。

《一丈青》一剧，也塑造了一位替夫报仇、坚贞不渝的女性形象——扈三娘。此剧全本未见，但1931年《戏剧月刊》第3卷第8期刊登了《美人一丈青》的"本事（剧情）"及扈三娘的唱词，其中"本事"如下：

> 这出戏，根据结水浒（笔者注：《荡寇志》）小说，演宋代梁山美人一丈青扈三娘，在濮州合（和）宋兵交锋，擒了宋将娄熊。宋营女将陈丽卿却把三娘丈夫王英擒住。王英素无情义，与三娘不是美满姻缘。三娘却谨守妇道，无怨无尤。听知丈夫被擒，惶急万分，修书一封，要与宋营走马换将。不想换了回来，见丈夫骑马上不动，走去看时，方知丈夫已被暗算死了。三娘痛不欲生，披头散发，戴孝披麻，在亡夫灵前痛哭一场，点兵报仇。合（和）陈丽卿点起灯笼，舍命夜战，身受箭伤，同著大头领林冲败入古庙。宋兵追到，三娘放走林冲，赤手拼命，被陈丽卿扼住咽喉，活活扼死。又被陈丽卿的丈夫祝永清枭了首级，不留全尸。苦节报夫，可怜可敬。这出有唱有做文武兼擅的哀艳悲剧，便算告了终结。①

先前的《水浒传》对王英的叙述为读者／观众提供了一种阅读经验和审美期待，矮脚虎王英形貌丑陋，且好色成性，但却得到了美女英雄扈三娘，随后夫妻倒是出生入死，共同杀敌。扈三娘内心的苦闷与潘金莲嫁给武大郎做比较便一目了然，正如上述本事所言"王英素无情义，与三娘不是美满姻缘"。在陈墨香与荀慧生编演的《美人一丈青》新戏中，王英怀疑扈三娘有不贞行为，杖责一番，怒气冲冲前去对阵，不料被宋女将陈丽卿擒了去。与好色之徒王英相反，扈三娘"谨守妇道"且"无怨无尤"，当得知丈夫被擒后"惶急万分"，要"走马换将"，其后丈夫被暗算又"披头散发、戴孝披麻"，"痛不欲生"，并发誓为丈夫报仇，结果也被陈丽卿扼死。扈三娘是多么坚贞、谨守妇道的一个女子，从"哎呀，我好苦的命，他道我贪淫我不认承""儿夫一旦丧了命，恩爱夫妻两离分，可叹你一生无时运，到如今已死还要受非刑，细思量真可恨""脱去了绣衣把麻衣来

---

① 陈墨香、荀慧生：《美人一丈青》，《戏剧月刊》1931年第3卷第8期。本书"本事""唱词"引用均出自该刊。《美人一丈青》完整剧本未知。

换,最可叹好夫妻月缺花残,悲切切到灵前焚香祭奠,亡故夫鉴察我苦志贞坚""好夫妻今日遭拆散,哎呀夫哇,定要杀他报仇冤""舍死忘生来相拼,捐躯只为报夫君"等唱词,可看出陈墨香的创作意图在于弘扬贞节烈妇扈三娘的女性美德。作为一种性别角色,扈三娘首先是一位贞节的妻子,无论王英如何好色以及如何冤枉扈三娘,扈三娘谨守妇道、忠贞不渝、毫无怨言,这种无条件的性别角色认同与夫死后的披麻戴孝、痛不欲生以及上阵复仇形成同一逻辑话语。扈三娘为夫复仇既是出于两人为夫妻的名分,也蕴含着贞坚的卫道理念。丈夫被人杀死,身为妻子不仅不能坐视不管,更应以身殉情。我们无法判断扈三娘对王英是否有真正的爱情存在,但扈三娘口中的"妇道""贞坚""苦节"等词语一再告知观众扈三娘骨子里的守旧思想多么深刻而强悍。创编者以悲剧结尾无法说服观众相信扈三娘是因爱情的伟大而做出了自我牺牲,给人的感觉是扈三娘出于恪守贞节烈妇观念而完成了必要的殉情。就其本质来说,《美人一丈青》与中国古代列女传记和妇德女教类文本的主题思想大体相当,扈三娘这一形象较之以前单一的美人女侠发展为美人女侠兼贞妻烈妇于一身。

  20世纪30年代水浒戏中的女子尤其是"淫妇",直到洪深新编蹦蹦戏《阎婆惜》时其爱情才得以承认。洪深在考察北方特别是沧州一代蹦蹦戏和希腊喜剧的基础上,深入研究了民间戏剧中的男女角色及其调情戏份,加之他认为欧阳予倩的《潘金莲》"大意是说,潘金莲正在青春年少,觉得她有权利要求获得性生活的满足",由此最终完成了《阎婆惜》。在《阎婆惜》中,洪深将宋江写成一个土豪式的人物,宋江因资助阎婆惜父亲的丧事便认为阎婆惜理应归他所享有。而阎婆惜之所以与张文远偷情原因有二:一是阎婆惜受一个年轻男子性的自然吸引,二是阎婆惜潜意识里有对宋江复仇的盲目的怒火。[①] 阎婆惜也如欧阳予倩作品中的潘金莲一样,追求女性应有的权利。这种大胆的自我意识和性的需求,正体现出阎婆惜的现代思想和人格意识。同时,阎婆惜不堪宋江乘人之危的侮辱而加以报复,也显示出其积极反抗不合理要求和男性对女性压制的一面,这些都具有十分重要的社会意义。在《阎婆惜》中,张文远被塑造成一个小流氓,但其

[①] 洪深:《〈阎婆惜〉蹦蹦戏脚本引序》,《文学(上海1933)》1936年第7卷第1期,第185—197页。《阎婆惜》剧本已遗失。

师徒观念又根深蒂固，不敢越雷池一步，只求偷偷摸摸与阎婆惜交往，最后因宋江杀阎婆惜痛苦不堪，神经错乱而死。这一场反封建的婚外情故事以悲剧性结局结束，这也足以表明社会中的封建思想、落后意识强大且可怕，反封建的道路漫长而艰辛。当时就有人写了一篇《漫谈〈阎婆惜〉与张文远之死——看了洪深将〈乌龙院〉改编〈阎婆惜〉以后》的文章，在作者看来，"像阎婆惜这样女人，在旧道德上说，我们根本不能承认她是一个好人"，"这样淫恶的妇人，真所谓死有余辜。宋江杀她，实在罪有应得"，并且列举了阎婆惜背信、忘义、寡廉、鲜耻四条罪状。①这篇文章发表在张古愚主编的以评论和报道演剧为主的《戏剧旬刊》上。该刊是当时发行量较大、深受社会欢迎的京剧杂志之一。作者孙澹厂是当时比较活跃的戏剧批评家，除发表大量戏剧评论外，还在《戏剧旬刊》《十日戏剧》开设戏评专栏"澹厂戏语"，所以，此文较能代表当时的社会意识、观众情趣和道德评判。

第二节 "侠之大者"与民族正气

1936年周木斋于《文学界》创刊号上撰文写道，"《水浒传》是反抗官僚的文学作品，也是国防文学的作品"，而且其"被称为国防文学，就在于'秋风思猛士'"，呼吁侠义猛士的出世。②1940年有学者希望抗战作家们仿照《三国演义》《水浒传》等作品，创作出刘备、关羽、宋江、李逵、鲁智深、武松等不朽人物，"我们应当模拟他们这样，以现在抗战的英勇将士们作材料，创造出几位新的不朽的人物"③。其实，20世纪40年代随着国家意识的高涨，中国文化界掀起一股研究历史与传统文化的热潮，与之同时，国统区、"孤岛"上海等皆因设立戏剧审查制度，许多戏剧家将创作转向历史事件和旧文学的新编与再创造，像郭沫若、田汉、吴祖光、阳翰笙等抗战剧作家以现实主义笔法借古喻今，一方面坚持文艺抗战，复归

---

① 孙澹厂：《漫谈〈阎婆惜〉与张文远之死——看了洪深将〈乌龙院〉改编〈阎婆惜〉以后》，《戏剧旬刊》1936年第31期，第14页。
② 周木斋：《水浒传和国防文学》，《文学界》创刊号1936年6月5日。
③ 李辰冬：《"三国""水浒"与抗战的中国》，《学生之友》创刊号1940年。

传统文化,"比先前任何时期还要积极地去发掘我们中华民族伟大的特质和浑厚的感情,以及我们优良的民族历史传统,把当前可歌可泣的事实和我们历史上的英雄们取得了血肉的联系"①,塑造了一系列感时忧国、心怀大义的民族"新英雄";另一方面揭开黑暗统治,匡正时弊,以呼吁停止内讧,一致对外,暴露和讽刺国民党贪污腐败、汉奸卖国求荣为己任,以至新编类戏剧在抗战戏剧中所占分量格外突出。同样地,抗战时期的新编水浒戏剧不仅响应抗战现实的召唤,而且参与思考宣传与文艺、历史与现实、弘扬与暴露、创作与实践的关系,不断改进戏剧创作和演出方式,产生了诸如话剧《打渔杀家》②《林冲夜奔》③《潘巧云》④以及新编京剧《武松》⑤等一批优秀戏剧文学作品。

1."侠之大者"与国统区的民族正气

卢沟桥事变之后,中国剧作者协会迅速推出话剧《保卫卢沟桥》,演

---

① 编工委执笔:《重庆抗战剧运第五年演出总批判》,《演剧生活》(半月刊)1942年第1期。
② 陈樾山:《打渔杀家》(独幕剧),《战时戏剧》1938年第1卷第2号。独幕剧《打渔杀家》大不同于以往拘泥于原作的改编:其时间背景在1937年初冬。地点是"三万六千顷,水天相接"的太湖中洞庭西山碧螺村。主要人物有古侠士风的萧明远(萧恩)、有男子气概的萧桂英、有江湖气概的郑有才(倪荣)、着工人短服和戴鸭舌帽的张国俊(李俊)、谈吐似学生的郑有才儿子郑洪、满脸奸猾之相的丁顺等。戏剧背景即原本萧明远是太湖马迹山上的强盗头子,与郑有才、张国俊乃拜把子兄弟,后来一次打仗被打败,妻子死去,队伍解散,去了洞庭山上打鱼过日子。然而这一带的渔税被苏州城里数一数二的坏蛋吴新红承包,渔民叫苦连天,于是郑有才和张国俊欲重干江湖。萧明远却不以为然,导致郑有才与萧明远闹翻变成仇人。郑有才出走仍做强盗去了,四年后回到太湖。戏剧情节是以回太湖一年后郑洪去碧螺村找萧桂英为开端,两人回忆结怨旧事,又告诉桂英在无锡结婚并做工的张国俊因日本人占领无锡烧杀奸掠、无恶不作已经逃回来了,而张国俊妻及其女儿却失散,行踪不明。而此时做了地方维持会长的大汉奸卖国贼吴新红马上要来山上查抗日分子,所以已在马迹山聚集了二百多人的郑有才让他先来,郑有才和张国俊随后即到,邀请萧明远出山联合起来对抗汉奸和日本鬼子。之后郑有才、张国俊与萧明远化解前嫌,消除了萧明远愿做汉奸和诬陷郑、张抢劫百姓的误会,杀死前来游说的汉奸丁顺,联合起来共同抗日。
③ 吴祖光:《夜奔》(四幕话剧),1944年创作,被国民党当局禁演,后1947年重印时改名为《林冲夜奔》。引文均参见1947年开明书店《林冲夜奔》重印版。
④ 黄鹤:《潘巧云》(五幕话剧),1945年2月创作。引文均参见世界书局1948年印行《潘巧云》(第二版)。
⑤ 1942年田汉创作湘剧《武松》,后此剧在1944年被改编成十八场京剧《武松与潘金莲》,后又被更名为《武松》。引文均参见《田汉全集·第8卷·戏曲》,花山文艺出版社2000年版。

出以磅礴的气势和高涨的激情轰动上海，揭开了中国抗战戏剧的序幕，随后一批如《卢沟桥》《中国万岁》《为自由和平而战》《全民总动员》以及全面抗战爆发前诞生的《汉奸的子孙》《打回老家去》等爱国主义戏剧纷纷上演。其中由陈樾山改编自传统戏曲《打渔杀家》的抗战话剧《打渔杀家》①，作为20世纪首个全新的水浒戏令人耳目一新。主角萧明远（萧恩）生活在1937年初冬而且处于中日战场的"边缘"太湖一带，这位老当益壮、豪直过人的老英雄原本是个强盗头子，后来金盆洗手且能清贫自守，其身上依旧充满古侠士风。萧明远性格耿直，人在江湖却忧国忧民，尽管因前嫌不愿加入拜把子兄弟郑有才（倪荣）、张国俊（李俊）的抗日队伍，但不做亡国之民、不做汉奸的强烈的民族精神和国家意识化解了他的个人恩怨，使他最终走上联合大众反抗汉奸和日本鬼子的爱国主义道路。1937年作者陈樾山就曾呼吁："今年我们可以不能再失掉卢沟桥了，我们要大家起来保卫卢沟桥，愿我们的剧作者得以写出《保卫卢沟桥》。"② 作为一位有民族尊严和强烈责任心的戏剧人，陈樾山的爱国精神在《打渔杀家》中体现得无比透彻。与《保卫卢沟桥》和敌人血肉相搏的壮烈场面不同，《打渔杀家》突出的是"天下兴亡，匹夫有责"的民族精神以及对大小汉奸的批判和惩治。

在此之后，1944年田汉由湘剧《武松》而改编的新京剧《武松》③，承继了20世纪20年代欧阳予倩《潘金莲》的五四个性解放思想观念，替淫妇潘金莲翻案的同时，将武松描绘为一个深受封建思想影响的武夫，影响极大。然而，在抗战大背景和戏剧为抗战服务的现实要求下，田汉笔下的武松较之欧阳予倩有了新的阐释和时代内涵。田汉曾在《关于〈武松与潘金莲〉》一文中指出："我想写《武松》的三部曲。第一部曲从他由沧州回家，到杀西门庆。这一时期的武松还是一个野心很强，很想挣扎出一个远大前程的青年，他的封建伦理观念使他手足情深，使他坚决地拒绝了嫂嫂的爱。他的强烈的正义感，使他打死景阳冈上的猛虎之后，更打死阳谷县

---

① 陈樾山：《打渔杀家》（独幕剧），《战时戏剧》1938年第1卷第2期。引文均出自该刊。
② 陈樾山：《谈〈卢沟桥〉》，《华西月刊》1937年第13期。
③ 湘剧《武松》是1942年创作的，后在1944年被改编成十八场京剧《武松与潘金莲》，后又更名为《武松》。引文均参见《田汉全集·第8卷·戏曲》，花山文艺出版社2000年版。

的个头虎——西门庆！"①可见，武松人格形象已经从欧阳予倩所塑造的报私义而变得多重复杂，朝着自我个体意识觉醒的方向迈进。实际上，田汉在《武松》一剧中着重塑造武松这一新式侠义形象，呼唤民族国家的侠义行为，激发民众内心深处的民族大义情怀和反抗外族侵略的精神。戏剧文本第一场宋江就详细地分析了大宋内外形势，"我大宋朝自太祖武德皇帝未能恢复燕云十六州，以致东辽、西夏屡寇边关。每年纳款求和，金银绢匹动逾数十百万。再加蔡京童贯专权误国，以声色犬马献媚皇上"，可谓内忧外患，国家岌岌可危，并力劝武松"出来寻个报国的道路"，"内除奸佞，外扫胡尘，措天下于泰山之安"。两位侠义英雄可谓身在民间心悬魏阙，感时愤世的忧患意识十分强烈。这也是自武松这一人物形象诞生以来第一次以类似于屈原、岳飞等古代英雄形象的合成体出现在戏剧舞台。

  与萧明远形象稍有不同的是，武松这一形象的确受到《水浒传》等故事情节的制约，但二者所体现的侠的精神一直受到传统知识分子和底层百姓的重视与推崇。从先秦时期的"士为知己者死"，到南宋后期的"侠之大者，为国为民"，侠的精神经历了一次升华的过程，成为中华民族广大民众意识深处的最高伦理价值和行为标准，并成为中华民族集体无意识的一部分。②而近代以来国运不祚，以谭嗣同为代表的仁人志士超越了游侠的挟私任性，以墨侠精神为其行为规范、价值取向和人格典范，"若其机无可乘，则莫若为任侠，亦足以伸民气，倡勇敢之风，是亦拨乱之具也"③。愿轻其性命以救民族于危亡中，所谓"皆可使赴火蹈刃，死不旋踵"④。墨子及其门徒，强烈反对侵略战争，墨子说服楚国攻打宋国、说服鲁阳文君放弃攻击郑国、说服项子牛放弃攻打鲁国等帮扶弱国的行为，为天下兴利除害。从墨家到近代的谭嗣同，再到戏剧人物萧明远，无不表现出反抗侵略的义举和民族意识的高涨，萧明远化解个人恩怨以报效国家的壮举与墨子的说服行为有何异义？准确地说，萧明远、武松的戏剧形象都充分汲取

---

① 田汉：《关于〈武松与潘金莲〉》，《评论报》（昆明）1945年5月12日。
② 薛柏成：《墨家思想对中国"侠义"精神的影响》，《东北师范大学学报》2005年第5期。
③ （清）谭嗣同：《仁学》，载《谭嗣同集》，岳麓书社2012年版，第365页。
④ （汉）刘安撰、陈静注译：《淮南子·泰族训》，载《淮南子》，中州古籍出版社2010年版，第317页。

了传统侠文化中的多源头文化基因，既有谭嗣同墨侠的观念思想，具体在行为气质上，又兼有儒家的正气和大丈夫气概的强调，更有墨家的兼爱和力强观念的树立。①

因此，正如墨子所说，"有力者疾以助人，有财者勉以分人，有道者劝以教人。若此则饥者得食，寒者得衣，乱者得治"②。《打渔杀家》中萧明远不愿与郑有才、张国俊再次为伍的原因，即在于他们曾经都是强盗，只是出于误会，萧明远骂郑、张二人，"你们这些死不要脸的强盗！国家已经亡了！你们还要趁火打劫"。《武松》一剧中西门庆欺霸黄叟一家，要将其女儿强行抵债，被武松撞见，"可恼！待俺打他一个抱不平"。"抱不平"是英雄好汉侠气精神的一个主要部分。吴祖光就十分喜爱水浒好汉的侠气，那种聚义造反、伸张正义、打抱不平、劫富济贫、除暴安良的反抗精神。但是，较之《打渔杀家》《武松》体现的儒墨侠精神，吴祖光塑造的林冲、鲁达形象更具有先秦游侠的精神特质，只不过此时的侠已由个人复仇者转化为民族复仇者。吴祖光在《林冲夜奔·序》中写道："我爱这一群人，这一百零八个大孩子，他们有的是互爱，坦白，天真；重义气如山斗，视生命如鸿毛；这一切一切不都是现代人所缺欠？所不屑为的么？"③吴祖光要弘扬的正是现代人所缺乏的英雄主义精神，中华民族内心深处被遗忘的侠义情结和爱国热情，以凝聚中华民族的力量反外侮、惩内贼。《林冲夜奔》的结尾，作者写林冲"怒掣宝刀，砍世上逆子馋臣"，点明主旨，表明作者意图通过个体伦理复仇来激活群体民族的血性，以对奸佞之痛恨表达民族侵略之痛恨，不畏强暴，以恶抗恶，以暴易暴，主持民族正义。复仇是"人类精神的最古老的情欲之一，它的根子是扎在自卫的本能里，扎在推动动物和人进行抵抗的需要中，当他们受到打击时就会不自觉地予以回击"。④大敌当前，唯有以民族复仇的方式抵挡敌人残酷的战争与暴行，才

---

① 韩云波：《中国侠文化：积淀与传承》，重庆出版社2005年版，第18页。
② 张纯一编著：《墨子·尚贤下》，载《墨子集注》，成都古籍书店1988年版，第68页。该书据世界书局1936年9月初版影印。
③ 吴祖光的《夜奔》（四幕话剧），1944年创作被国民党当局禁演，后1947年重印时改名为《林冲夜奔》。"序"及内文引文均参见1947年开明书店的《林冲夜奔》重印版。
④ 〔法〕拉法格：《思想起源论》，王子野译，生活·读书·新知三联书店1963年版，第67页。

能解救民族于危亡之中。可以说,《林冲夜奔》在几乎完全承继了《水浒传》好汉品行的基础上,积极传播先秦儒、墨两家与侠义最为接近的文化个性。

应该说,在国统区传统戏中,只有《打渔杀家》呈现了"大家联合起来!和日本人拼了!"这样呼吁消除内讧、一致对外的群体性人物,其流淌在萧明远、郑有才、张国俊血液中的侠义精神,在民族精神和国家意识的号召下迅速转化为一种集体的力量。其他新编水浒戏剧塑造的侠义人物的文化人格与郭沫若抗战历史剧、老舍抗战小说中蕴含的侠义文化人格大致相似。郭沫若六大历史剧主要的斗争方式是刺客复仇,像卫士甲、聂政、高渐离、朱亥等都表现出了先秦时期刺客的行侠仗义精神。刺客,顾名思义是对受人雇用怀挟兵器进行暗杀者的称谓。① 实际上,司马迁笔下的刺客与游侠在文化人格方面几乎没有区别,区别似乎在于人身依附关系上。刺客往往为其主人复仇,无论是出于私义或公义。郭沫若笔下的刺客与游侠无异,并且表现出强烈的反抗精神和民族大义情怀。老舍笔下的人物是现代社会中的普通反抗者,他们身上表现出的更多是力所能及的个人式复仇精神,像《四世同堂》中锄奸抗日的钱默吟、《人同此心》中暗杀日寇的三学生、《八太爷》中枪杀六个日本兵的王二铁等,都是孤胆侠义式的人物,都伸张民族正义。抗战新编水浒戏剧的英雄侠义虽已远离游侠的历史,但他们身上依旧流淌着游侠的孤胆精神和仗义人格。所以,他们表达的"主要是一种朴素的民族感情,是生命个体对民族共同体的认同与皈依"②,是从个体的民族出发书写传统侠义在民族危亡中所表现出来的民族正气和精神。

但是不可否认,田汉作为20世纪30年代左翼戏剧联盟的负责人,受到了普罗列塔利亚戏剧(无产阶级戏剧)以及瞿秋白提出的"普罗大众文艺"口号的明显影响,马克思主义阶级文艺观进入田汉戏剧创作理念和演出实践。田汉在《我们的自己批判》一文中全面解剖和批判了南国社的戏剧活动,公开了无产阶级戏剧的政治倾向和艺术方向。1940年又在《中苏交流》杂志上发表《怎样从苏联戏剧电影取得改造我们艺术文化的借鉴》,

---

① 汪涌豪:《中国游侠史论》,上海人民出版社2016年版,第28页。
② 马俊山:《演剧职业化运动研究》,人民文学出版社2007年版,第81页。

号召戏剧家学习、借鉴十月革命后俄国文学艺术特别是戏剧电影的艺术成就。而同一年茅盾在《大众文艺》上发表《谈〈水浒〉》，认为《水浒传》是宋代市民阶级的"文化娱乐"，反映了宋代阶级之间严重的社会矛盾，杀贪官污吏、劫富济贫是农民的政治的和经济的要求，但也是市民阶级的要求，并以此来隐喻国民党蒋介石的统治和抗战期间社会矛盾的突出。① 可以得知，当时以阶级观念来重新审视、分析《水浒传》成为左翼批评的时代共识。田汉在《武松》一剧中，将西门庆塑造为土豪恶霸、放高利贷者，属于典型的压迫阶级，欺压良善，奸骗妇女，无恶不作，被称为"大老虎"。打虎英雄武松要立志斗苛政、立大功，"莫怕山中母大虫，从来苛政比它凶。且将打虎除凶意，去与宗邦立大功"，并且还要"扶贫弱专打豪强"，鲜明的阶级观念意识使得武松具备了无产阶级英雄的性格。因此，《武松》的主题与《林冲夜奔》的大致相似，实际上依旧突出了奸人当道、官逼民反，但区别在于《武松》与当时无产阶级政治文艺理论相结合，重新赋予了武松民族正气和阶级反抗的新形象。因此，武松的形象最为鲜明和复杂，最能代表抗战时期倾向左翼的新式侠义英雄的典型特征和时代诉求。

2. 狂欢式复仇：上海"孤岛"的抗战精神

仅以市场化、商业性及回归市民日常生活来评判上海"孤岛"时期的戏剧有失偏颇，以阿英创作的历史剧《洪宣娇》最后一句台词"十四年！十四年血的教训！教训了我们，只有一德一心，和衷共济，我们的民族才有希望！……我们一定能够联合起来"② 为例，有力地证明了上海"孤岛"戏剧呼唤两党精诚合作、共同抗敌的愿望，表达了全国人民的心声。以影射手法塑造爱国形象、伸张民族大义是上海"孤岛"戏剧在日伪高压统治下的常用方法，上海"孤岛"的新编水浒戏剧也以同样的叙述方式大胆宣扬英雄主义精神，表达民族抗敌的决心。但是，上海"孤岛"的新编水浒戏剧有别于其他弘扬民族主义精神的历史剧，在主题的开拓和批判的视野上，既有针对历史文化批判的纵深度，又对上海"孤岛"时期的民众具有

---

① 茅盾：《谈〈水浒〉》，《大众文艺》1940年第1卷第6期。
② 阿英：《洪宣娇》，载《阿英剧作选》，中国戏剧出版社1980年版，第461—462页。

巨大的启迪效果和警示意义。

拿吴永刚的五幕话剧《夜奔林冲》①来说，其由电影《林冲雪夜歼仇记》改编而来，电影的市场性、商业化运作及其编剧技巧曾使得该片获得了巨大成功。话剧《林冲夜奔》也于1939年12月30日由中国旅行剧团在璇宫剧场举行第一场公演，由唐槐秋粉墨登场，亲自扮演林冲，连续演出了十四场，深受广大民众喜爱。②吴永刚在《〈林冲雪夜歼仇记〉摄制后记》一文中有一段话，是打开《林冲夜奔》的一把极为关键的钥匙：

> 记得幼年时，因为饱受了奴才教育，性格成为非常懦弱，常被年纪或者力气较大的同学们所欺负，不敢报告老师，也不敢向家里哭诉，因为结果是等于向国联呼□公理，只好暗自饮泣，后来忍辱已到最后关头，我不能再忍耐了！③

幼年的受辱在吴永刚的内心世界留下足够大的阴影，这种创伤性情结或许正是他编剧林冲故事的原初创作动机。纵观全剧，《林冲夜奔》主要突出两点：一是对奴才教育即奴化教育的批判，二是对英雄主义的张扬。事实上，该剧将启蒙主义的文化追求与民族主义的英雄侠义情结有机结合起来，以便强调奴化教育才是现代民族国家的大敌，是国民最大的劣根性。《林冲夜奔》通过富安、陆谦以及陆谦妻子完成了这一启蒙思想主题的表达。

刘再复、林岗在《传统与中国人》一书中，曾将中国人的"生存技巧归结为：冷漠、自私、虚伪，认为中国泛道德主义的最终结果必然是不道德主义。冷漠、自私、虚伪是道德的唯一出路，准确地说，这是一种文化病。道德没有出路，则生存于道德世界的众生必然没有活路。五四新文化运动时期，鲁迅早已在《阿Q正传》《药》等作品中猛烈批判了这种吃人的礼教。然而，文化病的养成是中国旧道德体系长期熏陶的结果，不是几

---

① 吴永刚:《林冲夜奔》，上海国民书店1940年版。引文均参见此书。
② 胡叠:《上海孤岛话剧研究》，文化艺术出版社2009年版，第152页。
③ 吴永刚:《〈林冲雪夜歼仇记〉摄制后记》，载《林冲夜奔》，上海国民书店1940年版，第155页。

场革命或几十年的启蒙运动所能轻易改变的"①。《林冲夜奔》里有这样一个奴化的时代：富安跟随高衙内到处强抢民女，干尽坏事；陆谦及其妻子为了巴结高太尉以求上位，不惜出卖结交兄弟林冲，可恨的是还逼死林冲妻子，又谋害林冲于死地，可见人心之毒。众所周知，在专制主义统治下，权威主义极度膨胀，国家司法易于滥用，作为奴才唯有听命或许才有生存的道路。《林冲夜奔》中富安、陆谦是蒙昧主义的产儿，不可能在人治大大超过法治的时代觉醒。维护正统秩序的忠孝节义才是社会道德的灵魂和核心，因此，奴化教育一代紧跟一代。吴永刚的《林冲夜奔》所要批判的正是奴才教育造就了皇帝昏庸、奸臣当道、小人得势，批判这种只有个人利欲、没有民族国家的国民劣根性。如《林冲夜奔》中，奴才可以卑下无耻地对主子说"譬如说衙内去打围，小的算是条狗，衙内一箭射出去，射中了一只雁或者是一条鹿，不管是死的活的，小的总得给衙内衔回来啊"；主子可以直言不讳地对奴才说"你譬如得好，好在比作一条狗，好狗"，令人瞠目结舌。清末民初时期陈独秀在一篇随感录《卑之无甚高论》中写道："中国人民简直一盘散沙，一堆蠢物，人人怀着狭隘的个人主义，完全没有公共心，坏的更是贪贿卖国，盗公肥私，这种人早已实行不了爱国主义。"②《林冲夜奔》一剧中作者多处表达了这种强烈的愤慨：(鲁智深)"现在真是人少豺狼多"，"什么高太尉驴太尉的！就可以这样的害人么"；(林冲)"当今的道君皇帝也不是个英明之主，不是闹着炼丹烧汞，便是钻在那个李师师的家里，把国家大事都放在蔡京童贯高俅那班奸臣的手里"；(老丈人张)"这就叫豺狼当道，什么王法，什么公道"。甚至与事无关的普通老百姓也喊出："竟然有这样的禽兽！朝廷上就容高俅这种东西在胡为！我们平民老百姓还能做人么？"……

奴才教育在《林冲夜奔》里最主要表现为对性资源的占有，进而才制造冤案谋杀好汉性命。花花太岁高衙内在开封城内的大街小巷猎艳，嚣张跋扈可谓骇人听闻。由此可联想到皇帝后宫少则三千佳丽动辄上万美女，造成多少民间惨祸！这种对民间性资源无穷无尽的掠夺，依靠的无非是专权主义制度下的特权制度。这种制度承认并一再复制这样的神话：在一个

---

① 刘再复、林岗：《传统与中国人》，生活·读书·新知三联书店1988年版，第261—273页。
② 陈独秀：《卑之无甚高论》，载《独秀文存》(卷二)，上海亚东图书1926年版，第125页。

至高无上的男人面前,其余所有的男人都需要让步;那些没有被阉割的男人,将尽一切可能满足那个唯一的男人的需要,包括献出自己的生命。①富安、陆谦就是"让步"的男人,一定程度上,林冲也是"让步"的男人。林冲若早随鲁智深奔赴梁山泊或许还能挽救其妻子一命,林冲过度的大男子主义以及延宕的心理,不能不说对妻子的死负有责任。当然,若林冲直接带妻子奔赴梁山泊,也就没有这出曲折生动的戏剧可言。以高衙内为代表的统治集团对性资源的残酷剥夺,最直接的受害人是女性,为表达坚贞不渝的爱情以及反抗猪狗不如的统治者,林妻选择以头撞亭柱自杀。《林冲夜奔》一剧又特意安排陆谦妻子这一媒婆角色,以突显其为权势拉纤做媒戕害女性的本质。作为既得利益者的陆谦妻子,也是豺狼当道世界里戕害女性的一大刽子手。

奴才教育的恶果还表现在奸臣与外藩的勾结,外藩入侵正是奸臣卖国的结果。1939年的上海是侵华日军和日伪政权活动的重镇,敌伪猖獗,暗杀随处可见。吴祖光用戏剧影射汉奸及日伪政权,不得不令人佩服敬重!"奴才教育"概念的提出,吴祖光可谓一石多鸟,既有力地批判了"吃人"的中国文化传统,又可影射讽刺当下汉奸卖国求荣的罪恶行径,并且对女性的命运表现出格外的关注。要解决诸多的历史遗留问题和现实问题,吴祖光认为,天下唯有英雄才能识英雄,鲁智深与林冲的友情是人类中最崇高的情操!他不但救了林冲的生命,还处处启导着林冲的反抗精神。我们不需要个人英雄主义!英雄们是要互相团结起来有了一致的步伐,才能跟迫害我们的强权去搏斗!因此,吴祖光《〈林冲雪夜歼敌记〉摄制后记》里大力提倡"广义的,不是侠义的复仇主义"②。

英雄崇拜古来有之,而且英雄崇拜永远存在,处处存在;不只是"忠贞",它从神圣的崇拜伸延到最底层的生活领域中。③英雄存在的主要意义在于将混乱的世界重新整合为有序的世界,恰如《水浒传》梁山好汉替天行道的意义在于为道君皇帝重新整合大宋江山,恢复宋王朝政治制度的井

---

① 崔卫平:《宦官制度、中国男性主体性和女性解放》,载孔见、王雁翎主编《生为女人:性别、身体、欲望、情爱与权力》,当代中国出版社2015年版,第179页。
② 吴永刚:《〈林冲雪夜歼仇记〉摄制后记》,载《林冲夜奔》,上海国民书店1940年版,第155页。
③ 〔英〕卡莱尔:《英雄与英雄崇拜》,何欣译,辽宁教育出版社1998年版,第228页。

然有序。因此,《林冲夜奔》一剧中林冲一再表达忠诚爱国的热情和精神以及英雄无用武之地的痛苦。事实上,作者反对个人英雄主义,因为林冲的悲剧与个人英雄主义有着丝微的联系,所以,要外御外藩、内整乾坤,林冲就需要在鲁智深的启导之下与其一同奔赴梁山。就全剧来看,林冲的形象已经不同于《水浒传》中忍辱负重的下官形象,林冲一开始便疾恶如仇,其性格略有延宕但无忍辱负重、卑微屈膝的行为,林冲的英雄气概从头至尾贯穿全剧。而且,《林冲夜奔》打破了《水浒传》"只反贪官、不反皇帝"的"上线",林冲、鲁智深这一对英雄是直指大宋王朝的政权才奔赴梁山泊的。因此,《林冲夜奔》中鲁智深、林冲的英雄形象已经相当伟岸高大。鲁智深常常抱怨"更没有法子去替国家出力","想不到俺鲁达空怀了一身武艺,满腔壮志……这里的一腔热血向何处洒去";林冲同样大义凛然,"我在想——我们要替天下人报仇,决(绝)不是在泄一时之忿!——总有那么一天!"林冲已经由个人英雄主义转变为一个爱国主义者的形象。确切地说,林冲、鲁智深是民主主义者,而非爱国主义者。《林冲夜奔》一剧表明,20世纪以来创编的水浒戏已经同国家政治分裂转而在市场化、商业性的演出中反思文化传统及现实政治,着力张扬市民的民族精神和复仇情结。此不同于抗战前期《保卫卢沟桥》等戏剧中的国家人格化义化现象,国家人格化是以虚构的形象,"寄托着民众对现代民族国家政治建设的期望,也浸润着政治国家的认同要求"[①]。《林冲夜奔》是民族人格化现象,以林冲、鲁智深等英雄形象奔赴梁山泊期望民族团结、步调一致,反抗黑暗统治、外敌入侵和奴化教育。因此,在深层次上《林冲夜奔》一剧是对传统文化的反思与国家政治的对抗,是倡导一种带有浓厚"杀气"的复仇精神,以推动民族的独立与进步。鲁智深时常流露出杀人的快感,"酒也喝肉也吃!更爱杀人"。事实上,对于屠杀快感的提倡,只能泄一时之愤,根本不能彻底解决问题。以狂欢式的杀人作为复仇精神唯一的方法,既欠缺对民族文化理性的反思,又会在战争中埋下更深的仇恨。当然,面对民族危亡,实施救亡行动,杀人是必不可少的手段,但是,杀人的目的是消除战争,回归人性。

---

① 马俊山:《演剧职业化运动研究》,人民文学出版社2007年版,第74页。

第三节　公义、私义及其冲突

"抗战建国"和民族独立是抗日战争时期文学最为突出的两大主题，外迫于异族侵略，内受五四新文化运动以来西方现代启蒙和民主思潮的深入影响，构建现代民族国家和铸造现代民族精神成为知识分子孜孜以求的首要目标。"抗战是近代以来中国民族精神的重塑，作为现代民族国家的中国由此得以定性。从国统区的文化和文化人这里，我们可以清楚地感受到现代民族精神的形成。"[①] 不仅是国统区，包括上海"孤岛"等，借重传统文化的力量唤醒民族情感和民族文化并予以现代整合，实现对传统文化的认同和价值归属，是形成民族意识、国家意识和现代民族精神[②]以及完成"抗战建国"的必经途径。戏剧被田汉誉为最民主化、大众化的艺术形态，抗战戏剧不仅承担着教育大众实现抗战胜利的政治任务，而且从戏剧自身的艺术发展需要出发，抗战戏剧在民族形式方面亟待解决民族化和现代化问题。那么，抗战时期最具有传播力量的艺术形式对中国古典文学作品的重新改编及对大众民族心理、精神的重构，其文学价值、文化意义以及与构建现代民族精神的内在关系，理应值得充分的审视和研究。

司马迁在《史记·太史公自序》中写道："救人于厄，振人不赡，仁者有采！不既信，不倍信，义者有取焉！作《游侠列传》。"[③] 当代学者余英时在《侠与中国文化》中指出，"侠"的第一项道德规则是"言必行，行必

[①] 朱献武、王俊芳：《国统区的文人与文化》，天津人民出版社2009年版，第243页。

[②] 哲学家贺麟在1941年抗日战争最关键的时候写道："中国当前的时代，是一个民族复兴的时代。民族复兴不仅是争抗战的胜利，不仅是争中华民族在国际政治中的自由、独立和平等，民族复兴本质上应该是民族文化的复兴。民族文化的复兴，其主要的潮流、根本的成分就是儒家思想的复兴，儒家文化的复兴。"（《儒家文化的新开展》，《思想与时代》1941年8月第1期。）贺麟的言论颇能代表当时一大批知识分子的思想，而加之蒋介石早在1934年开始倡导新生活运动，大力推行儒家复古文化。事实上，抗战时期的民族意识得到前所未有的强化，民族精神又一次进入现代转型的关键时期。因此，作为传统文化人格的侠义精神，被抗战时期的知识分子所重写，我们应给予格外的审视与观照。在笔者看来，尽管民族精神是一个相对宽泛的概念，但五四运动洗礼过的现代民族精神至少包括由民主与科学观念所形成的人本主义精神，并应成为其最核心的价值观念；抗战时期的现代民族精神还应重视作为想象共同体的现代民族的独立意识、国家意识和反抗精神。所以，抗战时期的侠义精神与现代民族精神构建之间具有了一定的学术研究价值。

[③] （西汉）司马迁：《太史公自序》，韩兆琦译注，载《史记》，中华书局2007年版，第366页。

果，已诺必诚"①。义是侠者最重要的价值观念和行为方式，侠者的英雄魅力需要建立在义的基础上，然后才能体现出仁爱、忠孝等其他人格品质。实际上，水浒戏及《水浒传》中梁山好汉这支"造反集团"有其自身的特殊性，他们是以义（后演变为忠义）作为伦理准则的豪杰相逢和英雄际会，其行为主要是"任侠施仁"。②抗战时期戏剧家在新编水浒故事的过程中，就"任侠施仁"而言，给予了不同的理解和观照：一方面以弘扬侠者公义为主要创作倾向，另一方面从批判者的角度揭露侠者身上的私义，并在中国民族传统道德的扬弃过程中蕴藏着现代民族精神的构建。

1. 侠义叙述与民间立场的抗战

五四新文化运动时期，胡适等人大力提倡白话文运动且为中国古典俗文学张目，认为"中国有了一千多年的白话文学，只因为无人敢公认主张用白话文学等来替代古文学，所以白话文学始终只是民间的'俗文学'，不登大雅之堂"③。但是，新文化运动的目的是反传统、抨击古文学即"死文学"，并在汲取俗文学营养的基础上，开创出一种"个人主义的人间本位主义"的"平民文学"，即国民文学，但这并不等于说要完全采用吸收原始朴素的中国传统俗文学，因此，新文化运动先驱者所倡导的新文学依然是一种精英话语文学。随后20世纪30年代蓬勃发展的左翼运动强调文艺的政治功利性，民间文学只是其利用的艺术资源，但仍然视民间文学为"糟粕"，认为民间文学"实乃是封建社会的学士文人施舍给大众的，所以这也就是支配阶级麻醉大众的毒药"④。抗战时期，民间文学才真正以鼓舞民众、服务抗战的姿态，并且以多种艺术形式进入知识分子的创作视域。1937年田汉、马彦祥、洪深等在武汉创办《抗战戏剧》专刊，在其创刊词中指出："戏剧是群众宣传群众教育最好的一个工具，尤其是在文化教育普

---

① 余英时：《侠与中国文化》，载《余英时文集（第八卷）·文化评论与中国情怀（下）》，广西师范大学出版社2006年第1版，第280页。
② 冯文楼：《四大奇书的文本文化阐释》，中国社会科学出版社2003年版，第166页。
③ 胡适：《中国新文学运动小史·〈中国新文学大系〉第一集的〈导言〉》，载欧阳哲主编《胡适文集》（第1卷），北京大学出版社1998年版，第127页。
④ 何大白：《文学的大众化与大众文学》，《北斗》1932年（7）第二卷第三、四期合刊。

遍落后的中国，戏剧更是教育和组织民众的一个重要的武器。"①抗战是戏剧的黄金时代，戏剧承担着唤醒民众、救亡民族的神圣使命，田汉、吴祖光等多个戏剧家充分利用水浒戏及《水浒传》这一丰富多彩的民间资源宝库，以民间立场和民间精神的弘扬为己任服务于抗战，内蕴着反抗庙堂、打抱不平、扶危济贫等崇高精神的侠义被不断地改写和创造。

关于复杂多维的民间性，学者陈思和认为民间具备以下几种特点：第一，它是在国家权力控制相对薄弱的领域产生的，保存了相对自由活泼的形式，能够比较真实地表达出民间世界生活的面貌和下层人民的情绪。第二，自由自在是它最基本的审美风格。民间的传统意味着人类原始的生命力紧紧拥抱生活本身的过程，由此迸发出对生活的爱和憎，对人生欲望的追求，这是任何道德说教都无法规范，任何政治条律都无法约束的。第三，它既然拥有民间宗教、哲学、文学艺术的传统背景，用政治术语说，民主性的精华与封建性的糟粕交杂在一起，构成了独特的藏污纳垢的形态。②以陈思和的三条标准衡量，水浒戏及《水浒传》所塑造的梁山好汉和梁山文化完全具备三个条件：一是梁山泊一带大宋权力控制较为薄弱，而梁山好汉大多为官逼民反；二是梁山好汉所追求的是一种"论秤分金银，异样穿绸锦；成瓮吃酒，大块吃肉，如何不快活"自由自在的生活；三是梁山好汉既有打抱不平的一面，又往往打家劫舍、嗜杀如命，即"民主性的精华与封建性的糟粕交杂在一起"。事实上，中国的侠自古以来就具有强烈的民间精神，正如陈平原所指出，侠客敢怒敢骂，敢打敢杀，浪迹天涯，独掌正义，自己把握自己的命运，寻求精神的解脱和超越，这无疑体现了中国人的某种自由愿望。③水浒戏及《水浒传》的江湖世界充满理想主义色彩。抗战知识分子所创作的几部新编水浒戏剧，几乎全部站在民间立场上重新审视民间文艺的价值和精神，以及这种民间立场所表露出来的现代民族意识和国家意识，尤其是抗战早期的《打渔杀家》一剧几乎丧失了民间立场的自由自在和独立性；或者说，其创作理念真正实践了文艺为抗战服

---

① 田汉、马彦祥主编：《创刊词》，《抗战戏剧》（创刊号）1937年11月16日，华中图书公司发行。
② 陈思和：《民间的沉浮：对抗战到文革文学史的一个尝试性解释》，《上海文学》1994年第1期。
③ 陈平原：《千古文人侠客梦》，北京大学出版社2010年版，第186页。

务的宗旨,这对于全民抗战、挽救民族危亡的时代诉求来讲,具有十分重要且积极的现实意义。但是,抗战中期以后的新编水浒戏剧对中国现代政治意识形态以及"抗战建国"的政治目标,却保持着民间的警觉和反思,甚至可以说,他们对国民党所推行的国家意志、国家民族主义表达了强烈的不满。

田汉的十八场京剧《武松》以宋江为武松送行为开端,宋江寄语武松"内政不修,外侮日亟,有志之士谁不想竭忠尽智澄清天下",希望武松"内除奸佞,外扫胡尘,措天下于泰山之安"。这种强烈的民间愿望,却在武松回到阳谷县发生了改变,不仅豪强欺善、穷人困苦,更为可恨的是国家法度失效,被淫妇潘金莲毒死的哥哥无法得以申冤。法律失效只能依托代表法外正义的侠义消除人间的冤情,澄清天下的黑暗。像这种法度的失效以及统治者的胡作非为,更多地表现在吴祖光的《林冲夜奔》当中,高俅及高衙内强占民女,诬陷追杀英雄,可谓恶贯满盈。整体来看,剧作家笔下的英雄侠义都是渴望报效祖国的热血男儿,然而社会的黑暗、官僚的残酷、法度的失效,逼迫他们走上了反叛"国家"的道路。学者董健曾指出田汉"极力要将以京剧为代表的传统戏曲与时代结合起来,从'启蒙'和'革命'的需要出发对其进行改革和利用"①。董健的这一判断亦适合评价吴祖光等剧作家。吴祖光曾在《林冲夜奔·序》中说,"现代人"所缺乏的、不屑的正是《水浒传》中的"同情与温暖"。由此可见,现代人仍需要继续启蒙,祛除愚昧以及对抗战的麻木不仁。实际上,1941年皖南事变严重伤害了中国人民的政治热情,国民党倒行逆施令文艺界再次反思国家与政治、国家与民族等问题,《武松》《林冲夜奔》等抗战爱国主义戏剧,表现出对国民党当局的深恶痛绝。毕竟国家与政治、国家与民族并非对等的概念,"国家似乎是某种政治性的东西,而政治则是某种属于国家的东西",事实是国家只不过是一个组织的人群拥有的政治状态。②民族肯定是基于某种文化习俗而形成的想象的共同体,它很少基于政治习惯。因此,抗战时期的新编水浒戏剧具有多重功能:它是知识分子以民间立场反对国

---

① 董健:《中国戏剧现代化的艰难历程》,《文学评论》1998年第1期。
② 〔德〕卡尔·施米特:《政治的概念》,刘宗坤、朱雁冰等译,上海人民出版社2015年版,第21—23页。

民党政治统治、表达民间诉求，又以民间精神弘扬民族抗战大义，更以民间价值来批判和弥补国民党统治下的专制社会。新编水浒戏剧一再质疑国民党当局统治的合法性、合理性，控诉正是腐败黑暗的政治现实，造成社会生活秩序乃至伦理秩序的混乱、人性的贪婪和道德的失衡。因此，新编水浒戏与国民党所倡导的以陈铨为代表的"民族主义"戏剧不同，新编水浒戏剧坚持以民间精神侠义的弘扬为己任，积极投身民族抗战大潮之中。

新编水浒戏剧对侠义精神的书写最明显的特征是血仇，《打渔杀家》中萧明远、郑有才、张国俊等三兄弟领导民众对汉奸及日本鬼子实施民族血仇，《武松》中武松替哥哥武大报仇，《林冲夜奔》中林冲替娘子与自己报仇。相对于水浒戏及《水浒传》中那种对潘金莲、潘巧云等狂欢式的虐杀以及血腥的暴力美学，抗战时期的新编水浒戏剧在暴力叙述方面明显有所削弱，尽量剔除了民族血性中残忍冷酷、嗜杀施虐的一面。就抗战英雄来说，抗战的目的是保家卫国，抗战不是为嗜杀、屠杀寻求战争的快感，否则与法西斯无异；另外，嗜杀也会在20世纪降低一个侠义英雄的舞台魅力，与启蒙主义、人本主义背道而驰的作品同样会受到抗战时期作家的诟病与抵制。因此，田汉《武松》一剧的结尾是武松到县衙自首，这一行为在某种程度上意味着反抗国民党统治的强度有所降低，便于民族抗战，而且也表明抗战当前不宜过度倡导国家与民族、国家与政治之间的分裂和冲突。也就是说，武松这个英雄侠义仍然需要在国家意识的号召下去完成宋江所寄托的愿望。这是侠义精神及民间立场向现实妥协的一种态度。到了抗战后期，黄鹤的《潘巧云》[①]一剧对英雄侠义的暴力嗜杀给予了无情的批判，实际上承认了民间侠义精神不足以构成现代民族精神的一部分。《潘巧云》一剧的末尾写道："石后人声：好啊，好啊，清平世界荡荡乾坤，你们杀了两条人命，还要……"其足以表明作者的叙述立场。由此可见，抗战知识分子对水浒侠义精神有弘扬有摈弃有批判，在感性的救亡与理性的启蒙之间各有所侧重，但对民间精神给予了充分的保留和肯定。

在民间艺术结构的汲取方面，抗战中期以来的新编水浒戏剧坚持了结义—复仇或结义—复仇—上梁山的民间隐形结构。唯独抗战前期的《打渔

[①] 黄鹤：《潘巧云》（五幕话剧），1945年2月创作。引文均参见1948年世界书局的《潘巧云》（第二版）。

杀家》隐藏的结义—复仇结构略有不同,其结义(拜把子做强盗)发生在戏剧故事展开之前,随后化解兄弟之间的仇怨,再次结义(联合起来)从而实现复仇(抗日)。部分水浒戏及《水浒传》中的民间隐形结构基本上表现为结义—复仇—上梁山。结义是一种江湖行为,结义的目的在于拉帮结派、打抱不平,主要以义气为纽带而形成情感式的道德观念。义气要求男人与男人(女人)之间称兄道弟、平等交往、互相帮衬乃至替兄(弟)报仇,因此,义气要有忠的道德品质和情的相互感染。《三国演义》里的"桃园三结义",中国人所谓的"打虎亲兄弟,上阵父子兵"都是如此。十分明显的是,部分水浒戏及《水浒传》所形成的这种民间叙事结构具有强大的稳定性,结义使得至少两位英雄人物捆绑在一起行动,才能推动故事情节的持续发展,也只有结义才可通过复仇这一终结性事件,体现梁山好汉的结社性质和盗匪特性,以及完成替天行道的反抗诉求。因此,没有结义一切无从谈起,由民间价值和民间精神构成的江湖世界也不复存在。所以,抗战中期以来的新编水浒戏剧对《水浒传》的利用和改造主要是人物性格及人物行动的部分再创造,而对于结义—复仇或结义—复仇—上梁山这一民间隐形结构基本上未改动,保持了其较为原始的艺术叙事结构。当然,戏剧的现场性、商业性也决定了如果贸然大肆改动水浒戏、《水浒传》业已成型的民间叙事结构,就会打破广大观众的审美期待,造成历史文本与新编戏剧之间的断裂,不利于观众的想象和娱乐,更不利于宣传抗战,鼓舞人心。

2. 从公义弘扬到私义批判

抗战时期新编水浒戏颇为有趣的是,基本上都围绕结义—复仇这一叙事模式,以结义为开端,以复仇胜利为结尾。有学者指出,结义与侠义最大的区别在于,结义的目的是在动荡的江湖生涯中于异姓兄弟之间建立一种稳固的互助关系,有福同享,有难同当,同生共死。[①] 而侠义主要表现在见义勇为、任性施仁、扶困救厄、解人所难。因此,侠义较少与利益相关,结义多与现实利益挂钩。就国统区的水浒新编戏而言,陈樾山《打渔

---

① 刘倩:《通俗小说与大众文化精神》,河北教育出版社2014年版,第67页。

杀家》因结义而三兄弟生怨，面对吴新红收渔税欺压，郑有才、张国俊准备再干强盗营生，却遭到了萧明远的拒绝。在现实利益面前，结义兄弟变成结怨兄弟，事实上，是民族危机激活了他们内心强烈的侠义之风，才再次结义。田汉的《武松》中，因孝义宋江与武松结为异性兄弟、金兰之好而拉开序幕，足见两人意气相投。宋江结拜武松并分析天下大势，目的在于激发武松的报国热情，担负起天下兴亡的责任。在一切为抗战服务的现实功利要求下，不仅结义本身需要民众团结一致抗敌，而且侠义自身也不再是侠者个体任性妄为的行为。吴祖光的《林冲夜奔》中鲁智深与林冲拜了把兄弟，鲁智深可谓形影相随，保护林冲的身家性命。鲁智深是最接近侠义精神的人物，鲁智深与林冲的侠义就是作者想要为抗战中的民众找寻报效祖国的互爱和义气。

  因此，义在抗战水浒戏剧作品当中，以隐喻的方式超越了兄弟之义，表现为一种国家之义、民族之义。义进入抗战时期民族话语和国家话语的范畴内，与国家政治和权力相互渗透，已经从单纯的侠义演变为对整个民族国家的忠义。中国传统文化里的忠可分为公忠与私忠，公忠强调以道辅君、社稷意识与谏诤，而私忠则强调君臣之间主仆性的个人关系，服从、尽职、隐谏、维护君主的个人利益。① 而且，系列水浒故事本身就体现着替天行道或护国安民等封建时代的国家意识，这种国家意识在"家天下"以后其核心就是君主意识。抗战新编水浒戏剧在塑造英雄侠义人物形象时，尽管张扬了公忠的社稷意识，但是并未完全剔除私忠的传统意识。抗战时期，剧作家在回归民族传统文化和弘扬民间英雄侠义精神的同时，吸纳、接受了五四新文化新思潮，在其作品当中从不同层面对英雄侠义的私义给予了反思和批判。陈樾山的《打渔杀家》从国家民族大义出发，尽管仍旧以私人的方式再次结义，但其价值取向是公义，私义被公义直接取代，私人的现实利益与国家的最高利益融为一体。从萧明远抵制"重干江湖的勾当"就可得知，原来的结义无非是做危害一方的强盗，对这种水浒侠义保留下来的私义精神，作者在"我们决不甘心就这样做亡国奴，变成日本的顺民"的呼声中进行了完全"清除"。田汉的《武松》中尽管武松与宋

---

① 刘纪曜：《公与私——忠的伦理内涵》，载黄俊杰主编《中国文化新论·思想篇一·天道与人道》，（台北）联经出版事业公司1983年版，第199页。

江结义，并多次"宾白"要保家卫国、打抱不平，但从田汉对人物形象的塑造来看，武松侠义行为依旧侧重于个人恩怨，替兄报仇。应该说，武松替兄报仇与除掉恶霸西门庆属于同一事件的两面，但若其兄未被潘金莲毒死，他也未必能"专打土豪"。最明显的例子莫过于为知县陈文诏押送贪污来的银两上京，武松并未有丝毫的"均贫富"和"专打土豪"的思想。可见，《武松》新编戏延续了传统水浒戏及《水浒传》中侠义英雄以个人利益为是非判断标准的传统，而不是以是否正义为价值判断和行为导向。早在先秦时期，"侠以武犯禁"，侠属于社会规则和法律的破坏者，既有轻其生命、伸张正义的一面，又有游走江湖、携私任性的一面。正如荀悦论"三游"之"游侠"所言："以正行之者，谓之武毅；其失之甚者，至于为盗贼也。"① 侠与盗只有一线之隔。梁山侠义英雄既啸聚绿林、闯荡江湖、任性杀虐，又替天行道、劫富济贫、反抗贪官。在《武松》中，侧重于个人恩怨的武松，面对潘金莲必然露出其盗的一面，最终虐杀潘金莲。吴祖光的《林冲夜奔》本质上也是侧重于林冲的个人恩怨，杀掉董超和陆虞候之后，"重返东京，报这血海冤仇"去了。

对于人与人之间的私忠或私义，早在抗战前夜，由中国戏曲音乐院研究所编订、作为中国戏曲音乐院戏曲学校课本的民众小说戏曲读本《翠屏山》，其后附了一个"总评"，以副文本的方式引导读者的价值取向。"总评"认为，《翠屏山》之所以妇女奸淫、英雄暴虐，二人行为造成的"种种罪恶都是他一人养成的"，直指杨雄的昏聩：一是作为家长对无知识有弱点的潘巧云不能加以"规劝"与"防范"，二是"不省得法度"，滥用私刑，"把个可怜站在纯粹被动地位的迎儿，也不明不白的，牵连在内"，残忍地杀了。作为传统剧目，"总评"能结合故事的历史语境、以新的眼光分析文本，"责怪"英雄豪杰，还指出"本戏还含有暴露公门中黑暗的意义"，足见人文参与编订所带来的对私刑的批判以及对潘巧云的同情、对迎儿的怜悯，有利于文本与读者的积极互动，助长文明之风。但对私义以及由私义而衍生的石秀杀人罪恶并未置喙，以一句石秀"乃是江湖上的一个粗豪之

---

① （东汉）荀悦、（东晋）袁宏：《两汉纪》（第1卷），中华书局2002年版，第158页。

士"①避开了石秀的个人恩怨、替兄报仇,某种意义上肯定了江湖之上私义的合理性。特别是到了抗战后期,黄鹤的《潘巧云》将个人之间的恩怨无限放大,给予了充分的暴露和批判,挖掘民族道德内心潜藏的黑暗面。好打抱不平的拼命三郎石秀自帮杨雄解围之后,与之结为兄弟,潘巧云勾引不成反诬陷,导致石秀露出游侠的任性——"以躯借友报仇",敦促杨雄杀死妻子及丫鬟。用杨雄的话来说,潘巧云必死的一个重要原因是"坏了我兄弟情分",兄弟之情远甚于夫妻之情。这种私义还不同于儒家倡导的"事君之义""君子之义",而是墨家"万事莫贵于义""兼相爱""交相利"等思想,与游侠"救人于危,振人不赡"的精神相融合形成的一股江湖之义。水浒侠义英雄的反社会性决定了其闯荡江湖谋求生存的本相,"闯荡江湖的人们讲究'义气',不是单纯的奉献,而是一种投资。虽然它并不希望具体的受施者的回报,却希望得到江湖——游民群体的认同,得到他们的赞许,为他开辟更为广阔的生活空间"②。所谓江湖之义,也是以现实利益为考量而被尊崇的道德原则。

1941年田汉在一篇文章中说:"我们需要真能深刻抉发民族缺点的作品,更需要能唤起广大国民高度抗战情绪为实现崇高的建国理想不顾一切牺牲的作品。"③文艺作品暴露民族缺点的目的,就是要实现民族独立、民族解放和构建现代民族精神,当然,其先决条件之一就是拨开民族传统道德的迷雾,以求顺应时代实现民族道德的现代化。较之前在1939年由民意周刊社编、独立出版社出版的《民族道德与民族精神》一书,针对孙中山提出的中华传统道德归纳为"忠孝、仁爱、信义、和平"八德进行过热烈的讨论,虽有为国民党统治和蒋介石推行"新生活运动"辩解立论之嫌,但对于抗战时期道德普遍失范、亟待建构新的民族道德,以期构建现代民族精神,田汉的《武松》似乎在抗战文艺深入挖掘传统文化方面具有十分重要的借鉴意义。实际上,《武松》和《林冲夜奔》等新编水浒戏比之《民族道德与民族精神》一书,对忠义、仁爱、信义的挖掘和剖析要透

---

① 中国戏曲音乐院研究所编:《翠屏山》,世界书局1937年版,第72—75页。其"凡例"第九条写:"读本之末,附有'总评'一项,系用新的眼光,将剧中所包含之意义,与艺术上的价值,加以评论。"
② 王学泰:《游民文化与中国社会》(增修版),山西人民出版社2014年版,第328页。
③ 田汉:《关于现实主义》,《广西日报》1941年12月2日。

彻得多。而黄鹤的《潘巧云》新编戏正好处于抗战胜利在即,英雄主义似乎要走出时代的潮流,爱好和平、避免战争开始成为许多知识分子思考创新水浒戏的视角。因此,对传统英雄主义的鞭挞倒十分合乎中华民族热爱和平的优秀传统品德,英雄主义毕竟是一种文化偶像崇拜,充满侠气与匪气的民间世俗英雄,理应被时代所抛弃。

3. 梁山英雄的两极化女性想象

中国的侠义英雄不同于西方的游侠骑士,游侠骑士往往追求自己的情人并为之可献出宝贵的生命,而中国的侠义英雄生来具有"厌女症"情结。传统水浒戏及《水浒传》书写的女性要么如潘金莲、潘巧云、阎惜娇专司淫乱祸害男人,要么如顾大嫂、扈三娘如同汉子打杀战场,要么如林冲娘子一般贞节烈妇以死殉情。自唐宋以后儒侠崛起,特别是到了明代,"明代的知识人确实存在着侠客化的倾向,由此而来的是儒与侠之合流"[①]。儒侠不仅成为士大夫倾慕的时尚风气,而且被迅速写入侠义小说中,儒侠大行其道,直接渗透并影响着民间道德伦理价值。中国传统文化以儒家礼治文化为主流,礼治文化以礼、义、廉、耻作为立国的四维,以忠、孝两大伦理作为个体行动的道德约束力。因此,五四新文化运动的领袖们对中国传统文化给了了根本性的否定,引进"德先生"和"赛先生",以科学和民主解放人性、追求平等与自由。《水浒传》等塑造的侠义英雄自然也成为鲁迅等人批判的对象,"和尚喝酒他来打,男女通奸他来捉,私娼私贩他来凌辱,为的是维持风化"[②]。堂堂的先秦侠客到了明清堕落为"维持风化"道德君子。

抗战是民族主义启蒙和个人主义启蒙并存的时代,关于女性解放、女性自由和女性出路的问题始终贯穿于新编水浒戏剧中。田汉曾说:"我这《武松与潘金莲》是大前年在桂林写的,在替潘金莲翻案一点是和予倩一致的。"[③] 田汉和欧阳予倩在艺术手法上同样借鉴了王尔德唯美主义戏剧《莎乐美》的"爱与死"主题,塑造了一位爱慕英雄、渴望爱情的反叛女性。《武

---

① 陈宝良:《明代知识人群体与侠盗关系考论——兼论儒、侠、盗之辨及其互动》,《西南大学学报》2011年第2期。
② 鲁迅:《流氓的变迁》,载《鲁迅全集·第4卷·三闲集·二心集·南腔北调集》,人民文学出版社2005年版,第160页。
③ 田汉:《关于〈武松与潘金莲〉》,《评论报》(昆明)1945年5月12日。

松》中潘金莲见到武松复燃爱情之火，后被武松训斥转而将爱情寄托于西门庆。"交西门原只想朝欢暮乐"，"做长头夫妻"，又毒死武大郎，最后被武松复仇。《武松》剧中，潘金莲是一位逐渐觉醒并萌发出女性意识、追求自我价值的个体形象，但其人生选择和出路依旧未脱离穿衣吃饭的桎梏，尽管潘金莲指出自身毫无出路的悲惨境地，却未摆脱以男性为中心的生活方式和思维习惯。因此，潘金莲选择死亡，以死抗议、控诉这个无情的社会，以及信奉"那种坏风俗没人伦"就是"猪狗"的侠义英雄武松们。

《武松》中的侠义武松是孝悌英雄，武松除了为兄复仇之外，还兼有整顿社会秩序和风俗道德的功能。侠义英雄的这一功能在《潘巧云》一剧表现得更为明显。石秀以兄弟情分递上"道德之刀"，逼催杨雄杀妻和丫鬟。中国自古就有"红颜祸水"论，杨雄杀掉妻子的另一个理由则为"久后必然被你害掉性命"，无伦理之淫妇必定乃祸水。《礼记·曲礼上》言："人而无礼，虽能信，不亦禽兽之心乎？"① "没有人伦来附丽，来增值自己，就可以把这些人当禽兽处理。这种对人尊贵性的认识及其逻辑起点，推广到历史里，就酿成惨绝人寰的悲剧，以理杀人。"② 所谓"杀人可恕，情理难容"，潘金莲、潘巧云必然成为伦理的刀下鬼。无论是孝悌英雄还是结义兄弟，重的都是兄弟之情，而甚于夫妻情分。由此可见，中国的侠义英雄行为是男性与男性之间的游戏，有点近似于同性之恋的味道。侠义英雄的身体要么属于兄弟朋友，要么赴火蹈刃，死不旋踵，属于国家，就是不属于女性。《潘巧云》剧中杨雄一句"我们男子汉大丈夫当然对于女色不能十分接近"，确切地揭示了其中的秘密。在侠义英雄眼中，女性往往被看作女色，以一种色情符号围绕在男性身边，毫无女性主体和个体意识可言。梁启超在《说幼稚》一文中说："其在常儿，则以褊心为恒态，稍激即怒，毫不容忍，而自私之心亦最盛。"③ 有学者明确指出："礼治文化成功地做到了成人儿童化，社会也可以取得仿儿童社会的秩序效果，但代价却是牺牲了个体尊严与主体自由。"④ 由此判断，侠义英雄如此重视兄弟之情，

---

① 鲁同群注评：《礼记·曲礼上》，载《礼记》，凤凰出版社2011年版，第2页。
② 刘再复、林岗：《传统与中国人》，生活·读书·新知三联书店1988年版，第152页。
③ 梁启超：《说幼稚》，《饮冰室合集·第4册·文集之三十》，中华书局2001年版，第49页。
④ 刘再复、林岗：《传统与中国人》，生活·读书·新知三联书店1988年版，第154页。

将女性视为女色，与少年儿童性意识未萌发、只求玩伴的心理状态大体相同。侠义英雄是未长大的孩子，他们的思想意识是父辈教育的结果，缺乏独立的思想和价值观念。

通过林冲夫妻恩爱幸福的生活，可以判断出林冲是侠义英雄中为数不多的成人。吴祖光在《林冲夜奔》中大肆渲染了林冲夫妻之间的感情生活，感人至深。林冲娘子被塑造成一位对爱情至死不渝的妻子，但在林冲眼中娘子是个小孩子，还需要被保护，不具备一位女性独立的人格和意识。而高衙内欺负林冲娘子，与其说林冲疼爱关心娘子，不如说林冲更在乎的是男性的面子和豹子头林冲的威名，因此，他们之间的感情属于不平等的爱情关系。这位侠义英雄被刺配沧州之后，娘子走投无路以死殉情，一方面突出了恶霸贪官的罪恶，但也由此迎合了部分接受者对贞节烈妇的心理需求。张恨水曾在《水浒人物论赞》中这样评价林冲娘子，林冲娘子"有时代的思想，摩登的姿态，封建的贞操"①。吴祖光塑造的林冲娘子的形象也大致与此种论赞相似。可推论出，在"未成年"侠义英雄的世界，女性是不容接近的女色或淫妇；在"成年"侠义英雄的世界，女性或为女孩子或为贞节烈妇。一言蔽之，侠义英雄对女性形象的两极化想象，从明清水浒戏及《水浒传》到抗战时期戏剧作家的笔下，似乎从未改变。

抗战时期，"戏剧是最有力的文化斗争武器，所以和抗战结了不解缘，而有急剧的开展"②的必要。戏剧最重要的一项任务是发挥宣传功能，团结全国人民一致御敌，鼓舞和组织民众，因而中华民族危亡时刻侠之大者、为国为民的传统精神在具体戏剧创作表现中以突出救亡主题为宗旨，启蒙则未必处处被观照，这就使得传统侠义精神所隐藏的私忠、私义以及对女性的两极化想象等，与现代民族精神一并鱼龙混杂，宣传性、政治性及民族性压倒性地战胜了戏剧的艺术性，这一点在水浒戏创作及改编中尤为突出。

4. 侠义与现代民族精神构建冲突

从抗战新编水浒戏可得知，剧作家意图通过召唤侠义精神，以取得反

---

① 张恨水：《林冲娘子第八十》，载《水浒人物论赞》，江苏文艺出版社2008年版，第74页。
② 田汉等：《抗战与戏剧》，独立出版社1939年版，第1页。

抗政治黑暗、实现"抗战建国"的双重目的，但事实上，作为一个法外寻求正义的执行者——侠者，其自身的正义性值得商榷与怀疑。侠所谓的正义为浓厚的传统伦理社会的产物，以儒家伦理道德衡量一切个人行为是水浒侠义英雄的出发点，而儒家伦理道德本身包含着蔑视人欲、尊卑有序、贬低女性等思想观念，不足以完全体现现代民族精神范畴内的正义。侠固然能急人之困、振人不赡、抱打不平，但是侠的人格价值和行为规范，基本上是以个人的利害得失为核心考量的，侠的社会地位、经济条件以及生存窘境，决定了侠不可能真正成为社会大公无私的执行者。显著的例子就是《打渔杀家》《武松》《林冲夜奔》《潘巧云》等戏剧情节中的结义一事。结义一方面对游离于社会且往往生活在底层社会的英雄而言，需要团结一致、互相帮衬，不断扩大生存的空间；另一方面基于义而结盟，将兄弟情分看得高于一切，甚至携私偏执，任性妄为，行为过激而残害性命，石秀与杨雄杀潘巧云及丫鬟便是极好的例子。仅义来说，无论是儒家、墨家抑或先秦游侠，针对义的阐释都不是建立在人道主义基础上的人间本位主义，不是两个主体之间的平等、自由之义，而是一种桃园三结义式的道义，即舍生为友谋生路，不外乎功名利禄。

实际上，英雄侠义精神乃一种民间精神，这种民间精神缺乏儒家理性精神的文化性、思想性和稳固性，它狂欢的本色造成的破坏性远远超过它的建构性。水浒英雄将人性当中阴暗的一面得以完全地放纵，即便是为国家效力，也是大宋利用其侠而非义的一面放纵其杀戮，并不是参与到社会的经济建设当中。所以，水浒侠义本质上是侠盗，是侠与盗的结合，匪气较重。也正是这种匪气，抗战时期戏剧家笔下的武松、林冲、鲁智深等水浒英雄激发了民族的血性。一位英国人曾说："在大部分中国人的灵魂里，斗争着一个儒家，一个道家，一个土匪。"[①] 儒家积极入仕，道家反对世俗社会，只有土匪（侠）纵横天下，穿梭于世俗与官府之间，令人艳羡。田汉、吴祖光等选择新编水浒故事，固然看重其侠义，但田汉的《武松》、吴祖光的《林冲夜奔》戏剧情节的侧重点恰恰是私德性极强的雪仇行为。特别是《武松》一剧，武松与宋江保境为民的承诺显得形式化、口号化，以

[①] 转引自闻一多《关于儒·道·土匪》，载《闻一多全集·文艺评论·散文杂文 2》，湖北人民出版社 2004 年版，第 377 页。

致空洞无物,没有故事情节给予有力支撑。所以说,田汉给予武松、宋江的现代化改造,因《武松》的二、三部没能完成,还不能窥其全貌,但吴祖光对林冲、鲁智深的现代化改造,因其过于隐晦,依旧表现的是私义、私德的主题。

囿于水浒戏及《水浒传》的故事情节框架,抗战国统区新编水浒戏剧文本缺乏超越性的思想意识和改编策略。尽管戏剧家们深受五四人道主义精神的影响,却因侠义精神与启蒙精神有其内在的矛盾性、冲突性,这一新编变得困难重重。传统英雄侠义毕竟不是真正的革命者,真正的革命者可以运用自己的理智,摆脱自身不成熟的状态,以革命信仰和革命思想为引领,要求建立新的革命秩序;革命者也可以以建国者的姿态,完成抗战救国的使命。而英雄侠义需要在新时代新思想的启迪之下,才能转化身份危机实现身份更迭,成为拥有革命意识和民族精神的"侠之大者"。但是国统区新编水浒戏剧演绎的基本上是男性复仇、女性在"爱与死"之间挣扎的故事情节,过于追求抗战戏剧的宣传功能,没有对侠义英雄进行全面的反省、反思和重构。

在抗战后期出现的黄鹤的话剧《潘巧云》(见图2-2)一剧独辟蹊径,不再拘泥于英雄侠义的改造和重构,而是直接从女性意识与视角出发去批判和谴责传统英雄。黄鹤的《潘巧云》一剧是对英雄侠义的彻底抛弃和消

图 2-2　黄鹤话剧《潘巧云》

解，杨雄只不过是冷冰冰的刽子手，石秀因私义而极端的报复行为，为观众所不齿。在黄鹤的笔下，英雄侠义无非等同于杀人狂魔。固然，潘巧云有其好淫好色的本性，但其对真正爱情的追求是值得肯定的，就像《武松》中潘金莲对爱情的执着也值得赞美，这些女性意识的萌发都是剧本时代性的表现。作为传统伦理道德观念的代表，武松、石秀以及杨雄对潘金莲、潘巧云的杀戮，也表明抗战时期浓郁的封建伦理观念对新女性的扼杀、男性对女性的戕害。田汉、黄鹤等抗战时期的戏剧家对这一侠义精神的批判，正体现出其作品的超越性。

但就整体来考察，抗战时期新编水浒戏剧对水浒侠义英雄形象由张扬到批判的演化过程，尽管吸收了儒、墨两家侠之精神文化人格，主要宣扬了抗战主题和抗战精神，使得侠义在抗战中彰显出持久的生命性和感召力。所以，被改造后的侠义与现代民族精神之间形成了一种貌似互补其实相悖的吊诡关系，侠义精神若不在启蒙理性基础上，对其行侠仗义、正义、公德、施仁乃至强烈的英雄主义等行为，进行更为深层的价值改造与文化反思，那么只能作为一种国家意识和国家意志的工具，为抗战宣传一时之用，而无法真正参与到构建现代民族精神之中。

第三章

革命道路、革命想象与革命叙事

与现代革命思潮的融合，是水浒戏20世纪最显著的特征。20世纪30年代国内外形势促进水浒旧戏与革命迅速形成一种"英雄率领＋群体反抗"的革命叙事模式，这种模式直接影响了延安初期的《松花江上》等一批"旧瓶装新酒"的戏曲作品。随着延安时期"旧剧改革"运动的推进以及新民主主义文化的普及，创作及改编的一批水浒戏以置换变形的修辞策略、分化与强化相依的阶级修辞模式以及官逼民反—替天行道的内在叙事结构，塑造了一群符合革命实践的"新式英雄"，梁山泊也成为革命理想之地，而水浒戏中所蕴含的替天行道传统思想也在革命思想的融化之中被赋予新的意义，成为现代农民起义这一革命的重要内容。然而，由于传统水浒戏及《水浒传》等情节框架的规定性、约束性，以及战争宣传及政治任务的紧迫性，水浒戏中的女性问题尚未得到足够的重视，尽管水浒女性往往被看作底层人民群众的一分子，但以男性为中心话语和中心情节的创作及改编还是给"水浒女性"带来了一定程度的私人痛苦。

第一节 旧戏的革命化叙事

20世纪30年代前后戏曲传统观念在旧剧界人士当中依然根深蒂固，而五四以来的新文学运动者以及革命文学倡导者们则持续对旧剧给予无情的批判和否定，旧剧改良的理论探索尽管不断被各种戏剧运动所推动发展，但是富于成效性的创作实践却迟迟未能到来。九一八事变后反帝反封建的革命浪潮又一次席卷中国，革命话语因水浒的造反/反抗精神而顺利地与传统水浒戏相结合，进入积极探索戏剧大众化、现代化的话剧界和戏曲界，产生了如马彦祥的《讨渔税》《生路》以及欧阳予倩的《讨渔税》等多部新编水浒戏剧，弥补了晚清之后戏曲改良实践方面的严重不足，使侠义英雄"率领""穷苦大众"第一次以革命暴力与群体反抗的姿态登上了戏剧舞台。

应该说，20世纪30年代初期的新编水浒戏剧是话剧与旧剧、戏剧理论与创作实践、革命话语与旧剧改良的一次划时代性结合，正是旧剧在这一"颠覆了人们原有的精神秩序和理解世界的方式，又构建了新的精神秩序和认知方式"的"革命话语"[①]中，作为一种对革命独特的言说与表述方式，才再次发现了改良的契机和动力，不仅表现出强烈的现实感、时代性，而且形成了一种新的旧剧改良艺术范式和美学风格，甚至直接影响了以《松花江上》等为开端的延安时期京剧现代戏和新编古代戏。

1. "水浒"的革命化转向

20世纪30年代以前，水浒戏常常被看作"诲淫诲盗"毒害思想的反面教材。陈独秀在《论戏曲》中就着力批判水浒戏"其尤可恶者"[②]，煽惑愚民，为害不浅，在《文学革命论》中认为"元明戏剧，明清小说""惜为妖魔所厄"，被排斥在革命话语之外；[③] 周作人在《人的文学》中认为《水浒》乃强盗类书，妨碍人性的生长，破坏人类的和平，应该统统排斥。[④]虽说张厚载与新文化运动派在《新青年》上激烈争论旧剧改良，以及1925年之后余上沅等推动"国剧运动"，但旧剧作家仍未能创作、改编出符合革命政治需求、满足广大观众审美理想的水浒戏，以致水浒戏尚不能摆脱封建思想余孽的樊篱与身份。

从文学革命到革命文学的转变，开启了无产阶级文学的革命话语时代。无产阶级文艺要求文艺家对现实一切旧的、腐败的、压迫的势力予以

---

① 李跃力：《中国现代文学中的"革命话语"研究——以1930年代为中心》，（台湾）花木兰文化出版社2015年版，第9页。
② 三爱（陈独秀）：《论戏曲》，《安徽俗话报》1904年第11期。
③ 陈独秀：《文学革命论》，《新青年》1917年第2卷第6号。
④ 周作人：《人的文学》，《新青年》1918年第5卷第6号。

书写和反抗,以夺取革命政权为目标,实现无产阶级的真正解放和自由。1929年夏衍与郑伯奇等组建上海艺术剧社,以"普罗列塔利亚"戏剧(无产阶级戏剧)为口号,推进民众戏剧的战斗性、革命化。郑伯奇在《中国戏剧运动的进路》一文中强调无产阶级戏剧的一个重要任务就是促进"旧剧及早崩坏",他认为:"无论哪一种旧剧,不管是昆曲,或是二簧,或是秦腔,乃至上海滩簧,它们的内容和形式,都是封建社会的艺术的顶好的模型。"① 旧剧在无产阶级文艺运动前期被批判和彻底否定。随着左翼戏剧家联盟的成立及开展,戏剧大众化运动陷于窘境,左翼戏剧运动发展滞缓,无法与大众有效结合。1931年9月《中国左翼戏剧家联盟最近行动纲领》通过,强调"应积极利用在过去民间娱乐中占极大优势的庙戏与社戏"②,发展白区和农村无产阶级戏剧演出运动,以解决左翼戏剧之困,因此左翼话剧有走向旧形式的艺术诉求,然而这一问题始终未能真正得以解决。正是同年,在上海的瞿秋白批判"中国人的脑筋里是剑仙在统治着",讽刺"中国的《水浒》是一部名贵的文学典籍",指出模仿《水浒》的多了去了,但模仿到的"草泽的英雄,结果即使不是做皇帝,至多也不过劫富济贫罢了。梦想着青天大老爷的青天白日主义者,甚至于把这种强盗当做(作)青天大老爷",而这些强盗英雄也不过是中国民众的幻想,"他们各自等待着英雄,他们各自坐着,垂下了一双手"。瞿秋白如此认定中国的英雄梦只不过是一种强盗梦,杀富济贫或者轮流做个皇帝而已,与现代科学民主的观念相去甚远,"因为:'济贫自有飞仙剑,尔且安心做奴才'"③。说到底,中国人的精神世界逃脱不了阿Q的精神胜利法,其根底依旧是奴才意识与强盗思想,而这一切与中国的武侠文化不无关系,正是武侠这种全凭幻想、不切实际的愚昧落后造就了中国人的"一盘散沙"。瞿秋白的批判是基于无产阶级革命的集团主义以及民主自由的理想,因而坚决要求"把一切种种的变相剑仙和变相武侠肃清,而正确的显露无产阶级政党的集体的领导作用"④。因此,不利于无产阶级革命的剑仙武侠等奇幻文化、

---

① 郑伯奇:《中国戏剧运动的进路》,《艺术月刊》1930年第1卷第1期。
② 《中国左翼戏剧家联盟最近行动纲领》,《文学导报》1931年第6/7期。
③ 笑峰(瞿秋白):《吉诃德时代》,《北斗》1931年第1卷第2期。
④ 史铁儿(瞿秋白):《普洛大众文艺的现实问题》,《文学》1932年第1卷第1期。

侠文化被驱逐出左翼文学的内部了。后来张庚对此有十分理性的总结：

> 五四运动的影响是很大的，是深远的。戏曲不仅仅在1925—1927年的大革命中不能发挥它的积极作用，在整个左翼十年中，革命的文艺工作者一直没有为戏曲革新做什么工作，而是承继了五四时期对戏曲的否定。①

左翼剧联作家对旧剧、旧形式的利用，一再错失良机，一个重要的原因是除了在上海、南京、北京等大城市活动外，未能下沉到广大白区、农村地区进行革命宣传和革命运动。可以说，历经数次旧剧改良或戏剧运动浪潮，作为批判对象的旧剧一直处于革命者的革命话语边缘以外，与整个20世纪初期的革命政治活动关联不大。

但是，20世纪30年代前后知识分子的社会政治意识普遍活跃，对社会现实的关注度越来越高，包括马克思主义学说在内的社会科学理论广泛运用于文学作品的解读和批评，对水浒及后续水浒等给予社会学分析，以及水浒人物的定性亦成为当时的热门话题。1930年陶希圣的《水浒传的种种——旧小说新诠》、1932年姚慈惠的《水浒传之社会学分析》、1933年萨孟武的《水浒传与中国社会》等陆续在刊物连载，受到知识分子的广泛关注和评论。我们可以看到，20世纪30年代对水浒及后续水浒的新诠释或社会学分析，基本上是以革命思维和阶级意识作为新视角、新方法，水浒及后续水浒普遍被当作反抗压迫的文学作品，"梁山泊集团"被认定为游民/流氓无产者或江湖分子，或被认定为绅士、官僚、下层人士以及商人的破败者。实际上，在社会学家重新解剖下，水浒及水浒戏离无产阶级戏剧的要求越来越近，这也就有了茅盾以阶级的叙事视角改编的《豹子头林冲》《石碣》两个短篇小说，而较为松散的左翼剧联作家们主要精力在苏联以及欧美戏剧的改编改译和新剧的革命化、大众化运动，无暇或无意涉足水浒戏。

然而革命稳坐主流思想文化的顶峰，革命话语不仅是各大主要政党

---

① 张庚：《谈延安平剧研究院——我党领导戏改的一个历史阶段》，延安平剧活动史料征集组编《延安平剧活动史料集》（第一集），1985年，第75页。

谋求国家独立、解决民族问题的最重要武器，也是绝大多数具有历史使命感的知识分子推崇的共识，"这种对革命的积极认证和遐想式期待，使革命日趋神圣化、正义化和真理化。革命被构建成为一种与自由、解放、翻身、新生等意涵相关联的主流政治文化"①。特别是1930年梅兰芳访美历时半载，取得了巨大的成功，远超国人的预想，从而使得戏曲在整个中国文化界获得了一次重新认知，戏曲的社会地位、教育功能和独特的艺术形式再次被提高。因此，左翼普罗戏剧之外呼吁革命话语与旧剧改良相结合越来越成为有良知的知识分子"一个新的企图"②，选择创编富于造反/反抗精神的民族戏剧遗产水浒戏，首先进入欧阳予倩和马彦祥两位剧作家的创作视野。1932年马彦祥依据传统京剧《打渔杀家》创作了话剧《讨渔税》，1934年又将《坐楼杀惜》改编为话剧《生路》；而在同一年，欧阳予倩也依据传统京剧《打渔杀家》创作了京剧《讨渔税》（后改名《渔夫恨》），第一次站在发展民族戏剧艺术的高度将革命话语渗透到旧剧改良的创作实践活动中。

马彦祥的话剧《讨渔税》讲述了梁山好汉阮小七及其女儿桂英反抗土豪恶霸丁员外的故事。阮小七回到石碣村后，本想带着女儿过安稳日子，"只要当道的不来苛刻咱们穷人，能够终身在这石碣湖里打鱼，也未尝不能安居乐业"③。谁知打鱼不但要交税，以致生活难以为继，而且女儿还被土豪恶霸惦记，阮小七最后不得不杀死教师爷，走上个人主义式的反抗之路。欧阳予倩的新编京剧《讨渔税》较之马彦祥的要丰富多彩，剧本不仅增加了李俊、倪荣等正面人物，也增加了吕子秋等反面人物，同时在故事情节方面通过渔民甲、乙、丙、丁等突出百姓的悲惨命运及其精神人格，特别是对丁太师豪奢淫逸生活的刻画，加剧了阶级之间的矛盾，导致梁山好汉与渔民以暴抑暴、以大规模武装斗争反抗官绅土豪。与《讨渔税》着重于塑造具有反抗精神的底层人民形象不同，马彦祥的《生路》刻画了官府的腐败、宋江的仗义行侠、惜娇的泼辣无情。全剧以阎惜娇热恋张三爷

---

① 王奇生：《革命与反革命——社会文化视野下的民国政治》，社会科学文献出版社2011年版，第100页。
② 马彦祥：《"一个新的企图"》，南京《中央日报》之《戏剧周刊》1934年9月。
③ 马彦祥：《讨渔税》，《现代》（上海）1932年第1卷第3期初刊。

而欲与宋江摊牌为开端,以宋江、刘唐与阎惜娇之间的保密与泄密为戏剧冲突和转折,以宋江情急之下杀死阎惜娇和阎婆、奔走梁山为结局,讲述了一个被压迫的官僚走向造反之路的故事。

实际上,马彦祥与欧阳予倩的新编水浒戏剧,皆类似于政治革命宣传剧,意在鼓舞民众的造反/反抗精神,打倒压迫者、剥削者土豪恶霸。在马彦祥的《讨渔税》结尾处阮小七愤怒地说出"去杀绝那些狗东西""反正一样,咱们不杀他们,他们杀咱们"[①]等暴力的语言。同样,在欧阳予倩的《讨渔税》结尾处民众唱道:"事不公平无理讲,恶霸害人害一方。大家齐心来扫荡,杀杀杀!烈烈轰轰斗一场!""哪一个恶霸再敢猖狂!"[②]马彦祥和欧阳予倩都看到了民众的政治造反力量,以"讨渔税"经济问题、社会问题为突破口,引发贫苦大众的革命暴力行为,而这一行为几乎全部包含在"剥削""压迫"词汇之中,主要是经济的剥削而不是政治的压迫。也就是说,在戏剧家的思想情感中,贫困是革命的主要动力,这一戏剧观点接近于马克思主义革命学说,但是20世纪30年代初期的欧阳予倩和马彦祥与左翼的关系较为疏远,对马克思主义阶级斗争学说还未达到认同的程度。

欧阳予倩与马彦祥的革命话语有相似之处,特别是在对革命与戏剧关系的理解与阐释方面,相似之处颇多。欧阳予倩在1929年《戏剧》第1卷第2期上发表的《戏剧与宣传》一文中写道:"我们用戏剧来宣传,决(绝)不是徒然来几句激烈的话来博一时的喝彩,是要让民众在我们所演的戏剧中,认识革命的精神,认识社会的情形,认识自己的地位。"[③]到了1930年欧阳予倩在《演〈怒吼罢中国〉谈到民众剧》一文中直接呼喊:"如今的时代,是革命的时代。革命的对象是帝国主义。革命的主体,是被压迫的民族和被压迫的民众。所以说现在是被压迫阶级求解放的时代,就是被压迫者,与压迫者拼死斗争的时代。"[④]尽管欧阳予倩反对将戏剧作为革命的宣传品,但对于革命的热情、对民族大众的自由和解放成了20世纪30年代欧阳予倩戏剧创作和改编的中心思想。1930年马彦祥在《中国

---

① 马彦祥:《讨渔税》,《现代》(上海)1932年第1卷第3期初刊。
② 欧阳予倩:《讨渔税》,《东方杂志》1937年第三十四卷第三、四期初刊,后改名为《渔夫恨》。
③ 欧阳予倩:《戏剧与宣传》,《戏剧》1929年7月第1卷第2期,第79页。
④ 欧阳予倩:《演〈怒吼罢中国〉谈到民众剧》,《戏剧》1930年第2卷第2期。

剧运之一般问题》中论述"戏剧的革命与革命的戏剧"关系时，反对把艺术当作一种"重在煽动、暴露、教导"的宣传武器，他更认可"革命时期的戏剧"，而不是"革命的戏剧"这种提法，因此，对于马克思主义革命政治斗争将艺术完全看作革命的策略持批评否定的态度。①在马彦祥看来，艺术家应该是属于时代的，应该从时代的核心里喊出时代的痛苦，做一个时代斗士；但同时艺术家也应该比平常看得远些，走得远些，给一般人指示一条新的途径，做一个时代的预言者。②所以，欧阳予倩和马彦祥通过改编水浒戏，都将革命指向大众的暴力反抗或造反。可惜的是，他们仅仅是通过戏剧煽动民众造反/反抗，将民众从黑暗的时代、经济政治的压迫之下解放出来，而没有实现一个预言家应有的责任，即明确地给民众指引出一条通向实现现代民主政治生活之路。

欧阳予倩与马彦祥的革命絮语，在一定程度上代表了左翼戏剧家以外的自由主义剧作家的戏剧观和革命观，其思想受法国文艺批评家布伦退尔的"意志斗争说"、英国戏剧批评家亚彻尔的"危机说"以及美国哈密尔顿的"对照说"影响比较大。马彦祥十分认可这三位批评家的观点，并在《戏剧讲座》一书第一章"戏剧之本质"中进行了详细阐释。欧阳予倩在《戏剧改革之理论与实际》一文中也写道："人间的悲剧总是命运与性格搅不清楚，而且不断地和社会环境因袭斗争，戏剧就由这种斗争而产生……所以戏剧可以说完全以意志斗争为根本。"③他还详细分析了传统京剧《讨渔税》中的"意志斗争"、"戏剧的人生危机"以及"情绪对照不足"。即使在新编水浒戏《讨渔税》中，欧阳予倩通过桂英毫无隐晦地唱出了"革命"的根源："人生本是大战场，古往今来斗得忙。强盗得胜把福享，软弱受侮遭祸殃。不是你死便我丧。"④当然，在欧阳予倩与马彦祥看来，注重戏剧的"意志斗争"、"危机"以及"对照"，其目的是痛痛快快地解决社会问题。

"意志斗争"一词来自亚里士多德的"悲剧是自由意志对于命运的斗

---

① 马彦祥：《中国剧运之一般问题》，《万人杂志》1930年第一卷第一期。
② 马彦祥：《现代中国戏剧》，《现代文学评论》1931年第1卷第3期。
③ 欧阳予倩：《戏剧改革之理论与实际》，《戏剧》1929年第1期。
④ 欧阳予倩：《讨渔税》，《东方杂志》1937年第三十四卷第三、四期初刊。

争"。欧阳予倩与马彦祥都是在其新编水浒戏中阐释了一个人追求自由意志的观点,包括马彦祥的《生路》一剧,也是在寻求中下层官僚宋江的个人出路问题。与左翼剧联所奉行的无产阶级戏剧打倒个人自由主义、倡导集体主义革命文艺观不同,左翼剧联之外的戏剧家依然坚持五四以来的启蒙思想观念,对于革命的言说与表述仍旧基于个人自由主义去争取民众的暴动与反抗。

2. "侠义英雄+群体反抗"的革命化叙事

直至20世纪30年代,新文学运动在小说、散文、诗歌等艺术形式及其思想内涵方面的发展已经相当成熟,然而旧剧改良之创作实践却举步维艰。这一方面固然是由于旧剧演出人员忌惮于习惯了传统戏曲的观众而不愿自觉改革,另一方面也与新剧作家、批评家对旧剧的极端排斥有关。因此,旧剧与新剧之间的壁垒在相当长的时间内难以打破,仅仅停留在理论的探讨与各自的争论上。1934年,有个叫胡今虚的作者就在《中华日报》的"戏"周刊第九期提出"对京戏投降是新剧运动者的耻辱",认为马彦祥、余上沅、熊佛西、余珊、王泊生等新剧人与旧剧演员"合作"或登台演唱旧剧,实是新剧运动者向旧剧投降,走向堕落,是莫大的耻辱。① 但从中国传统戏曲的现代化发展过程考察,马彦祥与欧阳予倩新编水浒戏之举是旧剧改良的重要一笔。1938年,一位叫醉芳的作者发表《划时代的〈梁红玉〉与〈渔夫恨〉》一文,指出欧阳予倩改编的《讨渔税》剧本是向死池似的旧剧界投下的第一颗石子,但当时并未引起人们的注意,而且他认为,改革旧剧的理论,已经在实践上获得可佐证的胜利了。事实上,马彦祥与欧阳予倩改编的水浒戏直到今天也没有得到应有的重视和相应的史学地位。笔者以为,马彦祥与欧阳予倩在20世纪30年代初旧剧改良或利用旧形式方面,不仅迈出了跨越式的一步,而且提供了两种旧戏改良的范式:一种是将旧剧改编为话剧,另一种是赋予旧剧以时代的内涵和艺术形式。当然,这两种改编模式都是时代呼吁和时代响应的结果,与革命话语的主流政治文化无法分割、紧密相连。

---

① 转引自马彦祥《从事剧运者应有之觉悟——兼答上海〈中华日报〉"戏"周刊》,南京《中央日报》副刊《戏剧》1934年11月27日。

传统京剧《打渔杀家》原为一出豪杰复仇的戏曲，马彦祥改编为话剧《讨渔税》时突出了该剧的戏剧性以及完善了其结构框架，但最主要的是对内容给予了时代感、现实感的观照，突显了反压迫、打倒土豪恶霸的主题。这一内容的更改基本上是通过移植贫穷而完成侠义英雄的仇恨与反抗，推动故事情节的发展走向，因此，在全剧各处出现"连饭都不能吃饱""替天下穷苦百姓伸伸（申申）冤""有钱有势""穷人就这么好欺负""谁叫咱们没有钱""穷人也不是好欺负的""穷人也要活命的"①等大量类似的煽动性句词，以加强土豪恶霸与贫苦百姓之间的仇恨，而且这一大量词汇的移植行为使得《打渔杀家》中原有的个人式叙事话语反被一种集体性的叙事话语所取代，即侠义英雄的复仇不再是个人行为，而变成一种能够代表所有穷苦大众的复仇行为，侠义英雄成为所有穷苦大众的代言人。虽然马彦祥的《讨渔税》《生路》跟随中国旅行剧团在南京、北平等地上演多次，引起了很大关注，但是随着中国革命反帝反封建运动的加剧，以及部分左翼戏剧家、批评家认为这种改编无法跳出水浒的时代意识和窠臼，对革命话语的表述形式缺乏新的艺术形式和新的生命力，所以，这种个人式反抗复仇的方式渐渐丧失了当局和观众的热度，反倒使之对欧阳予倩的《讨渔税》的反响越来越浓烈。

欧阳予倩的新编京剧《讨渔税》在传统京剧《打渔杀家》的底本上，增加了贫苦渔民的群体形象，创作了一种"侠义英雄+群体反抗"共同斗争打杀恶霸官绅的革命化叙事方式。这种范式的创作离不开欧阳予倩1930年改编导演的《怒吼吧，中国》一剧。《怒吼吧，中国》是苏联剧作家塞格·米海洛维奇·铁捷克撰写，讲述了停靠在万县的英国军舰舰长替溺水而亡的美国人报仇，杀死中国两个无辜的码头工人，从而激起民愤的事情。该剧曾经取得十分广泛的国际影响力，在日本、英国、美国、德国以及北欧等地纷纷演出。1930年，广州戏剧研究所和上海戏剧协社将其搬上舞台。创作于1934年的《讨渔税》对《怒吼吧，中国》至少有两方面的艺术借鉴：其一是对贫苦的群体形象的刻画上，让穷苦大众在舞台上占据一定的角色分成；其二是将革命口号植入剧中直接喊出。因此，有学者

---

① 马彦祥：《讨渔税》，《现代》（上海）1932年第1卷第3期。

指出,《怒吼吧,中国》给研究者和当时剧人的最大启发是:政治煽情剧照样可以取得极高的艺术性。①欧阳予倩在吸收这两大优势的同时,格外突出民众的革命性、反抗性,当马彦祥的《讨渔税》中的阮小七因穷苦而自哀自怨的时候,欧阳予倩的《讨渔税》中的萧恩(阮小七)已经杀气腾腾。纵观全剧,从头至尾充满类似于"我杀了他的头拿来当夜壶""打死狗公差,杀了丁家老贼和那害民的赃官""杀了那丁家老贼,为这一方除害""杀它个贪官恶霸血成河""大家齐心来扫荡,杀杀杀"②等具有浓郁血腥味的词句。应该说,欧阳予倩《讨渔税》的煽动性、暴动性、复仇性是超过《怒吼吧,中国》的,倪荣、李俊二位梁山好汉一出场便鼓动老英雄萧恩出山,同他们一起发动"饥饿之人"杀死贪官恶霸,除暴安民。这一带有极强水浒侠义精神的行为,既有梁山豪杰替天行道的义举,也表现出强烈的时代特征和革命精神,是梁山豪杰领导着被压迫、被剥削的"饥饿之人"取得了最终的胜利。但是,这种强悍的暴力革命叙事为后来的抗战戏剧以及延安革命戏剧提供了一定的审美参照,反而削弱了旧剧改良的艺术价值和现代意义。

欧阳予倩对水浒戏的新编超越了狭隘的个人式报复,艺术性地展现了阶级之间的革命性斗争,其所形成的"侠义英雄+群体反抗"革命化叙事范式,成为"旧剧改良"的一次划时代变异。而且欧阳予倩的京剧《讨渔税》直接影响了延安时期的第一部京剧现代戏《松花江上》的诞生,从而促成了鲁艺旧剧研究班的成立和延安新编京剧的繁荣发展。创作于1938年的《松花江上》被公认为是"旧瓶装新酒"的典范之作,改编自传统京剧《打渔杀家》,在1938年全面抗战一周年演出之时大受欢迎,是延安现代戏剧发展迈出的关键一步。但是这一步,与其说是按照传统京剧《打渔杀家》的模子改编而成,不如说编剧王震之更多的是根据欧阳予倩的新编京剧《讨渔税》而改造的,仅从剧本的叙事架构就可以得此结论。

传统京剧《打渔杀家》的叙事序列可归纳为:二英雄出场——老英雄父女打渔——与老英雄会面——丁奴讨税——丁奴上报——教师讨税——

---

① 葛飞:《戏剧、革命与都市漩涡——1930年代左翼剧运、剧人在上海》,北京大学出版社2008年版,第46页。
② 欧阳予倩:《讨渔税》,《东方杂志》1937年第三十四卷第三、四期初刊。

老英雄挨板⟶老英雄父女杀仇①。欧阳予倩的《讨渔税》的叙事序列可归纳为：渔民压迫受辱⟶二英雄与老英雄会面⟶丁奴讨税⟶丁太师出场⟶教师讨税⟶老英雄父女杀仇⟶闯入丁家官绅被杀⟶二英雄发动渔民⟶共同杀敌。《松花江上》的叙事序列可归纳为：抗联英雄出场⟶与老英雄会面⟶丁奴讨税⟶丁爷出场⟶教师讨税⟶老英雄挨板⟶老英雄父女预备杀仇⟶抗联发动军民杀恶霸⟶老英雄献珠及与军民共杀仇。可见，由王震之编剧、以鲁艺师生为主并吸收中央党校和抗大学员群策群力完成的《松花江上》更多地学习了欧阳予倩的《讨渔税》，并且细究则发现许多故事细节及语言表现也有惊人的相似之处，至于两出剧本在反压迫杀恶霸赃官的革命性主题方面则更不容置疑，尤其是欧阳予倩创造的群体反抗形象即人民性被《松花江上》毫无保留地汲取和利用，尽管欧阳予倩的革命话语是建立在自由意志斗争的基础上，而《松花江上》已经是在表现无产阶级的革命话语了。因此，欧阳予倩的新编京剧《讨渔税》实际上影响了延安京剧现代戏剧的诞生以及其后新编水浒戏的选择路径，甚至可以说对新中国成立之后的新编水浒戏剧也不乏影响力、感染力。

　　正如鲁迅所言，革命文学是革命的副产品，以革命为主题的20世纪30年代新编水浒戏亦不例外，其艺术创作和演出皆存在公式化、概念化现象，革命思维和革命价值观具有压倒一切的优势。同时，此时代的新编水浒戏为突出梁山好汉的英雄人格和侠义价值并在旧剧改良方面有所建树，因此，以致如《生路》等新编水浒戏中的女性形象基本上没能跳出水浒的认知和构建，没有被赋予新的时代气息和生命。但是，20世纪30年代革命话语与旧剧的结合，打破了晚清以来旧剧改良僵硬的局面，使水浒戏获得了艺术的重生，开拓出一种新的审美规范和写作风格。当然，梁山英雄也从五四新文学以来被批判、否定的地位走上了具有正面价值和意义的革命化道路，并顺利进入抗战及延安时期戏剧的系列革命英雄形象之中。

---

① 无名氏:《打渔杀家》，载《元明清戏曲选》，吉林人民出版社1981年版，第384—414页。

第二节　英雄、乌托邦以及女性痛苦

随着五四新文化运动的不断深入和马克思主义学说在中国的广泛传播，近代以来知识分子对《水浒传》的政治性解读突显出一系列诸如官逼民反、逼上梁山、替天行道、救危扶困、聚义、好汉、造反等革命意识形态话语，尤其是《在延安文艺座谈会上的讲话》的发表和毛泽东本人对古典小说《水浒传》改编的有力推动，以及抗战背景下民族戏曲现代化艺术改革和重构现代民族国家意识形态的需要，实现文艺为工农兵服务、为"战争、教育、生产服务"的政治目的，促成了具有"旧剧革命划时期的开端"的平剧《逼上梁山》和后来"巩固了平剧革命的道路"的《三打祝家庄》《武大之死》等多部代表性新编戏剧作品的问世。延安戏剧对《水浒传》的创编既受到原有故事模式超稳定结构的束缚，又不得不通过虚构情节、添加人物、弱化血腥、置换叙事时间以及革命词汇的大肆运用等多种方式，对传统故事给予革命意识形态的整合、改造和遮蔽，不仅极大地丰富了现代戏剧文学的创作题材和思想内涵，而且对延安新编戏的创作模式和审美范畴产生了巨大影响。传统戏曲被现代化、大众化的同时，迅速被革命化、政治化、抽象化和概念化，革命英雄成为戏剧舞台的主角，革命叙事成为戏剧创作的首要原则和审美品质。延安水浒戏成为根据地（解放区）文艺大众化、革命化的经典形态，对推动革命历程和加快新政权建设起到了巨大的促进作用，同时对新中国成立后的新编历史剧和革命样板戏起到了重要作用。

1. 新式英雄与英雄叙事

近代以来，受西方现代思潮影响以及民族主义运动的高涨，梁启超明确提出了英雄的民族主义特性："凡百年来种种之壮剧，岂有他哉，亦由民族主义磅礴冲激于人人之胸中，宁粉骨碎身，以血染地，而必不肯生息于异种人压制之下。英雄哉，当如是也！"[①]认为凡是争取民族、国家和个人独立自由并奋斗牺牲的人，才是英雄。实际上，梁启超第一次命名了民

[①] 梁启超：《国家思想变迁异同论》，载《饮冰室文集点校》，云南教育出版社2001年版，第767页。

族英雄的概念。"这种民族主义英雄理念作用于改良文学或革命文学叙事，都产生出一些带有浓重政治色彩的民族主义英雄形象。"①五四新文化运动以及现代启蒙文学基本上延续并发展了梁启超的民族英雄概念，塑造了不少追求自由平等、独立精神的个人主义英雄经典形象。其后受苏联马列主义和普罗大众文学的影响，左翼文学运动领导人瞿秋白在其《马克思、恩格斯和文学上的现实主义》一文中倡导描写下层民众的"集体性的新式英雄"理念②，茅盾也要求革命文学作品要摆脱个人主义英雄的书写方式，改为塑造"勇敢的有组织的服从纪律的新英雄"即无产阶级革命英雄③。"无产阶级革命英雄"在延安时期实现了全面塑造和进一步发展，尤其是传统旧小说《水浒传》中的英雄获得了广泛的赞誉和集体性创作。

《水浒传》是英雄侠义小说的集大成者。施耐庵在《水浒传》中以"好汉"称谓英雄。好汉以义而聚，聚义造反、除暴安良、劫富济贫、伸张正义、打抱不平，进而替天行道。《水浒传》中的好汉具有明显的民间传统文化色彩，因此好汉延续着中国传统朴素的平民反抗精神和改朝换代"王侯将相，宁有种乎"的帝王心态，即所谓"忠义盗侠"，但兼有滥杀无辜、恣意横行的匪盗之气。冯友兰认为，立功的人，谓之英雄，他们有事业上很大的成就，但亦不常有很高的境界，其行为可以是不道德的，也可以是合乎道德的。④延安水浒戏对英雄给予了合乎革命道德的再造。具体说来，《逼上梁山》⑤《三打祝家庄》⑥《武大之死》⑦都对英雄人物形象进行

---

① 朱德发等：《现代中国文学英雄叙事论稿》，山东教育出版社2006年版，第13页。
② 瞿秋白：《马克思、恩格斯和文学上的现实主义》，《现代》1933年第2卷第6期。
③ 茅盾：《需要一个中心点》，《文学》1936年5月第6卷第5期。
④ 冯友兰：《功利境界》，载张岱年、邓九平主编《赤竹心曲》，北京师范大学出版社2005年版，第88页。
⑤ 《逼上梁山》为延安平剧院集体创作，杨绍萱、齐燕铭等人执笔，依据《水浒传》第七回至第十一回林冲故事改编，初稿在1943年9、10月间完成，经过三次大的修改并于1946年4月被华中新书书店印行，分三幕二十七场。
⑥ 《三打祝家庄》为延安平剧院集体创作，任桂林、魏晨旭、李纶等人执笔，戏剧的本事取自《水浒传》第四十六回至第四十九回，于1945年2月22日开始公演，1947年海洋书屋刊行，分三幕二十六场，系"北方文丛"系列之一。
⑦ 据《旧剧革命的划时期的开端——延安平剧研究院演出剧本集》中《武大之死》附录记载，《武大之死》原是1945年在延安平剧院工作的王一达创作的《武松》的前部。当时，由于作者对潘金莲做了与欧阳予倩不同的翻案处理，延安平剧院领导恐怕引起争议，决定先演后部，前部暂时不演。前部《武松》，经作者在晋绥边区兴县和重返延安后数次修改，独立成了《武大之死》一剧。

了必要的政治收编和革命整合，使其更加符合时代和革命政治的需要。因此，延安时期戏剧对《水浒传》中历史英雄人物的人格塑造、行为规范及价值取向的新编叙事，主要表现在三个方面：一是英雄人格富有政治理想和民族情怀，二是英雄行为符合阶级意识形态观念，三是价值取向要求去忠取义且公而无私。

艾思奇在《逼上梁山》一文中说，《逼上梁山》的主题，是群众反抗斗争，在群众的伟大力量的推动下，林冲才得到了锻炼和改造，走上了正确的斗争道路。① 作为集体创作的智慧结晶，《逼上梁山》是依照党的文艺思想和革命政策量身打造的宣传作品，较之《水浒传》中林冲奔向梁山被迫反抗，主题先行的《逼上梁山》十分重视英雄的成长过程，重构了戏剧改造英雄的社会功能和教育意义，并将故事的结局确定在反抗民族侵略和推翻现行政治权力这一具有现实意义的关键点上。与《水浒传》对林冲、鲁智深形象的民间英雄豪侠叙事不同，《逼上梁山》中的林冲、鲁智深等类似于民族英雄岳飞这样的形象，"我想沧州乃边防重地，将来金人南犯，定可兴起大事"，可谓心忧天下，富有民族大义，体现出《水浒传》中绝无仅有的政治理想和民族情怀。林冲由"爱国而不得"走向彻底的反抗，"都只为大小豺狼俱当道，吸尽民脂与民膏，要把这世界翻转了，那须得枪对枪来刀对刀，父老请回家中道，这风云变色就在明朝"，要以武装斗争推翻反动政权，改变现有社会制度和社会秩序。与林冲的英雄成长叙事不同，民间英雄鲁智深一出场就对宋王朝具有清醒的认识，"官报私仇太毒狠，这奸邪当道怎太平"，不仅豪气冲天，更是打抱不平，处处鼓动林冲起来造反，"林贤弟，现今当权者无道，压榨百姓，四路英雄个个摩拳擦掌，此时不干尚待何时，这叫作官逼民反，不得不反！"《逼上梁山》中的鲁智深已非《水浒传》中那位疾恶如仇的民间英雄，而是精于天下大势、富于造反精神的自觉式英雄。实质上，被新编后的林冲、鲁智深内心蕴藏着一个民族的想象共同体，拥有清醒的民族意识与民族认同观念，其个体人格已经超越了《水浒传》"只反贪官，不反皇帝"的忠君思想和有天下而无国家的自大人格。

---

① 艾思奇：《逼上梁山》，《解放日报》1944年1月8日。

• 第三章　革命道路、革命想象与革命叙事 •

同样地，被改造后的英雄在行为规范方面带有强烈的阶级意识形态观念。其一是英雄暴力滥杀色彩在阶级斗争中被显著弱化。在《水浒传》第五十回"宋公明三打祝家庄"一节中，"顾大嫂掣出两把刀，直奔入房里，把应有妇人，一刀一个尽都杀了"，李逵"把扈太公一门老幼尽数杀了，不留一个"，更可怕的是"宋江与吴用商议道，要把这祝家庄村坊洗荡了"。任性嗜杀，以屠杀为审美快感。而在改造后的《三打祝家庄》里，宋江下令"进庄之后，只杀祝家恶霸，不准胡乱杀人，扰害百姓"，连一向喜欢排头杀去的李逵也应声道："此番进得庄去，好百姓我一个也不杀，祝家恶霸我半个都不留。"滥杀无辜以及血腥嗜杀固然违背社会伦理道德，容易造成不良影响，也不符合一个现代政党的革命理念，因此在《武大之死》中只一个"杀"字便弱化了《水浒传》中武松的残忍劲头。其二是英雄人物具有怜悯底层苦难百姓的阶级同情色彩。《逼上梁山》中林冲因不愿驱赶灾民而受到高俅的挤压，刺配沧州路上发出"一路上饥民到处有，路旁饿殍无人收，这才是水深火热无援手，怎不叫人气满胸头"这样的感慨，到了草料场又说出"照你这样说来，难道这草料场也是压榨老百姓的不成"等阶级同情话语。在《三打祝家庄》里最后一场格外突出了宋江给"穷苦百姓，每户发细粮一石"以及百姓欢送的场景，而《水浒传》中宋江恩施于百姓每家一石，将多余粮食尽数装载而归，突出的是梁山大捷。很明显，延安水浒戏新编突出了英雄和百姓之间的鱼水之情以及英雄的救赎功能，将个人主义式冷漠、自我的传统英雄改造为弘扬集体主义精神的新式英雄。

去忠取义是延安水浒戏对英雄价值取向予以改造的又一叙事策略。忠，即对国家和君主的忠心；义，即对正义、公理的匡扶以及对友情的忠贞。《逼上梁山》中林冲在人民群众的帮助和推动下，从报国卫边疆的好汉蜕变为反抗暴力政权的英雄；《三打祝家庄》中宋江、晁盖一出场即突出其造反精神，直指政权，一改《水浒传》中宋江寻求梁山出路的招安思想。去忠而取义完全出于革命的需要，国共两党联合形成抗日民族统一战线，共产党既要从大局出发一致对外、连蒋抗日，又要保持其独立性，吸引更多的江湖豪杰、人民大众到延安投入新民主主义运动中来，"义"字必不可少。义不仅为儒家伦理道德所接受和阐发，《孟子·告子章句上》载："仁，人心也；义，人路也。"《孟子·离娄章句上》载："广，人之安宅也；义，人

109

之正路也。"义作为"正路",对积极入世的知识分子具有一定的引导作用,大批知识分子投奔延安,而且"义"也是中国民间传统伦理的重要概念范畴,对于长期遭受专制统治和等级压迫的中国百姓而言,义更具有凝聚力和号召力。《逼上梁山》等戏剧中的"义"已绝非《水浒传》林冲故事一节中所彰显出来的由个人仇恨生发的私义,而是直接走向为民族革命和民族解放的公义,将公义或公而无私作为革命英雄共同的价值取向和行为目标。

从延安戏剧对传统历史故事和古典小说改编可以看出,延安戏剧基本上是将传统英雄好汉所具备的人格魅力和道德品质予以放大,同时生硬地将革命理想和革命政治伦理道德赋予英雄人物及其行为规范,塑造出革命的典型性格。这种英雄性格缺乏晚清以来的现代启蒙精神,还处于"知有朝廷而不知有国民"的王朝国家意识层面,不具有以民国为主体的国家概念,因而无法形成构建现代民族国家应有的民主思想和自由理念。当然,延安戏剧创作与党对文艺作品为工农兵服务的宗旨以及塑造集体主义新英雄的理念相一致,却也恰恰说明,《逼上梁山》《三打祝家庄》《武大之死》等延安戏剧所塑造的英雄人物实质上是革命宣传和革命意识形态的代言人。

2. 梁山泊:革命乌托邦形象

延安时期戏剧对《水浒传》的改编,显然存在这样一个不可否认的事实:创作者只重视前七十回情节,而对招安征辽以及平方腊、英雄被害等后四十回故事情节有意识地给予了革命性遮蔽。可以说,延安戏剧对《水浒传》的文本选择与利用大致以官逼民反、替天行道、扶危济贫三大思想作为主题,对于水泊梁山的形象叙事也仅仅停留在"梁山泊英雄排座次"情节之前。早在1930年鲁迅在其杂文《流氓的变迁》中指出:"一部《水浒》,说得很分明:因为不反对天子,所以大军一到,便受招安,替国家打别的强盗——'替天行道'的强盗去了。终于是奴才。"①

对这样一位彻底反传统的文化战士而言,招安并做奴才的事实是无法接受并要加以痛击的。在茅盾看来,《水浒传》是一部反映阶级斗争和阶级思想的作品,"至于什么平田虎、王庆、方腊等""三寇",则是统治阶

---

① 鲁迅:《鲁迅全集》第4卷,人民文学出版社1981年版,第155页。

级用以减消《水浒》的革命性"所玩的把戏"。① 由此可见，无论是启蒙思想家还是马克思主义文艺家，都无法容忍《水浒传》中英雄们被招安等故事情节。就延安革命者来说，招安更意味着投降，违背革命政治原则和战争原则，所以，延安戏剧创作者需要有意识地规避《水浒传》后四十回以及可能带来的各种麻烦。但是《水浒传》前七十回不能呈现一个水泊梁山的具体情境，隐去英雄的聚义之地，必然导致英雄归向的模糊性和革命彼岸世界的不确定性。那么，对于水泊梁山世界的乌托邦描绘，就成为延安戏剧在改编《水浒传》时不可推卸的责任。

先从地理环境来考察，《水浒传》中梁山泊实乃一座阴暗异样的孤岛，山排巨浪，水接遥天，四面八百里汪洋浩瀚，易守难攻，环境险恶，杀气腾腾。而在《逼上梁山》中作者借李小二之口，对梁山泊地理自然环境的描绘却多了几分浪漫的气息，"四面关山，三关雄壮，芦花荡荡，水泊汪洋"，阴森恐怖的杀气荡然无存，只有一望无际的水泊、雄壮的山关和美丽荡漾的芦花。这是一个明亮的世界，容易让人联想到陶渊明《桃花源记》中的诗句，以及中国文人士大夫的乌托邦理想世界。

但是超乎现世的中国传统乌托邦世界只是一种文人士大夫的自我安慰的幻想，无产阶级革命者既需要高扬革命的理想主义大旗，更需要革命的现实主义，甚至可以说需要提出具体可行的革命口号和革命梦想：

李小二 ……现有一班英雄聚义山寨，招纳四方豪杰，杀官劫府，扶困济贫，官府不敢侵犯，周围百姓，人人得过。除此之外，别无出路。

（《逼上梁山》第三幕第二十三场）

梁山泊忠义堂，正中悬"忠义堂"匾额，外挂"替天行道""扶危济贫"杏黄旗两面。
晁盖　宋江　吴用　公孙胜
占水泊，替天行道，杀赃官，锄强暴，杏黄旗飘。

---

① 茅盾：《谈〈水浒〉》，《大众文艺》1940年9月15日第1卷第6期。

宋江 英雄水浒来聚义，重整中华锦家邦。

宋江 众家贤弟！虽是山寨日益兴旺，只是目今昏君未倒，权佞未除，外患未平，民困未解。我等欲成大事，必须联络四方豪杰，多施仁德于百姓，加紧操练，积草屯粮，不可稍有懈怠。

（《三打祝家庄》第一幕第六场）

延安戏剧的梁山乌托邦世界是英雄聚义的山寨，高挂"替天行道""扶危救贫"两面革命大旗，以杀赃官、锄强暴及联络四方豪杰、多施仁德于百姓为具体革命手段，最终的革命目的是"重整中华锦家邦"。因而，延安水浒戏塑造的水泊梁山世界是革命者们造反打天下的聚义之地，是革命乌托邦世界。延安水浒戏只用八个字"周边百姓，人人得过"描绘了梁山及其周边百姓的日常生活，至于这个世界是否受到五四以来西方现代政治民主思想的影响，未见作者表露。由此可以说，作为政治共同体，对乌托邦世界的描绘和指引必不可少，但延安水浒戏创造的梁山泊形象并非革命者所宣传的共产主义世界，也不是中国传统的与世隔绝的乌托邦世界，更不是西方19世纪提出的空想社会主义，它只是革命者实现愿望的理想场所。

延安水浒戏除对梁山泊简洁性的想象之外，其革命形象塑造还表现在戏剧叙事时间的更换上。一个是在《水浒传》中，林冲上的梁山是梁山第一代领导人王伦的天下，还不是日后被世人称颂的替天行道、救危扶困的梁山。林冲火拼王伦后，才迎来晁盖与宋江共同打开局面的梁山新时代。《逼上梁山》为迎合理想的故事结局、塑造美好的梁山形象，将宋江时代的梁山前置，剪辑出一个革命乌托邦的时代。另一个叙事时间前置在《三打祝家庄》中，晁盖与宋江共同领导的梁山好汉议事大厅为"忠义堂"，在《水浒传》中却是"聚义厅"。这一叙事话语的更改，去掉了梁山盗匪之气和非理性因素，增强了梁山忠于人民的革命本性和反抗侵略的民族血性，使得作为革命乌托邦的梁山泊形象获得了更多的革命理性和革命正义性。

但读者依旧可以看出，对梁山泊的想象带着"杀赃官、锄强暴、劫官府"的浓厚的血腥味道，对这种政治式的写作，罗兰·巴尔特在《写作的零度》中有清晰的阐述。罗兰·巴尔特把政治式写作分为两种：一种是革命式写作，这种写作使人民震怖，并强制推行着公民的流血祭礼；另一种是马克思主义式写作,这种写作的词汇是隐喻的、含混的,暗示着一种准确的历史过程,一种价值判断和独断。①《逼上梁山》和《三打祝家庄》的写作明显带有这两种写作方式杂糅的特性,对梁山泊形象想象既是一种革命暴力的叙述,展现的是一个过程而非胜利的终点或未来世界的蓝图,也是一种不容置疑、独断专行的修辞描绘。实际上,延安水浒戏描绘的在通往革命乌托邦梁山泊的道路上,同样充满了曲折斗争和血腥屠杀,这样一种对暴力革命的文本历史阐释,恰好是对毛泽东的武装割据等革命思想和为战争、生产、教育服务的文艺思想的政治式图解。

依照德国社会学家卡尔·曼海姆对乌托邦与意识形态的阐释,乌托邦的社会功能是否定、颠覆社会想象,而意识形态的功能则是维护现实秩序。但是在具体历史过程中,乌托邦与意识形态可以互相转化和取代,这一转化和取代的标准是由统治集团制定的。所以,在革命政治主导下的延安水浒戏中的乌托邦形象,其本质上已转化为意识形态,更多地表现出维护、巩固现存新政治权力和新革命秩序的功能。

3. 革命伦理与女性私人痛苦

就延安时期戏剧文学对历史文化遗产继承而言,选择和改编《水浒传》一个重要的理由是:毛泽东本人时常以水浒梁山自比或比拟革命。1936年在延安毛泽东对斯诺说:"我爱看的是中国古代的传奇小说,特别是其中关于造反的故事。"后来谈到在与其父亲发生冲突时,毛泽东把父亲比作《水浒传》中的贪官,而自己无疑是梁山上那群替天行道的好汉。②1937年5月,毛泽东在延安抗大做报告时说:"《水浒》里面讲的梁山好汉,都是逼上梁山的。我们现在也是被逼得上山打游击。"③所谓逼上梁山,即为官逼民反。1939年,毛泽东和几位延安的历史学家合写的《中国革命和中国共产党》一文,提出把中国共产党领导的革命和中国历史上的农民起义联系起来,提出农民起义是推动中国历史发展的动力。在其后的《新民主主义论》中毛泽东又进一步将中国农民起义和中国共产党领导

---

① 罗兰·巴尔特:《写作的零度》,李幼蒸译,中国人民大学出版社2008年版,第16页。
② 武思索、樊静:《毛泽东和他喜欢的二十本书》,云南人民出版社1993年版,第228页。
③ 湖北省社会科学院组编:《忆董老》(第二辑),湖北人民出版社1982年版,第67页。

的革命统一在民族主义革命范畴之内。

20世纪40年代初,时在延安讲学的茅盾在《大众文艺》第1卷第6期上发了一篇《谈〈水浒〉》。茅盾认为《水浒传》是宋代市民阶级的"文化娱乐",是反映了宋代阶级之间严重的社会矛盾,"杀贪官污吏,劫富济贫,是农民的政治的和经济的要求,但也是市民阶级的要求。'替天行道'的杏黄旗,在市民阶级的艺人手里又加以理想化;受招安,征辽的故事,正表示了市民阶级对于封建阶级统治者的'对内主剿''对外主和'的痛恨,故借'小说'以示抗议,以寄其愿望"①。茅盾对《水浒传》的细读式分析,明显带有对抗战时局政治态势的现实对号入座的痕迹,暗讽蒋介石九一八事变后无视空前高涨的民族抗日运动,提出并积极推行"攘外必先安内"的策略。因此,《水浒传》接受了革命家和文艺家的意识形态解读,并在时局驱动下被逐步赋予了强烈的革命式解读和革命色彩,打上了革命的烙印。

从《逼上梁山》《三打祝家庄》《武大之死》的架构情节可以看出延安水浒戏创编者们对政治时局的讽喻:大宋王朝隐喻了蒋家王朝,金国暗指日本侵略者,而水泊梁山及其英雄则为延安及其革命者。所以,水浒题材新编戏剧侧重于民族阶级斗争,即中共制定的抗日反蒋中的"反蒋"。这一主题的倾向性极其有利于1945年前后抗日战争胜利之际,利用戏剧文艺争取社会舆论宣传的阵地,实现革命的最终胜利。齐燕铭在《旧剧革命划时期的开端》一文中写道,《逼上梁山》过多地使用了影射的手法,如高俅上场语"大权握在手,一切要独裁""妨碍邦交"等词汇,以及高衙内的台词等引用了蒋介石《中国之命运》的话"诚于中而形于外""礼义廉耻"等,使观众一听便同蒋介石联系起来,引起对国民党顽固派的憎恨和鄙视;又如以抗敌御侮与妥协投降构成林冲与高俅两者之间政治立场的冲突,从而影射抗日战争中国民党顽固派的反动政策。②事实上,毛泽东等人所倡导的对历史农民起义、造反小说《水浒传》的成功改编,不仅加强了群众的政治斗争和革命激情,而且张扬了革命的伦理依据和新政治权力的合法性问题。

---

① 茅盾:《谈〈水浒〉》,《大众文艺》1940年第1卷第6期。
② 齐燕铭:《旧剧革命划时期的开端》,《文艺论丛》1978年第2期。

由革命自拟到水浒新编戏剧艺术中的革命伦理,充分体现了革命政治群体观和公众意志力,但与作品中潘金莲等女性形象的重新塑造和构建,却形成了一道十分明显的道德价值缝隙。1942年11月,尚伯康在《解放日报》上发表了一篇文章《〈乌龙院〉的生活与思想》,认为传统京剧《乌龙院》实际上描写了一场剧烈的阶级斗争,宋江是一个残暴凶狠的阶级压迫者,而阎惜姣是一个烟花女子、流浪天涯的粉头,是在封建社会下从生产游离出来的被压迫者、封建社会下被束缚的妇女。[①]同年12月,张庚针对尚伯康的文章在《解放日报》上发表了《谈〈乌龙院〉》一文,认为宋江仍是一个反叛的英雄,阎惜姣仍是一个告密的坏蛋;是革命与反革命(反叛者、奸细)的斗争,而不是家长与奴婢的斗争。[②]两位作者同样是用阶级斗争的观点分析《乌龙院》,得出的结论大相径庭,其根本分歧是一个恪守阶级斗争理论,一个从革命实际需要出发,但是两者对历史中的妇女问题或者说女性的情感道德问题都没有做出合理的价值判断。

《武大之死》中潘金莲,因受五四以来新女性观念以及欧阳予倩、田汉等著名剧作家对潘金莲形象的现代化阐释,编剧王一达在处理这一形象时做了较大的改动,一改《水浒传》中视潘金莲为淫荡的化身以及主动杀死武大郎,后被武松残忍杀死的状态,而是格外突出潘金莲作为一名被阶级压迫的妇女形象,因爱情的不能自主才被西门庆所勾引强迫,忏悔之后又因王婆下药毒死武大郎悔罪自杀,其间潘金莲不仅心地善良而且品格高洁。依照阶级观点,潘金莲显然属于被侮辱和被损害的封建下层妇女,英雄好汉武松若直接杀死潘金莲为兄报仇,则完全不符合革命伦理道德,革命道德要求无产阶级联合起来反抗统治者,因此王一达安排潘金莲自杀以结束这一悲剧人物,以解决革命道德与个体道德之间的冲突。

但是,被重新构建的潘金莲却提出了一个现实问题:面对妇女问题或者私人的痛苦,特别是面对情爱与性爱等个体伦理问题时,革命戏剧创作方式反而捉襟见肘,在一定程度上影响了延安戏剧的深度和广度,削弱了革命意识形态的社会功能和教育作用。

---

① 尚伯康:《〈乌龙院〉的生活与思想》,《解放日报》1942年11月。
② 张庚:《谈〈乌龙院〉》,《解放日报》1942年12月。

第三节　历史叙事与革命的修辞策略

全面抗日战争时期关于文艺民族形式的讨论，是 20 世纪 30 年代文艺大众化的深入开展。1938 年，毛泽东在《中国共产党在民族战争中的地位》中倡导"学习我们的历史遗产"，并提出建设"新鲜活泼、为中国老百姓所喜闻乐见的中国作风和中国气派"的文风。[①] 随后在文艺界掀起了一场关于民族形式的大讨论，对旧形式的积极利用特别是对旧剧的改造，以及大规模、集体性的创编和演出，成为延安时期文艺运动的主要活动之一。当时，水浒戏受到中国共产党高层领导的格外重视，对水浒题材的再创造和再处理，成为延安文化战略与文化生产的主要选择。延安水浒戏以置换变形的修辞策略、阶级仇恨的修辞模式以及官逼民反—替天行道这一修辞叙述内在结构等，塑造了一系列新式无产阶级革命英雄及英雄事迹。事实上，多种叙事修辞的运用承担着教育民众、服务战争和生产的重任，并将戏剧与革命战争、政治意识形态等强有力地黏合在一起，最终使新编水浒戏成为陕甘宁边区与其他边区以及解放区文艺大众化、革命化的经典形态，以至影响了整个"十七年"时期新编水浒戏的叙事模式。

1. 置换变形的修辞策略：原型及其移用

延安时期戏剧新编较多采用"旧瓶装新酒"的改编策略，即新内容与旧形式的结合。其实"旧瓶装新酒"是一个不够准确的概念，它将内容与形式看成绝对对立的一种关系。实际上，内容与形式是互相融合、共生共存的一种艺术互动，特别是利用旧戏的形式表现现代生活／抗战生活新内容的时候，在服装、道具、唱词、音乐乃至做、打等多方面都需要进行相应的调整，否则程式化表演所蕴含的动作及其传统意义都无法体现现代生活／抗战生活的精神，反而会破坏艺术的美学规律和个体的完整性。王实味曾指出，"一定的内容要求一定的形式，形式要随着内容推移转化"，

[①] 毛泽东：《中国共产党在民族战争中的地位》，载《毛泽东选集·中国共产党在民族战争中的地位》，新华书店晋察冀分店 1938 年版，第 20 页。

"旧形式"根本不能够适当地配合"新内容"。①实际上,为突出戏剧思想主题,旧剧新编最简洁有效的方式就是对原有故事的人物情节照搬照抄,《松花江上》等延安时期水浒戏剧普遍采用了置换变形的改编策略。众所周知,水浒戏之所以在中国文学发展中得以延续,就是因为有原型和原型置换变形的修辞策略,才始终保留着这个悠久的戏剧剧目,并不断衍生壮大。在弗莱看来,原型是一种典型的或重复出现的意象,"它把一首诗和别的诗联系起来从而有助于统一和整合我们的文学经验"②;而置换变形简洁地说即移用,也就是现实主义的虚构作品中存在的神话(原型)结构,要使人信以为真则会涉及某些技巧问题,解决这些问题所用的手段皆可划归为移用的名下。③就延安新编水浒戏来说,置换变形的方式主要有两种:一种是突出置换即移用的功能,这种置换主要体现在空间移用上,即将时间、地点、情节、人物及其关系的时空给予转移或部分转移,叙述意义及主题随之发生变化,像《松花江上》《刘家村》《赵家镇》《夜袭飞机场》等早期现代戏;另一种突出变形即叙述的表达方式,即在遵循历史时空/语境的前提下,通过概念、内涵、意义的直接变换和叙述方式的适时更新,以期实现完成主题表达的目的,譬如《逼上梁山》《三打祝家庄》《武大之死》以及大量的新编历史剧皆采用此修辞手法。

对采用第一种置换变形的《松花江上》④追根溯源则发现,传统戏曲《打渔杀家》和欧阳予倩新编京剧《讨渔税》及其所蕴含的人物、最小单元情节等,皆为其原型意象。实际上,《松花江上》的改编是一种跨时空的整体性移用,即时间从古代移植到1937年秋季抗战时期,地点则从石碣村移植到东北松花江畔,而两位抗日联军领导张恩、孔武以及基本单元情节,都是由欧阳予倩《讨渔税》中的李俊、倪荣两位梁山好汉及基本单元情节改编而来。京剧现代戏《刘家村》《赵家镇》同样由梁山好汉改编

---

① 王实味:《文艺民族形式问题上的旧错误与新偏向》,《中国文化》1941年5月第2卷第6期。
② 〔加〕诺思罗普·弗莱:《批评的解剖》,陈慧、袁宪军、吴伟仁译,百花文艺出版社2006年版,第99页。
③ 同上书,第150—151页。
④ 王震之:《松花江上》,载中国京剧院编《旧剧革命的划时期的开端——延安平剧研究院演出剧本集》,中国戏剧出版社2005年版,第3—29页。引文均见此书。

成八路军战士，故事情节来源于所移用的传统水浒戏曲原型。这是因为，通过置换变形能够较快地编撰出革命需要的文艺作品，也能够避免广大读者/观众由于认知不足对革命英雄产生误解。而且，为保持革命队伍的纯洁性以及革命的正义性、合法性，作者对《松花江上》中抗日联军领导张恩、孔武的身世背景进行了细微的改造，张恩是个欠债逃走的渔花子，孔武也是被迫逃走的亡命之徒，他们皆为劳苦大众出身且有着强烈的反抗精神。细究则发现，抗日联军领导张恩、孔武是由《打渔杀家》中的英雄好汉李俊、倪荣改造和提升而成的领导干部，而英雄好汉赵瑞则被降格为老百姓中的一位老英雄而已。应该说，革命的领导权主要体现为革命者的话语权力，并以此彰显革命的主体性地位与意义。显然，以东北抗日联军为代表的中国共产党及其军队具有革命的领导权和主体地位，英雄好汉也属于需要被解救的受压迫者。孔武对赵瑞说："只要赵兄率领渔民群众，起来造反，又有俺东北抗日联军前来相助……也要打他个落花流水，抱头鼠窜。"果不其然，当赵瑞及其女儿桂英遭恶霸围打危急之时，"张恩、孔武率抗日联军战士和众渔民上，大开打，最后杀教师爷、丁郎等，陷入重围"。由此可知，民间英雄被无产阶级革命英雄所取代，民间英雄在革命过程中不仅需要被领导，更需要被启蒙唤醒，"赵兄，如今全国一致抗日，正是你我弟兄铲除恶霸汉奸报效祖国之时，赵兄你要再思呀再想"。但这并不代表民间英雄完全丧失了革命话语权，民间英雄也是被丁二爷等恶霸压榨剥削的受害者，他们一样有着强烈的革命诉求，与抗日联军有着共同的阶级基础。况且，民间英雄本身具有一定的影响力、号召力，抗日联军需要团结以便"反霸抗日"。事实上，《松花江上》主要突出了反霸内容，且将阶级斗争这一现代性追求与抗日的民族独立诉求有机融合在一部作品之中，形成一种不言自明的意义同构关系。稍后参照传统戏《乌龙院》改编的现代京剧《刘家村》、参照传统戏《清风寨》改编的现代京剧《赵家镇》等皆如此。应该指出，《松花江上》开启了一条以旧剧改良为契机、以抗日反霸为主线的现代戏道路。相对于20世纪30年代初期欧阳予倩《讨渔税》形成的英雄好汉领导反抗群众的革命行动，延安时期的《松花江上》突出强调了抗日联军领导民众反霸抗日的叙述立场，将革命领导权从英雄侠义手中转移到抗日联军领导手中。

与张恩、孔武、赵瑞等正面角色的置换变形不同，以丁二爷、吕子秋为代表的反面形象即剥削阶级并未给予角色的置换变形，基本保留了固有的角色形象与性格特征。他们继续被塑造成贪官、恶霸，无限地掠夺社会资源，并使绝大多数人处于饥饿乃至死亡的境地。葛德文在他的《政治正义论》中写道："我对正义的理解是：在同每一个人的幸福有关的事情上，公平地对待他，衡量这种对待的唯一的标准是考虑受者的特性和施者的能力。所以，正义的原则，引用一句名言来说，就是'一视同仁'。"[①]丁二爷剥夺他人生存资源，吕子秋又利用公权力责打赵瑞四十大板，进一步丧失了旧政权执政的有效性和法理性。因而，无论是出于个人恩怨还是出于民族情怀，革命暴力必然成为反抗现行政权的正义之举。如此一来，源于穷苦大众的抗日联军联合民间英雄一起反霸抗日，乃为历史之使命与民族之大义。实际上，《松花江上》这种置换变形戏剧叙事模式以及对人物半新半旧的塑造方式，反而给观众以超越历史的无限想象力。在传统戏文与新编京剧、历史文本与置换变形之间，观众定然联想到梁山好汉官逼民反的无奈和替天行道大旗的高举，并以此对照解读《松花江上》中塑造的土豪劣绅、贪官污吏的真实写照，寻求最广泛的戏剧效应，从而不断激发观众的革命热情与斗争勇气。

采用第二种置换变形修辞策略的，主要是产生于1942年毛泽东发表《在延安文艺座谈会上的讲话》以后的一批新编水浒戏，如《逼上梁山》《三打祝家庄》《武大之死》等，皆在文本原有的历史语境中寻求新编的路径与策略，这些戏较少像《松花江上》等那样采取整体性跨时空移用这一新编方式。采用第二种置换变形的延安水浒戏主要有三种修辞方式：其一是英雄概念的更新和英雄人格的拔高。《逼上梁山》《三打祝家庄》等剧中所塑造的梁山好汉几乎皆以无产阶级的革命政治需要给予了重新定义和塑造，实质上是1942年以来旧剧革命依照党的文艺思想和文化政策量身打造的英雄形象。不同于历史上的帝王将相那般英雄，注重建功立业而模糊道德是非，《逼上梁山》等中的英雄人物完全合乎无产阶级革命道德的原则，他们极富政治理性，心怀天下，内蕴民族想象共同体，有着清醒的国

[①] 〔英〕威廉·葛德文：《政治正义论》（第一卷），何慕李译，商务印书馆1980年版，第84—85页。

家概念，着力推翻不合理的反动政府。英雄不仅痛恨反动派、压迫者和统治者，而且同情底层穷苦人民，这种强烈的阶级意识使得他们疾恶如仇，体现出崇高的革命精神与革命情怀，并最终走向集体主义的反抗之路。因此，这群英雄的思想品德更接近于现代人格，他们少有传统英雄的忠君思想，更多的是忠于人民，他们不会因一己之利而奔赴梁山，他们身负黎民疾苦和革命诉求，他们以反抗暴政为人生价值取向。其二是梁山泊形象的革命化。1942年后的延安水浒戏中梁山泊高悬两面大旗："替天行道""扶危济贫"，梁山泊的终极目标是"重整中华锦家邦"[①]。梁山泊不仅杀赃官、锄强暴，"招纳四方豪杰，扶困挤贫，官府不敢侵犯"，而且"周围百姓，人人得过"，[②]生活安稳，俨然成为革命英雄的理想聚集地，是一个革命乌托邦式的世界。甚至在《逼上梁山》中，林冲奔赴的梁山泊早已是宋江统领众家兄弟，与小肚鸡肠的白衣秀才王伦无关，《三打祝家庄》中晁盖统领下的梁山泊里的"忠义堂"被替换为"聚义厅"，去"忠"取"义"，这两处策略性的前置使梁山泊的革命形象被极大地提升。其三是一些人物情节的革命意识形态的整合与改造。《逼上梁山》《三打祝家庄》等直接取材于《水浒传》改编而成，《逼上梁山》增加了贫苦百姓的戏剧角色和故事情节，像李小二、李铁等皆是受压迫者，同样也是控诉反动阶级的反抗者，他们代表着劳苦大众的形象和革命力量，体现着历史的发展动力。《三打祝家庄》则隐去了《水浒传》里石秀火烧祝家庄的起因，改为祝朝奉企图"剿灭梁山，为国家出力报效"而谋封侯拜相的私心。同时，着重叙述里应外合的战斗策略，以及梁山的正义之举。包括其最后一场戏中宋江下令"穷苦百姓，每户发细粮一石，余者运回山寨"等虚构的情节，试图通过技术性的改编、修订以及革命性的整合、遮蔽和改造，完成梁山好汉的革命性诉求。本质上，这种置换变形修辞策略的选择是对文艺为战争、生产、教育服务的政治式图解。

---

① 任桂林等：《三打祝家庄》，载中国京剧院编《旧剧革命的划时期的开端——延安平剧研究院演出剧本集》，中国戏剧出版社2005年版，第415—586页。引文均见此书。
② 杨绍萱等：《逼上梁山》，载中国京剧院编《旧剧革命的划时期的开端——延安平剧研究院演出剧本集》，中国戏剧出版社2005年版，第31—414页。引文均见此书。

2. 阶级仇恨的修辞模式：分化与强化

关于无产阶级文学，李初梨曾指出它是"为完成他主体阶级的历史的使命，不是以观照的——表现的态度，而以无产阶级的阶级意识，产生出来的一种斗争的文学"①。与五四新文学划清界限的革命文学其感知方式不是观照、表现，而是阶级意识，以阶级意识为基础的斗争的文学随之在左翼文学创作进程中形成了阶级叙事。无论是左翼文学早期以蒋光慈为代表的小资产阶级的无产阶级意识的书写，还是后来涌现的对工农兵群体形象的刻画，阶级叙事已然成为左翼戏剧文学结构的内在方式和修辞手段，戏剧文学的空间与人物角色的关系，被划分为截然不同的阶级对立世界，压迫与被压迫、反抗与统治、黑暗与光明等成为左翼戏剧文学最重要的艺术秩序呈现。与此同时，阶级观念在中央苏区红色戏剧中也得以广泛的应用：像中央苏区戏剧《年关斗争》《打土豪》《谁给了我痛苦》等将仇恨情节与冲突给予了突出表现与普遍应用，试图唤醒底层民众的斗争意识和平均思想，从而激发底层农民的革命精神。那么在战争年代，作为一种十分有效的宣传策略，由 20 世纪 30 年代左翼文学和红色苏区戏剧逐渐发展起来的这一叙事修辞方式，在延安时期旧剧的创作及改编之中也成为最重要的一种艺术倾向和审美期待，延安水浒戏几乎全部套用了阶级仇恨叙事方法。实际上，延安时期阶级仇恨叙事的普遍使用，使得新编水浒戏产生了两种创作方式：一是分化阶级，二是强化仇恨。

所谓分化阶级，一方面是指对以帝王、官僚及大地主为代表的统治阶级进行丑化，具体而言，就是塑造出他们卑劣、专横、阴险的面目。作为反动阶级和压迫人民群众的阶层，他们始终是反面戏剧角色。《逼上梁山》中，原本为流氓的高俅，自做太尉后腐化堕落、骄奢淫逸。剧本开篇高俅乃大宴臣僚，又派遣下属驱赶东京城外的灾民，以致饿殍遍野。高俅内奸外滑，勾结外敌，欺压忠君爱国的林冲，放纵儿子高衙内为非作歹，强抢林冲之妻，强放"阎王账"。《三打祝家庄》中祝朝奉及其儿子横行乡里，鱼肉百姓，强拉壮丁，动辄拷打残杀百姓，无恶不作。《武大之死》②中西

---

① 李初梨：《怎样地建设革命文学》，《文化批判》1928 年 2 月第 2 期。
② 王一达：《武大之死》，载中国京剧院编《旧剧革命的划时期的开端——延安平剧研究院演出剧本集》，中国戏剧出版社 2005 年版，第 877—942 页。引文均见此书。

门庆丧尽天良，贩卖假药，欺凌弱小，强霸潘金莲，毒死武大，恶贯满盈。剧本中，反动势力们暴殄天物，残忍无道，既无秉持人性本善的文化修养与道德自觉，更肆意践踏他人人格，败坏社会风气，刻意挑起阶级矛盾与冲突；而劳苦大众则大多哀叹抱怨，期待梁山好汉前来救赎。进而，分化阶级还特指对人民群众的阶级美化，即对人民群众的群体形象及其英雄形象进行全面改造与拔高，特别是人民群众的道德人格、价值取向和行为规范等皆依照党的文艺政策来塑造，以切合文艺为政治、为工农兵服务的创作导向。因此，《逼上梁山》第九场"菜园"一节中围绕鲁智深的几个流亡失业的破落汉子，在《水浒传》中本为泼皮流氓；《三打祝家庄》里粗犷豪放的顾大嫂、杀人不眨眼的李逵等底层豪杰的人格同样趋向美善，不杀好人，专杀恶霸，情操之高尚远超以往水浒戏中的形象。不仅如此，人民群众还具有强烈的正义色彩与反抗精神。刘芝明指出，《逼上梁山》一剧主要的不应该是林冲的遭遇、个人英雄的慷慨和悲歌，而是林冲遭遇的背后，写出广大群众的斗争和反抗，一个轰轰烈烈的创造历史的群众运动。[①]事实上，人民群众还是推动历史前进的主体性力量，他们指引英雄奔向梁山，是英雄成长的精神力量与思想依靠。《逼上梁山》第十八场"野猪林"一节，曹正对林冲说："师傅！我看山东、河北各处人民，到处流离，四路英雄纷纷起事……师傅何不将这两个公差杀死，一同上山便了！"林冲是被人民群众的明智指引上了梁山。同样，延安鲁艺平剧团1941年首演的《宋江》，着重刻画宋江从不愿上梁山到最终走上了梁山的转变发展历程，突出强调了人民群众的革命觉悟、革命指引与革命教化作用。1945年《武松》（后部）中的武松也是在张青、孙二娘夫妇等人民群众的相劝、忠告下，历经人生曲折、磨难才醒悟到统治阶级不可靠，于是投奔了农民起义队伍。[②]作为推动历史和创造历史的主体，人民群众是剧作家必须塑造的中心人物；人民群众的政治思想及反抗精神，是剧作家需要大力歌颂、弘扬的戏剧主题。事实上，积极美化人民群众是符合党的唯物历史观及与群众的血肉关系，1944年毛泽东给《逼上梁山》（见图3-1）两位作者杨绍

---

① 刘芝明：《从〈逼上梁山〉的出版到平剧改造问题》，《解放日报》1945年2月26日。
② 中国京剧院编：《旧剧革命的划时期的开端——延安平剧研究院演出剧本集》，中国戏剧出版社2005年版，第998—1000页，见《改编、新编历史剧》中的《武松》（后部）。

萱、齐燕铭的信中写道:"历史是人民创造的,但在旧戏舞台上人民却成了渣滓,由老爷太太少爷小姐们统治着舞台,这种历史的颠倒,现在由你们再颠倒过来,恢复了历史的面目。"①因此,延安时期《逼上梁山》、《三打祝家庄》(见图3-2)、《武大之死》等新编水浒戏在较高程度上是对党的群众唯物史观的政治式图解、阐释与传播,这也使得新编水浒戏在人物塑造方面出现两极化现象,并导致人物形象的单一性、概念性与脸谱化。

图3-1 1944年《逼上梁山》

图3-2 1945年《三打祝家庄》

---

① 毛泽东:《毛泽东论文艺》(增订本),人民文学出版社1992年版,第142页。

所谓强化仇恨指阶级对立的剧烈性、阶级斗争的残酷性以及由此引出的阶级仇恨的彻底性。延安水浒戏中主要表现为人民群众与封建统治阶级之间、被压迫者与压迫者之间的仇恨和冲突。阶级之间的对抗往往以你死我活的方式展开，敌友分明，势不两立，矛盾根本无法调和，但都以大团圆的戏剧结局即消灭统治阶级作为剧作家必要的艺术手段和审美追求。在《逼上梁山》一剧中，林冲与以高俅为代表的反动势力水火不容，且以杀死陆谦等仇敌作为戏剧收尾；《三打祝家庄》一剧中，以祝家庄父子为核心的反动势力与梁山英雄之间非死即活，与底层百姓之间可谓苦大仇深，最终以梁山全胜而归完成整个戏剧情节。事实上，这种阶级仇恨的叙事模式主要强调戏剧的社会功能和政治导向，"戏剧的宗旨是群体效应，能够对聚集在一起的群体产生直接、强烈的影响"，它"……必须突然地使群体感到震惊，也就是，事件必须针对群体主要的、类似的情感和体验，这样它就具有了普遍性"。[①]阶级仇恨叙事策略所带来的相对应的戏剧效果，是为了团结广大的知识分子、工农兵群众形成革命的思想力量与精神动力。因为仇恨是团结的催化剂，在所有团结的催化剂中，最容易运用和理解的一项就是仇恨。群众运动不需要相信有上帝，一样可以兴起和传播，但它不能不相信有仇恨。[②]仇恨激发出劳苦大众强烈的革命意志和走向联合反抗的道路，《逼上梁山》一剧中李小二等众人合唱："恨今日奸贼当道，恨今日奸贼当道，百姓的痛苦受不了，反抗的火焰高烧，反抗的火焰高烧，携起手打开牢笼！携起手打开牢笼。"因此，阶级仇恨叙事策略的选择，必然引起雪仇的行为并导向暴力式的革命。尽管延安水浒戏暴力的外在行为较之《水浒传》有所减少，但暴力的内在强度在增加，暴力的方式也由个人化转向集体化，产生暴力的根本分歧在于阶级观念与阶级意识以及由此形成的思想价值的无法调和。

3. 修辞叙述的内在结构：官逼民反—替天行道

尽管自元明清以来传统水浒戏在艺术形态呈现上多种多样，但是延安水浒戏同样毫无保留地承继了传统水浒戏及《水浒传》的官逼民反—替

[①]〔匈〕格奥尔格·卢卡奇：《卢卡奇论戏剧》，罗璇译，北京师范大学出版社2014年版，第1—3页。

[②]〔美〕埃里克·霍弗：《狂热分子：群众运动圣经》，梁永安译，广西师范大学出版社2011年版，第149—150页。

天行道的内在叙述结构。有学者考证,"替天行道"一词最早出现在元代早期水浒戏剧作家的笔下,高文秀的《黑旋风双献功》结尾时有四句韵文——"黑旋风拔刀相助,双献头号令山前。宋公明替天行道,到今日庆赏开筵"①,康与之的《梁山泊李逵负荆》开篇有"杏黄旗上七个字,替天行道救生民"②,说明水浒故事已经由南宋时期无名氏的《宣和遗事》中记载的"使呼保义宋江为帅,广行忠义,殄灭奸邪"③的忠义主题向替天行道主题迁移,而且可见替天行道的主要内容是救生灵于涂炭之中,显然表达了对统治阶级的不满。施耐庵在《水浒传》中将"替天行道"大旗竖立在"忠义堂"前,并还在第四十二回特意安排九天玄女传授"三卷天书",命宋江替天行道、全忠仗义、辅国安民。九天玄女乃道教天神,代表上天的旨意。施耐庵这一情节安排使得梁山好汉聚众起义具有了顺乎天意的合法性。"无论一场革命的起源是什么,除非它已深入大众的灵魂,否则它就不会取得任何丰富的成果。"④以革命为导向的延安水浒戏为迎合政治,也打起了替天行道的大旗。替天行道在中国古代政治中具有深厚的文化基础和思想内涵,它既是《水浒传》梁山英雄的行动纲领,也是许多革命党人认知中国古代农民起义的一把钥匙。因此,新编水浒戏中的"替天行道"大旗对红色革命政权具有丰富而特殊的意义及号召力。

实际上,延安水浒戏中早已预设了梁山泊与延安政权之间的隐喻性关系。拿《松花江上》为例,丁二爷、吕子秋官绅勾结,逼迫渔民赵瑞及其女儿奋起反抗复仇,抗日联军解救赵瑞父女并攻打吕子秋,彰显了替天行道壮举。毛泽东曾明确指出,历代的农民暴动"都是农民的反抗运动,都是农民的革命战争"⑤。毛泽东重新界定了历代农民起义的革命性质,即反

---

① (元)高文秀:《黑旋风双献功》,载傅惜华等编《水浒戏曲集》(第一集),中华书局1962年版,第15页。
② (元)康与之:《梁山泊李逵负荆》,载傅惜华等编《水浒戏曲集》(第一集),中华书局1962年版,第33页。
③ (宋)无名氏:《大宋宣和遗事·元集》,载朱一玄编、朱天吉校《明清小说资料选编·上》,南开大学出版社2012年版,第96页。
④ 〔法〕古斯塔夫·勒庞:《革命心理学》,佟意志、刘训练译,吉林人民出版社2011年版,第4页。
⑤ 毛泽东:《中国革命与中国共产党》,载《毛泽东文选·中国革命与中国共产党》,渤海新华书店1948年版,第5页。

抗残酷的地主阶级统治者。毛泽东的现代农民起义观念，比起孙中山领导的资产阶级革命观念，更契合中国传统革命观念的表征。中国传统的革命观念肇始于汤武革命，"汤武革命，顺乎天而应乎人"①。一言以蔽之，夏桀无道，商汤和武王要代天行道，革命是顺乎人意的天命革变，革命的政治伦理和革命伦理皆来自天人合一的意愿。毛泽东通过残酷的地主阶级对历代农民的压迫、剥削这一历史叙述和判断，赋予了传统农民起义新的政治伦理和革命伦理，不仅使得传统农民起义具有了革命的现代意义，而且延安革命政权也能与中国传统革命形成一种历史性的承继关系，具有顺乎民意的正义之举，显示出强大的凝聚力，延安中国共产党领导的现代农民起义也因此具备革命的合法性和正统性。

　　替天行道的根本是顺乎民意，只有民众不满政治现状和社会现状的时候，才会导致反抗或寻找能够替天行道的代理人。《松花江上》中赵瑞被恶霸丁二爷欺压，与东北抗日联军一同反霸抗日；《逼上梁山》中林冲及李铁、李小二等被逼无奈，只能奔赴梁山，走上反抗的道路；《三打祝家庄》里钟离老人及其儿子、众庄客等，期盼梁山好汉早日来替天行道。正因为有官逼民反这一令人绝望的现实惨境，才会有替天行道的革命诉求。因此，官逼民反—替天行道这一叙述的内在结构，才是延安水浒戏普遍采用的革命叙述策略。

　　以历史隐喻现实是剧作家惯用的艺术手法和创作模式，但是延安水浒戏所蕴含的官逼民反—替天行道这一革命叙述的内在结构，是否真正完全体现了现代革命思想的精神和内涵，是颇具质疑的。事实上，《水浒传》中的替天行道依旧延续着王朝更迭的历史意义，究其实质，成则刘邦、朱元璋，败则张角、黄巢，不具有近代以来民族革命的先进性和现代性特质。正如有学者指出的，替天行道不过是通过极端形式对君主政治的运行进行调整，所表现的参与意识仍在王权主义的束缚和影响之下，其最终结果仍是重建王权政治。②何况《水浒传》后四十回还冲淡了官逼民反、替天行道的主题，却突出了保国安民的主题。因此，从替天行道这一传统概念考察，延安水浒戏并非完整意义上的"旧瓶装新酒"，即"旧形式，新

---

① 周振甫译注：《周易译注》，中华书局1991年版，第170页。
② 刘泽华：《王权思想论》，天津人民出版社2006年版，第13页。

思想"。向林冰在《论"民族形式"的中心源泉》一文中，提出要实现文艺通俗化——大众化运动，只有抛弃五四以来的新兴文艺形式，采用大众所习见常闻的民间文艺形式，以自己作风与自己气派的民间形式作为中国作风与中国气派的民族形式的中心源泉，才能彻底克服文艺脱离大众的偏向。①向林冰一文实际上坚持了"旧瓶装新酒"的民间文艺形式，然而在实践创作演出中，延安水浒戏的剧作家们尽管在剧本中镶嵌了尽可能多的革命词汇以及突出强调群众运动的创造力，但是以带有传统王权思想的替天行道作为新编水浒戏的整体性主旨，严重削弱了革命政治的现代性内涵。像《三打祝家庄》中的庄客甲说道："老伯伯听了：'忠义是梁山，爱民杀贪官，救贫除恶霸，穷人有吃穿！'"这里的忠义可理解为对老百姓的忠义，但又因水浒历史文本的延续性、潜在性，观众也有可能理解为梁山好汉对道君皇帝的忠义。就此来说，延安水浒戏整体缺乏对替天行道的重新定义或批判性继承。

不得不说，延安水浒戏是最符合延安革命政权的文艺形态之一，完全是中国共产党革命政治发展的文化产物。当然，延安水浒戏的创作和推广，更离不开毛泽东本人对水浒戏的喜爱，对《水浒传》的阅读、评论。正是在毛泽东等人的大力推动下，才有了《逼上梁山》《三打祝家庄》《武大之死》等一批优秀的新编水浒戏。就广大老百姓而言，旧戏比新戏更具有强大的民间基础，要广泛开展民众教育，大力推动民众革命，积极组织民众生产，就必须满足民众的精神娱乐和文艺享受。因此，利用旧形式以及通过官逼民反—替天行道这一革命叙述的内在结构来塑造革命英雄和劳苦大众，特别是对顺乎民意这一革命信念的坚定表达，对于绝大多数信仰天命仍需要启蒙的民众来说，具有较高的鼓动性和宣传力。毕竟，"群体可以杀人放火，无恶不作，但是也能表现出极崇高的献身、牺牲和不计名利的举动"②，延安水浒戏正是激发民众崇高革命精神的强大利器。

---

① 向林冰：《论"民族形式"的中心源泉》，《大公报》副刊《战线》1940年3月24日。
② 〔法〕古斯塔夫·勒庞：《乌合之众：大众心理研究》，冯克利译，中央编译出版社2015年版，第29页。

第四章

新的美学规范与"梁山"重构

阿·尼柯尔在诠释正剧时指出，正剧试图做的是以普通文化的观点处理人类的生活。对于死亡，正剧是意识不到的，也并不涉及形而上学的考虑。正剧专心探索各种社会关系，却不去描写某些抽象的问题。因此，正剧处理的领域便扩大到反映社会的偏见以及社会各阶级的命运，几乎包罗了一切与社会生活有关联的事物。所以说，正剧比喜剧、悲剧更接近于现实的生活。① 通过对新中国成立之后的戏剧尤其以数量众多的新编水浒戏为中心考察，发现除了《梁山遗恨》《花田错》等个别作品，大致皆为正剧，阿·尼柯尔的表述也恰好印证了新政权对于戏剧的艺术要求和政治规定。在主流意识形态强有力的推动下，"十七年"时期新编水浒戏通过这一囿于时代特征的表述，探索了以宋王朝为代表的封建社会的各种社会关系，它以社会主义现实主义的创作方法，突出人民性的指导力量和美学规范，强化侠义英雄的阶级属性，重新分解、组合和确认人物与人物、阶层与阶层之间的社会关系，特别是通过成功塑造无产阶级戏剧英雄人物达到教化人民群众的革命目的。作为一种忠于现实的正剧，新编水浒戏已经成为一种成熟、典型的戏剧艺术形式。

但是，"十七年"时期的新编水浒戏还未能真正实现创作主体及其思想表达的独立性，它依旧在历史剧的概念范畴内被当作真正的历史而给予大规模的生产和创新。它所包含的自我身份、爱情关系、亲情伦理、领袖人物、暴力冲突等在国家意识形态的强有力控制下实现了"创造性转化"。

---

① 〔英〕阿·尼柯尔:《西欧戏剧理论》，中国戏剧出版社1985年版，第315—316页。

第四章　新的美学规范与"梁山"重构

而且，随着中国共产党文化部门"戏改"工作的推进，老艺人的传统演出本或藏本也被整理、记录和出版，尽管在一定程度上缓解了"剧本荒"的难题，卓越有效地保存了历史文化遗产，但同时也完成了对传统水浒戏的彻底改造。

第一节　渐变、调整与确立

1948年前后国内革命形势发生了巨变，且伴随着延安戏曲艺术实践的迅速扩散与传播，以胶东文协为代表的平剧新编活动集中体现了各个解放区对延安时期"旧剧革命"运动的深入开展与适时变化，也为新中国成立以后历史剧的艺术创新做了充分的经验准备。基于此种轨迹，新中国成立后的新编水浒戏等在批判杨绍萱等人的"反历史、反科学"创作的进程中，着力确立了历史主义和人民性的文艺创作指向及意识形态构建，并形成了历史剧新的美学规范。

实质上，新中国成立前后党的历史剧创作及改编侧重于对党的文艺政策的弘扬、阐释和宣传，并将其全面纳入政治话语和为工农兵服务的新的人民的文艺实践活动中。那么，鉴于水浒戏在延安时期戏曲改革中具有"旧剧革命的划时期的开端"（《逼上梁山》等）的独特地位与历史意义，尤其是新中国成立初对产生重大辐射力的"反历史主义"批判，恰恰反映出这一时期创作倾向的调整与新的美学规范的确立。但须明确指出，确立的主要目的在于改造与教育人民大众，构建民族记忆与国家意识，突出强调新政权的历史正统性、合法性。

1. 渐变：1948年前后的水浒戏创作

由于延安戏剧工作者扩散至各解放区，延安平剧研究院及鲁艺等外迁，陕甘宁边区水浒戏的创作基本停滞，如此一来，1948年前后的水浒戏创编便以胶东解放区的京剧改革工作最为典型。[①] 当时国内政治形势发生

---

① 胶东解放区的京剧改革工作，贯穿了整个抗日战争时期和解放战争时期，并得到中共中央宣传部、中共山东分局的高度评价，周扬和同志曾有专函予以肯定和鼓励。正因有如此成就，长期以来担任胶东文协会长的马少波，1949年调京任中华全国戏曲改革委员会秘书长、文化部第一届党组成员，直接主持和推进新中国成立后的戏曲改革工作。

巨大变化，1948年元旦《人民日报》发表了毛泽东的《目前形势和我们的任务》，文章开首指出"中国人民的革命战争已经转入战略进攻，达到了一个历史转折点"①。同年的元月3日下午，郭沫若在中山大学做了题为"一年来中国文艺运动及其倾向"的演讲，强调"在毛泽东先生的号召下努力建立人民文艺"②。所以，面对即将到来的全国性胜利，旧剧改革工作被各解放区重新提到重要日程上，1948年11月23日《人民日报》发表社论《有计划有步骤地进行旧剧改革工作》，正式拉开全国性的新的戏剧改革大幕。在此之前，特别是1948年前后，紧跟革命政治形势历史转折点的出现，水浒戏的创编既延续了延安时期水浒戏创编的一贯传统，也进入一个需要与革命的胜利相适应的历史转折点或渐变状态，即以更加直接、便捷的方式服务于政治需要。马少波领导的胶东文协在1947年至1948年11月之间，通过成立改造平剧委员会，组织编剧改编剧本并与胜利剧团实验试演，吸收观众意见，反复修改，有计划地推出了一批如《渔家仇》《丁甲山》《浔阳楼》等新编水浒戏。

胶东文协在反映其京剧改革成果的《平剧新编集》（见图4-1）"前言"中，详细说明了改编包含水浒戏在内的十九部戏曲的原因：一是旧平剧是封建统治阶级愚弄人民、毒害人民、欺骗麻醉人民的艺术形式和文化工具，因此要改造；二是目前随着形势的巨大发展，改造旧剧的问题，是更迫切地提到面前；三是单纯依靠禁戏容易造成"剧本荒"现象，不禁戏又使得封建流毒广为传播；四是需要创造一些新内容的新平剧，连形式本身根据内容前进一步的尝试与创造补充也是必要的。③其中所表现出来的高度组织化运作，不仅从戏剧艺术的社会文化功能上重新界定了旧剧的政治功效和文化属性，而且要求戏剧艺术在延安平剧改革的基础上不断深入

---

① 毛泽东：《目前形势和我们的任务》，《人民日报》1948年1月1日。该文是毛泽东1947年12月25日向中共中央扩大会议提交的书面报告。
② 郭沫若：《一年来中国文艺运动及其趋向》，上海图书馆、复旦大学分校中文系编《迎接新中国——郭老在香港战斗时期的佚文》，复旦大学学报（社会科学版）编辑部出版发行第9页。原载《华商报》1948年1月7日，为新闻报道性文章。
③ 胶东文化协会主编：《平剧新编集·前言》（草本，第一、二辑），华东新华书店胶东分店1949年版。本文引文均出自"第一辑"和"第二辑"两册书。《平剧新编集》共19部新编"历史剧"，主要包括"第一辑"《渔家仇》《丁甲山》和"第二辑"《浔阳楼》等3部新编"水浒戏"。

的同时，有计划、有目的地组织人员编排及演出，能够重构民众对民族记忆、历史文化及政治意识形态保持完整性认知和融合的新内容的新平剧，以及从艺术形式上要求与新内容实现同步前进，适应于即将到来的新中国的文艺政策。

图 4-1　胶东文化协会《平剧新编集》

因此，胶东文协的新编水浒戏叙述主要呈现出五大特征：其一，在延续延安时期一贯反封建主题的基础上，对某些英雄好汉持一种扬弃的书写态度。作为历史人物，必然带有旧的思想观念，胶东文协的新编水浒戏正视且保留了英雄好汉的历史局限性，塑造出一批有缺陷的英雄革命人物。如《渔家仇》[①]中萧恩起初明显缺乏反抗性，认为丁府"他们勾结官府，人多势众"，打了丁府教师等之后到官府"前去自首"，对封建统治阶级抱有一定的幻想以及残存着革命性要求不彻底性等落后思想。事实上，这种思想落后而行动保守的幻想在《浔阳楼》[②]中宋江的身上体现得更为鲜明，宋江杀死阎惜娇、发配江州，尽管有江湖豪杰为其指明梁山之路，但他仍然"前程利禄挂心上"，甚至从梁山下来只是"想我已是犯法之人，何苦又做那犯法的事情"，"再三推辞"不愿成为盗匪。因此像宋江这种小官僚、旧式知识分子不仅贪图利禄，封建正统思想极为严重，而且乡土观念和情结

[①] 马少波：《渔家仇》，载胶东文化协会主编《平剧新编集·前言》（草本，第一辑），华东新华书店胶东分店 1949 年版。此处引文均参见此书。

[②] 叶明：《浔阳楼》，载胶东文化协会主编《平剧新编集·前言》（草本，第二辑），华东新华书店胶东分店 1949 年版。此处引文均参见此书。

异常浓厚,所以内心脆弱得动不动就怕死哭泣。其二,对"二流子"的戏剧塑造与叙述方式及政治态度逐渐发生改变。新编平剧《丁甲山》①是一部以清除流氓恶霸为主题的戏剧,清除流氓恶霸不仅为民除害,也为张扬梁山美名。有意思的是,丁甲山草寇周明、周亮原本该悔改并成为梁山好汉的一员,但《丁甲山》中他们"每日吃喝嫖赌,浪荡逍遥",被刻画成不可救药的浪荡子,最后被梁山好汉剪除消灭。众所周知,陕甘宁边区曾开展过轰轰烈烈的"二流子改造"运动,"二流子"被特指为旧社会中受反动统治阶级压迫和剥削并失去了土地和职业的那些人,他们是"养成了一种光吃不做的坏习惯的懒汉。人民政府对这样的人,是发动群众的力量,帮助他们、教育他们,使他们在实际劳动中,改造自己成为新人"②。"二流子改造"也成为延安时期戏剧和文学作品极力表现的对象,从他们的身上不仅看到农民新青年的成长——加入新的劳动共同体,也体现出农村青年思想和新的劳动观念的转化。事实上,以阶级观念来看,"二流子"与豪绅恶霸有着本质的不同,豪绅恶霸不单单是思想问题,他们本质上属于压迫阶级和统治阶级的一部分,其社会性质恶劣反动,是被清除而非改造的对象。《丁甲山》中的草寇"自幼生来胡浪荡",无正当职业又吃喝嫖赌,属于典型的"二流子",后来"霸占了丁甲山,每日打劫行旅,坐地分赃",就已是从"二流子"转向"恶霸土匪"行径恶劣的反动分子,必然成为梁山行侠仗义、为民除害需要被剪除的对象。其三,英雄人格在一定程度上,"或某种个别行为上和近代的人民革命干部,有某种程度的近似"③。像《浔阳楼》中不仅称宋官为"狗官",而且镶嵌了如"星星之火,可以燎原""万人屈死一人勿漏网,反叛之徒缉获休轻放""宁可错杀一万,不可轻放一个"等时代性政治词汇,梁山泊皆为反抗之士,"梁山壮士能救苦""寨内豪杰杀官兵""一心要把大宋反",以及林冲下令众将士"我号令一齐杀出,不得误杀百姓"。其四,领袖人物的两极化与英雄好汉的阶级化。《丁甲山》与《浔阳楼》中的梁山领袖宋江几乎是两个不同的人物,

---

① 姚冀:《丁甲山》,载胶东文化协会主编《平剧新编集·前言》(草本,第一辑),华东新华书店胶东分店 1949 年版。此处引文均参见此书。
② 《新名词辞典》,春明出版社 1955 年版,第 7024 页。
③ 马少波:《戏曲的历史真实与现实影响》,《新戏曲》1950 年 5 月号。

《丁甲山》中的宋江调遣兵将清除流氓恶霸，宽恕冒失鲁莽的李逵，"分路召集各村百姓……认领被抢之物"，又令"李逵押此二贼，去到太平庄叫陈老丈认清，免我梁山美名受损"。中国共产党领导下的同一解放区文协的两部新编水浒戏所塑造的不同的宋江形象，似乎预示着梁山领袖宋江今后将遭受身份之痛，毕竟啸聚梁山被中国共产党认为是典型的农民起义，而宋江是梁山农民起义的革命领袖。然而，令人诧异的是，李逵等底层英雄形象却近乎完美，而卢俊义等人物却颇受质疑。《丁甲山》中李逵砍倒杏黄旗又追杀宋江，看似鲁莽冒失，实则乃出于义愤，为维护梁山美名而行侠仗义、替民做主，并从道德人格层面认定宋江等只是"就长了一张好嘴"，根本不配替天行道。这一描绘有力地丰富了水浒戏改编的思想内涵和期待视野，突破了以往传统戏曲《丁甲山》对梁山好汉的单一认知和阐释，也使得延安时期梁山好汉中潜在的阶级斗争日益激烈，并产生了阶级分化的趋势，打破了革命内部原本被隐藏、遮蔽的政治斗争。细究则发现，李逵近乎完美的人格形象或许与李逵近乎完美的出身紧密相关，《渔家仇》的剧作家还特意强调了萧恩的前身："儿啊，为父年轻时候，本是务农为主，只因官府压榨，豪绅盘剥，实实不能生活，这才逼上梁山，挺身反抗。"众所周知，传统戏曲《打渔杀家》中的萧恩乃水浒英雄阮小七隐姓埋名所用，出身渔民，梁山失败后又以打渔为生。《渔家仇》特意强调萧恩的出身，以及与《丁甲山》中强调恶霸其前身乃地痞流氓，包括李逵骂柴进的出身，同样都表明新编水浒戏强化了血统论思想在戏剧文本中的表现，也显示出戏剧人物的阶级出身直接决定了其阶级话语和阶级行为，乃至阶级立场与政治态度。其五，梁山泊的乌托邦形象日益明朗化和完美化。譬如《渔家仇》中萧恩追忆梁山泊乃反抗官府、替天行道之地，又与李俊、倪荣率领渔民入山，此意味着又走上了梁山之路；《丁甲山》和《浔阳楼》，或通过宋江唱白或围绕"救宋江"一事，突出梁山泊与大宋之间的明暗对比和敌我态势，阶级斗争异常严酷激烈。较之延安时期对梁山泊乌托邦式且略带浪漫成分的想象，胶东文协集体创作的梁山泊不仅政治目标明确、军事纪律严明、革命斗争激烈，而且兵强马壮、能征善战，军事反抗和战争场面的描述也大于以往。实际上胶东文协的新编水浒戏是抗战胜利后，对新的现实政治和革命要求的具体叙述与文本呈现，这一调整与延安水浒戏的政治主题是十分不同的。

毋庸置疑，马少波及其领导的胶东文协正是毛泽东文艺思想的艺术实践者和创作执行者。在他们看来，继1942年毛泽东召开延安文艺座谈会，提出文艺工作者为工农兵服务、与工农兵结合的号召之后，凯丰、陈云等提出的党的文艺工作者等问题，经大众社收编成册并命名为"文艺运动新方向"："这是中国文艺运动新方向的灯塔，是文艺工作者的一支清血针，值得我们特别珍视的。"[1]正因为有明确的文艺方向，胶东文协的京剧改革工作一直坚持了12年直到全国性胜利。基于对政治形势和文艺政策的把握与领会，应该说，马少波是极为敏感且能迅速做出调整的一位文艺领导者和剧作家。正如他在1945年创作的《闯王进京》告诫人们进城后不要学李自成没有政治前瞻性一样，1948年1月，马少波强调"革命的政治形势是在突飞猛进地发展着"的，因此"被压迫的人民，要求在政治、经济上彻底翻身的同时，还要在文化上彻底翻身"，要求文艺界的战友们为建树无产阶级的文艺思想、创造劳动人民的新文艺而努力，毕竟"我们迎接1948年，有其更新的意义"[2]。胶东文协新编的水浒戏恰恰反映了他所说的"有其更新的意义"，这一"有其更新的意义"不仅在于塑造英雄人物、推动人民群众力量的发展以及为战争胜利而服务，更为重要的是，把"为统治者歌功颂德，为统治者渲染威仪，为统治者愚弄人民"和"歪曲历史、掩藏真实，包含和散布着封建反动、迷信愚昧、轻佻麻醉的毒素"的"旧的平剧"[3]，在彻底改造成无产阶级新文艺的同时，真正从统治阶级的手中夺取过来成为人民大众的新的文艺，站在人民的立场上为人民服务，实际上是将"旧的平剧"完全转化为"党的平剧"。当然，考虑到马少波1949年调任北京以及作为直接推动戏曲改革的执行者，胶东文协在全国性胜利历史转折点上进行的"旧的平剧"改造活动，昭示着水浒戏创作及改编这一艺术实践既是联结延安时期与新中国成立前后新编历史剧艺术创新的一个过渡期，又为1949年新中国成立后戏曲改革中的人物塑造、叙述方式、审美意识等提供了艺术雏形和"范本"。

---

[1] 马少波：《〈文艺运动新方向〉读后感》，《胶东大众》1943年6月25日第15期。
[2] 马少波：《新年与文艺思想革命》，《胶东文艺》1948年1月第1卷6、7期合刊。
[3] 马少波：《平剧必须改造》，《大众报》1946年4月18日。

2. 调整:《新大名府》《新渔家仇》与"反历史主义"批判

《逼上梁山》在抗战时期巨大的政治作用和艺术影响力,以及毛泽东给予杨绍萱的表扬信,使得受到鼓舞并成为新中国文化部戏曲改进局副局长的杨绍萱,在1950年年初新编了京剧《新大名府》。杨绍萱在其序言中指出,《新大名府》是适应着中国革命实际情况和反抗民族侵略,而写了一个武装革命和武装反革命的斗争,瓦解反革命阶级而壮大革命阶级,反映民族战争的胜利是决定于阶级斗争的胜利,在阶级斗争中,反映奴才和奴隶的政治方向的不同,反映妇女解放是决定于阶级的解放,反映统一战线的开展。① 出乎意料的是,阿甲在《人民日报》上发表文章批判杨绍萱,指出《水浒传》所反映的问题是阶级斗争,并不是什么民族斗争;在统一战线问题上卢俊义并没有转变其地主的立场,不应该把大地主卢俊义写成革命志士、民族英雄;在处理贾氏问题方面,杨绍萱有意使大地主阶级的贵妇人贾氏改过自新,将爱国主义、民族正义感甚至梁山泊阶级的正义感安置在贾氏身上,等等,"是把古代人当作现代人来写,不是用马克思列宁主义的观点来批判历史"②,认为杨绍萱显然违背历史主义的精神。何其芳也写文章指出杨绍萱在思想方法、创作方法上的主观主义、公式主义使他写出某些带有反历史主义色彩的剧本,认为杨绍萱与政务院关于戏曲改革的指示即"五五"戏改指示精神直接相违背,而且严重违背了马克思主义的文艺理论和中央对戏曲改革的具体要求,因此杨绍萱要开展批评与自我批评,深刻反思缺乏无产阶级作风的错误态度。③ 张光年同样从马克思主义历史科学——历史唯物论的基本原则出发,批判杨绍萱违反马克思主义的文艺观点,"使我们无法从这个剧本中获得宋代农民起义的真实的经验教训",并且引用马克思列宁主义的名言乃至《共产党宣言》批评杨绍萱的主观唯心反映论思想。④ 最终,在1952年11月14日第一届全国戏曲

---

① 杨绍萱:《〈新大名府〉里所反映的阶级斗争和统一战线》,载《新大名府》,新戏曲书店1950年版。引文均参见此书。
② 阿甲:《评〈新大名府〉的反历史主义观点》,《人民日报》1951年11月9日。
③ 何其芳:《反对戏曲改革中的主观主义公式主义》,载中南军政委员会文化部编《戏曲改革工作》,1952年,第49—60页。
④ 张光年:《历史唯物论与历史剧、神话剧问题——评杨绍萱同志反历史主义的倾向》,《人民戏剧》1951年第3卷第8期。

观摩演出大会上做总结报告时,周扬点名批评杨绍萱是反历史主义者,不顾历史的客观真实而任意地杜撰和捏造历史。

那么何谓"反历史主义"?时任中华全国戏曲改革委员会秘书长的马少波指出:"反历史主义是作者凭着主观感情,不恰当地强调戏曲对于今天现实直接的积极作用,因而不尊重历史条件,歪曲历史事实,将历史人物现代化,把历史事迹与现代人民革命斗争的事迹作不适当的类比。"①1950年7月关于文化部戏曲改进委员会成立的新华社报道电讯也提及:"历史剧应忠实的反映历史真实,不应将历史人物'现代化',将历史事迹与现代中国人民的斗争事迹作不适应的类比。"②其实《有计划有步骤地进行旧剧改革工作》早就要求审查剧目、分清好坏,主要是运用历史唯物主义对"那些被统治阶级歪曲了的历史事实加以翻案,恢复历史的本来面目";而且还要求"从无产阶级的观点来客观地观察与真实表现历史事件与人物,而不是将历史与人物染上现代的色彩"③。

《新大名府》是一出二十场的新编水浒戏,讲述替晁盖报仇、赚卢俊义上梁山的故事。"只因金寇入侵,曾头市被敌人占领,晁大哥举兵讨伐,不幸被史文恭一箭射死",所以梁山好汉要替晁盖报仇。然而曾头市兵强马壮,怎奈史文恭又与河北豪杰卢俊义同窗学艺,担心联合两面夹击攻打梁山。因此,梁山利用奸相蔡京女婿梁世杰与卢俊义之间的矛盾,定化敌为友之计。被吴用用计赚上梁山的卢俊义暂留梁山与众兄弟结拜,而贪财且与卢俊义老婆贾氏私通的仆人李固向梁世杰告发卢俊义落草为盗坐了梁山第二把交椅,又驱逐燕青。从梁山归来的卢俊义路遇燕青又被梁世杰抓捕,贾氏前来探监悔过,夫妻和好。随之李固贿赂押送卢俊义发配沙门岛的两个差役二百两银子,欲置卢俊义于死地,却被燕青所救。谁知卢俊义又被抓捕,要问斩刑场,后被梁山好汉解救。就其"反历史主义"而

---

① 马少波:《戏曲的历史真实与现实影响》,《新戏曲》1950年5月号。
② 中央人民政府组成戏曲改进委员会、中国戏曲志编辑委员会、《中国戏曲志·北京卷》编辑委员会编:《中国戏曲志·北京卷》,中国ISBN中心,1999年,第1314—1315页。原载《文汇报》1950年7月29日。
③ 《有计划有步骤地进行旧剧改革工作》,中国艺术研究院戏曲研究所、《戏曲研究》编辑部、吉林省戏剧创作评论室评论辅导部编《戏剧工作文献资料汇编·续编》,1985年,第675页。原载《人民日报》1948年11月23日。

言，其一这一出戏在时空上做了修改，将与"梁山故事"发生关系的辽国"换成"了"金寇"；其二是与李固偷情的贾氏在"水浒故事"中被杀，而《新大名府》中却得以夫妻和好；其三是（史文恭）"大金邦来意也不恶，大兵十万入我国，为的是助朝廷保定山河"、（梁世杰）"那曾长官与本府有来往，愿归附朝廷，金邦也愿助我削平内乱"等与梁山"历史事实"不符的叙述。应该说，这一改编采用了古为今用、借古喻今的创作方法乃至失事求似的创作原则。巧的是，第二年徐若呆的新编粤剧《浪里白条黑旋风》，也写到梁山好汉与金兵的战争，知府蔡九是勾结金国的汉奸，派其狗腿黄文炳借金兵，利用外部势力残杀渔民，于是张顺与李逵内外策应，一举炸掉敌船，金兵全军覆没。①实际上，《浪里白条黑旋风》的现代因子并不多。而在同一年，黄铸夫创作的京剧《新渔家仇》可谓"有过之无不及"了。《新渔家仇》试图揭露朝鲜战争中反动势力的罪恶，歌颂朝鲜战争的胜利和人民的英勇斗争，以及中、苏、朝三国的友谊和美帝国主义及其附庸之间的主奴关系，其改编完全套用《打渔杀家》的叙述结构和人物关系。②随后中南文联在1951年5月30日召开了《新渔家仇》的座谈会，就作品的主题思想、创作方法、利用旧形式等三个方面展开了热烈的讨论，不出意外，除作者之外的全体文艺批评工作者对该作品给予了否定。在座谈会上做总结发言的熊复认为：其一，"朝鲜的根本形势……并没有在《新渔家仇》中得到正确反映"，完全歪曲了中、朝、苏之间的外交关系，将三者看作"缔结互助同盟"的关系，而且"苏大哥"的形象歪曲了苏联，"华二哥"的形象歪曲了新中国；其二，《新渔家仇》违背了现实主义的创作原则，"就人物生活说，又是古代，又是现代，从'刀枪剑

---

① 徐若呆：《浪里白条黑旋风》，人间书屋刊行1951年版。
② 黄铸夫：《新渔家仇》，《戏剧新报》（武汉），1951年1月25日至2月1日。该剧开篇以阮恩（萧恩）、桂英（萧桂英）父女打渔为生。阮恩义兄苏大（李俊）前来为另一义兄华二（倪荣）之子华逢春提亲，娶桂英为妻。然而美国的干儿子李小晚越过三八线，催讨渔税，调笑桂英，且想强迫桂英成亲，被苏大、华二及阮恩、桂英等打走。李小晚前去找"美国总统"杜子秋，杜子秋大怒，派教师爷麦师父寻事阮恩，被打败而逃。最后杜子秋联合保大、季泥螺、舒曼等与阮恩、华逢春等大战，杜等众人败逃，华逢春追打而去。很明显，这是一出抗美援朝的戏剧，该戏剧诸多人物不仅是戏剧中的具体人物，而且也代表着交战各国，像阮恩父女则代表朝鲜及其人民，苏大则代表苏联，华二则代表新中国，而杜子秋则代表杜鲁门及其美国，其他反动派人物则是以美帝国主义为首的"联合国军"。

戟'到'飞机大炮原子弹'都应有尽有",创作方法上是"反历史反科学"的。①正如有批评家所言,《新渔家仇》"全部套用了打渔杀家,从形式到思想,从人物到生活;全部情节,全部唱词对白,都和打渔杀家相似,因而艺人们不愿接受排练。新渔家仇不但没有利用旧形式,反被旧形式所利用,成了旧形式的俘虏",结果"对现实生活达到了严重的歪曲"。②且不论新中国成立初期的文艺批评原则和批评话语,黄铸夫《新渔家仇》中这种超时空又古今混杂的创作方法以及生搬硬套的艺术思维,严重削弱了作品的表现力和感染力,也不能将其看作优秀之作,因此,被中宣部指出"创作不严肃",被文化部指出"近于游戏作品"③,也无可厚非。

十分明显,杨绍萱是以"新编的历史事实"来"反映"现代的革命战争,采用隐喻的手法阐释阶级斗争、阶级解放和统一战线的重要性,将"历史与人物染上了现代的色彩"。同样,反映朝鲜战争及各国关系的《新渔家仇》,作者主观上力求以旧形式表现中朝人民抗美的英勇事迹,以达到服务于抗美援朝的目的,结果不仅未能彻底了解中、朝、苏之间的关系以及中国抗美援朝乃出于保家卫国、反抗侵略的现实意义,而且还被旧形式所束缚,最终成为一部受到批判的"反历史主义"作品。在1950年12月1日全国戏曲工作会议上,田汉做《为爱国主义的人民新戏曲而奋斗》的报告时指出:"我们今天的任务便是要从过去封建统治阶级蒙蔽歪曲之下,恢复历史的本来面目,找到历史舞台上真正的主人。用历史唯物主义的观点反映历史真实、传达历史教训、表扬历史上英雄人物在当时历史条件下所具有的进步性、人民性和高尚的民族品质,以教育和鼓舞后代儿女。"实际上,新中国成立初期的历史剧(包括与历史相关的其他剧)承担的最主要的任务,是运用马克思主义历史唯物观对历史做出合理性、合法性解释,而且"我们说把历史还给历史,也不是为历史而历史,我们表现历史现实为的是教育鼓舞后代儿女,历史剧与当前现实斗争之间,必须

---

① 熊复:《反对创作中的反历史反科学观点——在讨论〈新渔家仇〉座谈会上的总结发言》,《长江文艺》1951年7月第一期。
② 李诃:《反对戏曲创作中违反历史的不正确观点》,载《学步集》,新文艺出版社1957年版,第56页。该文章写于1951年。
③ 转引自熊复《反对创作中的反历史反科学观点——在讨论〈新渔家仇〉座谈会上的总结发言》,《长江文艺》1951年7月第一期。

有机联系，譬如江河万古巨流不可截断，不可孤立"，其真正的目的在于以历史联系现实教育和鼓舞新中国的人民。因此，戏剧处理历史题材要根据党的文艺政策将"历史真实"与"当前现实"有机统一，特别是"被歪曲"和"被蒙蔽"的"历史"要给予"纠正"，这才是历史唯物主义的创作观。①

　　因此，在把握历史与现实的关系上，魏晨旭在《三打祝家庄》的修订本中谈到"'三打祝家庄'的创作过程与创作经验"时，专门讨论了此问题。他认为反映历史生活的"三打祝家庄"，其情节本身蕴含着历史的策略斗争和农民战争中夺取城市的经验，与当前即革命运动中将到来的夺取城市的策略斗争有密切的联系，具有重要的政治意义。因而，魏晨旭指出，现实生活是历史生活的延续，历史生活是现实生活的前身，二者密切关联但又有所区别，不容混淆，反对强拉硬扯，不适当地以历史故事映射现实，不适当地把历史斗争和现实斗争做类比。② 显然，魏晨旭敏锐且及时地回避了创作中的"政治错误"——以历史经验来"迎合"现实政治需要，而不是在历史故事中"加入"现实生活及政治口号，这一做法是"历史主义"的，也是历史真实与当前现实的有机统一。同样来自陕甘宁边区，魏晨旭的修订较之杨绍萱的新编和事后争论，在创作的态度上显得较为谨小慎微，这是批判之后所带来的调整的结果。杨绍萱等的根本问题在于过于强调作品现实的针对性和有用性，谋求以最为直接、快捷的方式令文艺服务于革命政治，忽视了新中国成立后更为迫切的任务是文艺对人民群众主体性的建构，以及由此而生成的历史性的认知。

　　具体来说，按照中国共产党坚信的历史演变的铁的规律，新中国成立初期要完成社会主义改造，全面进入社会主义新阶段，既需要人民认可历史发展的必然结果，又必须要求人民接受社会主义的政治文化改造和教育。知识分子更要从政治认同向思想认同转变，从意识形态领域确认并构建新政权、新社会的民族心理记忆以及个体自我意识和国家主体意识。但是，20世纪50年代的历史主义观的内容几乎全部是阶级斗争，历史人物以阶级出身划分、阶级属性定性，这种"二分法"将历史社会分为统治者与被

---

① 田汉：《为爱国主义的人民新戏曲而奋斗》，《人民日报》1952年1月21日。
② 魏晨旭改编：《三打祝家庄》（修订本），北京新戏曲书店1950年版。

统治者、压迫者与被压迫者、地主阶级与农民阶级等"你死我活"的斗争关系。因此,"历史主义"倾向的"历史剧"所反映的"历史"其实是被意识形态整合后的"历史",是可以使群众的思想感情背离"过去"而转移并认同"当今"的"历史"。这种"历史主义"观念直接影响了新中国成立后水浒戏创作及改编的叙述规范和审美意识,可以说,除了《新大名府》《新渔家仇》之外,其他新编水浒戏基本以阶级斗争为主要内容,控诉地主阶级及统治者的罪恶,以及表述农民阶级的苦难和革命的合理性诉求,而梁山好汉则是完成阶级斗争和革命反抗的担当者。如此一来,作为一支教育和鼓舞人民的文艺力量,新中国成立初期的新编水浒戏"应该根据真实性和必然性的法则……努力发掘历史的奥秘,展现比实在事件、实在人物更完备的典型和更高的历史真实……从正面和反面来教育人民的作用",毕竟,"今人"创作的以历史事件和历史人物为题材的历史剧,并以这种真实、具体的反映,达到了爱国主义、民主主义和社会主义精神教育人民的目的。① 这是因为,无产阶级和其他被剥削者翻身当家做主,成为新政权、新时代的主人,其主体地位和主体意识要求对"历史"做出合乎马克思主义唯物史观的解释,对历史的解释为新政权提供了历史发展阶段性的实践经验,也为新政权改造、教育人民提供了历史的合法性依据。很明显,《新大名府》《新渔家仇》等新编水浒戏"歪曲历史"的问题,在于它们无法为新政权提供历史性的合理解释,也不能通过唯物主义历史观去教育、改造人民,更不能确保人民重新获取对"历史"的心理认知、民族记忆与主体构建。

3.确立:新中国成立初的水浒戏与人民性美学原则

延安时期以《逼上梁山》等为代表的平剧改革的最大成就,在于人民登上了戏剧的历史舞台,正如毛泽东所说的:"历史是人民创造的,但在旧戏舞台上(在一切离开人民的旧文学旧艺术上)人民却成了渣滓,由老

---

① 夏衍:《为提高和发展新时代的戏曲艺术而奋斗——华东戏曲观摩演出大会的总结发言》,中国艺术研究院戏曲研究所《戏曲研究》编辑部、吉林省戏剧创作评论室评论辅导部编《戏剧工作文献资料汇编·续编》,1985年,第184—186页。

爷太太少爷小姐们统治着舞台。"①坚持以人民为中心的文艺创作及改编成为戏剧改革的根本方向和美学原则。新中国成立之初,政务院(国务院前身)制定了《关于戏曲改革工作的指示》,该指示强调"戏曲应以发扬人民新的爱国主义精神,鼓舞人民在革命斗争与生产劳动中的英雄主义为首要任务",坚持"戏剧为人民服务"的方针,着重于塑造人民当中的英雄人物。②历史是人民创造的,那么艺术也应是人民创造的,如此说来,一是戏剧要积极表现人民的生活,二是人民自然应该是戏剧叙述的主人公。因此,人民性成为新中国文艺新的美学规范和创作原则。作为农民起义的梁山好汉必然是人民大众的一员,尽管对于某些如宋江、卢俊义等梁山好汉的阶级属性、阶级成分等在当时存在巨大的争议,但并不影响整个起义队伍的阶级性质。所以,书写和塑造新的梁山好汉形象以及创作符合马克思主义群众观和毛泽东文艺思想的新编水浒戏,就是对历史上人民生活的真实书写和对人民性美学观念的坚持。

人民性概念最早在俄国作家普希金《论文学的人民性》一文中被提出,此时的人民性内涵基本上等同于民族性。后来经过别林斯基、杜勃罗留波夫以及苏联文艺家们的不断阐释和丰富,人民性成为社会主义现实主义一个重要的美学概念。在别林斯基的论述中,人民性除具备民族性内涵外,还兼有阶级、底层的倾向,是否具有人民性关键在于是否体现了苏联文学的"现实性"。③杜勃罗留波夫在《俄国文学发展中人民性渗透的程度》一文中借批评普希金,要求人民性不仅要丢弃等级的一切偏见,感受人民所拥有的一切质朴感情,还要"表现人民的生活,人民的愿望",而且"文学所达到的最高境界,就是吐露或者表现在人民中间有一种美好的东西"。④在普希金、别林斯基和杜勃罗留波夫那里,人民性明显具有人文价值精神的本质。而将文学的人民性与被压迫群众联系起来并具有阶级性特征的是李卜克内西,他提及应当将被压迫群众作为

---

① 毛泽东:《毛泽东论文艺》(增订本),人民文学出版社1992年版,第142页。
② 《中央人民政府政务院〈关于戏曲改革工作的指示〉》,中南军政委员会文化部编《关于戏曲改革工作的指示》,1952年8月,第1—3页。
③ 〔苏〕别林斯基:《别林斯基论文学》,梁真译,新文艺出版社1958年版,第68—96页。
④ 〔苏〕杜勃罗留波夫:《俄国文学发展中人民性渗透的程度》,辛未艾译,载《杜勃罗留波夫选集》(第2卷),上海译文出版社1983年版,第187—188页。

文学描写对象，对人民的本质有正确认识，从人民大众本身的观点出发去表现人民，等等。①人民性的政治内涵到了列宁和斯大林那里被进一步阐发，人民主要指无产阶级和农民。人民性因其鲜明的阶级立场与政治性、党派性高度融合，事实上将人民性等同于阶级性。随后在1934年召开的第一次苏联作家代表大会通过的《苏联作家协会章程》明确规定，"艺术描写的真实性和历史具体性必须与用社会主义精神从思想上改造和教育劳动人民的任务结合起来"②，强调文学的政治倾向和为政治服务的宗旨，文学的人民性既要表达人民的生活和思想，又要肩负改造和教育人民的政治任务。同样地，人民性是毛泽东文艺思想最为核心的概念，《在延安文艺座谈会上的讲话》就确立了"文艺为工农兵服务"的党的文艺政策。就戏曲来说，1951年《人民日报》发表的社论《重视戏曲改革工作》十分明确地界定了戏曲的人民性，认为中国旧戏曲是人民创造的，就必然表现出中国人民勤劳、勇敢、智慧、善良的性格，"他们为要摆脱被压迫被奴役的状态所进行的各式各样的正义斗争，以及他们对自由、幸福、合理的生活的渴望，因而它就有了民主性"③。只有人民才有民主，民主性就是人民性。

与此同时，要肃清戏曲舞台上宣扬麻醉和恐吓人的、封建的、奴隶的、迷信的以及奸淫毒杀的传统因子，更为重要的是，在戏曲中"人民已经取得了主要地位而且获得了发言权"④，舞台上有了人民的声音，人民的思想、情感及主观愿意才能得以准确表达，这样，对人民性、民主性的界定为新编、改编戏剧找到了历史和现实的依据，那么文艺工作者创造历史人物或许才能少犯或不犯政治错误。

新中国成立初期的新编水浒戏作家们基本上依照了人民性的要求，主要表现在：其一，依照阶级属性、阶级成分塑造戏剧人物，主要包括正面

---

① 伍世文、伍世昭：《关于文学的人民性问题》，载刘纲纪编《马克思主义美学研究（第8辑）》，广西师范大学出版社2005年版，第126—127页。
② 《苏联作家协会章程》：《苏联文学艺术问题》，人民文学出版社1953年版，第12页。
③ 《重视戏曲改革工作》，《人民日报》1951年5月7日。
④ 马彦祥：《序大众戏曲丛书》，载《野猪林》，上杂出版社1953年版，第1页。

人物、反面人物以及需要"被争取团结"的"中间人物"。①一些新编水浒戏特意突出介绍了正面人物的阶级出身和阶级属性，他们出身贫穷，甚至乞讨求生，因被压迫、被剥削不得不走上反抗的道路，像《血溅鸳鸯楼》中孙二娘、张青等。此外的正面人物是普通的人民群众，他们的戏剧功能主要是控诉恶霸地主、贪官污吏及其土豪劣绅的罪恶，属于被压迫、被剥削、被统治的戏剧角色，一些水浒戏如《东平府》等中的人民群众占据着主要戏剧分量。②而反面人物无外乎皆为统治阶级或压迫阶级、剥削阶级，其戏剧功能主要是表现贪污腐败、鱼肉百姓、陷害梁山好汉等，以实现剧情的反转从而衬托近乎完美的英雄主义形象。其二，梁山好汉成功地从打家劫舍的盗匪行列退出，"去盗化""去血腥化"十分明显，梁山好汉全部转化为受压迫被奴役奋起反抗的人民。《夜奔梁山》中林冲直言"为民除害，俺要投梁山"③，林冲始终不愿为"投名状"而残杀百姓，其他新编水浒戏中几乎没有任何越出人民性概念内涵的梁山好汉，其高尚品质及光辉形象得到了全面的展示。其三，除孙联的《梁山遗恨》④批判宋江招安使得梁山好汉付出惨重血债的悲剧性外，其他创作及改编几乎全部以"大团圆"结尾，以人民取得胜利而落下帷幕，不仅彰显了人民群众的伟大力量，而且强调了革命的积极的乐观主义情调。其四，在李少春的《野猪林》⑤中的"结义拜兄弟"以外，其他新编水浒戏基本上消除了带有封建色彩的结私义的兄弟关系，取而代之的是阶级兄弟友情，并清除忠君、封妻荫子以及保守且对封建统治者心存幻想等浓郁、落后的封建思想。其五，对人民感情及愿望的书写明显增加，创编的水浒戏在突出人民群众悲惨命运的同时，重点刻画了他们真诚善良乃至足智多谋的一面，他们对恶霸贪官强烈的痛恨之情与对侠义英雄的渴望形成鲜明的比照，反抗性与革命性同样强烈而打动人心，对美好生活十分向往。在《黄泥岗》中"智取生辰

---

① 刘梦德、孙联：《血溅鸳鸯楼》，"工农兵文艺丛书"，群益出版社1950年版。引文均参见此书。其"小序"写道："把施恩在这个剧中写成为一个革命争取的对象，因为在团结一切力量来反对恶霸这一点意义上讲起来，我们以为是可以这样写的。而这也不是毫无根据的杜撰，施恩后来的投奔梁山，不能不说他是受了许多问题的影响。"
② 崔嵬：《东平府》，上海杂志公司1950年版。引文均参见此书。
③ 翁偶虹：《夜奔梁山》，上杂出版社1951年版。引文均参见此书。
④ 孙联：《梁山遗恨》，通俗文化出版社1950年版。
⑤ 李少春：《野猪林》，中国戏剧出版社1959年版。该剧创作完成于新中国成立前后。

纲"就是群众共同定的计谋,刘唐和晁盖联合群众实施了这一计划,结尾处群众"胜利地大笑"。①其六,普遍对潘金莲、贾氏、阎惜娇等淫妇形象的塑造存在争议。《血溅鸳鸯楼》中孙二娘说:"那西门庆实实该杀,不过你嫂子,死得叫我说有点冤枉;你想呵,在这个世道,像西门庆那样的人,有钱有势,强逼利诱,你嫂子又是嫁了一个六根不全的武大爷,怎么会不上他们的圈套呵。叫我想,武大爷的死,还是死在西门庆和王婆的手里。"于是武松也说道:"只因嫂嫂执意不肯吐露实言,是俺一时气忿,将她杀死,如今悔之晚矣。"孙二娘将武大郎的死归于恶霸的强逼利诱以及潘金莲的不幸婚姻,武松也为此感到后悔,这一番言论实际上是表达了剧作者对潘金莲的道德评判和情感态度。杨绍萱的《新大名府》塑造的回归家庭、重温爱情的贾氏形象受到了普遍的批判。究其根源,则是对潘金莲、阎惜娇等"水浒淫妇"的阶级属性各个剧作者之间存在争议,她们是属于被压迫、被侮辱的底层妇女还是十恶不赦的"淫毒妇",莫衷一是。

应强调的是,新中国成立初期水浒戏创作及改编最突出的依然还是人民性话语的感染力和宣传效果,着力"表现人民的生活,人民的愿望",并在历史叙述与历史重塑之中构建民族记忆、强调历史定律。毕竟,革命的目的除了改变社会结构之外,更需要将意识形态话语渗透到人民的意识结构和思维模式中去,以驱逐敌人从而捍卫革命的成果,即新政权。"革命的惯例是革命具有两面神面目:团结与驱逐,友爱与恐惧,二者同时并举"②,其真实的原因是"他们主要感兴趣的不是推翻、改革或保护社会结构,他们主要关心的是另外的人对现存的处于统治地位的精英的取代"③,驱逐、铲除阶级敌人是捍卫新政权的政治保证。因此,作为一个以革命起身而解放全中国的政党,意识形态的革命性在新中国成立后不仅必要而且显得格外突出,那么,水浒故事所蕴藏的"古典革命"事实,为新编水浒戏提供了独一无二的艺术资源和政治话语,水浒所塑造的人民性英雄形象不仅富于反抗精神和人

---

① 周玑璋:《黄泥岗》,新华书店1950年版。该剧在1945年初稿写出后,经华东平剧团上演,又蒙观众提供了许多意见,作者加以综合并修订出版。引文均参见此书。
② 〔美〕苏珊·邓恩:《姊妹革命》,杨小刚译,上海文艺出版社2003年版,第95页。
③ 〔德〕卡尔·曼海姆:《意识形态与乌托邦》,姚仁权译,中国社会科学出版社2009年版,第135—136页。

间正义，而且能震撼人的灵魂，其政治作用和历史意义非同一般。这种内在的叙述逻辑一直支撑着新中国成立后历史剧的文艺实践活动，乃至影响了整个20世纪中国的历史剧的发展方向。但是，仍须强调的是，历史剧所完成的人民美学规范最直接的目的在于改造、教育广大人民的思想，以及突出新政权的历史正统性、合法性。

第二节 梁山英雄形象的再构

早在延安时期，毛泽东和其他几个在延安的同志合作写作的一个"课本"——《中国革命与中国共产党》中，毛泽东就历代农民起义进行了一番现代性、革命性的阐释，"只有这种农民暴动与农民战争，才是中国历史进化的真正动力……因而也就多少变动了社会的生产关系与多少推动了社会生产力的发展"①，因而中国共产党领导、以农民为主力军的中国革命队伍的主要革命任务之一，就是推翻封建势力，解放农民大众。因此，像《水浒传》、水浒戏所表现的关于宋江等人的农民起义，成为中国共产党推动政治革命的历史性依据和合法性来源。那么，梁山好汉和梁山泊则成为现代剧作家和接受者想象革命的一种资源，通过历史的叙述寻求现代革命的意义和动力。因此，理解历史的不是历史事件本身，而是历史的意义。延安时期的新编水浒戏剧努力挖掘历史的革命性意义，就是依照马克思主义和毛泽东文艺思想探索"自己和他者的统一体，或一种关系，在这种关系中同时存在着历史的实在以及历史理解的实在"②。这种"实在"便是"替天行道"的"古典革命"观念以及强烈的现代革命乌托邦想象。但是，正因为如此强调革命的伦理道德及政治根源，在革命历史性想象的过程中，不仅梁山好汉形象丧失了其原初意义，而且也迫使接受者深入思考替天行道等内涵在革命文艺中的"突变"，以及它与新生政权之间的潜在关系。

"十七年"时期是继元明清之后水浒戏创作及改编的繁荣时期，水浒戏也成为此一阶段被创作及改编最多的传统剧目之一。梁山好汉作为最为

---

① 毛泽东等：《中国革命与中国共产党》，载《毛泽东文选·中国革命与中国共产党》，渤海新华书店1948年版，第5—6页。

② 〔德〕伽达默尔：《真理与方法》，洪汉鼎译，上海译文出版社1999年版，第384—385页。

典型的革命历史英雄人物,就"十七年"时期的戏剧而言,延续了中国共产党江西(中央)苏区红色戏剧和延安水浒戏剧的阶级仇恨叙事模式。阶级压迫和阶级斗争依然是戏剧的主要冲突,而英雄人物显然已经全面占领戏剧舞台的中心。这一点尤为不同于延安时期强调群众的历史功绩和推动力,梁山好汉成为群众引导、教育和推动的对象,"十七年"时期的水浒戏在人民性美学观念的支配下,梁山好汉形象完成了历史性转化,实现了戏剧角色的自觉改造和自我成长,却因为"宋江"这一富有争议性的历史人物,以及历次政治运动的需要,在革命领袖人物塑造方面出现了作家紧跟政治风向但往往发生政治判断错误的"身份之痛"。这也折射出水浒戏剧创作主体在"十七年"时期因缺乏主体性、独立性而产生的政治焦虑与创作苦闷。应该说,"十七年"时期创作及改编的水浒戏是最符合新的革命政权的文艺形态之一,完全是中国共产党革命政治发展的文化产物,是政治的审美化和审美的政治化,在一定程度上既体现了崇高伟大的民族革命精神,又丰富了20世纪中国戏剧艺术中的梁山好汉形象。

1. 自觉改造:英雄好汉的革命精神

在"十七年"时期创作及改编的水浒戏中,每一位梁山好汉似乎都肩负着反霸除恶的革命义务和历史重任。从李少春的《野猪林》[①]肇始,围绕官逼民反所衍生的苦闷冤屈、不得不反等被动性抗争的政治性词汇逐渐弱化,而围绕替天行道所产生的除暴安良、杀富济贫、狗官赃官等主动性反抗的革命性词汇得以强化。由此确定,"十七年"时期的戏剧中的梁山好汉其革命理想、革命目标以及政治诉求十分明晰。例如,《夜奔梁山》中林冲直言"为民除害,俺要投梁山""如今的官府,上下俱是一样,纵然告到东京下梁,也不与百姓作主"[②];《血溅鸳鸯楼》中孙二娘说道,"我二人就在这十字坡前,开了一所小小的客店。善良好百姓住在我的店中,我们是好招待,若是遇见赃官、恶霸,他难逃我手"[③];《黑旋风李逵》中宋江

---

① 李少春:《野猪林》,中国戏剧出版社1959年版。引文均参见此书。
② 翁偶虹著、马彦祥主编:《夜奔梁山》,上杂出版社1951年版,第12页、第27—28页。
③ 刘梦德、孙联:《血溅鸳鸯楼》,群益出版社1950年版,第6页。

登台便唱"聚水泊,替天行道;为黎民,安良除暴"①;《乌龙院》中晁盖登台也唱道,"权臣当道,吸尽民膏;恨贪暴,聚集英豪;揽一个,江翻海倒;豺狼当道扰万民,怒劫生辰纲内珍"②;屠志成编选的《打渔杀家》(马少波)在"剧情说明"中讲本剧主题为"描写赃官之贪,土豪之恶;赃官土豪,狼狈为奸,欺压良民,不留余地"③;胡涌编剧的《武松与潘金莲》④更是突出潘金莲与武大郎的悲剧命运,控诉有钱有势的恶霸奸污民女、毒死民夫;安娥的《黄泥岗》中刘唐登台唱道"恨只恨梁中书欺压百姓,诈民财供奉那老贼蔡京"⑤;李修蔚的《拳打镇关西》⑥同样是为民女金翠莲铲除恶霸郑屠;丁西林的话剧《智取生辰纲》⑦的主题突出以晁盖为首的七雄劫取不义之财生辰纲;等等。显然,此一阶段梁山好汉的革命思想觉悟得到了显著提高,几乎每一位登台亮相的英雄人物阶级立场明确、反抗意识强烈,并且反霸除恶责任重大。不得不说,"十七年"时期创作及改编的水浒戏中大多数梁山好汉所表现出的自由自觉的政治意识和革命激情令人刮目相看,媲美于任何一个久经考验的革命志士。

正因为梁山好汉有如此人格高尚、品质纯洁的革命精神,英雄好汉与人民大众形成一种教育与被教育、启蒙与被启蒙的互动关系。像《夜奔梁山》中第四场林冲说:"哎呀!岂不闻:得民心者,贼寇即是王侯;失民心者,王侯也是贼寇?"⑧《黄泥岗》中吴用对其学童讲述"朱门酒肉臭,路有冻死骨"诗句,等等,都着力发挥英雄的教育功能。不仅如此,作为革命"导师"的梁山好汉,具有强烈的民族责任感和使命感,疾恶如仇,替天

---

① 上海市文化局创作研究室改编、王征夫整理:《黑旋风李逵》,作家出版社1955年版,第5页。
② 周信芳整理、品仲协助:《乌龙院》,中国戏剧出版社1960年版,第3页。
③ 屠志成编选:《打渔杀家》,北京宝文堂书店1953年版,第1页。此剧本由中国京剧团演员李少春(1919—1975)与中国戏曲研究院编辑处共同整理,主要改动的地方征得了周信芳(1895—1975)、马连良(1901—1966)、谭富英(1906—1977)等先生的同意。
④ 胡涌:《武松与潘金莲》,汇文书店1954年版。
⑤ 安娥:《黄泥岗》,载《安娥文集·上》,中国文联出版社2008年版,第337—405页。
⑥ 李修蔚:《拳打镇关西》,剧本月刊社编《剧本·戏曲专刊·第三辑》,上海文化出版社1957年版,第140—163页。
⑦ 丁西林:《智取生辰纲》,载《丁西林剧作全集》,中国戏剧出版社1985年版,第407—454页。
⑧ 翁偶虹著、马彦祥主编:《夜奔梁山》,上杂出版社1951年版,第12页。

行道，除恶务尽。像《黑旋风李逵》中"曹庄已破、恶霸已除"之后，林冲命令道，"你二人与李鬼贤弟，在此将恶霸的粮草家财一半散与百姓"[①]；《黄泥岗》中吴用高唱，"似这等不义财人人有份，只需要江湖上协力同心。仔细安排把巧计定稳，管叫这十万贯归还与民"[②]；《智取生辰纲》中晁盖带领众位兄弟发誓："此一套正是不义之财，我等誓齐心协力，把它半路上劫了，赉助贫穷；七人中但有私意者，天诛地灭，神明鉴察。"[③]事实上，这种将政治话语道德化的表述方式，努力将经济和社会制度问题表述为道德问题，能够激发最大程度的怨恨，以此来激励人民群众参与革命的热情。[④]尽管"十七年"时期创作及改编的水浒戏已经不像延安时期创作及改编的水浒戏那样，由英雄好汉与人民大众联合反抗恶霸、惩治贪官污吏，但是，戏剧通过塑造人格高尚、品质完美的英雄主义形象，以代言体[⑤]的方式传递剧作者或英雄的革命激情和阶级斗争，这种延续中国古代戏剧高台教化社会功能的方式，必然让接受者感受到戏剧巨大的情感感染力、思想启蒙性和政治教化作用。

必须指出的是，大多数梁山好汉的人格形象始终保持着高度的利他主义特征，他们高贵的灵魂和良善的品质主要体现在他们道德人格的完美上。我们无法看到水浒戏、《水浒传》中那些滥杀、贪酒、自私乃至极端冷酷的恶劣品性，他们奋不顾身以及忘我的牺牲精神，不是奔波于营救梁山兄弟，就是到处为民除害、开仓放粮，救百姓于水深火热、痛苦不堪的人间地狱。翁偶虹《夜奔梁山》中营救因智取生辰纲被抓的白胜，作为整个戏剧情节的主要部分；而《花荣大闹清风寨》则侧重表现花荣和宋江情同手足的好汉情义，花荣宁可官不做、命不要也要去刘高寨抢走宋江。宋江逃

---

① 上海市文化局创作研究室改编、王征夫整理：《黑旋风李逵》，作家出版社1955年第42页。
② 安娥：《黄泥岗》，载《安娥文集·上》，中国文联出版社2008年版，第337—405页。
③ 丁西林：《智取生辰纲》，载《丁西林剧作全集》，中国戏剧出版社1985年版，第439页。
④ 刘瑜：《因善之名：毛泽东时代群众动员中的道德因素》，载王奇生主编《新史学·第七卷·20世纪中国革命的再阐释》，中华书局2014年版，第116页。
⑤ 代言体即表演者以第一人称身份扮演或模拟戏剧中的人物，清代刘熙载的《艺概》所说"杂剧全是代字诀"，王国维的《宋元戏曲史》认为"元杂剧于科白中叙事，而曲文全为代言"，钱锺书以为"代言体"在元杂剧前早就存在。而西方戏剧直到19世纪下半叶才实现了"代言体的纯粹化"（参见陆炜的《试论戏剧文体》，《文艺理论研究》2001年第6期，第30—38页），但关于"代言体"的概念界定学界还未统一。

走临别花荣唱道:"兄弟投我反遭难,愧煞我这朝廷官。可恨世道多昏暗,被迫分离心不甘,偏遇这山道崎岖路途远,冰天雪地北风寒。"宋江唱道:"花贤弟他待我情深谊重,他胜过鲍叔与秦琼。但愿我走之后风浪静,后会有期再叙别情,为贤弟我不顾伤疼痛,紧咬牙关向前行。"①除去英雄仰慕英雄以及厚重的情义,梁山好汉之所以能够同生死、共患难,还在于他们有高尚的道德情操:替天行道、除暴安良,这种"为人民服务"的使命感和民间侠义精神,也是"十七年"时期创作及改编的水浒戏中梁山好汉难能可贵的人格魅力。像《血溅鸳鸯楼》中最后武松杀死赃官恶霸,开仓放粮;《东平府》②(见图4-2)主要叙述一家三口老汉、老妇、秀英被东平府知府赵堂和马都监王虎两人鱼肉的故事。赵堂仗势干爹梁中书,盘剥百姓,苛捐杂税多如牛毛,又要强征人头税,老汉好不容易借来的粮食被抢走,后以缓兵之计阻挡了赵堂、王虎欲强抢秀英做陪房的恶劣行径,经梁山好汉李逵和燕青乔装新娘,杀死赵堂,打开粮库,救济百姓,演绎了一段"仗义疏财是梁山,除暴安民美名传"的戏剧传奇。

图 4-2 崔嵬《东平府》

实际上,"十七年"时期创作及改编的水浒戏最明显的莫过于李逵形象的改善和提升。《李逵夺鱼》里,李逵乃劳动人民中一员,"在此江州与

---

① 周少楼等著:《花荣大闹清风寨》,辽宁出版社1959年版,第1—66页。
② 崔嵬:《东平府》,上海杂志公司1950年版,中南文联筹委会编"新戏曲丛书"第1辑。

人佣工打短",还向酒保借钱,"好寄给老母"①彰显孝心;在《黑旋风李逵》一剧中,李逵突然变得热肠可爱起来,几乎对宋江言听计从、忠心耿耿,正如张真所言,"真假李逵"一场改成现在的听见李鬼叫娘而停斧,表现李逵尊敬孝子;决心负荆请罪一场改为听从燕青所说"知错忍错,方是英雄好汉",以表现李逵胸无城府,爽朗可爱。②在《李逵探母》③一剧中,从入乡到见母亲之前处处景色勾起李逵一串串的过往回忆,李逵的内心被剧作家刻画得细腻而丰富,对母亲的孝子之心令人感动,母亲被虎食之后其痛苦之状令人悲情不已。李逵的精神世界和高贵品格跃然纸上,可以说,这是对李逵英雄主义形象的情感深化和艺术拓展,真实地展现了人性,探究了英雄好汉内心隐秘的世界。但是,实际上刻画梁山好汉高贵的品格的目的之一便是突出与贪官恶霸的道德品行形成泾渭分明的对比。"十七年"时期创作及改编的水浒戏中所有反面人物,其道德一定是败坏的乃至无恶不作,从利用手中权势搜刮民财到对贫苦人家女儿的抢夺,从司法腐败到动辄押送大牢、夺人性命。在阶级敌人的道德恶行与革命英雄的道德善行这一强烈反差的戏剧冲突中,革命英雄生命的力量、价值和意义得以完美的转化和升华。对英雄好汉这种大无畏、不屈服的坚韧、顽强品格的描写,实际上与党对革命战士的要求如出一辙,其革命的斗争性越勇敢、越正直,越能衬托出革命政治的坚决性、彻底性以及生命道德的神圣化,这正是最为迫切需要的革命道德精神食粮。

"十七年"时期创作及改编的水浒戏再现了逼真的历史图景,塑造了典型环境中的典型革命英雄人物,他们不仅是封建统治社会较早的一批觉醒者、反抗者,而且他们在剧作家的笔下被自觉地改造形成一种伟大的人

---

① 杨绍萱:《李逵夺鱼》,《戏曲报》1951年第三卷第十期。以"李逵夺鱼"或"闹江州"为剧目的改编戏在"十七年"时期不少,重在张扬或重塑李逵可爱、豪爽、耿直的性格,以表现英雄人格的不拘小节与侠义精神。如山东省戏曲工作组改编的《夺鱼》(山东人民出版社1956年版)其"后记"中就删除了"不妥当的情节和词句,都进行了修改",如"家住山东东涧东,杀人放火逞英雄;不吃人肉二日黑,喝了人血二目红"等把李逵"简直写成一个杀人不眨眼的混世魔王了","因而加以删改"。小型戏曲剧本集《李逵闹江》(湘剧,湖南人民出版社1961年版)着力塑造了李逵"性情直爽,真是可爱"的好汉人格。
② 张真:《谈〈黑旋风李逵〉的改编工作》,载《戏曲人物散论》,艺术出版社1956年版,第67页。
③ 翁偶虹、袁世海:《李逵探母》,北京宝文堂书店1957年版。

格。众所周知，英雄的主要职责是重整混乱的社会秩序，恢复人民大众平淡的日常生活。因此，"十七年"时期创作及改编的水浒戏突出表现了英雄好汉的政治"翻身"和社会"拯救"功能。所谓政治"翻身"即或出于正义或遭受冤屈而脱离君国体制走上反叛的道路；所谓社会"拯救"即奔向梁山或已在梁山，其目的是反霸除恶，为贫苦大众主持正义，乃至重整乾坤。梁山好汉的这一自我身份的转化，实际上与封建社会原有的社会关系产生了断裂，在"十七年"时期创作及改编的水浒戏中，梁山好汉的道德标准和价值观念也与传统水浒戏和《水浒传》所奉行的伦理观念，即替天行道、救危扶困、快活自在等有些许不同。在新的伦理观念支配下，梁山好汉的英雄人格主要体现在三个方面：一是突出报血仇，如《野猪林》《夜奔梁山》中林冲的杀妻之仇，《猎虎记》[①]中的杀身之仇，《花荣大闹清风寨》中的兄弟被陷之仇等；二是突出行侠仗义、杀富济贫、扶危济贫等思想，开仓放粮，还民于正义，强调平均主义经济价值观念，《黄泥岗》《智取生辰纲》则重点表现如此；三是反抗官府、惩治恶势力，突出表现在杀死贪官污吏、地主恶霸、土豪劣绅，《拳打镇关西》《桃花村》[②]《武松与潘金莲》《打渔杀家》（马少波）以及《黑旋风李逵》等作品都以除恶霸、救女性为主题，以实现社会自由平等的政治诉求。

2. 自我成长：从革命人格到理想英雄

"十七年"时期创作及改编的水浒戏中部分戏剧所塑造的梁山好汉承继了延安时期梁山好汉的成长叙事模式，同时与"十七年"时期红色经典小说如《红旗谱》《青春之歌》《三家巷》等成长叙事模式具有某种程度的相似性。红色经典成长叙事的基本模式是：作为历史主体的革命英雄（农民或知识分子）一开始处于天真或蒙昧状态，但在中国共产党的引导和培养下，历经劫难，备受考验，最终成长为无产阶级革命英雄。[③]而"十七年"时期创作及改编的水浒戏的革命英雄其成长并没有现代意义上的党派

[①] 范钧宏：《猎虎记》，北京宝文堂书店1955年版。

[②] 翁偶虹：《桃花村》，载中国戏曲研究院编辑《京剧丛刊（第48集）》，中国戏剧出版社1959年版，第1—84页。《桃花村》为新编古代戏。

[③] 姜辉：《革命想象与叙事传统》，人民出版社2012年版，第32页。

的引导和培养，反而格外凸显在两个方面：其一是梁山泊的吸引力和圣地化形象；其二是阶级敌人的残酷统治不仅使英雄好汉最终觉醒，而且也锻炼了英雄好汉的革命意志。从《野猪林》《血溅鸳鸯楼》《夜奔梁山》《猎虎记》《黄泥岗》可看出，脱离旧体制走上反叛的道路都需要梁山好汉逐渐认清统治阶级的本质属性及敌我之间不可调和的矛盾，只有彻底褪去对统治者、压迫者和剥削者的幻想心理，消除旧思想、旧观念，才能把梁山泊作为英雄好汉的逃难之地和实现自我价值的理想场。

需要指出的是，红色经典小说的成长模式更多地表现了无产阶级革命英雄从分离到考验到再生的过程，以精神洗礼后的重生为终点；而"十七年"时期创作及改编的水浒戏塑造的英雄人物是以精神皈依为终点，他们的成长实际上反映了一个叛逆、孤胆、仗义的英雄找到了回归之路。他们天生蕴藏着正义、行侠的民间文化种子，只需要外在环境突变以便破土而出、茁壮成长，像《野猪林》一剧中鲁智深"每日里挑水种菜闷煞胸膛"，英雄无用武之地，恰遇林冲因杀妻而助其复仇，一同奔赴梁山；《猎虎记》中的解宝解珍兄弟被官府士绅欺压乃至性命难保，反而使得孙立、孙新、乐和、顾大嫂等一干人马共同奔赴梁山；《黄泥岗》中阮小七唱"英雄无有用武地，只得打鱼度光阴"，白胜被抓后劫取生辰纲的诸位兄弟同上梁山。但是，《野猪林》中的林冲、《猎虎记》中的解宝解珍兄弟却经历了一番残酷的精神折磨和肉体考验。然而，即便不经受这一番折磨与考验，他们也未必不会走上梁山泊的造反道路。实际上，《野猪林》《猎虎记》的剧作者更多是要突出封建官僚的残酷统治，而不是为了展示英雄好汉的思想转向。梁山好汉的民间侠义本质上决定了他们无法与统治者为伍，他们接受不了所谓封建的正统观念。正如张真所言，观众相信这样的（富有强烈正义感的）人物是会与人民走到一条战线上来的，因此，《猎虎记》中的孙立被"作者巧妙地为他后来起义奠下了内在的、性格的基础"，从而"强调地描写了他们对不义行为的愤恨并坚决挺身起来干预的性格。这种性格，正是英雄的性格"。① "十七年"时期创作及改编的水浒戏中梁山好汉的成长模式实际上是英雄发现自我、认知自我和寻找自我的过程，只不过其觉

---

① 张真：《谈京剧〈猎虎记〉》，载《戏曲人物散论》，艺术出版社1956年版，第72页。

醒有直接与间接、平顺与曲折之分。就人物塑造来说，英雄好汉曲折生动的经历不仅展现了其人物复杂的心理变化和冲突，而且使得戏剧人物的艺术生命获得了完整性。梁山好汉的成长叙事比红色经典小说所塑造的革命英雄更具有历史的隐喻和象征意义，同样作为历史叙事题材，新编水浒戏剧的历史纵深感如同"红色英雄的这种成长、转化历程具有线形的、进化的特点"，因而"它又与历史相连结，而暗寓了历史的发展趋势"①。那么，"十七年"时期创作及改编的水浒戏的成长模式恰恰体现了唯物史观的发展轨迹，也明确昭示了阶级革命的胜利和阶级革命的归宿。所以，除《梁山遗恨》重在批判宋江投降主义思想之外，其他所有新编水浒戏剧以大团圆式的革命胜利为结尾。

"十七年"时期创作及改编的水浒戏中的梁山好汉在成长过程中，一改过去传统水浒戏及《水浒传》中孤胆、苦闷、自私、极端残忍和滥杀无辜的神经症性格，其英雄人物虽各具特色但大致善良、正义、乐观并极富革命激情。在《水浒传》中，英雄好汉"面对严酷的极权主义迫害或社会压力，心灵话语与社会话语发生了秘密解体，在作为身份的自我和作为角色的自我之间出现了脱节"②，他们往往经受不起权力的严刑拷打，也无申诉可言，求生的方式是落草做强盗。这一突变的心理过程使得英雄好汉以报私仇、求享乐为主要目标，不得不说梁山泊的大秤分金银、大碗喝酒、大块吃肉不仅仅是他们平均主义的享乐思想，也是人生的一种精神解脱乃至心理宣泄方式。像李逵等梁山好汉排头砍去式的滥杀虐杀表现出了强烈的神经症病态，"神经症是由恐惧和防御恐惧并试图找到解决冲突倾向所产生的心理困扰"③，因此，传统水浒戏及《水浒传》中的梁山好汉更多的是带有发泄目的的破坏型人格而非建设型人格。显然，新中国更需要一种积极乐观的建设型人格教育人民群众，以彰显英雄作为榜样的力量。"十七年"时期创作及改编的水浒戏在去封建化、去血腥化的同时，尽量压缩梁山好汉的暴力倾向以展示其革命的正面价值。固然从戏剧艺术的审美规范

---

① 方维保：《红色意义的生成：20世纪中国左翼文学研究》，安徽教育出版社2004年版，第196页。
② 朱大可：《流氓的盛宴：当代中国的流氓叙事》，新星出版社2006年版，第70页。
③ 〔美〕卡伦·荷妮：《我们时代的病态人格》，陈收译，国际文化出版公司2001年版，第13页。

来说，在戏剧史上身体暴力或性等两个领域一直是作为禁忌而受到压抑的，贺拉斯就反对在舞台上表现野蛮的暴力行动，认为过度的暴力会让观众感到不适和窘促。①新中国的革命英雄形象在一定意义上是革命信仰、革命理念和革命目标的代言人及行动者，这种走向新社会、新气象的革命英雄的塑造，需要用新的主题和语言，也需要以新的艺术手法表现。有人曾指出，有时"为了突出英雄人物的英雄性格，需要艺术的集中、夸张和把英雄人物理想化"②。这种革命的浪漫主义叙事策略在"十七年"时期创作及改编的水浒戏中得到了广泛的运用，塑造了许许多多乐观型的古典革命英雄形象。以《猎虎记》为例，顾大嫂已不同于《水浒传》中五大三粗、有脑无心的莽妇形象，其贤内助的形象令人耳目一新，顾大嫂不仅变得标致而且富有革命的智慧，巧设计谋营救解宝解珍兄弟；安娥的《黄泥岗》更是将吴用塑造成革命的指挥官形象，运筹帷幄并与阮氏兄弟、阮二妻子和渔民共同御敌，在谈笑之间赢得了革命的胜利。

其实，"十七年"时期创作及改编的水浒戏对李逵的塑造最为集中、夸张和理想化，李逵在《黑旋风李逵》一剧中救助王林女儿满堂娇之外，还帮扶"落后分子"李鬼改恶从善投奔梁山，凛然成为灰色人物的革命指路人。令人叹为观止的是，剧作者借用元代康进之《黑旋风负荆》一剧中李逵对美景的赞叹与赏析，也在其剧中展现了李逵超越现实世界的诗意浪漫心理。"道旁的杨柳换新装。风吹青苗成碧眼，遍野的桃花映斜阳；渔舟激动水波荡漾，有社燕与沙鸥往来飞翔。"这一番春光明媚、燕子旖旎的景象确实令人陶醉，非文人雅士怎可能说得如此意趣天成。安娥在《黄泥岗》中对石碣村水色风光的描写——"风吹绿水起波纹，朝迎红日暮送云。说不尽渔村风光好，一洼之水困煞人"，同样令人艳羡。在激烈紧张的战斗中，好汉们依然唱着"哪怕风狂浪又大，船儿飘飘趁红霞"。剧作家对于大自然的刻意描绘实际上是革命英雄浪漫主义气息的自然化和力量化，用自然美景来比附英雄人物的内心世界，不仅弘扬了革命英雄的乐观精神，而且彰显了革命英雄的一种超然人格。当然，对自然美的欣赏在某种程度上

---

① 〔德〕曼弗雷德·菲普斯特：《戏剧理论与戏剧分析》，周靖波、李安定译，北京广播学院出版社2004年版，第261页。
② 周宇：《关于正面人物的塑造和评价问题》，《文学评论》1963年第5期。

突破了对革命英雄主义狭隘的理解，拓展了"十七年"时期创作及改编的水浒戏的艺术想象空间和表现手法，同时再现了革命的自信力和革命的自由精神。有学者指出："英雄传奇既多虚构，而且其人物又是理想化了的英雄，所以免不了要用夸大的笔法，为他们的行为涂上一层怪异的、超常的或神奇的色调。"[①]《水浒传》是英雄传奇小说的集大成者，而"十七年"时期革命通俗小说大量采用英雄传奇叙事策略，塑造了一系列革命英雄形象。实际上，这种英雄传奇叙事手法在新中国成立后与革命话语相结合，形成了革命的浪漫主义创作方法并在文本结构中处于主导地位，主要用以激发革命的政治激情和支撑虚构现实的理论依据。"十七年"时期创作及改编的水浒戏塑造的古典革命英雄运用的还是英雄传奇叙事模式，将原本生龙活虎的侠义英雄变得智勇双全、文武相兼，愈加散发出一种独特的吸引力。

在传统水浒中，英雄好汉好打抱不平，除鲁智深这样无条件的行侠仗义之外，绝大多数属于"英雄爱英雄"之惺惺相惜。在"十七年"时期创作及改编的水浒戏中英雄好汉具有了一种天然的自觉性的行侠人格，如：《青面兽大战鲁智深》中，曹正劝杨志为民除害，杀掉"采花大盗，杀人放火"、人称"金眼虎"的胖大和尚邓龙，鲁智深更是"焉能坐视不管"[②]；在湘剧《时迁除害》中，"朱朝奉那个狗员外，催租逼债出庄来，乡邻们受苦遭灾害……狗员外吩咐抓人来抵债，抓了许多姑娘大姐与男孩"，"引动了杨雄石秀路见不平三拳两脚打了那狗才"，后来"只为穷人抱不平"的石秀和"打抱不平，正是英雄好汉的本分"的时迁一起为民除了害。[③]将英雄好汉放在充满阶级斗争的历史环境中，以"十七年"时期的时代主题和无产阶级理想性格塑造了一批历史的阶级典型，英雄好汉的背景被抹去或改造，抽取为人格单一的理想型人物，悬置于历史之上空，实质上导致英雄好汉的典型性格脱离了历史的典型环境，强化了历史剧的虚构性与错位性，无力表现历史的现实与精神，严重违背了失事求似的创作原则。

---

① 李杨：《〈林海雪原〉：革命通俗小说的经典》，载唐小兵编《再解读：大众文艺与意识形态》，北京大学出版社2007年版，第131页。
② 周俊臣：《青面兽大战鲁智深》，《上海戏剧》1960年第3期。
③ 陈曦、周章改编：《时迁除害》，载小型戏曲剧本集《李逵闹江》，湖南人民出版社1961年版，第58—59页。

3. 革命领袖：身份之痛与创作之痛

"十七年"时期创作及改编的水浒戏的世界里冒出三个梁山：王伦的梁山、晁盖的梁山和宋江的梁山。三位寨主的梁山代表了梁山的三个发展阶段，也因其寨主的价值观念、历史功绩不同而在英雄好汉的心中形成相异的江湖地位与人格形象。纵观"十七年"时期创作及改编的水浒戏剧作家的创作心态，对王伦为首梁山的评价普遍不高，基本上完全承继了《水浒传》对王伦的负面书写与塑造，而且这一形象在些许新编水浒戏剧中有所深化。翁偶虹在《夜奔梁山》（见图4-3）的"序"中明确写道："我的想法：王伦不妨用丑角扮演，但不应当只偏重滑稽，把他处理成一个单纯的逗笑人物。王伦之被清除于梁山，虽然水浒原文中已写出了他的罪恶，但是不够充实、具体。"因此，在翁偶虹看来，"必须把他写成为一个政治上的反动人物，才能构成一个合理的故事"，所以他"在林冲三立投名状时，写出了两个老百姓的痛苦，林冲牺牲了自己的投名状，而同情老百姓，间接地批判了王伦"。不仅如此，翁偶虹"在清除王伦时，先写出王伦的反间计；反间计失败，他又出卖革命而勾结官府"，这样"整个剧的主题就明确了"。① 具体来说，翁偶虹改编《夜奔梁山》拉开了新中国戏剧中梁山故事叙事对王伦批判的大旗，其第六场王伦一副小人得志、诡计多端的模样出现在戏剧文本中，"水泊梁山，称心如意；施手段，妙计连环，利用痴呆汉"，"念过几本书，认识几个字，耍些个小子，作（做）些个亏心事"。白衣秀士王伦并无多大才能，靠"三毛七孔心"和"心毒意狠"占据梁山，因此，心胸狭隘的王伦万般刁难乃至勾结官府谋害林冲，不料被林冲当机立断一刀了结，从此梁山头把交椅归仗义疏财、英雄相惜的晁盖。丁西林改编的话剧《智取生辰纲》，将以王伦为首的梁山叙述为一群"打家劫舍，抢掳来往客人"，且"把这泊子把住了，绝了我们的衣饭"与民争利的"强人"，直言王伦"心地窄狭，安不得人"。总之，王伦的梁山不怕天地、不怕官司，论秤分金银、异样穿绸锦，成瓮吃酒、大块吃肉，其快活也不过是个人享乐主义而已，并以其反衬托晁盖为民争利、仗义行侠、大公无私的寨主精神。"十七年"时期创作及改编的水浒戏对王伦的刻意批评，是否暗示了某种政

---

① 翁偶虹：《夜奔梁山·序》，上杂出版社1951年版，第1—2页。

治倾向或对文弱书生的一种集体性无意识贬抑,我们不得而知,但是以王伦为首的梁山不是一个真正的革命领袖所率领的英雄好汉群体,也不具备革命领袖应有的雄浑磅礴的气质和替天行道为黎民的革命精神。

图4-3 翁偶虹《夜奔梁山》

然而梁山第二任寨主晁盖深受"十七年"时期创作及改编的水浒戏作家们的喜爱,晁盖已在《水浒传》中树立了聚义举事、除暴安民的革命领袖形象,"十七年"时期的剧作者们进一步将其故事生动化、细节化,以加倍突出晁盖为民谋利、大公无私的革命情怀。丁西林在《智取生辰纲》前言中评论:"《水浒传》中第一条革命英雄好汉是谁?是晁盖而不是宋江。这是我的偏见么?不是。"他认为晁盖自始至终有雄心壮志,"是革命根据地梁山泊的奠基人",所以有晁盖而后才有梁山泊。在丁西林看来,晁盖将王伦"强人"般的梁山泊扭转成了"革命"的梁山泊,确定了梁山泊的革命思想和民生观念,其目标指向是夺取宋王朝的江山。同样,安娥在《黄泥岗》中以革命的浪漫主义手法塑造了以晁盖为首的英雄好汉劫不义之财为民的光辉事迹,但是,丁西林创作《智取生辰纲》意在抨击只想招安、不想革命的宋江。在丁西林看来,宋江"念念不忘的只是降诏,早日招安",这种反动的心理本意在报"不幸刺纹双颊,那堪配在江州"的私仇,因此,宋江不配做农民起义的"革命领袖",也不是革命英雄好汉。①实际

---

① 丁西林:《智取生辰纲·前言》,载《丁西林剧作全集》,中国戏剧出版社1985年版,第411—412页。

上，早在1950年孙联的《梁山遗恨》①一剧就大肆批判宋江的投降主义思想，其结果葬送了整个梁山泊不说，令英雄好汉白白牺牲了大半性命。这部作品直指宋徽宗为首的统治者的狠毒与反动，将所谓招安看作谋害绞杀梁山好汉的手段，认为"忠义"封建思想浓厚的宋江一心想着"飞黄腾达侍君王"，结果在结尾处宋江忏悔道"悔不该不听众家兄弟的劝，一心妄想封妻荫子享荣光，宋江死不足惜，最可叹百余兄弟遭祸殃"②，以宋江反省作为反面教材教育革命志士和人民群众。

同年，杨绍萱的《新大名府》中的宋江是一位坚定的革命者和革命领袖人物，"要与人民解倒悬"③，其运筹帷幄、调兵遣将得心应手，文武兼备；《大破东平府》《黑旋风李逵》《李逵探母》中宋江皆以"革命领袖"的形象登临舞台。《大破东平府》是一部"介绍城市地下工作的经验教训的剧本"④，但作为梁山寨主的宋江出场亮相、谋划计策，令王定六前去卧底，又调兵遣将擒拿董平，之后劝说董平共同替天行道，其领袖风范跃然纸上。周信芳的《乌龙院》中的刘唐说"及时雨仁义广，真不愧侠义肝胆好汉是宋江"⑤，为宋江杀死阎惜娇找到了合理的依据和开脱。安娥在《黄泥岗》中力述晁盖等英雄的革命精神，但对宋江无任何非议。然而，到了1962年丁西林却旗帜鲜明地直斥宋江的奴才心理和投降思想。其实，自《水浒传》诞生以来，宋江一直是一位颇受争议的艺术人物形象，虽然新中国成立后《水浒传》的革命地位被持续提升，但史学界、文艺界等针对宋江褒贬不一的批评从没有停止过。

实际上，纵观中国传统社会政治，招安尚且能够被容忍，投降或为贰臣在任何朝代皆被诟病，更何况本身打着"替天行道"旗帜的梁山领袖，不仅不反对天子，还被招安去打方腊等农民起义军，这是作为以工农联盟为基础的革命政党所无法忽视的文学现实。对中国共产党来说，无论是招安还是投降，都意味着违背了革命政治伦理和战争原则，保持政治纯洁性是保持其党性的先决条件，也是维护新政权历史合法性的基础。然而，宋

---

① 孙联：《梁山遗恨》，通俗文化出版社1950年版。
② 同上书，第49页。
③ 杨绍萱：《新大名府》，新戏曲书店1950年版，第1页。
④ 李衡：《前言》，载《大破东平府》，西南人民出版社1951年版，第1页。
⑤ 周信芳整理、品仲协助：《乌龙院》，中国戏剧出版社1960年版，第26页。

江的特殊在于他尽管是投降者,但也是"革命领袖",这就为广大的文学戏剧批评者和戏剧创作者留下了巨大的艺术批评空间和想象力。然而,在主流意识形态全面主导的"十七年"时期,戏剧家的创作与想象余地十分有限,不可能逾越革命—政治二元结构而完全遵循艺术的规律发挥其才能,他们必须在革命—政治二元结构的缝隙中寻求艺术的释放,但更多的是阐释党的政治文艺观点以及配合相关的政治运动。

应该说,早在1948年前后,解放区胶东文协创编的两部水浒戏《浔阳楼》和《丁甲山》就对宋江这一戏剧角色做了不同的艺术处理。《浔阳楼》尽管围绕救宋江而展现了一场梁山与官府之间的革命性斗争,但宋江乃一个前程利禄挂心头的"灰色人物"[1];《丁甲山》则彰显了宋江的英明形象[2]。"十七年"时期创作及改编的水浒戏对宋江"革命领袖"形象的塑造在1959年以前一直保持着两面性:既有赞颂其领袖形象的戏剧,也有刻意降低或回避"革命领袖"形象的戏剧。1959年以后,宋江在水浒戏剧中的"革命领袖"形象逐渐消失乃至被晁盖所取代。究其原因是"十七年"时期历次政治运动对宋江这一历史人物的政治态度和道德评价不尽相同,以至知识界对宋江的评判产生了截然相反的两极化倾向,或肯定或否定。事实上,自延安时代起,知识分子作为革命的一分子就被逐渐纳入政治体制内,1949年新中国成立后,作为文艺工作者的知识分子,无论是文艺批评者还是创作者,在继续接受党的文艺思想、文艺政策改造其意识的同时,被全面纳入国家政治体制当中,将创造"新的人民的文艺"以及为工农兵服务、为社会主义建设服务作为唯一的任务。与此同时,社会主义现实主义成为文艺创作者的基本方法,人民性与党派性、革命性、阶级性的高度融合,成为"十七年"时期衡量文学戏剧创作水平的重要指标,塑造无产阶级英雄人物成为新的美学规范和中心主题。因此,脱离生活实际的概念性、公式化、政治性创作普遍泛滥,对党的文艺思想以及文艺政策的政治式图解是戏剧作品的主要创作倾向。就戏剧而言,1948年11月23

---

[1] 叶明:《浔阳楼》,载胶东文化协会主编《平剧新编集(第二辑)》,华东新华书店胶东分店1949年版。

[2] 姚冀:《丁甲山》,载胶东文化协会主编《平剧新编集(第一辑)》,华东新华书店胶东分店1949年版。

日《人民日报》发表社论《有计划有步骤地进行旧剧改革工作》①拉开了"戏改"工作的序幕,新中国成立后党的文艺管理部门积极推进,在"改戏、改人、改制"等方面取得了颇为丰硕的成果,加之杨绍萱的《新大名府》、黄铸夫的《新渔夫恨》等作品被定性为"反历史主义"作品,遭受强烈的批判。这一切使得作家在创作时不仅谨小慎微,而且往往依据政治时局而进行创作。作为梁山泊英雄好汉的领袖人物宋江,因其招安一事随着极"左"思潮的不断泛滥,终于被钉在投降主义分子的柱子上,这种影响一直持续到改革开放初期的水浒戏的创作及改编。

"十七年"时期戏剧中宋江的身份之痛,恰恰表现出此一阶段剧作家的创作之痛,面对单一政治主导下的艺术创造,他们在创作思想上的分歧极有可能被当作政治分歧而遭受批判。但就艺术审美而言,宋江这种原型人物因其历史考证身份、古典小说形象、戏剧艺术角色等多种传统因素形成的丰富性、复杂性、多样性形象,却成为艺术家们用之不竭的资源,为20世纪中国水浒戏的创作及改编提供了诸多艺术探索的可能和尝试。

4. 英雄的面目:正义之父

从生物优势性来说,父亲因其雄性特征和强者形象较早地在人类家庭生活中确立了主体性地位,特别是在传统社会父亲不仅具有生育、抚育和支配孩子的权利,也似乎有终其一生保护孩子的义务,对嫁出去的女儿而言,中国民间"舅家为大"的传统文化与习俗,则彰显了父家的保护意识和重要地位。《诗经·小雅·蓼莪》中"无父何怙"诗句就突出了女儿对父亲的依靠性,加之千年以来儒家文化的权威性,父亲在传统家庭中的地位愈显重要,父亲作为家庭的精神支撑已在广大子女内心树立了牢不可破的强者形象和话语权力。因此,由于父权与君权的家国同构关系,以父权为主体的"家族制度为专制主义之根据"②,受到五四新文化运动先驱者们的激烈批判,胡适的《终身大事》以倡导自由成为现代戏剧对父权的首次反叛。实际上,父亲形象从革命文学开始得到了广泛性的改造。通常情况下,父亲在弃家叙述中呈缺席状态,这种缺席有两种情况:一是父亲已去

---

① 《有计划有步骤地进行戏曲改革工作》,《人民日报》1948年11月23日。
② 吴虞:《家庭制度为专制主义之根据论》,《新青年》1917年2月第2卷第6号。

世，二是对父亲有意忽略。甚至可以说，20世纪30年代的革命文学中，如果父亲在革命中是在场的，他们往往以一副革命者所憎恨的反对者的面目出现，甚至沦为"被革命"的对象。① 而延安时期以《白毛女》《王贵与李香香》等革命文艺作品为代表形成了父亲及其家族被懦弱化的叙事方式，从而彰显了恶霸的歹毒与罪恶。而且，新中国成立初期革命文艺作品在创作或再加工过程中，持续不断地强化了父亲在经济地位、政治关系和精神气质上被懦弱化的现象，如1949年新华书店出版的五幕新歌剧《白毛女》对比1947年7月前后出版以及1949年5月版的"中国人民文艺丛书"中六幕歌剧《白毛女》文学剧本，将杨白劳"喜儿之父，佃户"改为"地主黄世仁家之佃农"。②

"十七年"时期的新编水浒戏剧承继了延安时期革命文艺中父亲角色被懦弱化的叙事模式，基本呈现为三种态势：一是穷苦的父亲被懦弱化，二是父亲的缺位，三是有钱或有势的父亲作为反对者形象出现。父亲作为强者形象出现的新编水浒戏剧唯独只有各种剧种及其他版本的《打渔杀家》，《打渔杀家》中的父亲萧恩原本为梁山好汉阮小七，却经常被塑造为老弱灰心或仍对统治者抱存幻想的形象，较之李俊、倪荣等革命式的人物，萧恩在被辱最终绝望之后，才联合李俊、倪荣以及渔民走向反抗的道路。与贫苦人家的父亲不同，萧桂英的父亲早已超越了家庭之父的重要角色和伦理意义，以家庭之父与革命英雄的双重角色屹立于戏剧舞台。然而在现代诸多版本的《打渔杀家》中萧恩也曾因年迈而懦弱过，但终究在李俊、倪荣二位英雄的鼓励和经济资助下，毅然决然地掀起暴力反抗。

1950年周玑璋修改版的《黄泥岗》③由新华书店重印。剧本前七场叙述了两个穷苦家庭的不幸：梁世杰横征暴敛，为替岳父蔡京做生日向百姓索取生辰纲，又加上其他苛捐杂税，百姓苦不堪言，孟父因无钱交而上吊自杀，其子年幼无知；孙母因无钱可交儿子被抓，差一点卖掉女儿赎取儿子，后被刘唐劫牢所救。被懦弱化的孟父自杀并留下年幼孤儿，孙母之子

---

① 李跃力：《中国现代文学中的"革命话语"研究——以1930年代为中心》，（台湾）花木兰文化出版社2015年版，第152页。
② 王荣：《调整与改造：从"新歌剧"到"新中国电影"的确立——论1949年前后〈白毛女〉文学剧本的修改与改编》，《陕西师范大学学报》2013年第5期。
③ 周玑璋：《黄泥岗》，新华书店1950年版。引文均参见此书。

孙刚本应在家庭地位中成为取代父亲形象的强者,也因被抓而使得整个家庭陷入悲剧。父亲形象的被懦弱化直至缺席都使得两个家庭成为被同情和被严重损害的对象。同样地,《东平府》中一家三口之父老汉无钱无粮交人头税,被打入大牢,后被放回令其筹款交税,路遇李逵、燕青收购粮食回梁山,赠送老汉钱粮若干,不幸又被官差发觉,因东平知府赵堂欲抢亲秀英,老汉用缓兵之计去梁山求救,正义得以彰显。《黑旋风李逵》里满堂娇父亲王林面对恶霸抢亲也成为被懦弱化的戏剧角色;《三拳打死镇关西》中金翠莲母亲病逝,父亲金老汉年迈无力,终究被恶霸郑屠欺骗,女儿进而被讹诈,使得父女俩卖唱为生;而《李逵探母》中由于父亲的缺位造成长兄李达赌博、不孝和无赖化的性格;《花田错》中的刘德明更是走向反动,图谋与县太爷攀亲,视女儿为其私有经济财产,在血缘上割裂了父女关系。"十七年"时期新编水浒戏剧除《打渔杀家》以外,其父亲形象几乎没有完整的正面角色与价值意义,更未看到父亲背后家族的身影或亲如手足的家庭伦理道德下的兄弟姊妹关系。可见,"十七年"时期新编水浒戏剧中的家庭伦理关系堪忧,即使《黄泥岗》中有一儿一女的孙母也差点因重男轻女而酿成女儿的悲剧。对残破的家庭伦理的叙事既能彰显司法腐败、恶霸横行、贪官污吏统治下的世界,幸福安康之家成为人民群众的一种奢望和妄想,又能借此以突出革命英雄作为强者成为残破之家的救星。

革命英雄救星之举取代了传统家庭伦理建设中父亲的强者角色,以正义的名义锄奸惩恶,恢复家庭的伦理秩序和日常生活状态。蔡翔曾指出,父亲实际上被分裂为原始父亲与现实父亲,原始父亲泛指理想的道、天、祖先、传统等,现实父亲则意味着人间既定的君主、家长等。对于革命话语抑或国家意志而言,原始父亲使他们拥有最高的精神凭借,从而批评天下乃至改造现实。[①]事实上,原始父亲与现实父亲也是一种儒家式父子关系,当现实父亲被懦弱化以致缺位的时候,原始父亲则需要以正义名义恢复现实父亲的家庭角色和伦理地位。在儒家伦理被批判乃至被清除之后,象征革命话语和国家意志的革命英雄人物则充当了原始父亲的角色,

---

① 蔡翔:《父与子——中国文学中的"父子"问题》,《文艺争鸣》1991年第5期。

开始对社会和家庭伦理秩序进行整合和改造。这一隐喻的关系在评剧《鲁达除霸》[①]中表现得格外明晰。当鲁达听到金翠莲的苦情愤怒之余,金翠莲唱道:"大爷为人真仗义,救人的难来救人的急。走近前来跪倒在地,我认你做干爹你认我做干闺女。"随后,有了鲁达打掉镇关西的狗仔赵步明两颗牙齿,金翠莲说道:"义父之恩,女儿拜谢!"《东平府》中的表述也十分直观,父亲老汉说道:"想那梁山的好汉,讲的是替天行道,除暴安民。为父前去求救,焉有不来之理。"女儿秀英唱道:"占山王倒作了打虎的好汉……死里逃生见青天。"纵观"十七年"时期的新编水浒戏剧,无论是周玑璋的《黄泥岗》,还是其后的《黑旋风李逵》《三拳打死镇关西》《桃花村》《李逵探母》等戏剧,梁山好汉作为革命英雄都充当了原始父亲的角色,安民除暴。实际上,《李逵探母》中无赖、不孝而且想谋害亲兄弟的李达,其罪难舍,李逵在家庭中承担了替父行道的重要角色,只不过迫于血缘亲情难以下手,反而是梁山兄弟替李逵除掉了心术不正的兄长。这种看似较为特殊的手刃手足的叙事方式,本质上仍然演绎了一段父亲惩罚不孝儿子的传统故事。

李逵默许杀兄的行为已经逾越了传统儒家父慈子孝、兄友弟恭孝悌伦理的原则,这种过激的惩罚行为是依据革命的正义观念,结果是以暴制暴。水浒中好汉的安民除暴实际上套用了统治阶级镇压造反力量的政治术语,将一切违背统治秩序的人或集团看成暴力分子。在梁山好汉看来,违背天道的贪官污吏、恶霸地主实属于虐待百姓或镇压人民群众反抗的暴力集团,以暴制暴是斗争的主要手段。"暴力,用马克思的话说,是每一个孕育着新社会的旧社会的助产婆;它是社会运动借以为自己开辟道路并摧毁僵化的垂死的政治形式的工具。"[②]政治的正义性给了暴力的合法性和正当性,因此,整个"十七年"时期的新编水浒戏剧对水浒本事中暴力的叙事不仅没有降低强度,反而有所抬升。《李逵探母》中对兄长的杀死即为一例,包括《黑旋风李逵》中李逵将恶霸剁成肉酱,杀了个痛快,《三拳

[①] 成兆才编剧、刘芳田收藏、李岱整理:《鲁达除霸》,吉林人民出版社1958年版。引文均参见此书。

[②] 〔德〕恩格斯:《反杜林论》,载《马克思恩格斯选集》(第3卷),人民出版社1972年版,第223页。

打死镇关西》《鲁达除霸》中鲁达打死恶霸,《猎虎记》中强烈的复仇欲望和杀戮行为,《乌龙院》中对阎惜娇的杀死,安娥的《黄泥岗》中的斩杀等,几乎每一部作品都叙述了革命英雄的正义暴力。革命的正义之父早已取代了传统社会的原始之父而补位于现实之父的缺席。正义作为一种真理,"从政治视角看,真理有一种专制的特征",它"专横地要求被承认并排除争论"。①在正义之父专制、专横的要求下,梁山好汉对自己所厌恶的对象施以暴力手段是完全有道理的,"因此在放纵其残忍的冲动时也就更自负了。这是私刑处罚的心理,也是以别的方式处罚罪犯的心理"②,封建统治者的司法腐败迎来的是梁山好汉的私刑泛滥。

但就"十七年"时期新编水浒戏剧的现实意义来说,以历史隐喻和历史叙事宣扬革命正义与革命暴力,往往容易产生过激行为,对个体生命带来无尽的痛苦,因为"民主专政教化对人的惩罚依据是个人生命之外的历史道义",而"这种制度的教化让人习惯于对个体生命的冷漠"。③并且排斥资产阶级"人情味"、强调"阶级性"的艺术倾向,来源于无产阶级意识形态立场。对"人情味"及对"阶级情"的弘扬,在中国的革命现实历程中,又有着坚实的生活基础。④长期的封建统治和封建痼疾的存在,确实造成广大底层民众经济基础十分薄弱,相互认同、抱团、扶持以及政治上的抗争成为劳苦大众的普遍心理诉求。然而,相对于对阶级敌人的冷漠,对革命兄弟的过度热情也会造成革命与道德伦理之间的模糊性,道德律令对革命对象的惩罚是严厉乃至残酷,而对革命者或潜在的革命者则既往不咎,宽厚仁慈。《黑旋风李逵》一剧中拦路抢劫的李鬼因孝顺老娘而受到李逵的同情,被招至梁山;《桃花村》一剧中强抢民女的周通后经鲁智深劝告,得以幡然醒悟、道德忏悔,则被免去了惩戒。《李逵坐衙》⑤中李逵性情鲁莽,违反山规将令私自下山,又中途泄露梁山消息,以致宋江等梁山好汉被困寿张县,被神州总制王宏苦苦追杀,后李逵承认错误、众人讲情,宋江饶恕李逵,一同回山。革

---

① 〔美〕汉娜·阿伦特:《过去与未来之间》,王寅丽、张立译,译林出版社2011年版,第224页。
② 〔美〕伯兰特·罗素:《自由之路》,李国山译,西苑出版社2003年版,第207页。
③ 刘小枫:《沉重的肉身》,华夏出版社2004年版,第234页。
④ 高波:《"无产阶级英雄形象"何以要排斥"人情味"?》,《戏剧》2010年第3期。
⑤ 朱慕家:《李逵坐衙》,北京宝文堂书店1954年版。引文均参见此书。

命兄弟情义在得以颂扬的同时，革命兄弟内部因革命正义而使得道德一体化和单一化，革命兄弟的暴力道德律令只发生在革命对象身上，作为施暴者的革命英雄自身则不受道德的约束。这其实是正义之父的真实面目。

第三节 淫妇、女汉、佳人

1. 淫妇

延安水浒戏剧中的道德伦理，充分体现了集体主义政治观及其群众唯物史观。尽管《武大之死》中的潘金莲，因受"五四"以来新女性观念以及欧阳予倩、田汉等著名剧作家对潘金莲形象的现代性阐释，编剧王一达在处理这一形象时还是做了较大的改动。潘金莲在传统水浒戏及《水浒传》中不仅被视为淫荡的化身，同时也是杀死武大郎的主凶之一。而王一达以阶级论为依据，格外突出潘金莲作为一名被压迫的妇女形象。潘金莲因迷惑于西门庆的爱情才受其勾引，且在忏悔之后又因王婆下药毒死武大郎而悔罪自杀。潘金莲心地善良、品格高洁，是被侮辱和被损害的封建下层妇女。潘金莲的自杀，实际上解决了个体道德与集体道德、淫妇与英雄之间的逻辑缝隙，却刻意回避了对剧中唯一的被压迫妇女命运的人文观照。对潘金莲这种阶级性的认同，为后来"十七年"时期水浒戏中潘金莲形象的塑造提供了一种样式。

实际上，"十七年"时期的新编水浒戏剧中最富争议的女性形象还是潘金莲等赫赫有名的"水浒淫妇"。潘金莲等是否应得到一个女子该享有的爱情，不仅在作家笔下引起不小的争议，也成为批评家热衷讨论的热点、焦点。1950年的"工农兵文艺丛书"收录的《血溅鸳鸯楼》[①]一剧，通过孙二娘的口就潘金莲毒杀武大郎一事做了"翻案"，将武大郎的死归于西门庆和王婆，认为潘金莲只是婚姻不幸又经受不起西门庆的威逼利诱，武松也因此"悔之晚矣"。其后《武松与潘金莲》[②]一剧在情节上最具有突破性：女主人公潘金莲原为张大户的婢女，张大户要将其纳为小妾，遭到了潘金

[①] 刘梦德、孙联：《血溅鸳鸯楼》，群益出版社1950年版。
[②] 胡涌：《武松与潘金莲》，汇文书店1954年版。

莲的拒绝。潘金莲痛恨有钱有势的富人，向往一夫一妻的美好婚姻生活，但是怀恨在心的张大户却将潘金莲嫁给了相貌生得最丑的男人武大郎。潘金莲与武大郎夫妻恩爱有加，潘金莲不幸遭受王婆暗算，被西门庆玷污，之后王婆、西门庆二人又设计毒死武大郎。背负杀夫之仇和奸污之辱的潘金莲向武松痛斥、控诉恶霸西门庆和"老猪狗"王婆的罪恶，随后武松替兄嫂复仇。剧本结尾潘金莲自杀以身殉情。潘金莲一改传统水浒戏及《水浒传》中的淫妇形象，成为揭露恶霸地主的"阶级兄妹"。在潘金莲看来，有钱有势的富人必然本质恶劣、道德堕落、干尽坏事，穷苦之人一定心地善良。正是这种阶级的观念使得穷苦人家出身的潘金莲能够感同身受，认同阶级的情感和道德，满心欢喜地愿意与最丑的男人结合，誓死不接受阶级敌人的威逼利诱。将爱情阶级化是"十七年"时期文艺创作的一种普遍的叙事方法，爱情宣言本身就是一种阶级认同和政治话语，阶级的门当户对和阶级情感才是爱情婚姻幸福的基本保障，否则任何人的爱情、婚姻都无幸福可言。

图 4-4　胡涌《武松与潘金莲》

　　就"十七年"时期的主流意识形态来说，无产阶级认为，要真正解放妇女"只有彻底摧毁一切剥削的阶级根源"①，即解放妇女乃至实现男女平等、爱情婚姻的自由，必须先打倒和消灭压迫阶级、剥削阶级等包括资产阶级在内的统治阶级。那么，这一逻辑起点决定了戏剧家创作的爱情婚姻

---

① 龚义江:《几个传统剧目中的婚姻与爱情问题》,《上海戏剧》1961年第10期。

题材作品，必须以阶级斗争取得胜利作为妇女爱情自主和婚姻幸福的前提。《武松与潘金莲》一剧中，正是张大户、西门庆和王婆这等恶霸压迫，才使得潘金莲与武大郎本该幸福的婚姻走向毁灭，正如潘金莲唱道："郎君娘子在一起，苦吃苦穿都完全，待等叔叔回家转，再把这血仇账来算。叔叔知道受冤屈，定要替你报仇冤，哪知晓与郎姻缘成孽缘，被贼害得如此惨。"因此，除掉为虎作伥的恶霸才是穷苦人家爱情婚姻的保障，毕竟"就像西门庆恶贼，他能霸占人家妻子，他能更改国家王法，他能埋没人的良心"。这也正是许多剧作家替"淫妇"大做"翻案"文章的最为重要的理由。

事实上，关于如何认知和塑造潘金莲形象及其社会价值的争论较为激烈，当时有评论者指出："我们重视人的阶级出身，对于许多历史人物也应该重视他们的阶级出身，但这并不是说，在肯定了一个人的阶级出身之后，对于这个人的看法，即从此绝对一成不变。我们除了看人物的阶级出身以外，更重要地还要看他以后在身上的行为是否符合其出身阶级的利益，是忠实于原来阶级，抑或是投降于敌对阶级。"虽然潘金莲出身贫苦，也不是一个天生的坏女人，但是潘金莲"已经完全失去其原来阶级的善良本性，而是充满了封建统治阶级的残酷、腐朽的思想意识了"[①]，因此，潘金莲的罪恶是不能令人原谅的。同样地，有人在评价河北"翻案"评剧《武松与潘金莲》时也指出，潘金莲"荒淫的性格和谋害武大的罪行，无论如何是擦不掉的"[②]。在部分评论者看来，潘金莲这一淫妇、毒妇形象已经在现实主义伟大作品《水浒传》中定型，新编水浒戏剧没有必要为其大做翻案文章。即使评剧《武松与潘金莲》中把潘金莲塑造成一个爱情至上主义者，本质上也是"宣传了资产阶级恋爱至上、杯水主义等唯心观点"[③]，也不符合无产阶级的爱情观和婚姻观。关于无产阶级的爱情观与婚姻观，当时有人认为"无产阶级肯定妇女为争取爱情幸福而进行的斗争，但颂扬爱情的坚贞，反对纵情放任，因此与资产阶级恋爱观是有根本区别的"。在他看来，资产阶级的恋爱观是基于金钱而形成的腐朽享乐的恋爱观，纵情享受，游戏感情，

---

① 正平：《谈评戏〈武松与潘金莲〉中的潘金莲》，载《戏曲杂谈》，河北人民出版社 1957 年版，第 37 页。
② 张凤村：《谈〈武松与潘金莲〉》，载《戏曲杂谈》，河北人民出版社 1957 年版，第 23 页。
③ 同上书，第 25 页。

而无产阶级爱情观"崇尚专一,反对朝三暮四,也是人民的道德标准之一。所有这些,至今还在人民的生活中起着作用",因此"不能一概简单地把它归之于封建思想范畴中去"。① 由此可见,依照无产阶级的爱情观和婚姻观,《武松与潘金莲》一剧中塑造的潘金莲形象符合主流意识形态的要求和原则,既有阶级出身的身份属性,又能够与武大郎夫妻恩爱崇尚专一。尽管爱情的排他性使得夫妻之间有责任和义务履行专一的爱情信条,但是对以阶级意识为基础而形成的爱情婚姻所表现出来的绝对的专一,实际上无视爱情、婚姻的自由性和个体欲望的独特性,反而容易造成更多的家庭悲剧。

值得注意的是,1953年徐元吉依据《水浒传》改编的高腔《武松与潘金莲》,对潘金莲以淫荡妇视之,被武松杀死。当时流行的汉剧《杨雄醉归》同样把潘巧云塑造成一个虚伪、刁钻、淫荡、狠毒的女性形象,有评论者就认为"她死在烈性的石秀、积怒的杨雄的刀下,是丝毫也不冤枉的"②。周信芳的《乌龙院》也将阎惜娇塑造成十恶不赦的淫妇形象,即使同时期的传统戏本《活捉三郎》也难躲过被批判的命运。该剧讴歌了阎惜娇至死不渝的爱情,阎惜娇生前不能与张文远做长久夫妻,死后变成鬼魂也要去追捉张文远。戴不凡却在《"人鬼同台"及其他》一文中赤裸裸地写道:"她为了爱情,居然不管宋江,不管梁山的死活。这个戏歌颂的是一个古代反革命婆娘的爱情。"③在这一观点拥有者看来,"淫妇"在某种程度上维护了封建阶级的统治或者作为恶霸们的帮凶而存在,其政治立场与"人民群众"和"英雄好汉"是对立的。可见,淫妇的角色功能主要在于反衬革命英雄的伟大精神和高贵品质,那么淫妇们必然成为"鼓舞人民在革命斗争与生产劳动中的英雄主义为首要任务"的"牺牲品"。④由此看来,《武松与潘金莲》一剧潘金莲最后为武大郎而殉情,且不论其是否存在封建式的男权思想和夫权思想,作者最直接的创作动机表明了爱情对阶级的高度认同性、依附性。

---

① 龚义江:《几个传统剧目中的婚姻与爱情问题》,《上海戏剧》1961年第10期。
② 刘乃崇:《可怕的灵魂——看汉剧〈杨雄醉归〉》,《戏剧报》1960年第2期。
③ 戴不凡:《"人鬼同台"及其他》,《陕西戏剧》1959年第2期。这篇文章是作者在西北五省(自治区)第一届戏剧会演中一次发言的续稿。
④ 政务院:《关于戏曲改革工作的指示》,载中国共产党中央文献研究室编《中华人民共和国成立以来重要文献选编》(第2册),中央文献出版社2011年版,第225页。

需要提醒的是，"十七年"时期的新编水浒戏剧浮现出多部大胆歌颂女性自由意志和个人解放的作品，相对于解放妇女又将妇女的个人生活和爱情婚姻纳入阶级斗争意识形态机制内，些许作品实在难能可贵。举例来说，由河北"翻案"评戏《武松与潘金莲》中，在全盘接受欧阳予倩话剧《潘金莲》创作思想的基础上，更是将潘金莲的爱情推向极端。潘金莲指出杀害武大郎的三个凶手之一就是武松，潘金莲说："你我同桌饮酒，我用言语打动于你，是你不允反出恶言，自那时我就恨你恨到了极点，爱你爱到了十分。"潘金莲还辩解自己与西门庆通奸，就是因为她"看见他就想起了你，他好像你那样的英雄，那样的气概，那样的好看"。潘金莲这种如痴如醉、全无自我的爱，宁愿死在武松的钢刀之下，以实现对爱的升华和生命的完美结局。

> 潘金莲　心早就给你了。你来看。我这里有很红很热的一颗心，你拿了去。我死后变牛变马，剥下了皮做成靴子，穿在你足下温暖了你，我死在你手也情甘意愿。二郎！我爱你！我爱你！我实实地爱你！①

潘金莲这种疯狂、病态的爱反而形成一种对水浒英雄好汉批评的话语叙述：英雄的残暴以及人道情怀的欠缺。正如学者刘小枫指出："如果从生命个体的偶在性出发思考伦理问题，首先得面对个体人的性情，而不是一些已成文的教导人应该如何的道德命题。"②一些大胆的剧作家能够从人性和爱情自由的角度重新阐释水浒戏及富有争议的"淫妇"，不仅是坚持了艺术创造的独立性和思想性，且在真正意义上为女性的解放和婚姻自由做到了教育人民的目的。但是，这种"翻案戏剧"并非"十七年"时期水浒改编戏剧的主流，也不可能具有相对宽松的政治环境使其长足发展，毕竟，"淫妇"形象因水浒戏及《水浒传》的传播早已根深蒂固地存在于剧作家、批评家的思想深处，而且淫妇们自身的道德行为也的确值得商榷。

---

① 转引自邱真《评戏〈武松与潘金莲〉中的问题》，载《戏曲杂谈》，河北人民出版社1957年版，第23页。

② 刘小枫：《沉重的肉身：现代性伦理的叙事纬语》，华夏出版社2004年版，第248页。

2. 女汉

延安水浒戏剧中作为女性反抗形象有两位独领风骚：一位是林冲的妻子，另一位是《打渔杀家》里的萧桂英。林冲妻子用自杀的方式抗议和控诉以高俅、高衙内父子为代表的统治集团的罪恶，萧桂英则更多地表现为一个积极反抗压迫和侮辱的女性形象。据说《打渔杀家》是毛泽东最为钟情的传统戏曲之一，毛泽东曾多次从穷人造反的角度给以评论。1948年晋绥边区平剧团演出《打渔杀家》之后，毛泽东很有兴致地评论道："敢于同压迫、剥削穷苦平民百姓的官府做斗争，敢于反抗，这是值得赞扬的。但是只有他们父女二人，单枪匹马，力量太单薄了。"[①] 新中国成立后《打渔杀家》也是被艺术家不断翻新和改编的最为流行的水浒戏之一，无论是1953年马少波改编的《打渔杀家》，抑或1958年李少春与中国戏曲研究院编辑处共同整理的《打渔杀家》，都大体延续了传统演出本的叙事结构和人物塑造方式，萧桂英的反抗形象无太大变化，其角色功能主要展现了从犹豫到坚决革命态度的转变过程。1959年倒是有两部《卖艺访友》出现。一部是中国京剧院改编的，旨在表现萧桂英等合力剪除恶霸阎三豹及其爪牙的勇武精神，其中萧桂英与阎三豹的格斗场景展现了梁山后代的高超武艺与爱抱不平性格；[②] 一部是樊放改编的喜剧，肖桂英与梁山小头目阮三爹交手后被其直呼"好一个女豪强武艺高，好一个女豪杰拳脚好，打得我难招架前后忙……"，萧桂英的真正目的是寻找夫君花蓬春共图梁山大业。[③] 这两部戏一正一谐，进一步强化了萧桂英的女豪杰形象，又展现了其坚定梁山大业的一面，尤其是后者中的喜剧形象颠覆了以往对女英雄铁汉式的塑造，而是多了几分女性的细腻、情长、幽默与风趣，别开生面，突破了萧桂英以往的单一形象。

林冲妻子张氏在李少春《野猪林》中，较之延安时期的《逼上梁山》更具悲剧性，以舞台自刎的方式表达对爱情的忠贞和对权奸恶霸罪恶的强烈控诉。越剧《野猪林》中的张贞娘刺杀高衙内不成，随之自杀而亡，表现了其

[①] 盛巽昌：《毛泽东与戏曲文化》，广西人民出版社1998年版，第34页。
[②] 中国京剧院改编：《卖艺访友》，载陶君起编著《京剧剧目初探》，中国戏剧出版社1963年版，第256—257页。
[③] 樊放：《卖艺访友》，北京宝文堂书店1959年版。

刚烈的性格;①其后红枫改编的越剧《林冲》中张贞娘富有大丈夫气概,长亭送别为夫宽心,后刺杀奸贼高衙内不成,殉情于林冲。②张贞娘对恶霸奸贼的反抗越来越强烈,其性格由软弱变为刚烈英武,体现了一个时代被压迫女性的政治要求与人格力量。就其人物个性而言,《黑旋风李逵》一剧同样塑造了一位本性强悍、誓死反抗恶霸的女性满堂娇。满堂娇被假宋江曹登龙掳掠之后,怒斥恶霸:"恨贼子丧天良豺狼成性,设奸计他将我抢进府门。想起了老爹爹泪珠难忍,千愁万恨箭穿心","虽然是遭毒打苦刑难忍,他要我成婚配万万不能","他若再来逼迫,我只有一死相拼"。满堂娇以绝食、撕衣、扔首饰、摔冠等方式发泄愤怒、表达仇恨,其倔强、坚贞、疾恶如仇的形象溢于纸上。萧桂英、林冲娘子及满堂娇等女性反抗形象在"十七年"时期新编水浒戏剧中的被持续创造,既坚持了五四新文化运动以来的人道主义思想,又是新中国倡导男女平等、促进女性觉醒、提升女性地位等社会政治举措的具体体现。新中国成立半年后颁布实施的第一部法律就是《中华人民共和国婚姻法》,对保护女性权益及女性婚姻自由具有巨大的历史进步意义。进步观念的传播仍需要剧作家创作群众喜闻乐见的艺术形式,但不可否认的是,"十七年"时期新编水浒戏剧塑造的女性反抗形象基本上延续了以阶级斗争为核心思想的叙事范式和审美要求,女性反抗形象的塑造还未能进入与人民群众密切相关的日常生活和女性自身最为关切的个人发展领域,依然是在政治话语层面充分开展阶级仇恨的叙事模式。

新中国成立后新编水浒戏剧提升及美化好汉英雄的夫妻关系始自杨绍萱创作的《新大名府》。杨绍萱在其前言《"新大名府"里所反映的阶级斗争和统一战线》中指出:"贾氏是一个富豪的太太,自然容易喜欢浪漫享乐,不管什么时事政治,贾氏虽不是一个淫荡行为,而只是一种浪漫主义。"因此,杨绍萱的判断和叙述完全颠覆了《水浒传》对贾氏偷情及其淫荡行为的书写。所以,《新大名府》所塑造的贾氏就其本性来说是好的,只不过受了小人李固的蒙蔽和欺骗,一旦环境突变,幡然醒悟,贾氏便向卢俊义忏悔乞求谅解——"也是我,把天下大事,置之度外……也是我,好风流,讲究穿戴",从而取得了卢俊义的原谅。贾氏被刻画成一位追求

---

① 大为编:《野猪林》,世界书报社1953年版。
② 红枫改编:《林冲》,上海文化出版社1956年版。

浪漫主义又被小人李固欺骗和压迫的受害者形象，以便能够同时与英雄好汉卢俊义奔赴梁山。毕竟，卢俊义作为梁山泊二号人物拥有美满幸福的夫妻关系，也符合无产阶级文艺观对英雄人物塑造的基本理念。正因如此，作者认为："卢俊义和贾氏的夫妻关系是建立在正义原则至上的，是有意义的。"[①]这一改写也得到了田汉的肯定，却遭到多位文艺家、批评家的批判。同年刘梦德、孙联改编的《血溅鸳鸯楼》一剧刻画了孙二娘、张青这一对夫妇。孙二娘自幼随父亲流落江湖，依靠卖艺为生；张青则是家乡遭了灾荒，与父亲逃难阳谷以讨饭为生，武大郎见其父子可怜给予相救，后来张青父亲因受恶霸欺负命归阳谷，张青一人来到孟州，被孙二娘父亲收为徒弟，并与孙二娘结为夫妻。这一对历经苦难的夫妻开了一家小店，只杀贪官恶霸、土豪劣绅，善待百姓。从苦难夫妻到英雄夫妻乃至阶级战士，是"十七年"时期新编水浒戏剧中被普遍运用的一种叙述逻辑和美学原则，极大地改变了水浒戏、《水浒传》长久以来所形成的"家破妻亡—奔赴梁山"的叙事模式和创作方法，为恢复梁山英雄的革命夫妻关系以及重新塑造英雄好汉形象提供了一种可鉴之资。

1953年范钧宏在《猎虎记》中再次提升了梁山好汉的夫妻关系，剧中开场便是孙新和店小二忙着给顾大嫂布置寿堂，"清早起，宰牛羊，前院忙，后院忙，离了厨房到寿堂"，"内掌柜的生日咱也喜洋洋，喜洋洋"。寿堂布置停当，随后各位英雄好汉到场祝贺，顾大嫂欢庆有礼，无不欢喜羡煞人。顾大嫂一登舞台便以一位贤妻、善做生意的好老板娘以及爱结交英雄好汉的多面形象出现，既有女性的贤惠能干之美，又有英雄的豪情侠义，足见孙新与顾大嫂这对夫妻"英雄配英雄"之幸福美满！然而，《水浒传》的塑造却与此截然不同，第四十九回写道顾大嫂"有三二十人近他（她）不得，姐夫孙新这等本事也输于他（她）"，而且顾大嫂"有时怒起，提井栏便打老公头；忽地心焦，拿石碓敲翻庄客腿。生来不会拈针线，正是山中母大虫"，而且其长相也"眉粗眼大，胖面肥腰"，完全不同于《猎虎记》中邹渊夸赞顾大嫂："今日你越发的标致了！"传统水浒戏及《水浒传》中所塑造的顾大嫂武艺高强，长相粗放，个性倔强，脾气暴躁，是

---

① 杨绍萱：《"新大名府"里所反映的阶级斗争和统一战线》，载《新大名府》，新戏曲书店1950年版，第3页。

个随时可为兄弟两肋插刀的主儿,男子汉气概十足,毫无女性魅力可言。《猎虎记》中的顾大嫂不仅具有女性的漂亮、贤惠、能干,还具有大丈夫威武气概,更为可贵的是,营救解宝解珍兄弟顾大嫂为主要策划人,足见其智慧也非同一般。顾大嫂在《猎虎记》中的形象显然鲜明于其丈夫孙新,甚至压倒了主人公解宝解珍兄弟,以一种清新的水浒女英雄形象展现在观众面前。《猎虎记》以这对英雄夫妻为故事情节开端和纽带讲述了一起好汉奔赴梁山泊的传奇故事,这种浪漫的革命精神和乐观的革命基调对于唤醒、感染人民群众有直接的效果。《猎虎记》中顾大嫂的英雄内在之崇高美和外在形象美的塑造,与其丈夫倒是郎才女貌,但就其本质而言则是一种"英雄+英雄"的革命夫妻,恰如《血溅鸳鸯楼》中的孙二娘与张青夫妇,这与传统的"英雄+美女"的革命文学叙事方式不同。传统"英雄+美女"的塑造方式不排除男性的自恋情结和自我欣赏,男性往往以坚强、勇敢的革命英雄气质和品质吸引美女,美女也因其非凡的男性气质而爱慕不已。在"十七年"时期新编水浒戏剧中,这种"英雄+英雄"两性夫妻的出现,在两性关系方面塑造出真正意义上男女平等的戏剧角色,虽说对他们的爱情着墨较少,甚至避而不谈,但他们有着共同的阶级基础和价值观念,和睦相处又能互助互利,向着共同的革命目标前进。

尽管女英雄的男性气质常常受到诟病,但是弗吉尼亚·伍尔夫曾言:"在我们之中每个人都有两个力量支配一切,一个男性的力量,一个女性的力量。在男人的脑子里男性胜过女性,在女性的脑子里女性胜过男性。最正常、最适意的境况就是这两个力量在一起和谐生活,精神合作的时候。"①事实上,更为"和谐生活,精神合作"的英雄夫妻出现在1956年安娥的《黄泥岗》一剧中。《黄泥岗》以诗意化、散文化的笔法创编了一出英雄好汉同官府战斗的感人戏剧。阮小二妻是一位虚构的人物,有着对反动官府的恨,也敢于对差役拳打脚踢,其勇敢的精神自不待言。这位英雄的妻子大方自然、机智灵敏、乐观积极,剧中虽未刻画具体形象,但其英姿飒爽、临危不惧的雄风如历历在目,特别是第十九场描绘石碣村湖边的一场战斗。阮小二妻独自驾一只快船,唱着渔歌,在田园牧歌般的湖上游刃有

---

① 〔英〕弗吉尼亚·伍尔夫:《一间自己的屋子》,王还译,生活·读书·新知三联书店1989年版,第120页。

余。她以女性特有的智慧将官兵引入埋伏圈三里湾,还能跳下水去,"在水里和官兵打起来",可谓笑骂之间与英雄好汉一起打败官兵俘获黄安。这种描写和叙事方式略去了战争场面的残酷与血腥,而是将叙事视角更多地放在女人与英雄之间的情感和默契上。《黄泥岗》对战争诗意化、浪漫化的描写具有一种独特的艺术魅力:拒绝丑恶、张扬人性中的善与美以及对生命状态的牧歌式追求。阮小二妻具有女性的真善美,较之男性也不乏阳刚气概和乐观的战斗精神。早在1947年安娥在《女性群像——水浒上被杀的三个女性》一文中认为三个"淫妇"是死于封建制度,她替三个水浒"淫妇"抱不平。① 虚构一位威风凛凛的女英雄阮小二妻不仅是对水浒戏、《水浒传》所塑造的冷冰冰的女性形象的一次反驳,更是渴望出现一种能与男性肩并肩战斗又不丧失独特魅力的女性的呼唤。但是,《黄泥岗》叙述的缺陷是对残酷战争血腥的刻意回避以及人道主义情怀的缺场。仅从妇女形象塑造来说,《黄泥岗》中虚构的阮小二妻比《猎虎记》中的顾大嫂更具有女人气质,作者并没有把一个女英雄当作男性的复制品来塑造,这一点在整个"十七年"时期新编水浒戏剧当中是一大创新。

若仅从塑造男性英雄的方法考察,无论是《猎虎记》或是《黄泥岗》都改变了以往水浒戏及《水浒传》所塑造的不近女色的英雄形象。英雄要么如林冲一般妻死家破,了无牵挂被逼上梁山,要么如同卢俊义、杨雄、宋江等人杀妻投梁,或者似石秀、武松那样杀淫妇、捍道德,只有一个好色之徒王英,也谈不上所谓尊重女性。显然,这样一种与现代革命观念背道而驰的英雄观不符合为工农兵服务的文艺指向,也不符合通过英雄人物来改造、教育人民群众的政策导向。新时代需要新的英雄观念和英雄形象,水浒戏的改编、新编都必须与主流意识形态相适应,那么尊重女性、体现女性的价值乃至塑造女性英雄恰恰是文艺作品对新时代的积极反映。

3. 佳人

1964年马彦祥创作的《花田错》② 以"前传"书写模式,创作了一个才

---

① 安娥:《女性群像——水浒上被杀的三个女性》,《现代妇女》1947年第七卷第四期。
② 马彦祥:《花田错》,载《马彦祥文集·2》,文化艺术出版社1995年版,第305—373页。引文均参考此书。《花田错》是马彦祥与北京四联(梅、程、荀、尚)京剧团的青年作者樊栋卿合作改编。由于江青插手戏曲工作,剧本完成后一直未能演出,也未出版。

子佳人式的故事。该戏剧讲述员外刘德明欲将独生女刘玉燕嫁给有钱有势的县太爷儿子，而其夫人刘安人观念开明，私下许诺女儿自主择婿。借花田盛会，刘玉燕与丫鬟春兰遇见落魄书生卞玑，刘玉燕一见倾心，与卞玑私定终身。员外夫妇欲见卞玑，却意外将桃花山大王周通迎进家门。周通本想招才子卞玑上山为盗，后得知刘玉燕被父强逼嫁县太爷儿子一事，则将计就计抢亲回桃花山为二位新人举办婚礼。最后在一场"上错花轿嫁对郎"的误会中成全了一对爱人。《花田错》原为河北梆子传统戏剧，本身就是才子佳人式的传统喜剧。1923年的《戏考》第六册收录的《花田错》里员外因独女一个而将其视为掌上明珠，则愿替女儿物色一个读书的公子为婿，周通作为山大王去抢亲，最后抢走了男扮女装的书生。①1933年《平剧戏目汇考》收录的《花田错》里同样员外意招婿入赘，让女儿趁花田盛会物色郎君，不幸周通前来抢亲，最后被书生娶了刘玉燕以及周通的妹妹周玉楼。②1934年谭觉存的改良京戏《花田错》基本上承继了1933年《戏考（第六册）》的故事结构，其戏剧功能主要在于艺术表演，而社会意义不大。1933年《平剧戏目汇考》收录的《花田错》则有浓厚的男权意识。有趣的是，1952年群众川剧团经鸣凤、胡淑芳等修改出版了才子佳人喜剧《花田写扇》。小姐刘玉蓉对才子边吉一见钟情，才子与传话的丫鬟春莺之间的逗笑令人捧腹，这部纯情戏曲文辞唯美、情趣盎然，充满诗情画意。③在社会主义改造的历史场域中，该书竟然每年连续出版至1955年，实在难能可贵。1956年翁偶虹由《花田错》而改编的《桃花村》，主要突出英雄好汉周通由"落后到转变"的成长过程。周通在正义英雄鲁智深的劝告下幡然悔悟、承认错误，最后还做了一对新人的"赞礼"。④由上述可知，员外乃小康之家的员外，书生乃落魄书生，属于典型的旧式知识分子或古代才子类戏剧角色，周通或为强盗或为"落后到转变"的英雄。与此不同，马彦祥的《花田错》则强化了阶级意识和阶级斗争，员外一心要攀附权势，不顾女儿心愿，违背人情伦理，周通则成为"愿天下有情人终成眷

---

① 中华图书馆编：《戏考（第六册）》，上海大东亚书局1933年版。
② 杨彭年：《平剧戏目汇考》，上海会文堂新记书局1933年版。
③ 群众川剧团编导小组编：《花田写扇》（川剧修改本初稿），鸣凤、胡淑芳等修改，"大众演唱小丛书"，重庆市戏曲曲艺进会，1952年版。
④ 翁偶虹：《桃花村》，宝文堂书店1959年版。引文均参见此书。

属"的推手,被塑造成"劫富济贫除贪赃""行侠仗义惩强梁"的大英雄,而书生则直言"豺狼当道,民不聊生;投身士林,岂非助纣为虐",随后被李忠、周通所赞,要拉其上山共图大事。

  马彦祥的《花田错》以解放女性、提倡婚姻自主为主题,注入了浓郁的政治话语,原本属于灰色人物的书生也发出与统治阶级不相谋"岂非助纣为虐"的壮语。他十分赞美、羡慕桃花山的英雄好汉,"哦,他是小霸王周通。如此说来,他们都是为民除害的好人"。虽说《花田错》由《水浒传》"花和尚大闹桃花村"一节衍生而来,但《水浒传》中并非全然为粗鲁莽撞的猛士,圣手书生萧让也是一位笔墨书生。马彦祥的《花田错》中书生卞玑在阶级思想、精神感情上认同桃花山及其英雄好汉,后被赚上桃花山,最终落草做了英雄好汉。这一出英雄好汉的前传爱情故事以"才子佳人"模式叙述,在"十七年"时期新编水浒戏剧中独树一帜,别有风致,从根本上突破了"英雄+英雄"的夫妻叙事模式,但似乎又落入革命文学当中普遍存在的才子佳人或英雄美人的叙事窠臼。从某种意义上说,《青春之歌》是传统才子佳人小说向英雄美人小说的转型之作①,而革命通俗小说《林海雪原》则是较为成熟的英雄美人小说。不容否认,马彦祥的《花田错》既承继了传统古典传奇才子佳人的结构模式,又借鉴了"十七年"时期英雄美女革命小说的爱情叙事模式,实际上是在历史性叙事中又一次深化了梁山好汉的革命激情和阶级意识,只不过这一次是将古代才子或旧式知识分子改造成梁山好汉,并赋予其越来越浓厚的浪漫主义革命精神。总体来说,"十七年"时期的梁山好汉不仅在《猎虎记》《黄泥岗》中有一个幸福的家庭,夫妻二人既是革命同志又有着共同的人生目标和战斗精神;到了马彦祥的《花田错》里,梁山好汉还有了令人艳羡的才子佳人式的爱情故事,梁山好汉中既有李忠、周通那样阳刚气十足的英雄,也有才华出众、美女爱慕的书生卞玑。

---

  ① 姜辉:《革命想象与叙事传统》,人民出版社2012年版,第204页。

第四节 传统戏整理与工农兵文艺指向

面对新中国成立以来的"剧本荒"以及大规模"禁戏"所产生的诸多问题，文化部在 1956 年至 1957 年不到一年的时间里两次召开全国戏曲剧目工作会议，共同讨论研究如何大力挖掘、整理传统剧目，扩大和丰富上演剧目，以及组织各地交流工作经验和进一步深入开展剧目工作的方针。尘封或口头的传统剧目经过艺人与审定者等的合作而得以规模性的纸质化，而水浒戏因其巨大的数量以及独特的地位备受重视，整理出版成果喜人。实质上，整理传统剧目不仅应被视作一场传统艺术资源保护的行动，由于高度一体化的组织以及意识形态的生产逻辑，也可以被看作一种艺术性的创造活动，一些封建毒素较多或情节烦琐的作品被删改，再加上艺人自身的思想改造与情感转化，不少水浒戏传统剧本的历史形态及其思想主题发生了某种程度的迁移，但因为大量的基础性的文献资料得以保留出版，使得这一场传统剧目整理工作的意义与价值不可估量。

1. 整理的原则与方式

1948 年 11 月 23 日《人民日报》社论《有计划有步骤地进行旧剧改革工作》和 1949 年 7 月初第一次文代会所规定的"新中国的文艺的方向"，以及同年 7 月 27 日中华全国戏曲改进委员会筹备委员会开始办公，第二年召开全国戏曲工作会议，成立中华全国戏曲改进委员会、文化部戏曲改进局等专设部门，都表明戏曲已成为构建社会主义意识形态及国家美学的重要力量。1949 年前后，新中国的一系列戏曲改革行动对中国当代戏剧艺术创作及其审美机制产生了巨大的推动作用，特别是田汉在全国戏曲工作会议上的报告《为爱国主义的人民新戏曲而奋斗》，为"戏改"政策的实施提供了明确的政治方向和具体措施。田汉指出，尽管一年多来全国各地（各解放区）戏曲改革和创作、演出颇有成效，但是各地禁戏问题、审查标准问题、艺人组织及学习问题、工作路线问题等十分突出，导致某些地方无艺人无戏可演，戏院无法维持生计，并从戏曲审定问题、戏曲修改与创作问题、戏改重点问题、艺人团结学习问题等多个方面给予了指导意见。事实上，另一个重要的原因是 1949 年前后全国各地（各解放区）禁戏情况十分严重。仅以华北地区为例，截至1949年7月第一次全国文代会召开，经过审查后被认为有益或无害而正式准许剧团上演的，新历史剧10种、旧历史剧63种、新现实剧（现代戏）10种。[①]大规模的禁戏运动确实对戏曲界长期存在的低俗恶俗现象起到了积极的抑制作用，净化有利于戏曲演出环境以及提升人民群众的审美情趣，但同时也产生了大量的负面影响，不仅不能满足广大人民群众接受娱乐与教育的精神需求，尤其会导致无法把握新政权意识形态的多数传统艺人内心惶惑、生活困顿。因此，才有了中央人民政府政务院《关于戏曲改革工作的指示》，即"五五"指示的出台。

"五五"指示强调戏曲应以发扬人民新的爱国主义精神以及鼓舞人民在革命斗争与生产劳动中的英雄主义为首要任务，凡鼓吹封建奴隶道德、野蛮恐怖或猥亵淫毒行为、丑化与侮辱人民的戏曲应加以反对，并且要求各地文教机关必须根据上述标准对上演剧目负责审查，不应放任自流；进而强调戏曲改革工作应以主要力量审定流行最广的旧有剧目，对其中的不良内容和不良表演方法进行必要的和适当的修改。具体来说，就是要删除"各种野蛮的、恐怖的、猥亵的、奴化的、侮辱自己民族的、反爱国主义的成分"，最终将"旧文艺""逐渐变成新文艺的组成部分"，将民族旧戏曲变成民族新戏曲。"五五"指示遵循了毛泽东对旧文艺改造所提出的"剔除其封建性的糟粕，吸收其民主性的精华"的基本原则，且在戏曲艺术实践中强化了政治权力对文艺创作、演出的干预力度，"有益或无害的"能够上演，而"有害"的仍需要禁演，或者修改、修订后方可准许上演。[②]这种以新的意识形态美学规范戏曲创作和演出，迫使传统艺人思想政治转型以及进行自我改造的同时，尽可能"把社会统治更深地置于被征服者的身体中，并因此作为一种最有效的政治领导权模式而发挥作用"[③]。戏曲艺术将进一步被净化、整顿和修改。对于还处于艺人口传心授的传统演出本

---

① 沙可夫：《华北农村戏剧运动和民间艺术改造工作——在第一次全国文代会上的发言》，载《沙可夫诗文选》，文化艺术出版社1990年版，第177页。
② 《中央人民政府政务院关于戏曲改革工作的指示》，中南军政委员会文化部编《关于戏曲改革工作的指示》，1952年，第1—3页。
③ 〔英〕特里·伊格尔顿：《美学意识形态》（修订版），王杰、付德根、麦永雄译，中央编译出版社2013年版，第17页。

或藏本，经过官方组织的合作艺人、整理者、审定者即"三人小组"的协同努力后，尽管较多地保留了戏曲艺术的原汁原味，但其旧有主题思想或依照马克思主义文艺观再阐释而产生的主题思想，不得违背"五五"指示精神和为工农兵服务的文艺指向，这就使得传统剧目在整理过程中重新形成了一套新的以文字记录与出版的方式、以剧本为中心的策略的历史叙述和权力话语。

实际上，整理传统剧目并不是本着保存传统文化遗产采取"一网打尽"的方式，而是有所选择和侧重。以京剧为例，"我们不能把京剧现存的数百种剧目不加选择地一一整理审定，我们首先选择那些流行的、比较优秀的剧目，比较有意义的剧目，经过整理审定而予以推广"。而且剧本审定后，"凡是中国戏曲研究院整理的剧本，以戏曲研究院的名义出版"，"今后各大行政区的剧本，经过审定后也由他们自己出版，中央文化部门分批向全国推荐"。[①] 除了合作艺人之外，从组织者、整理者、审定者直到出版者以及推广者，均为国家体制内的干部和相关文化机构。正是这场旨在实现新中国文艺理想及其实践的传统剧目整理运动中，经过众多旧艺人数年、数十年不断丰富、传承和完善的传统演出本被整理乃至修订后出版，既保留了较为原始的文学遗产，也同时配合、推进了戏曲改革的步伐。

以传统水浒戏京剧剧目整理为中心考察，大致而言，"十七年"时期水浒传统的演出本或藏本主要是由官方力量进行整理、审定及出版：中国戏曲研究院、北京市戏曲编导委员会，此外还有中国戏曲学校、北京市戏曲学校等编撰的部分水浒类京剧表演专业剧目教材。具体包括：1953年12月开始出版的《京剧丛刊》[②] 系列书籍中的"第四集"王玉让、苏维

---

① 光未然：《改进京剧剧目的整理与审定工作》，载《张光年文集》（第2卷），人民文学出版社2001年版，第176—178页。该文为作者1953年7月22日晚在文化部艺术局局务会议上的发言提纲。
② 据《中国戏曲曲艺词典》介绍可知，《京剧丛刊》为京剧剧本集，由中国戏曲研究院编辑。1953年12月至1955年6月止，新文艺出版社共出版32集。1958年9月从第三十三集起，改由中国戏剧出版社出版，至1959年6月止共出版50集。每集收三至四个京剧传统剧目。所收剧目中，包括一部分京剧舞台上较流行的昆剧传统剧目，亦酌量选录虽不甚流行而内容较好，或表演上有特色的剧本及经过试验演出有影响的创作、改编本。传统剧目均根据舞台演出脚本，吸收有经验的演员参加共同整理，改动之处，均在"前记"与"附注"中加以说明。系当时比较完整且修订资料翔实的一部京剧剧本选集。

明演出本《真假李逵》；"第九集"李少春、朱慕家共同整理的《打渔杀家》，茹富兰演出本《林冲夜奔》；"第十集"景荣庆演出本《通天犀》；"第十一集"侯喜瑞、高登甲演出本《清风寨》；"第十四集"孙毓堃、耿明义的《艳阳楼》；"第二十三集"盖叫天演出本《武松》(含《打虎》《狮子楼》《十字坡》《快活林》《鸳鸯楼》《蜈蚣岭》等盖叫天演出本以及中国京剧团演出本《武松打虎》)；"第二十五集"盖叫天演出本《一箭仇》；"第三十八集"《扈家庄》；"第四十八集"翁偶虹改编的《桃花村》；"第五十集"《十一郎》。其中，《桃花村》为新编水浒戏剧。1957年开始出版的《京剧汇编》①系列书籍中的"第十九集"阎庆林藏本《扈家庄》，"第三十三集"刘砚芳藏本《清风寨》、苏连汉的《丁甲山》；"第五十六集"王连平藏本《时迁偷鸡》；"第五十八集"王介林藏本《罗家洼》、阎岚秋藏本《青峰岭》；"第五十九集"北京图书馆藏本《杨志卖刀》、王连平藏本《请关胜》、李万春藏本《持轮战》、王连平藏本《风流双枪将》、马连良藏本《双卖艺》、王连平藏本《太湖山》；"第七十一集"马连良藏本《野猪林》，苏连汉藏本《小鳌山》《浔阳楼》；"第七十六集"《大名府》，李燕生和王介林藏本《秦淮河》，王介林藏本《二龙山》《法华寺》；"第八十一集"《柴家庄》《小孤山》，王连平藏本《雁翎甲》和《神州擂》，王介林藏本《百花庄》，王连平、闫庆林藏本《蔡家庄》，王介林藏本《红桃山》，王连平藏本《昊天关》；"第一零八集"《闹渭州》《十字坡》。其中，《闹渭州》《十字坡》为新时期续出收录作品。另有20世纪60年代出版的京剧表演专业剧目教材《武松打店》(张德俊、方连元授课本整理)、《双李逵》(郝寿臣授课本校注)、《蔡家庄》(王连平授课本校注)、《林冲夜奔》(茹富兰授课本)等少许水浒传统演出本。由中国戏曲研究院组织编写、上海新文艺出版社出版发行的《京剧丛刊》十六集作为最为权威的传统剧目发掘整理文学剧本，其影响力、示范性作用广泛而突出，不仅有效地抑制了"乱禁、乱改、乱演"的普遍现象，也对各地方剧剧目的发掘整

---

① 据《京剧文化词典》介绍，《京剧汇编》为京剧剧本集，共109集，收京剧传统剧目499个。前95集由北京市戏曲编导委员会编，96集起改由北京市戏曲研究所编，北京出版社1957年至1985年出版。每个剧本前均有简单的故事提要。《京剧汇编》绝大多数剧本与《京剧丛刊》均由传统老艺人演出本或藏本整理形成。

理如《越剧丛刊》《评剧丛刊》等起到了促进作用。其中,《京剧丛刊》的编辑出版遵循了 1952 年 4 月 22 日文化部《关于进行修改与审定旧剧目工作的指示》精神,由马少波和张光年(至 32 集后张光年他调,由马少波单独主持)共同主持编选,调集了张真、李啸仓、戴不凡和刘乃崇等参与咨询艺人、记录整理和编辑出版等具体工作。正如戴不凡所言,以最为权威的艺人、最为流行的剧目为主要合作、整理对象,像《打渔杀家》由李少春整理,并征求了周信芳、谭富英、马连良等名家的意见。而且,剧本文字的整理工作是在"可改可不改者不改"的原则下进行的,如果剧本内容上没有违反人民利益而仅仅属于艺术上的提高问题,如果要求语言性格化、辞藻修饰但是演员因妨碍表演艺术而不同意修改,则不予改动,特别有重要改动的本子,都由中国京剧团或北京戏曲实验学校经过一次以上的试演出,并吸收观众的意见后,最后再加以订正。①

2."工农兵"的文艺指向

实际上,"十七年"时期传统水浒戏京剧剧目的整理,尽管在一定程度上遵循了保存民族文化遗产这一值得肯定的态度,但是,相对于民国时期《新编戏学汇考》《平剧汇考》《戏考》《戏典》等戏剧(京剧)剧本集对传统水浒戏的整理、汇编与出版,《京剧丛刊》和《京剧汇编》的剧目选择性较为突出,十分明显地坚持了"工农兵"文艺思想的导向性,主要表现在:其一,整理的水浒戏基本上突出了"替天行道"和"官逼民反"两大思想主题,与新中国倡导的革命意识形态思想具有高度的契合性,符合"发扬人民新的爱国主义精神""鼓舞人民在革命斗争与生产劳动中的英雄主义"等"五五"指示精神的要求,也有利于整理后的剧本再次上演,发挥教育与娱乐大众的政治诉求。其二,传统水浒戏剧目整理涌现出一批生动鲜活的戏剧人物形象,无论是正面角色梁山好汉,还是反面角色贪官污吏,乃至一些女性形象,都为今后的艺术塑造、故事情节、舞台表现等增添了巨大的资源力量和想象空间。然而,以潘金莲、潘巧云、阎惜娇等为中心角色的传统水浒戏像《翠屏山》《挑帘裁衣》《乌龙院》等并未给予太

---

① 戴不凡:《介绍"京剧丛刊"》,载《百花集续集》,新文艺出版社 1958 年版,第 47—50 页。该文最初发表于《文艺报》1954 年第 23 期。

多观照，几乎没有收录该类剧目。这或许与此类水浒戏人物形象的政治敏锐性有着更多的关系，也不排除这类传统戏曲本身常常以情色表演取悦观众，因此被摈弃在外。其三，大多数剧目或明或暗贯穿着阶级仇恨的叙事模式、阶级斗争的政治意识和革命军事的斗争策略，突出文本革命性的同时，较为清晰地强化了群众唯物史观以及社会主义新中国的历史合法性。事实上，正是在整理者、审定者乃至合作艺人的齐力"共谋"下，通过对"个别词语的修订"或"稍加改动"以及某些情节场次、人物角色的删除、加工与凝练等，使得"十七年"时期的传统水浒戏整理与以往任何时期都较为迥异。

　　1952年吴祖光在《戏剧报》12月号上发表了《谈谈戏曲改革的几个实际问题》，明确指出发掘整理者的不够"谨慎细心"的态度以及在文本选择上的"疏忽"。该文以《打渔杀家》为例，吴祖光写道，桂英和萧恩上场后，大家习惯于听到的是"江水滔滔波浪发，哪有个渔人常在家；青山绿水难描画，父女打渔作生涯"，这样的句子非常优美，写情、写景摆在名家诗集中也该是出色的文章，但是《京剧丛刊》对前两句修改为"摇动船儿似箭发，江水照得两眼花"。吴祖光认为《京剧丛刊》引用的这两句是另外一种唱法，事实上很少有人这么唱了，而且，"打渔的船儿"应该是缓缓而行，绝不可能"似箭发"，再说常年在水中度生涯的女英雄桂英也不至于还没捕鱼就先被"江水照得两眼花"了，所以都不合理。戴不凡在反驳吴祖光的文章中以个案的偶发性替自身诡辩，并以夸夸其谈来讽刺吴祖光文章标题的"实际"。且不论这种改动的文学合理性和表演可能性，在笔者看来，既然坚持"审定流行最广的旧有剧目"，那么《打渔杀家》主要改动的地方尽管征得周信芳、马连良、谭富英等名家的同意，但也应将最为广泛流行的句子及其改动标注出来，不应如此草率遮蔽。实际上，就戏曲的文学性而言，这种对"个别不太贴切的词句"的"稍加改动"是《京剧丛刊》和《京剧汇编》中较为普遍的一种现象，像盖叫天的全本连贯戏《武松》《一箭仇》等在收录时都对"个别词语略加修订"，茹富兰的《林冲夜奔》在整理中"对个别词语也略有修改"，等等。《京剧汇编》在其"前言"中尽管声称"校勘的工作，以尽可能保存原来面貌为原则，仅对原本中错别字和不够通顺的句子，加以改正；间有过分冗杂，而无保留必要的字句,在不损害原意的条件下,略作删动"①,但事实上正是个别字句的"改正"或"删动"使得整个文本的主题思想或部分场次表现的意义发生了变更。如"第七十一集"中的《小鳌山》最后一场秦明投靠梁山、众英雄聚义,宋江喊道:"好啊!这才是群策群力,有志必成。我宋江举刀为首,大家一起报仇",结尾处宋江唱道:"四海英雄起怒焰,个个聚义在高山。大宋朝理当从头换,群策群力何畏难?救民水火是所愿,日月增光再洗江山。""群策群力"四字出自汉代学者扬雄《法言·重黎》,延安时期毛泽东于1943年《关于领导方法的若干问题》中将"群策群力"上升为党的领导的重要方法原则和基本工作路线,成为中国共产党党内阐释群众路线的重要政治术语。《小鳌山》中"群策群力"明显具有时代的印记和图解政治话语的文艺功能,且在末尾以此点明主旨,则将原有以秦明投靠梁山为主题的戏曲"变更"为以弘扬群众路线为主题的戏曲。这种"四两拨千斤"的"篡改"方式所彰显的政治意识形态性,使得在整个传统剧目发掘整理过程中容易造成原汁原味的演出本或藏本主题思想的流失,在某种程度上不亚于一次"新编"。

不可否认,执行者在整理和审定过程中也对传统演出本或藏本,在情节、场次、人物以及舞台动作等方面给予了有效的加工和精炼。《打渔杀家》原本着重于表演的"怒骂"一节,在整理者、审定者"看来不甚合理,整理本删去了'怒骂'一节,这样,可以使戏更加精练一些";此外大教师练功夫原有茶壶的动作,"因表演和念白很庸俗",故"兹删去,改为暗算萧恩"。②《真假李逵》原本中李鬼作为无赖出现在戏曲前半部,但在整理中却实施了"必要"的修改,以突出李鬼的豪爽直率,且对李鬼的内心变化(羞愧、感激与喜悦等)做了相对丰富的加工,从而"衬托李逵的英雄气概"。③这种修改完全符合"十七年"时期塑造无产阶级革命英雄的文艺观和政治观。中国京剧团演出本《武松打虎》在吸收昆曲优势的同时,

---

① 北京市戏曲编导委员会:《京剧汇编·前言》,北京出版社1957年版。引文均参见此系列书。
② 《打渔杀家·前记》,载《京剧丛刊》(第九集),新文艺出版社1953年版,第2页。该本由中国京剧院李少春与中国戏曲研究院编辑处朱慕家共同整理。
③ 《真假李逵·前记》,载《京剧丛刊》(第四集),新文艺出版社1953年版,第90页。该本由中国京剧院演员王玉让、苏维明与中国戏曲研究院编辑处吴少岳共同整理。

也剔除、合并了原唱中多处情节和场次，像原本第一场猎户先唱一段"水红花"，此演出本删除；又如，原本"酒馆""打虎"是一场，为了演出方便改为两场；再如，原本武松出场至剧终共唱"新水令""折桂令""雁儿落""得胜令""沽美酒""太平令""鸳鸯煞"七曲，由于剧中情节的修改及舞蹈动作的丰富，演出本有所变动。①这些情节、场次的改动促进了戏曲情节的紧凑和故事结构的完整统一，不能说不具有合理性。但是像《林冲夜奔》删除伽蓝神托梦的情节②，《艳阳楼》删去徐妹被神仙摄去的情境以及高登妾"小可怜"私通贾斯文一场③，等等，则彰显了去封建、去鬼神、去色情等新政权的革命意识形态思想。特别是由中国京剧院文学组陈延龄、何异旭整理的《十一郎》，其改编戏份明显增强，这部演出本对京剧《白水滩》和《通天犀》两个传统剧目加以整理，并参考昆曲全本《通天犀》，在两个剧目之间新编写了四场戏，前后贯穿成为一个剧情完整的十一场戏《十一郎》，且格外突出了十一郎和青面虎两个正面人物的英雄人格。④除上述以外，事实上，"掩饰""遮蔽"也是执行者常用的一种剧目整理方法。曾有人看到过一部水浒戏的整理初稿，就因为认为原剧名"时迁偷鸡"乃污蔑古代劳动人民和梁山好汉英雄时迁，便将剧名改为"大闹祝家店"。⑤尽管整理该剧的剧团后来又还原了剧名"时迁偷鸡"，使得作者稍作安慰，但其"故意""粗枝大叶"的做法突显出剧目整理工作中意识形态的重要性。因此，就水浒传统演出本或藏本的整理思想、编辑理念和版本选择而言，发掘整理后的传统演出本或藏本即使不再经过改编或新编，其为"工农兵"、为革命政治服务的能指及其所指十分明确。

应当指出，刘芝明在《在第二次全国戏曲工作会议的总结发言》中对传统戏曲剧目整理的目的，阐释得恰当、清晰且准确。即，剧目整理的

---

① 《武松打虎·前记》，载《京剧丛刊》（第二十三集），新文艺出版社1954年版，第128页。该本为中国京剧团演出本。
② 《林冲夜奔·前记》，载《京剧丛刊》（第九集），新文艺出版社1953年版，第100页。该本是北京戏曲实验学校的茹富兰根据自己的演出本整理的。
③ 《艳阳楼·前记》，载《京剧丛刊》（第一十四集），新文艺出版社1953年版，第112页。该本由演员孙毓堃、北京戏曲实验学校耿明义与中国戏曲研究院编辑处何异旭共同整理。
④ 陈延龄、何异旭整理改编：《十一郎·前记》，载《十一郎》，北京宝文堂书店1960年版，第1—2页。
⑤ 庄梦苹：《剧名还原记》，《戏剧报》1957年第6期。

"目的有两个：一个是供人民群众欣赏，丰富上演剧目，教育人民爱祖国，爱民族的丰富多彩的传统与遗产，并使人民把这份宝贵的遗产保存下去；另一个是发掘、整理遗产和传统，以此作为基础来创造社会主义的民族的新文化"，因而，剧目整理工作"实质上是文化上的继往开来的伟大的革命工作"。[①]需要肯定的是，自1956年开始的大规模整理传统戏曲剧目，取得了举世瞩目的成就，其数量及其规模大大超过前人，其中著名京剧演员马连良特地向北京市戏曲编导委员会送去了四十年来收藏的162本京剧秘本。[②]但是，正因为有创造社会主义新文化的革命性目的，使得在整理过程中并未完全"照搬照抄"，而是有意地给予"消毒"与"拔高"。所谓"消毒"即清除戏曲中的"封建性的糟粕"，而"拔高"则主要在思想方面给予提升或挖掘其"民主性的精华"，从而符合人民性的艺术要求与"工农兵"的文艺指向，将传统戏曲遗产及其创作与改编全部纳入国家意识形态文化建设之中。

3. 艺人的改造与皈依

传统水浒戏本身是一个连绵不断且自元代以来连续被生产、再生产的作品链或互文性文本，它与水浒系列故事可以组成一个自成体系的文艺谱系，而且水浒戏还具有惊人的开放式结构，其前人文本不仅被后人继续修订、改写和新编，直到"十七年"时期，同时代的文人、剧团等之间依旧频繁地互相兼容、渗透、分离和创造。艺人是文本活的载体，即使被整理出刊出版的戏剧文本，艺人在舞台表演和琢磨戏剧情理时，仍具有极大的创造空间和改编可能，因此，能够流传下来的戏剧文本，没有艺人的参与创造是毫无可能的。艺人自身的学习、思想、价值以及对市场的观察把握，对剧目的修订、改编、新编形成了强大的推动性力量，直接决定着戏剧的舞台呈现形象。那么，要把作为旧剧改革的中心问题——剧本问题解决好，能够更好地让"戏曲为人民服务"，"主要在于依靠艺人群众"，给

[①] 刘芝明：《大胆放手开放戏曲剧目——在第二次全国戏曲剧目工作会议的总结发言》，《戏剧报》1957年第9期。
[②] 《马连良等献出京剧秘本》，《戏剧报》1956年第9期。

他们"指明方向,给他办法,有指导的搞出东西来"。①

与"改戏"大致同步,从1949年开始中国共产党文艺部门便着手"改人",即对艺人文艺观、价值观和政治观进行改造,以提升其思想政治觉悟,适应新政权的文艺政策和构建文艺新秩序。各地区先后组织艺人举办各类识字班、讲习所以及艺人学校等,主要授课内容为马克思主义思想及毛泽东系列重要讲话,加强艺人的马克思主义文艺观和为工农兵服务的政治意识。北平文委从1949年8月举办了两期针对京剧、评剧、曲艺及其他从业人员的戏曲界讲习班,包括著名演员在内的许多老艺人都参加了学习,以政治和"旧剧改革"为主要授课内容,其重点是通过学习进行思想改造和业务制度的改革。②其后,北京市除从1950年到1956年年初举办艺人讲习班之外,还积极组织政治和文化学习班、选派辅导员以及开办新式戏曲学校,从"改人、改戏、改制"三个方面对戏曲界进行全面的改造和构建。与此做法类似,中国共产党上海文化领导部门也在新中国成立前后举办了三期戏曲研究班,强行推进戏曲改革运动。随着中国戏曲研究院、中国京剧院、中国戏曲学校等文艺机构的陆续成立,当时许多著名传统艺人像梅兰芳、程砚秋、周信芳等被吸纳进来,包括梨园耆宿王瑶卿、萧长华、郝寿臣、王凤卿、尚和玉、马德成、张德俊、谭小培、金仲仁、鲍吉祥等悉数成为官办学校的领导或任职教师。并且还时常引导具有浓厚封建思想、资产阶级思想等的老艺人开展批评与自我批评,促进其改变旧思想以适应新形势和为工农兵服务的政治导向。举例来说,1954年《戏剧报》发表文章《希望马连良有以自省》,批评马连良商业思想的浓厚和国家意识的淡薄,随之马连良在《戏剧报》发文章自省,并表示"以实际行动补偿我的过失","决心根据中央文化部关于加强民间职业剧团的领导和管理的指示的精神,进行建立'共和班'式的剧团……提高政治思想水平和业务水平,才能更好地为工农兵及广大人民服务"。③"共和班"是新中国极力推行的一种民主管理方式,意在按劳评分、消除剥削,一改过去以班主为老板的私人戏班经营管理模式。实际上,

---

① 马少波:《正确执行"推陈出新"的方针》,载《马少波文集·卷四·文艺评论(一)》,北京出版社2008年版,第68—70页。
② 周鸿主编:《北京社会主义革命与建设史》,北京师范大学出版社2000年版,第147页。
③ 《希望马连良有以自省》,《戏剧报》1954年第7期。

这种改制模式并未存在多长时间，1955 年北京市京剧二团和马连良剧团合并，共同成立北京京剧团。1956 年社会主义改造基本完成，私人剧团以合作、兼并等方法转为国营剧团，或者直接消失。除像马连良及其剧团这样被迫接受改造的传统艺人和团队，著名小生叶盛兰则主动要求加入中国戏曲研究院，由旧社会的"戏子"转变为"我要做一个人民的演员，为人民忠实服务"的"文艺工作者"。① 盖叫天也属于主动皈依党的传统艺人，1956 年在其舞台京剧生活六十年纪念会上，盖先生做了《生我者父母，知我者共产党》的发言，田汉做了《向卓越的表演艺术家盖叫天先生学习》的发言，将盖叫天树立为"一个忠于艺术的人，同时也是一个忠于人民、忠于祖国的人"的传统艺人典范形象。② 而且从 1956 年起，《戏剧报》《上海戏剧》等连载盖叫天自传及以口述方式记录其阐释《武松》全本戏的文字，仔细考察则发现，其主题思想受到了阶级观念思想的影响。③

可以说，传统演出本或藏本本身是历代艺人不断修订、丰富和再生产的一种具有开放式结构的文本，艺人因商业以及观众审美情趣的变迁而需要不停地迎合市场。"十七年"时期发掘整理的水浒传统演出本或藏本，的确保留了艺人历次修改的最终成果以及许多具有原生态属性的戏曲元素，像《浔阳楼》一剧中戴宗的戏份多过宋江；《扈家庄》突出了扈三娘的英雄本色而不是梁山好汉的正义性；《杨志卖刀》中杨志以自首而结束整个戏曲；《时迁偷鸡》中时迁偷银子偷鸡最终受草鸡大王惩罚；《持轮战》中卢俊义和林冲就梁山好汉对其师弟史文恭剖腹剜心暗哭叹气，伤感不已，与梁山报仇的快感形成鲜明的对比。同样地，水浒戏整理工作也保留了大量的武戏动作场景、角色互换如男扮女装、闹剧情节像插科打诨等极具表演性、娱乐性的戏剧成分，增强了戏曲的动作性、节奏性，丰富了戏曲的人物、语言和审美情趣功能，并表现出很强的文献史料价值和艺术研究意义。

---

① 叶盛兰：《我为什么参加了京剧实验工作团？》，载《戏改参考资料》（第二辑），内部资料，山东省人民政府文教厅选 1952 年，第 115 页。
② 田汉：《向卓越的表演艺术家盖叫天先生学习》，《戏剧报》1956 年第 12 期。
③ 盖叫天口述，何慢、龚义江记录整理：《〈粉墨春秋〉（二）——〈十字坡〉〈武松打店〉》《〈粉墨春秋〉（二）——〈十字坡〉〈武松打店〉续完》《〈粉墨春秋〉（二）——〈狮子楼〉》《〈粉墨春秋〉（二）——〈狮子楼〉续完》《〈粉墨春秋〉（二）——〈打虎〉续》等，分别见《上海戏剧》1960 年第 7 期、第 9 期和 1961 年第 3 期、第 5 期及 1963 年的第 10 期、第 11 期、第 Z1 期。

但值得强调的是，新中国成立前后开始对戏曲艺人进行有目的、有计划的思想学习和国有化改造，以及体制的吸纳、普遍的禁戏、"反历史主义"创作批判和对色情性表演、商业化演出等开展的批评与自我批评教育，使得传统艺人在其创作、演出中不得不发生自觉或不自觉的修改、修订甚至改编其演出本或藏本。加之新中国全面规范文艺及其各项实践活动，并对艺人进行持续性的改造和批判，也必然使得艺人在《京剧丛刊》《京剧汇编》等官方发掘、整理、修订的出版物之前，极有可能对其传统演出本或藏本予以"自行"修改，以符合新中国的文艺价值取向与政治正确性，同时又能满足新时代广大群众的审美期待。因此，在长达数年乃至十数年的时间里，合作艺人向《京剧丛刊》《京剧汇编》等所提供、整理、收录的水浒传统演出本或藏本，是否与1949年以前的完全一致，令人颇多质疑。然而无论如何，"十七年"时期水浒传统演出本或藏本从口传心授到文学剧本出版的变迁，完成了自清代以来水浒艺术遗产的历史性构建和文本叙述，又通过与国家意识形态的有力结合实现了对水浒戏整体上的美学规范，同时也集中体现了整理方向、选题准则、编辑理念和"戏改"目标等时代性特征，并产生了具有深远影响力的示范性、典范性意义，突显出传统水浒戏在整个20世纪重要的学术史料价值与创作实践的基础性资源作用，为之后的戏曲艺术发展积累了巨大的美学经验和文本遗产。

总而言之，"十七年"时期特别是1956年开始的大规模传统戏剧目整理，在一定程度上缓解了新中国成立初期的"剧本荒"这一难题，但并未根本性予以解决。同时，在"工农兵"文艺指向乃至艺人"自觉"改造的基础上，旧剧本尽管保留了相当丰富的原初面貌与原生意义，但基本上清除了不利于创造社会主义新文化和建立民主合理新制度的有害因素，部分地修订、修改乃至加工旧剧本的思想主题、艺术取向与表现形式，使得旧剧本在纸质化、文本化的过程中迅速变为革命所需的"新剧本"。应当承认，以实现意识形态政治诉求为首要任务的传统剧目整理，对民间艺术的根源性伤害较大，即使民间艺术文本自身的开放式结构逐渐固化以及其再生产模式趋于类同，又使蕴藏着民族记忆、民族心理的传统戏曲，在历史表述与历史隐喻等方面表现出鲜明的时代话语特征。

第五章

后革命时代：续写、反思与媚俗

革命作为一种人类社会现象，指社会制度和政治制度的剧烈变革，暴力是这种变革最为基本的表现方式和常用工具。19世纪晚期至20世纪前半叶，中国从鸦片战争到新中国成立，经历了民族国家从耻辱到崛起的百年沧桑，1949年以后中国又在相当长的时间内持续了革命的主题，革命成为晚清以来中国最为重要的社会现象和历史话语。新时期随着剧作家主体意识的日益凸显、戏剧观念的转变以及大众娱乐精神的成熟，曾一度繁花似锦的水浒戏不得不面临转型和探索创新的局面，即如何在后革命时代承继、翻新、生产、上演反抗特质显著的水浒戏，成为剧作家承继文学遗产需要探讨、解决的重要艺术问题。

应该说，从粉碎"四人帮"直到1980年初期新改编的水浒戏，还未能摆脱"左"的思潮影响，像延安时期剧作《逼上梁山》等被再改编的同时，新产生的水浒戏依旧延续了"十七年"时期革命与战争的叙事主题及其价值诉求。反而是1985年后魏明伦的荒诞川剧《潘金莲》使得水浒戏回归戏剧本身，而以《草莽劫》为代表的新编水浒戏则通过对梁山忠义的反思，实现了梁山好汉个体精神伦理和道德价值的超越。真正使当代水浒戏创作走出历史—政治隐喻这一思维惯性的，是20世纪90年代水浒戏的商业化创作及其市场化转型，"媚俗""浪漫""类狂欢化"成为这一时期水浒戏创新的主要美学特征。需要指出的是，随着日常叙事的凸显，"潘金莲"再次成为新时期被改编最多的戏剧角色，事实上，她既充当了传统封建文化思想的呈现者与批判者，又在一种集体的戏剧仪式下成为娱乐化、大众化审美情趣的牺牲品。

第一节 续写与回归传统

  戏曲新编历史剧是现代中国以来戏曲改革的重要成果,曾在延安时期至"十七年"时期繁荣一时,但至1965年前后陆续被禁演,跨越10年"文化大革命"的空白期,在拨乱反正的时代大背景下,《逼上梁山》作为恢复京剧传统戏的典型代表,1977年得以在四川内江、万县、达县、绵阳等地区先后上演。几乎同时,北京市京剧团借纪念毛泽东《在延安文艺座谈会上的讲话》发表35周年的名义,也于5月演出了《逼上梁山》其中的三场戏;同年9月,北京市京剧团和北京京剧团又以同样的名义分别演出了整本全剧。①《逼上梁山》的演出在政治上具有"解冻"传统剧目的重要意义,不仅是为1978年传统剧目全面开禁所做的一次历史性试验,更标志着以水浒戏为代表的戏曲新编历史剧即将开始萌发出一个崭新的时期。

  整个20世纪80年代,水浒戏的续写体现出三种回归传统的趋势:一是突出强调"水浒"原本含义而有意识地去革命化的水浒戏逐渐显露;二是针对延安时期经典水浒戏进行再改编;三是回归"十七年"时期新的革命性续写蔓延开来,这种特质的水浒戏具有一定的市场力,包括一些地方民间小戏,都延续了延安时期以来革命性叙述话语的历史传统。这三者之间并非全无联系,实际上仅从结构模式上看就足以体现20世纪80年代初期及以前的创作者的思维方式与精神心理。

1. 政治思潮与延安经典的再改编

  应该说,新时期戏曲新编历史剧创作及其改编的发生,离不开《逼上梁山》《三打祝家庄》等延安文艺经典被重新搬上戏剧舞台的影响。这批延安文艺作品的创作及其改编打破了"样板戏"确立的"三突出"叙事模式及其"三陪衬""三铺垫""三围绕""多侧面""多回合""多波澜"等艺术手法,冲破了"文化大革命"以来把京剧现代戏作为京剧革命唯一艺

---

  ① 傅谨:《新中国戏剧史》,湖南美术出版社2009年版,第149页。

第五章 后革命时代：续写、反思与媚俗

术类型的畸形创作现象。应当指出，1977年样板戏理论受到文艺界、理论界的全面批判，尽管这种批判是基于政治方向转变而发出的文艺诉求，并且从粉碎"四人帮"之后至1980年以前，"以阶级斗争为纲"的政治纲领被废除，《部队文艺工作座谈会纪要》及其"文艺黑线专政"受到批判，文艺单一性政治局面逐渐得以改善，但作为创作主体的艺术家所依托的政治氛围和社会环境并没有想象得那样民主和自由，恢复重演的《逼上梁山》《三打祝家庄》等戏剧同样是对毛泽东革命文艺思想崇高性和真理性的又一次集中体现。事实上，1977年前后全国许多剧作者和剧团对《逼上梁山》《三打祝家庄》等作品又进行了多次整体性的改编，而这次创作改编依旧受到了政治思潮的严重干扰和影响。

剧作家金紫光1977年7月整理改编的《逼上梁山》①，延续了人民创造历史这一贯穿整个剧本改编史的思想主题。其所采用蓝本主要是延安光华书店出版的三幕二十七场铅印本《逼上梁山》。这个版本先后在华北、华中等解放区发行，后来编入"中国人民文艺丛书"出版。同时，金紫光还参阅了延安第一次排演后油印的二十六场本，以及一些有关的历史资料和相关的电影、京剧、传奇等，最终形成十二场京剧外加一个序场和过场。像延安版本中的"动乱""捕李""肉市"被压缩成金版本的第一场"百姓遭离乱"，延安版本的"设计""刀诱""白虎堂"被压缩成金版本的第六场"诱入白虎堂"。②依照情节整一性原则，金版本对延安版本进行大规模的压缩、精炼和提升，特别是在突出主题思想方面，金版本每场次设置题目就足以体现以阶级斗争为主要政治话语内容的国家意志与美学规范。延安版本以"动乱"为开头，重在展现东京郊外官府逼催、穷苦百姓无路可走的悲惨生活境地；金版本以"序场"为开端，在音乐声中启大幕，从汴河水道上舳舻连绵的花石纲远景慢慢显出东京郊外的近景。这种宏大的场景叙事以及幕后集体合唱"赤日炎炎

---

① 金紫光：《逼上梁山》（京剧），中国戏剧出版社1980年版，扉页标"根据一九四三年延安中国共产党中央党校俱乐部演出本整理"字样。其大致分十二场：第一场"百姓遭离乱"、第二场"升官除异己"、第三场"校场讲战法"、第四场"家叙定巧计"、第五场"降香起风波"、第六场"诱入白虎堂"、第七场"血泪别长亭"、第八场"大闹野猪林"、第九场"逼运花石纲"、第十场"酒店谈聚义"、第十一场"风雪山神庙"、第十二场"造反上梁山"。引文均参见此书。

② 金紫光：《承继和发扬延安京剧革命的传统——整理京剧〈逼上梁山〉后记》，载《逼上梁山》，中国戏剧出版社1980年版，第190页。

似火烧……江南花石运京朝，神州遍野哀鸿嗷，御苑权贵乐逍遥"等极具感染力和震撼力的诗句，加之灾民扶老携幼，在歌声中陆续过场，将苛捐杂税、驱逐灾民等贪官污吏以及司法腐败造成的社会黑暗，直接提升为以宋徽宗为代表的整个封建统治阶级对劳动人民的压榨、剥削和奴役。因此，金版本取消了延安版本中开场的天灾旱荒而格外突出奴役人民的花石纲，以"人祸"替代"天祸"为开端奠定了全剧的叙述风格和情感基调，以及突显权贵穷奢极欲和人民水深火热的主题思想。这种吸收合唱表达宏大主题的文本叙事方式，往往呈现出一种集体人格意志，所以，金版本中极具阶级压榨、奴役属性的花石纲、抓壮丁、鞭子等意象，得到了格外的渲染和重复性叙述。相对于统治阶级的黑暗、严酷的统治，以曹正、李小二为首代表正义的人民群众反抗和起义的戏份明显加大，以突出体现人民创作历史的革命理论和实践经验。事实上，金版本改变了延安版本中以林冲奔走梁山为主线的文本结构，它由林冲经过思想斗争由起义群众引导奔走梁山和人民群众遭受压迫、奴役而觉醒起义两条线索并行推进，林冲成为需要被引导的"落后分子"。与此同时，鲁智深作为林冲故事的次要人物，其角色身份的重要性也被再一次降格，而真正体现革命精神并促进人物行动不断向前发展的是曹正、李小二等起义群众。淡化个人英雄主义不仅是强调集体主义精神革命伦理的需要，也与林冲、鲁智深出身于官吏阶层的政治身份有关。"出身论"贯穿于整个"十七年"及"文化大革命"时期，"黑五类""红五类"等表明属性、地位的阶级划分，就是以血统而论出身的极"左"思潮的具体反映。鲁智深曾为延安府老种经略的提辖、林冲本为东京八十万禁军教头，正如金紫光所言，"我们认为林冲虽然是封建统治营垒的人，但他是下层的，也是受压迫被陷害的。他同情人民……富有爱国思想，反抗奸佞，坚持操练禁军保卫边防"，但"他在痛恨权奸高俅的同时，却一直对皇帝抱有幻想，迟迟不觉悟，不能及早转变"，而且林冲的性格是"符合他独特的生活经历、环境条件和他出身的阶级特性的"。金紫光如此刻画林冲，其依据的是马克思、恩格斯在《共产党宣言》中说过的"在阶级斗争接近决战的时候，统治阶级内部……使得统治阶级中的一小部分人脱离统治阶级而归附于革命的阶级"，[①]林冲正是这一典型形

---

① 金紫光：《承继和发扬延安京剧革命的传统——整理京剧〈逼上梁山〉后记》，载《逼上梁山》，中国戏剧出版社1980年版，第189页。

象的代表。这种试图以文艺图解革命导师的理论并虚构历史的做法，毋庸置疑是"文化大革命"结束初期政治思潮在文艺作品中的延续。

北京京剧团在1977年9月的排演本《逼上梁山》[①]，是对金紫光的《逼上梁山》的进一步精炼与改编，全剧共十场加一个序幕。该剧对群众起义的戏份有所压缩，恢复了林冲作为革命英雄的中心人物地位，而且林冲的唱词明显加强，其革命精神、英勇气质以及阶级的彻底性在全剧得到了淋漓尽致的发挥。第一场林冲登台便唱"恼恨群奸结私党，殃民祸国花石纲；请罢花石我把本上，却道我多管闲事太张狂"，高俅欲除林冲不仅出于高衙内想霸占林冲妻子的目的，还因为正义凛然的林冲上奏本得罪权贵。事实上，北京京剧团的《逼上梁山》借鉴了明代传奇《宝剑记》中林冲的故事，即林冲几次上书弹劾高俅等奸臣，不仅未能除掉权佞，却反遭杀身之祸。[②] 这一借鉴使得林冲作为革命英雄遭受政治和社会的双重压迫，这也是北京京剧团排演的《逼上梁山》在塑造革命英雄形象方面最明显的改编。林冲的政治诉求越强烈，表明林冲与统治阶级决裂以及造反上梁山的决心越彻底。尽管前七场林冲还只是痛恨穷奢极欲和贪官污吏，并未有造反的革命动机，但是在第八场目睹了李铁母子的苦难悲惨、里正的凶狠，当听到李二谈论梁山水泊"举义旗、得民心"，林冲"犹如扒开云雾，得见太阳。不想在此慌乱年月，竟有这样的去处，实实值得欢欣"。第九场林冲"目睹管场人等私自盗卖粮草"及李铁对官差抓壮丁的反抗和众青年上梁山的呼声，林冲终于发出"贤弟英豪真堪羡，天下的穷人心相连。人间地狱何足恋，投奔梁山着先鞭"的革命声音。而在第十场林冲则以大段大段的唱词不断强化其"官逼民反"的革命诉求，以及强烈的"杀贪官、诛富豪，为民除奸英雄骄"的革命激情。很显然，林冲是按照"高、大、全"的文艺模式塑造出来的革命代言人，不能不说，林冲形象与样板戏中所塑造的高大的无产阶级革命英雄形象如杨子荣、少剑波、方海珍、高志扬等

---

① 北京京剧团：《逼上梁山》（十场京剧），未出版排印稿，封面有字样"根据一九四三年延安中国共产党中央党校俱乐部演出本改编""一九七七年九月排演本"。此稿十场分别为：序幕"花石纲"、第一场"释李"、第二场"菜园"、第三场"定计"、第四场"借剑"、第五场"白虎堂"、第六场"长亭"、第七场"野猪林"、第八场"借粮"、第九场"抓丁"、第十场"山神庙"。引文均见此排印稿。

② （明）李开元：《宝剑记》，载傅惜华《水浒戏曲集》（第二集），古典文学出版社1958年版。

毫无二致。这种脱离生活实际、人为刻意拔高以及美化英雄品格的样板戏"三突出"创作方法，就是"为了使英雄人物占领舞台"，要"把各种矛盾集中在主要英雄人物身上，以主要英雄人物为中心提出矛盾、激化矛盾和解决矛盾"，最重要的就是要突出"英雄人物的革命理想和革命激情，这是英雄人物的灵魂"，而且还要突出"英雄人物的革命英雄主义和革命乐观主义精神"。①北京京剧团演出的《逼上梁山》塑造林冲形象的创作观念与"三突出"理论具有高度的契合性。《逼上梁山》的序幕以宏大的场景和合唱开篇，着重刻画"几番鞭打、几声凄叫"这一典型的阶级奴役场景，全剧依旧把押运花石纲、抓壮丁和鞭子作为阶级压迫和奴役的象征性符号。可以说，从金紫光的文学剧本到北京京剧团的排演本，从读者的审美角度和阅读效果来考察，《逼上梁山》并没有给人一种"官逼民反、不得不反"的审美期待，反而更多的是一种"牢记阶级仇"的痛恨和发泄。

值得注意的是，两个《逼上梁山》文本悄无声息地消除了水浒故事中最引人注目的"替天行道"观念。众所周知，1975年毛泽东指出"宋江投降，搞修正主义，把晁的聚义厅改为忠义堂，让人招安了"②，因而宋江得以被全面批判，"替天行道"成为贯穿整个《水浒传》的一条"黑线"，"替天行道"不仅被看成一种天命观，而且是宋江维护地主统治阶级、效忠宋朝皇帝的反动的儒家路线，伴随而来的是晁盖成为梁山农民革命路线的代表人物和英雄领袖。③因此，《逼上梁山》等剧目的再次被改编不得不考虑政治环境和文艺界的批评方向。1978年北京市京剧团翻印的由李纶、魏晨旭、任桂林修订的《三打祝家庄》④，将延安时期冗长的二十六场"浓缩"为十五场，把群众戏份进行了删减、压缩，群众人物形象也只保留了

---

① 鲁戈：《坚持"三突出"创作原则，塑造无产阶级英雄典型》，《文史哲》1975年第1期。
② 毛泽东：《建国以来毛泽东文稿》（第13卷），中央文献出版社1998年版，第457页。
③ 张顺清、高洪遽：《宋江投降主义路线的黑纲领——评"替天行道"》，《破与立》1975年第5期。
④ 李纶、魏晨旭、任桂林修订：《三打祝家庄》，未出版排印稿。封面标明"原著：延安平剧研究院集体创作""李纶、魏晨旭、任桂林执笔""修订：李纶、魏晨旭、任桂林"以及"北京市京剧团翻印""一九七八年七月"等字样。全剧十五场分别为：第一场"下山"、第二场"探庄"、第三场"盘陀路"、第四场"联李"、第五场"攻城"、第六场"中军帐"、第七场"天齐庙"、第八场"进庄"、第九场"花园"、第十场"看相"、第十一场"定计"、第十二场"赚敌"、第十三场"寨楼"、第十四场"破庄"、第十五场"尾声"。引文均参见此排印稿。

钟离老人及其两个儿子，集中展现梁山好汉的革命精神和战斗过程，最明显的莫过于宋江的戏份全部由晁盖替换。改编力度最大的莫过于1980年云南省京剧院二团翻印的《晁盖三打祝家庄》①，全剧分前部（十二场）和后部（十三场）共二十五场次，同样宋江在《晁盖三打祝家庄》中的戏份被晁盖悉数取代，突出赞扬晁盖的军事智慧和革命斗争精神。与延安时期《三打祝家庄》相比较，《晁盖三打祝家庄》在强调军事策略、斗争经验以及团结联合商人李应的同时，还塑造了扈三娘"不爱红妆爱武装"的女英雄形象。另外《晁盖三打祝家庄》涌现出大量现代革命和军事词句，像"斗志昂扬，意气风发""坚壁清野""绝不侵犯贵庄""夹击贵军""妥善处理""攻坚"等，这种以古为今用的创编方式是借古人说"今话"。在主题思想上，《晁盖三打祝家庄》以宣传"均贫富、等贵贱"为核心内容，其革命目标是推翻大宋王朝及其官僚统治，以解救穷苦百姓。因此，后部最后一场即第十三场以晁盖等英雄与百姓互相下跪、紧握双手而引人注目，既是革命大胜利激动场景的再现，也是军民鱼水情的重演，更塑造了革命领袖的伟岸风范，演绎了一段人民群众与英雄人物共同创造历史的革命传奇故事。

2. 回归与20世纪80年代的续写

20世纪70年代末拨乱反正以及"实践是检验真理的唯一标准"的社会大讨论，对整个中国文艺界及艺术创作都产生了积极的影响。尽管许多剧作家在创作观念、文本题材和艺术手法方面延续了"文化大革命"时期的文艺思潮，但是新思想的复苏和萌发，也使得一些剧作家开始从工具论政治实用主义和庸俗社会主义观念中逐渐清醒，由以往的"人民文学"逐

---

① 云南省京剧院二团翻印：《晁盖三打祝家庄》，未出版排印稿。封面标"编剧：任桂林、李征（纶）、魏晨旭（执笔）""一九八零年七月三稿""云南省京剧院二团翻印"等字。全剧分前部和后部。前部十二场分别为：第一场"巡险"、第二场"发兵"、第三场"探庄"、第四场"分兵"、第五场"盗翎"、第六场"脱险"、第七场"劝李逵"、第八场"访李应"、第九场"家吵"、第十场"逼扈家"、第十一场"清野"、第十二场"攻坚"。后部十三场分别为：第一场"增援"、第二场"内应计"、第三场"进庄"、第四场"探内宅"、第五场"会钟离"、第六场"看相"、第七场"说栾"、第八场"得密报"、第九场"告状"、第十场"监牢"、第十一场"练兵"、第十二场"夺寨门"、第十三场"破庄"。引文均参见此排印稿。

渐向着重表现"人"的文艺观念转变。1980年在中国剧协、作协和影协召开的剧本创作座谈会上，剧作家针对"写真实"问题进行了广泛的交流，强调"真实是艺术的生命"，在创作方法上开始回归现实主义传统，直言要"讲真话""干预生活"。所以，1980年前后话剧界与小说界的"伤痕文学"几乎同步出现了一批政治批判剧和社会问题剧，像五场讽刺喜剧《枫叶红了的时候》是最早批判"四人帮"和"文化大革命"的剧目，五幕话剧《丹心谱》也是对"四人帮"的批判，四幕话剧《于无声处》描绘了因"天安门事件"而展开的光明与黑暗之间的生死较量，《假如我是真的》则最早触及了党的腐败问题。京剧创作也获得了较为丰富的收获和突破，像郭启宏的《司马迁》中将知识分子视为社会的精神楷模以及与专制主义斗争的勇士，马少波的《正气歌》塑造了文天祥这位知识分子民族英雄，湖北省京剧院的《徐九经升官记》中徐九经在冤家与恩人之间所做的正义之举，以舞台丑角形象展示了一位内心充满正气的理想人物。无论是话剧抑或京剧，皆在复杂曲折的故事中，展现了新时期时代人物的精神气质和思想内涵，以及较为深入地剖析了个人与社会、个体与理想之间的多层关系，在文艺与社会、文艺与政治以及颂扬与暴露等方面给予了全方位探索。应该说，这种探索承继了五四新文化运动以来的思想启蒙主题。

但是，许多剧作者的创作仍然受制于自身思想观念的束缚，延续了"十七年"时期反封建、反专制主义的叙述话语传统。刚刚过去的"文化大革命"，许多人将其看作"封建专制主义"的"肆虐"。[①]这种对"文化大革命"既清醒又刻意的"误读"，为回归"十七年"时期的主流意识形态创作思想找到了理论依据和现实支撑。事实上，1980年前后关于文艺的创作态度、政治尺度等的把握及基本原则问题，在文艺界争论不休，《四郎探母》在争论声中持续演出，而《假如我是真的》被禁演，电影《苦恋》遭受不正当的批判。这表明从高层到普通编剧都是在解放思想的大潮中不断试探性前进，于曲折复杂中推动社会各方面发展，尤其是1983年到1984年的"清除精神污染"这一小插曲，给整个文艺界的创作带来了不小的影响。那时，戏剧家也因此把握不准文艺政策及其精神走向，其创作思想严重受到束缚。为

---

① 洪子诚：《中国当代文学史》，北京大学出版社1999年版，第240页。

了"保险"起见,1980年前后的剧作家,在选材上普遍回避了官僚主义、特权思想、党内不正之风等尖锐题材,而大都转向历史事件、身边琐事、爱情纠葛等描写,有的甚至胡编乱造、逃避现实。①所以大致可以判断,1985年之前的文学界、戏剧界以现实主义为主要创作思潮,在艺术观念、艺术形态及审美风格上趋于探索又顾虑重重,尽管此时传统剧目在大踏步地恢复上演。正是基于这样的历史境遇和社会政治背景,20世纪80年代初期的新编水浒戏徘徊在传统戏与革命戏的两端,一端与《水浒传》及水浒戏的传统精神接轨,极力避开革命化思维和创编方式,不谈革命;一端延续了"十七年"时期的革命话语传统,承继了"十七年"时期的"阶级仇恨"和革命英雄主义话题,然而二者之间又有着某种程度的关联。

1978年吉林省吉剧团集体创作、王肯执笔的《燕青卖线》由东北二人转《卖线》改编而来,故事情节是:三年前燕青在神州擂台上打败了暗下毒手的铁罗汉,知府乘机挑拨是非、颠倒黑白,反说燕青暗箭伤人不够英雄,利用钱财笼络不明就里、心中不忿的任秀英兄妹,重搭擂台搜罗好汉共反梁山。梁山得知此事,令燕青巧扮货郎、时迁装作乞儿前去劝降任秀英兄弟,以共破神州府。燕青借任秀英"久闯江湖敬好汉"的英雄心理,向任秀英阐明与铁罗汉的恩怨曲直,后又循循善诱,终于使任秀英恍然大悟,愿"杀赃官归梁山负罪立功"。此剧中任秀英重江湖之义、疾恶如仇、深明大义,燕青智勇双全又巧用策略、能言善说,人物塑造十分成功。②这是一出典型的传统剧目戏,既无革命话语,也无政治口号,然而此剧所表现的梁山反抗精神又与中国独特的历史语境一脉相承。同样地,1980年的"京剧三折"《水浒拾遗》分别讲述了三个后水浒故事,其中"妯娌会"中"高俅贼子施下毒计,要灭尽梁山弟兄",孙新和顾大嫂遵李应兄长的命令,乔装打扮,暗赴彰德府解救没羽箭张清的未亡人琼英母子,从而"上山"共图大事,体现了"黄钟毁弃瓦釜鸣、朝纲紊乱虎狼行"的黑暗现实以及梁山英雄的反抗精神。"浔阳楼"中梁山好汉神算子蒋敬孑然一身访宋江"题诗言志"之地,重温宋江当年豪情绝唱,为今日梁山兄弟惨死殆尽悲叹不已,又偶遇梁山好汉穆春以及曾放走宋江的唐牛,本应"仗宝刀

---

① 董健、胡星亮主编:《中国当代戏剧史稿》,中国戏剧出版社2008年版,第271页。
② 王肯执笔:《燕青卖线》,吉林省吉剧团集体创作,内部资料,1978年。

血洗这宋家的旧山川",然"这大好的山河已不姓赵",因而"义旗高举折楼阑","弟兄恨比国难岂可越僭;有道是覆巢之下哪有完卵,必须把梁山恨暂隐心间……抖雄心要继承那死者遗愿,再举起杏黄旗解民倒悬……替天行道捣黄龙还我河山",突出民意,由私仇而转化为公义,表现出强烈的家国情怀。同样地,"闹葛岭"中乐不思蜀的宋高宗只管贪图享乐而不思抗敌复国,"反倒是朝朝饮宴,日日笙歌",在内侍带领下访名花学风雅会李师师,反被李师师一顿羞辱挖苦讽刺,落荒而逃。[①] 该折子戏表现了宋高宗的荒淫无度、腐败无能,更体现出李师师的大义凛然与爱国精神。综合来看,"京剧三折"以家国情怀为核心话题而编排,既把握住了传统水浒的内在精神,又与中国传统的忠义思想不谋而合,还具有鲜明的意识形态性,其中对顾大嫂、琼英及李师师的刻画深入而动人心弦。

这一类创作及改编的传统戏剧目,仍没有摆脱泾渭分明、黑白对立的二元结构模式,梁山处于正义而官府及高俅等处于非正义一方,尽管其叙述话语避开革命及政治而不谈,就其对人物的单一性刻画以及两极化对立的结构方式,显性地表达了家国情怀,隐性地与"十七年"时期的政治话语有一种契合,算是一种隐性的"回归十七年"。这一类剧目,善于挖掘和改造水浒的传统含义,又能与当下的社会环境及主流意识形态相适应,相对而言,创编较为保守,观念有待革新。但与此同期的个别剧目,则完全采用"十七年"时期的革命叙述模式及主题意蕴,其改编方式是否妥当令人质疑。

1983年翁偶虹改编京剧《白面郎君》[②] 上演曾轰动一时,在不到一年的时间里演出近四十场,有的观众连看数场甚至十数场,这样的境况在北京市京剧团里不多见。[③] 《白面郎君》改编自传统剧目《蔡家庄》,据《京剧剧目初探》考证,《蔡家庄》不见于《水浒传》本事,是秦腔、同州梆子、河北梆子传统剧目,为著名小生程继先的代表作,讲述蔡家庄蔡继泉、蔡

[①] 章子冈:《水浒拾遗》,京剧三折,《黑龙江戏剧》1980年第4期。
[②] 翁偶虹:《白面郎君》,载《翁偶虹剧作选》,中国戏剧出版社1994年版,第427—470页。引文均见此书。
[③] 伊平:《似与不似之间——谈温如华在京剧〈白面郎君〉中的唱腔探索》,《戏剧报》1985年第1期。

芙蓉兄妹与梁山为敌，梁山好汉乔装打扮共歼蔡氏兄妹的故事。[①]有学者在《清代花部戏研究》中指出，《蔡家庄》又名《打蔡府》，《春台班戏目》及《庆昇平班戏目》著录，清嘉庆二十五年（1820）七月北山底太平班于山西大东沟镇岭头村玉皇庙舞台题壁有《打蔡府》。余治《得一录》卷十一之二《翼化堂条约》云："即如祝家庄、蔡家庄等处地方，皆属团练义民，欲集众起义，剿除盗薮……而观戏者反籍籍称宋江等神勇。"京剧有此剧[②]，其内容与《京剧剧目初探》相同。出版于1984年由陕西省艺术研究所编的《秦腔剧目初考》，与《京剧剧目初探》的记载也相似。但是，"十七年"时期京剧传统剧目整理的标志性成果《京剧汇编》中收录的王连平、闫庆林藏本《蔡家庄》[③]中，蔡氏兄妹被塑造成革命的"阶级敌人"，蔡氏兄妹"全倚仗伊父势力，招摇受贿，欺压良民"，而且蔡狄全（蔡继泉）由"好色贪花"变为"常掳民间良女，朝欢暮乐，恶劣之极"，蔡氏兄妹由原本的庄园地主也演变成奸相蔡京的儿女，梁山要"替天行道"，为一方除害。1964年出版的王连平授课本将《蔡家庄》作为京剧表演专业剧目教材，延续了这一演变。这样，在"十七年"时期京剧传统剧目整理过程中，由心传口授到文字记录出版实际上将蔡氏兄妹的阶级属性进行了规定和纸质化，蔡氏兄妹也由与梁山为敌的庄园地主，转变为与整个统治阶级血肉相连的权势人物和大地主阶级，并在道德品性上增加了作恶多端、好色贪欢的单元情节。1984年的《白面郎君》继承了"十七年"时期的阶级意识及其历史表述。

《白面郎君》中的正面角色塑造，一个改编是主人公郑天寿已从"清代花部"、《京剧剧目初探》中装扮牙婆和"十七年"时期传统剧目整理中的挑蚜虫的，转变为装扮权贵童贯儿媳妇佟玉清，而且，郑天寿早被改编为受压迫、受屈辱者，郑天寿的结发妻子陆静娟被蔡济泉抢走。如此一来，郑天寿与蔡氏兄妹之间的仇恨具有了双重意义，既心怀私仇又奔赴梁山以"替天行道"，较之于"十七年"时期《蔡家庄》剧本中梁山高高在上的

[①] 《蔡家庄》，载《京剧剧目初探》，中国戏剧出版社1963年版，第254页。
[②] 金登才：《清代花部戏研究》，中国戏剧出版社2006年版，第163页。
[③] 《蔡家庄》，载北京市戏曲编导委员会编辑《就剧汇编》（第八十一集），北京出版社1959年版，第102—103页。

"替天行道",更具有丰富的生活基础和现实来源。另一个改编是宋江的消失。《白面郎君》一改过去郑天寿被宋江派去为民除害的细节,换掉宋江而改由杨志调动郑天寿以推动故事情节的发展。宋江被换掉,不能不说与1975年"文化大革命"中毛泽东批判宋江投降主义思想多少相关,事实上直到20世纪80年代初期,宋江作为一个富于争议的历史人物依然被学界批判,估计翁偶虹也因"吃不准文艺政策"故去之不用。这在突显剧作者创作思想谨小慎微怕触犯政治教条的同时,也说明政治意识形态对剧作家的束缚,使得剧作家的主体意识和主体自由并没有得到该有的发挥,应有的创造力受到一定程度的限制。同样地,反面角色蔡氏兄妹的形象塑造也深受单一政治思维模式的影响。蔡济泉挎剑带领篾片及四教师在村子随意掳掠民女,瞅见长得丑的直接杀掉,扬言不怕王法,村翁村媪控诉并咒骂的结果也是被虐杀。事实上,中国封建社会农村血缘关系浓厚,大多数以家族、宗族为单位互帮互衬,宋代宗族制度本身以"敬宗收族"为重要功能和目的,并呈现明显的平民化的趋势,其对乡村社会的渗透和影响力远远大于前代,对乡村社会的控制能力随之也大大增强。①虽然剧作家并不一定像历史学家那样对宋代的乡村制度十分了解,但单一的政治思维往往会使剧作家产生单一的文化作品。《白面郎君》中蔡济泉从开始强掳陆静娟到在村子里随处杀人掠女,再到连童贯的儿媳妇也不愿放过,这种对恶霸地主的夸饰性描写的确值得商榷。更令人惊叹的是,蔡芙蓉对其兄掠色不仅无动于衷,反而助纣为虐,想帮蔡济泉迷奸童贯儿媳妇。童贯儿媳妇被梁山劫走后愿意以身伺候好汉换取性命,即使在蔡府内碰见蔡济泉时,也全然不顾梁山好汉混入的夺命危险,告诉蔡济泉"我才是真正的少夫人哪!咱俩亲热亲热吧"。封建统治阶级几乎全部被描述成好淫之徒,这种阶级仇恨模式的运用严重脱离历史语境,显然有悖于20世纪80年代现实主义的主潮思想,也突破了"十七年"时期历史剧对阶级敌人道德化书写的边界。

从读者审美角度讲,相对于小说等语言艺术类作品,融语言、音乐、表演、舞蹈等于一体的综合性艺术,对接受者的吸引程度要略高一些,戏剧作品与接受者之间的互动关系更为亲密,接受者的反应会直接影响到戏

---

① 谭景玉:《宋代乡村组织研究》,山东大学出版社2010年版,第206页。

剧作品的再创造和再演出，因此，接受者的主观感受成为衡量一部作品市场化及票房的首要标准。刚刚经历过"十七年"和"文化大革命"的观众，饱受去封建化、去色情化文艺作品的意识形态化灌输，拨乱反正后人的觉醒、人对自身审美的不断强化以及性意识的复苏，使得在市场化、商品化大潮中，《白面郎君》对阶级敌人好淫的夸张式描述成为争取市场票房的一大亮点。毕竟，20世纪80年代初期广大普通接受者习惯于革命叙事模式及其带来的审美快感，翁偶虹在此基础上，又有意强化戏剧语言的性话语，通过阶级敌人的性话语激发接受者的性幻想，以满足接受者的性心理。这种创作动机推动了新时期初期戏剧的市场化和商品化，打破了以往在国家话语和政治话语框架下书写梁山好汉故事的创作方法，呈现一种貌似丑化阶级敌人，而实质上无意之中使得国家话语、政治话语以及革命话语，在性话语的笑声和性幻想中被悄然消解。

无独有偶，1984年上海京剧院的《智取生辰纲》对英雄又给予了一次正面拔高。其一是白胜卖酒，在《水浒传》中，从林子里出来的好汉原本是吃了酒还要再加一瓢，而《智取生辰纲》中则改为白胜慷慨赠送一瓢，好汉假装不好意思把酒又倒回了桶里，并趁机做了手脚，药翻了押送的差役。其二为拔高宋江形象，经朱仝的再三劝说，宋江才纳阎惜娇为妾，而且还是为了完成"革命的任务"。另外，剧中的阎惜娇也被塑造成一位冰清玉洁的女子。①《智取生辰纲》延续了"十七年"时期塑造英雄人物时"集中了人民的好的品质加以发扬，结合着人民的理想，树立人民前进的榜样"②的社会主义的现实主义创作传统，英雄人物被集中、夸大和理想化，连在"十七年"时期常常被批评的阎惜娇，也因出身于贫苦人家而获得正面塑造的机遇。当然，魏明伦创作的荒诞川剧《潘金莲》是对以往革命性叙事模式最大的"突围"，但不得不指出，魏明伦尽管以西方荒诞的艺术方法竭力批判封建文化使得一个女子走向沉沦，但终究仍以革命性话语的叙述方式把反封建作为其中心主题。应该说，20世纪80年代此类创作及改编方法较多，之后也并未消失殆尽，也时常会冒出个别作品。譬如1990年苏景春的小戏曲《鲁智深打店》，讲述了鲁智深与郑义两位英雄打抱不

---

① 锦燕:《观众谈京剧〈智取生辰纲〉的改革》,《上海戏剧》1984年第3期。
② 陈荒煤:《为创造新的英雄的典型而努力》,《长江日报》1951年4月22日。

平救民女的一场误会的故事，其中郑义的妻子被皇帝选美掳掠了去，阶级叙事方式可谓有迹可循，但在现代戏剧观念的冲击之下，这种叙事模式基本上随着20世纪的离去而逐渐退出了历史的舞台。

第二节 从历史反思到日常叙事

1. 国族话语下的女性构建

魏明伦创作的荒诞川剧《潘金莲》（见图5-1）是对以往革命性叙事模式最大的突围，然而不得不指出，魏明伦尽管以西方荒诞的艺术方法竭力批判封建文化使得一个女子走向沉沦，并歌颂社会主义婚姻制度，但终究仍以革命性话语的叙述方式把反封建作为其中心主题。受魏明伦影响的多部《阎惜姣》同样以阶级话语作为剧本的起始，再引出相关线索与剧情。应该指出，20世纪80年代新编水浒戏的思想主题依旧未能脱离政治话语的范畴，其叙事模式或隐或显、或多或少地延续了"十七年"时期的革命化叙述。但魏明伦的《潘金莲》是水浒戏与西方现代思潮相隔半个多世纪之后的再次融合，他以时空倒错、理性与感性交替的现代手法寻求古今人物的直接对话，以当代思想重新考量历史困境中的潘金莲。这一新颖别致的风格对有关"水浒淫妇"的戏影响甚大，翻案风一时骤起，上海淮剧团徐耿声的《阎惜姣》、江苏京剧院翁舜和的《阎惜姣》、徐棻的《惜姣之死》等都深受其影响。

图5-1 荒诞川剧《潘金莲》

第五章 后革命时代：续写、反思与媚俗

实际上，1985年"寻根文学"在全国掀起了"文化热"，同年10月魏明伦的荒诞川剧《潘金莲》①首次公演，在全国产生了激烈的争论和巨大的影响，随后出现了多达两百家剧团的移植和翻新演出。荒诞川剧《潘金莲》问世是新时期戏剧回归戏剧本身和戏剧文学觉醒的一次重要事件，也是新编水浒戏剧作家继1928年欧阳予倩《潘金莲》话剧之后水浒戏剧回归人性的里程碑式事件。但是，魏明伦以历史隐喻现实，借潘金莲悲剧披露造成当代婚姻家庭问题的旧道义，"提倡社会主义精神文明的重要人物应是彻底反封建"，基于此，"我的荒诞川剧《潘金莲》破土而出……"②魏明伦的创作动机和思想观念未跳出自五四新文化运动以来的反封建传统，以及"十七年"时期以来对现行社会主义制度的赞美与歌颂。然而，魏明伦《潘金莲》以荒诞的形式，采用布莱希特的间离效果横跨古今历史，中外各色虚构非虚构人物登台，以潘金莲故事的感性叙述作为主线，以施耐庵、贾宝玉、武则天、吕莎莎、安娜·卡列尼娜、女法庭长等理性判断作为副线，讲述了一个"中国家喻户晓最坏的女人"的"沉沦史"。《潘金莲》以广阔的舞台为背景，在古今人物、文化矛盾和思想冲突之中回答了历史与人性、当代与历史的深层关系，在制度文化和文化价值观念方面，重新审视了造成女性悲剧命运的"妇女病"这一延续数千年的社会问题。所谓"妇女病"，出自荒诞川剧《潘金莲》中芝麻官向武则天陈述"凡是王朝清官……治不了大毛病，更医不好'妇女病'"一句。值得注意的是，作者在出版的文学剧本《潘金莲》开首有一段别林斯基《论〈哈姆雷特〉》的话作为引言，其中"悲剧中的每一个人物都不属于历史，而是属于诗人的，尽管这个人物具有历史的名字"一句，令人想起亚里士多德在《诗学》中"诗是一种比历史更富哲学性、更严肃的艺术，因为诗倾向于表现带普遍性的事"③的艺术价值判断，意在表明《潘金莲》一剧蕴含着丰富的哲理性思考以及对人性的终极关怀和价值体现。

魏明伦同样将潘金莲看作一个被侮辱、被损害的女子，诸多的人生失

---

① 魏明伦：《潘金莲》，载《剧本和剧评：潘金莲》，生活·读书·新知三联书店1988年版。引文均见此书。
② 魏明伦：《我做着非常"荒诞"的梦——〈潘金莲〉遐想录》，《戏剧界》1986年第2期。
③ 亚里士多德：《诗学》，陈中梅译注，商务印书馆1996年版，第81页。

望对潘金莲构成致命的打击，使得原本打算嫁鸡随鸡的潘金莲高傲的心气迅速复苏。一是在精神需求层面，武大郎的矮并不是问题，但武大郎人格之矮和性情之懦弱，与一位泼辣性格且以女汉子自称并极度羡慕英雄的女子实难匹配；二是在肉体需求层面，"木偶娃娃"暗示了武大郎性能力的低弱，这对一个有着正常情欲的女子来说难以接受，精神和肉体的双重伤害造成潘金莲一种极度渴求的心理。在魏明伦的笔下，潘金莲是一个高度道德化的身体符号，潘金莲与西门庆的"情投意合"更多地表现出情欲或色情的内涵，两性之间在精神层面的交流被严重弱化乃至消失，这与张大户、武大郎以及武松三位男人造成潘金莲过度情欲化的身体不无关联。从女权主义角度考察，将女性深层心理仅仅作为无意识性冲动来解释，而不去深挖其幽暗、复杂、广阔的内心世界及其生命意义，是对女性单一化、情欲化的诠释。不得不指出，正是潘金莲自我道德约束力的减弱与情欲的极度膨胀，才使得一个追求自我、个性十足的女性在封建社会迅速沉沦。应该说，潘金莲对武大郎下毒手，不仅在于潘金莲对这个世界价值观念的否定和绝望，更在于对自身存在价值和意义的彻底绝望。潘金莲把一封休书作为个体追求幸福和人生意义的最后一根救命稻草，却不幸被武大郎果断斩断。武大郎始终不放手的心理依据就是芝麻官翻阅的历代法典和千年经典，它们形成的制度文化、伦理文化和道德观念根植于民族的血液和骨髓，像生命力极强的癌细胞一样难以被清除，深深地埋藏在当代男性的思想意识中，并随时拿出来对付同样被封建道德教化的女子。这也就是作者所提出的中华"妇女病"的根源。魏明伦的文化之根挖掘了民族文化当中的痼疾，并给予痛彻的批判和控诉，就20世纪80年代的人来说具有极强的思想启蒙作用。

事实上，《潘金莲》也展示了不同的制度和文化会造成女性不同的命运，无权无势的潘金莲需要个性自由又渴望追求理想的生活，但在礼教束缚的封建社会只能以悲剧结束自己的生命。相对而言，有权有势的武则天则以杀人狂魔的面目对付男人以满足私欲，饱受爱情之苦的安娜·卡列尼娜在宗教启迪下寻求灵魂的净化和道德的完善，以卧轨自杀结束性命，而只有新时代的吕莎莎通过离婚的方式实现了个人自由和权利的保障。本质上，她们是时空不一的潘金莲，不同的制度文化和伦理道德决定了她们人生及其婚姻的幸与不幸。魏明伦的全球视野为接受者提供了思考潘金莲这一典型性格及其命运的多重角度。凯特·米利特指出:"家庭、社会和国家——的命运是相互关联的。在大多数男权制形式中,这种相互关联性一般都获得了宗教的支持……今天,世俗政府也肯定这一点……即使在现代民主国家里也是如此。"① 以男权为核心的封建家长制是魏明伦批判的重点,连懦弱不堪的武大郎也足以借助夫权令潘金莲绝望,武则天若无皇权何谈杀戮男性,安娜·卡列尼娜又何尝不是其丈夫卡列宁男权思想的殉葬品,吕莎莎不离婚也可能逃脱不掉悲剧的命运。男权及其家族制度将男人道德化的同时,成为束缚女人及霸占性资源的强有力工具,表面上维护着整个封建社会与婚姻家庭的稳定关系,实则压制了多少女性个体的幸福生活和自由意志。所以,男权及其家族制度是审判女性伦理道德的法庭,在情理上为武松杀淫妇找到了借口。《潘金莲》中现代女法庭长的出现,则意图表明新时代的家庭婚姻以法律制度为保障,而不是以传统道义为堡垒的男权和家族制度,当代文明才是真正消除中华"妇女病"的利剑。

　　昆曲《潘金莲》以传统的戏曲形式表达了潘金莲的心声——"不为豪门堂内妾,宁做贫家执帚人",然而心地善良的武大郎却丑得出奇,无家可归的潘金莲只好随他而去,后遇见武松春心荡漾,爱而不得转身与寻花问柳的西门庆"二人相爱",捉奸下毒,被武松报仇雪恨,死前喊出"错差,自古莫作妇人身,百年苦乐寄人下——悔不该害死武大,这一步走差,这一步走差,这才是人间最苦妇人家"的呼声。② 这篇依据明代沈璟《义侠记》改编的新编戏,突出了潘金莲的祸根:豪门张员外断送其青春梦,武松为其埋下"情种",西门庆迫使其下毒杀人,权势、流氓与礼教让一个女人沉沦且殒命。在某种意义上,潘金莲的遭际着力体现了传统妇女的命运。该剧为广大妇女呐喊,因而与魏明伦的荒诞川剧一样带有极强的启蒙思想。徐耿声和翁舜和的《阎惜姣》同样控诉封建社会的天灾人祸,不是连天大雨一家人因穷逃难父亲呛水而死,就是梁中书搜刮生辰纲导致其父口吐鲜血而亡,之后阎惜姣愿卖身葬父被宋江相救,哪知乌龙院冷清负韶华,阎惜姣怨气油然而生与宋江发生矛盾,双方杀心皆起,在"招文袋"

---

① 〔美〕凯特·米利特:《性政治》,宋文伟译,江苏人民出版社2000年版,第42页。
② 刘广发:《潘金莲》,七场昆曲,《上海艺术家》1988年第3期,第40—54页。

事件中各怀鬼胎以致阎惜姣被杀，其间穿插阎惜姣与浅薄之徒张文远的爱恋之情，后又被张所骗。徐耿声的《阎惜姣》①以阎惜姣违反伦常、利嘴叨舌、贪图淫荡而被阎王审判并钉在耻辱柱上为结局；翁舜和的《阎惜姣》②塑造了一个冷冰冰的卫道士法学博士，他以"历史的看待"认为阎惜姣私通张文远是贪图欢娱、迷恋性欲，又不知宋江解救之恩反以仇报恩，以爱情婚姻自由为理由，"和一个不相爱的人在一起，真是一种煎熬！一种罪孽"，痛恨自己的小妾地位，热烈追求自己的爱情生活，控诉自己的淫妇身份。这种从阳间到阴间的书写、古今对话的方式足以引起观众的思考，前者通过阴曹地府的审判，后者通过天地之间的法律，批判了传统社会以男性话语为中心建立起来的一套文化秩序、婚姻结构和法律制度，以女性视角批判男性所支配的统治关系，不可避免地带有某种意识形态功能。

与大陆的《潘金莲》《阎惜姣》等作品比较，台湾复兴剧团上演的《荒诞潘金莲》，把潘金莲看成整个古代妇女的代表人物，以现代导演重排"武十回"为故事开端，围绕潘金莲的遭遇让施耐庵、贾宝玉、安娜·卡列尼娜、武则天等各色人物跨越时空出场评论，决定潘金莲的未来命运。施耐庵眼里潘金莲乃十足的淫妇，贾宝玉则认为若是在曹雪芹的笔下潘金莲抗婚最终像鸳鸯、金钏等魂归他处，安娜·卡列尼娜鼓励潘金莲逃走，武则天建议潘金莲寻找"第四个男人"。然而，导演以国情、时代不同否定了安娜·卡列尼娜的提议。这种采用复调艺术设置情节的手法，促使观众和读者重新回到古代的历史境遇，思考以潘金莲为代表的古代妇女的命运，以不同的立场、不同的观点，各抒己见，探讨男性主导的社会所奉行的制度、文化、价值以及女性观念，甚至男性话语对女性的潜在影响和渗透。③杨世彭的《阎惜姣》④设置了"解说者甲""解说者乙"两个极具现代思维的角色，既作为主要人物出场前的剧情解说者、评论者，又主动参与到剧情之中，随时以现代视角评论又同时与宋江、阎惜姣等完成对话推进

---

① 徐耿声：《阎惜姣》，载《徐耿声剧作选》，上海社会科学院出版社2016年版，第295—356页。该剧创作于1986年，上海淮剧团印有内部资料。
② 翁舜和：《阎惜姣》，江苏省京剧院印，1989年，内部资料。
③ 林淑薰：《台湾新编京剧的"戏中戏"叙事方法——以〈荒诞潘金莲〉、〈阎罗梦〉、〈孟小冬〉、〈百年戏楼〉为探讨对象》，（台湾）《戏曲学报》2014年11期，第8—13页。
④ 杨世彭：《阎惜姣》，（香港）天地图书有限公司2000年版。

情节。这一现代视角最为关注的是阎惜姣这类传统女子的命运问题，对阎惜姣追求幸福追求婚恋自由的理想给予充分的肯定，但对阎惜姣的泼辣狠毒又进行了批评。实际上，阎惜姣的角色扮演也吸收了欧阳予倩和魏明伦两位笔下潘金莲的现代思想，对女性悲剧命运甚为清楚通透，无奈以男性为中心的社会规则无法撼动，而阎惜姣本身不择手段的狠辣做法又推送其一程，最终成为刀下鬼。杨世彭的《阎惜姣》对传统文化的批判色彩十分浓郁，对女性人物的悲剧命运的解读全面而深中肯綮。显然，魏明伦从制度文化的角度批判社会及其道德价值，关注女性的婚姻和幸福，中国台湾的《荒诞潘金莲》更是深入社会制度文化构建者男性的主体世界，从女性主义角度反思男性话语对男性及女性的支配性作用，包括男性价值观念被内化为女性的思考方式和评判标准，从而引发接受者对当下社会的深度思考与批判。

  但是应该指出，以往我们常常把婚姻错配看作潘金莲、阎惜姣悲剧的根源，实际上，若从戏剧娱乐功能的角度细究，会发现英雄美女、少年美人的传统婚配观念（类似于才子佳人的美满婚配）一直支撑着潘金莲、阎惜姣各类文本叙事，像项羽与虞姬、"二乔"与孙策和周瑜，而白居易的《长恨歌》更是将唐明皇与杨贵妃的爱情演绎为世间绝唱。这种传统爱情婚配文化心理以及身体美所展现的性吸引力，成为千百年来文学艺术作品歌颂和赞美的重要文化母题，如同才子佳人文学作品那样长盛不衰。新时期武松杀嫂戏剧中潘金莲的悲剧不仅是封建社会制度及其男权思想的产物，也与潘金莲自身的人生追求及其极端的情欲需求有极大的关系。所以，新编"杀嫂""杀惜"类戏剧延续且融合了《水浒传》及传统水浒戏所采用的英雄叙事模式，通过武松、武大郎、西门庆三者之间的内外美丑以及是否具有英雄气质，作为观照潘金莲情欲世界的重要参照。施耐庵以《水浒传》颠覆了人们对英雄的理解，英雄皆因不近女色彰显了其英雄气质和好汉情结，即便是美女与英雄结合，也会是扈三娘这样的英雄嫁给王英这种好色之徒，而林冲与其娘子的婚姻爱情以一方死亡而结束。施耐庵打碎了读者心中英雄与美女喜结良缘的叙事模式，同时也改变了"英雄难过美人关"的俗众心理定式。因此聂绀弩才指出：《水浒》上的英雄豪杰竟几乎都是风化主义者！别人犹可说也，杨雄、石秀、李逵和枷打白秀英的雷横,则都是简单的虐杀妇女或兼杀与被虐杀的妇女有关的男人的人。"①《水浒传》及传统水浒戏所刻画的英雄好汉不仅不值得女子去爱,还有可能遭受无缘无故的虐杀。令潘金莲爱上武松本身就是现代人道主义思想的产物,《水浒传》及20世纪以前的水浒戏并没有渲染潘金莲的爱情而只是突出其淫欲。魏明伦的潘金莲以及徐耿声、翁舜和的阎惜姣更大胆地追求人类最伟大的爱情和如胶似漆的婚姻生活,潘金莲、阎惜姣所需要的英雄/少年是一个内外皆充满勇气、敢爱敢恨、勇于担当甚至冲破亲情伦理关系的好汉,这也是新时期潘金莲、阎惜姣或所有女性所发出的最勇敢的爱情呼求。

试图构建潘金莲、阎惜姣的精神世界以及挖掘其性心理是整个20世纪新编"杀嫂""杀惜"戏剧的创作目的之一,但是,无论如何书写与构建,潘金莲、阎惜姣作为一个女性始终被刻画成精神向度单一的爱情追求者或肉体欲望的求欢者。这种从男性剧作家(女性剧作家几乎很少重写潘金莲故事)角度进行的想象和再创造,则是天使与魔鬼的混合体。潘金莲既有让男人向往、同情、怜悯乃至幻想的一面,也有令男人恐惧、退却、仇恨的一面;阎惜姣既有少女思春的美好情怀和浓烈的爱情自由思想,也有刁钻野蛮、忘恩负义的一面。她们的人物性格内涵更为复杂多变,其天使的心性与魔鬼的冲动却分外鲜明,易辨易识。因此,新时期"杀嫂""杀惜"戏剧的文本创作和舞台演出基本上围绕"一个女人由天使堕落成魔鬼"的故事,究其原因,则是对女性认知的缺陷:女人生为一场爱。事实上,女性的解放何止于爱情解放,女性在政治、经济、文化等方面的解放也是女性解放的重要组成部分。正如章诒和对魏明伦的川剧《潘金莲》的评价——"川剧《潘金莲》就是本色意义上的'趋时'之作,它与今天的时代精神貌合神离。在形式上非常现代化,但在观念上,体现的是带有某种庸俗性的市民心理意识",过度地强调性爱在人类价值中的地位,可以不断刷新戏剧观众的审美期待,但是以爱欲"作武器去战胜封建意识的堡垒时,就显出先天性虚弱"。②将女性看作爱情的替身和情欲的化身,本

---

① 聂绀弩:《中国古典小说论集·自序》,载《聂绀弩全集(第九卷)·序跋·书信》,武汉出版社2004年版,第59页。
② 章诒和:《川剧〈潘金莲〉的失误与趋时》,《戏剧报》1986年第1期。

质上就是将女性作为大众娱乐消费的书写对象。尽管整个20世纪的潘金莲形象展现出丰富的社会意义和启蒙精神，但囿于传统文化思维惯性以及"杀嫂""杀惜"的情节框架，特别是戏剧的商业性质渗透着娱乐精神以满足消费群体而立足于市场的需要，所以，就女性人物塑造及其精神向度来说，潘金莲、阎惜姣等水浒女性形象缺乏更为广泛的社会内涵和生命意义。

2. 文化信仰与心灵拷问

20世纪90年代初期的《草莽劫》①和《梁山恨》②，就是新人文语境下出现的为数不多的具有反思性质与批判精神的两部作品。两部剧回避了以往20世纪水浒戏着重书写政治意识形态或革命话语的叙述策略，而是深入反抗者的内部即个体的伦理价值与文化传统层面，因此两部剧作都以宋江带领梁山好汉归降大宋、征方腊回朝之后为开端，将反思宋江作为反思整个梁山归降的逻辑起点，由此揭示出一系列复杂纠葛的人物命运关系与深层世界。

正是20世纪90年代初的剧作家承继了20世纪80年代的现代意识与人文精神，以及西方新历史主义、郭启宏的传神史剧等历史观或历史剧观，不再执着于对历史英雄人物的是非善恶给予判断，而是关注历史人物自身的性格命运，促使其重新审视大众的需求，反而使得《草莽劫》《梁山恨》等水浒戏更贴近于生活，贴近于人性。这种文化消费理念直接导致历史剧的去政治化，也迫使水浒戏转变以往注重宣传教育的社会功能，突出剧作家的主体意识和独立思想，进而实现去教育化。但实际情形是两部作品中的历史英雄人物早已不是革命的典型人物，也非人民群众学习的英雄榜样。《梁山恨》用七场戏细致批判了宋江"为臣一片忠"的"丑态"及

---

① 齐致翔、张之雄：《草莽劫》，载《天鹅宴·第五届全国优秀剧本创作奖获奖作品集·戏曲》，中国戏剧出版社1991年版，第551—611页。

② 高文澜、黄新树：《梁山恨》，参考手稿为1992年3月6日于北京脱稿的《梁山恨》（修订文学本），始终未出版。剧本文学顾问郭汉成。此手稿由"序幕＋七场戏＋编后附记"组成，手稿有铅笔旁注，为作者与导演交换艺术认识谨以说明。需要特别指出的是，《梁山恨》为大连京剧院主打剧目，后于2008年被改编为《风雨杏黄旗》，又于2015年被改编为《李逵与宋江》。此剧目国家京剧院亦同演出。但1992年的手稿最能体现作者的创作初衷。引文均参见1992年手稿。

其文化性格。① 正如宋江死前对李逵所言："愚兄明知，喝也是死，不喝也难逃一死……无奈如今梁山人马所剩无几，七零八落。贤弟孤军血战，到头来深仇难报，反倒要落一个身陷法网。不但你自家难逃一死，反把梁山的忠义大名一笔勾销。为此，咬紧牙关，狠下心肠，要你与愚兄同来尽忠一死。"宋江担心李逵坏了他一世的清名忠义，"宁可朝廷负我，我忠心不负朝廷"，梁山"替天行道忠义"之名大于个人之死。宋江之死的道德意义已远远超越了对朝廷的忠义，而更多的是以殉道者的角色献身于自身的道德信仰。而《草莽劫》则发展了两条线索：一条是花逢春前来找阮小七聚义三官庙、重上二龙山，扯旗造反；另一条是方腊护旗官被阮小七杀死于战场，其妻子菊花前来找一个姓罗的人复仇。事实上，官差张干办说出梁山与方腊都只不过是贼子的根本属性，使得阮小七清醒地认识到朝廷的本质，但这还不足以使阮小七对梁山产生"信仰危机"。恰好李太监带来皇帝圣旨，封宋江为忠烈侯，阮小七为六品光禄大夫，并说李逵之死乃宋江所害。阮小七瞬间感觉"路断情绝梁山界"，是与非、官与贼发生了颠倒移位，梁山信奉的忠与义等文化价值观念轰然坍塌。这是对英雄偶像的消解，对历史人物另一种本质性还原，在某种程度上解构了以往水浒戏的革命性建构及其所蕴含的"替天行道"历史内涵。

　　去革命化对传统水浒戏所秉持的史诗性叙事的消解，这也促使水浒戏创作及改编由此前注重刻画宏大历史场景，转而以个人化的历史叙述实现

---

① 《梁山恨》七场主要内容：第一场自南征方腊回朝后，宋江、花荣、李逵、阮小七、燕青及顾大嫂等人分封受赏、加官晋爵，却又被枢密院截留在东京运河一带协同官军巡护运河。方腊虽灭，但其残余党羽抢劫粮船。然而运河上官差鞭打纤夫的声音和惨景让李逵不由怒火中烧，想起自己当年打短工背纤拉船的日子，鉴于此，李逵质问官差才得知是花石纲，朝廷原来还是那个穷奢极欲、压榨百姓的朝廷。而此时，方腊余党方银花劫持粮船未成却不幸被李逵擒获，为替征方腊死去的梁山兄弟报仇，李逵不愿交出方银花让童贯带走，要杀方银花祭兄弟灵牌。第二场李逵穿孝服高举大灵牌悲怆疾愤入宋江帐内，大喊梁山泊众兄弟的死和血换来的依旧是花石纲，宋江被逼无奈以"血本"上奏乞求打动皇帝。第三场对方银花三堂会审使得李逵、燕青、顾大嫂等人进一步认清了梁山归降的实质以及忘却初衷、助纣为虐的现实。第四场李逵等人劝宋江重走反叛之路，再举"替天行道"大旗，宋江拒绝且再一次阐述其"替天行道治国安邦"及"谨守臣节"的道义理念，"宋公明读经史通权达变，早立下安邦志誓保皇天。逢乱世广结交江湖好汉，一当错丧忠节上了梁山"。在宋江看来上梁山才是错误，而做臣子才是回归，随后以自杀威胁，兄弟各散。第五场童贯与宋徽宗密谋毒杀宋江等。第六场宋江明知是毒酒，仍本着"君叫臣死臣不得不死"的忠君思想喝了毒酒。第七场宋江担心李逵造反，将毒酒与李逵分享，以保全梁山名节。

对历史事件本身的反思与省悟。实际上，两部剧有意淡化了水浒戏强烈的政治意识形态色彩，尽管仍然突出了反抗这一永恒的主题，但反抗或革命的主题、口号、形式以及策略等在剧中悄然隐退，而独具思想意识的个体历史人物及其信奉的文化信念、江湖情义却成为中心话题并被反思与探讨。正如《草莽劫》作者所言，水浒义军的悲剧仅是宋江一人之过吗？晁盖当了首领，甚至李逵、阮小七当了首领，起义就一定能进行到底吗？因此，没有宋江，其余的一百零七将也难逃被招安的结局。在作者看来，是传统"士"文化让梁山好汉走上了自我道德完善的轨道，其核心思想是"义"。① 这种道德之"义"聚集了梁山好汉，成就了一番事业，又几乎毁掉了整个梁山的声誉和美名。一方面，阮小七是情感的奴役者，在《水浒传》中李逵等梁山兄弟都是结义情感的奴役者，因此才去攻打方腊。另一方面，阮小七欲面对方腊护旗官妻子的复仇，以自杀来净化内心的"罪恶"，这也是一种"义"，与花逢春等一起上二龙山扯旗造反，也表现为一种"义"。无论是私义还是公义，实际上，义是支配阮小七思想、行动的指南。直到全剧结束，阮小七也未能走出义的精神范畴。但是，梁山好汉的第二代以花逢春为代表，早已清醒地认识到梁山失败的原因。花逢春将众好汉的死归罪于宋江，金毛等童子军告知花逢春："你可不能当宋江！"他们已经不愿再走以宋江为首的梁山好汉的老路。阮小七经过剧烈的心灵阵痛之后，与宋江的忠义相决裂，实际上是剥离了忠义当中盲目的封建性思想，而以百姓之义和具有共同利益的公义作为扯旗造反的精神支柱，重上二龙山。与《梁山恨》中宋江、李逵等比较，《草莽劫》中阮小七的个人化情感色彩十分浓厚，对江湖义气、兄弟感情的强烈程度远胜过对梁山"替天行道"的执着信念。梁山好汉的个人感情与结义兄弟共同的信念相辅相成，不可轻易分割。同样地，在《梁山恨》中不愿违背宋江号令的李逵，得知花石纲一事之后，发觉梁山的理想受到了前所有未的讽刺和揶揄，依旧没有去造反，却用忠和义完成了生命的绽放，情愿被宋江毒死，以保全梁山"替天行道"的名节。他们是宋江所言名节和个人情感的双重奴役者。这种个体

---

① 齐致翔、张之雄：《"从今后再不洒英雄血"——试为阮小七心灵之劫而作》，载《天鹅宴·第五届全国优秀剧本创作奖获奖作品集·戏曲》，中国戏剧出版社1991年版，第620—621页。

道德价值的依附性显然丧失了善恶判断的标准，以意气用事模糊感性与理性的界线，反而宋江倒是唯一的理性主义清醒者，梁山众兄弟被他所奴役。这种奴役式的情感正是剧作者对梁山英雄之间亲如手足关系的一次深刻解剖，然而击中的恰恰是传统伦理道德要害，以道德掩盖人性、绑架正义、实现个人私利。

事实上，对个体命运的关注、对英雄好汉的心灵尤其是情欲的考察是20世纪90年代初水浒戏的一大突破。《草莽劫》深入讨论了梁山好汉是否能挣脱情感的奴役和道德的绑架以实现自我的个体价值。具体而言，使阮小七心灵发生重大转折的是其遭遇了两次裂变：一次是思想及其文化价值观念的超越，另一次是感情和身体的超越。阮小七的举动使得菊花又一次爱上杀夫仇人，并义无反顾地投入阮小七的怀抱，希望他做回当初的"活阎罗"。菊花超越私仇而表现出的大爱，唤醒了沉睡在梁山好汉阮小七身上的本能与情爱，突破了以忠义为行为准则和价值规范的束缚。纵观20世纪中国水浒戏的创作及改编演变，对梁山好汉爱情欲望的正面描写微乎其微，"十七年"时期塑造的英雄夫妻较多，但回避了爱情欲望的心理描绘。《草莽劫》才真正透过阮小七刻画了梁山好汉作为一个男性的爱情欲望需求，真正突破了以往水浒戏的禁欲主义创作法则。禁欲主义源自"女人祸水论"。在尼采看来，禁欲主义是"以生命反生命"，禁欲主义身上的这种矛盾性非常荒唐可笑，但是禁欲主义的理想是和死亡搏斗，反抗死亡。而且尼采还指出，历史教导我们，禁欲主义理想在一定程度上还能够支配人，让人变得强大有力，特别是在所有那些人的文明和驯化非常普及的地方。①阮小七的觉醒是恢复生命本身、正视死亡和观照人生的一次突破，阮小七的生命也因此而丰富多彩，极富魅力。

应该说，两部作品真正超越以历史隐喻政治、以历史隐喻革命的定式创作思维，迎来了对历史英雄个体人物精神思想、道德价值的反思与批判，通过对历史的推演、想象和叙述，塑造了一系列外在冲突与内在冲突皆强烈的人物形象。他们以批判自我乃至否定自我的方式实现与过去价值观念的彻底决裂，以此来总结梁山泊起义失败的深层次原因以及历史人物

---

① 〔德〕尼采：《道德的谱系》，梁锡江译，华东师范大学出版社2015年版，第186—187页。

自身的心灵之劫。不能不说,《草莽劫》《梁山恨》是戏剧界对"寻根文学""新启蒙"思想的继续和发挥。正因为如此,两部作品回避了革命本身的书写,也无意纠缠革命的正义性与合法性,而是集中于生命体验与生命伦理。

3. 日常叙事与生命挣扎

在革命及启蒙等话语的统摄下,以宏大叙事作为水浒戏创作及改编的基本策略与思路,能寻求到文本的某种真实的历史意义,个体以"大写的我"的方式体现出一定的国族话语与文明立场,无论是"杀惜"戏还是"杀嫂"戏都往往以个体的幸与不幸表明时代的幸与不幸,关于个人日常生活与日常经验的喜怒哀乐及其戏剧性冲突被束之高阁。尽管更多的戏剧家通过各种手段丰富人物的精神世界与性格向度,然而其文本意义的指向始终摆脱不了个人命运与制度文化的纠缠、冲突、决裂,个体与个体纯粹性的生命碰撞被淡化或消失。这种话语形式实际上加剧了文本与世界、与观众之间的不平等性,它以一种强迫的方式企图满足观众的有偿性需求,却与个体的日常体验无从对接。

就水浒戏而言,这一现象在20世纪80年代末期及整个90年代有所改善,关乎个体命运的日常叙事进入文本并以现代视角来演绎传统故事。徐棻的《惜姣之死》①略去宋江的英雄身份以及淡化梁山情节,突出了宋江与阎惜姣这一对夫妻之间的恩怨仇杀,以日常视角介入这一传统"三角恋"故事,反而拓宽了个体生命的内在戏剧性冲突。《惜姣之死》以阎婆在大街上寻找公务繁忙、三月未归的宋江为开端。宋江回到家受到阎惜姣"深深的厌恶",无奈上楼,看到"惜姣的神态,怨怒而又无可奈何",于是宋江很后悔,"悔不该逞慷慨救他母女,悔不该爱其色结为夫妻。谁知她竟对我毫无情义,谁知她见我如见仇敌。哎!大丈夫何必与妇人斗气……",又被阎惜姣逼睡在椅子上。事实上,依据各类前文本,"杀惜"中的宋江不仅豪侠仗义、颇具英雄气概,水浒英雄以不近女色为其行走江湖的潜在准则,宋江也不例外,况且宋江的身上始终流露着大男子主义气质。《惜姣之死》中

---

① 徐棻:《惜姣之死》,载成都市文化局编《徐棻戏剧作品选(上卷)》,四川人民出版社2001年版,第304—314页。引用均参见此书。

的宋江因好色而救了母女二人,对阎惜姣的厌恶也并不像前文本中以双方对骂的方式彰显乌龙院主人的身份与权力。《惜姣之死》中宋江表露后悔的心迹,反而将宋江从英雄世界拉回到世俗世界,以一个夫妻恩怨中的普通人的心理展露最隐秘的角落。在宋江答应阎惜姣改嫁、嫁妆、休书三件事之后,刁钻的阎惜姣为保名声和性命打算将晁盖的书信带走,在性命攸关之际宋江愤而杀死惜姣,拿到书信的宋江"发出狂笑又转为悲号",保住性命的宋江以结束阎惜姣的性命为代价。就个体而言,这样的人生过于惨痛。水浒戏中的好汉英雄几乎未曾表现出如此复杂、悲痛、冲突的内心世界,因而宋江的又狂笑又悲号既为阎惜姣也为不公的命运,深入体现了一个丈夫的悲剧性精神。剧作者以一句"夫妻相残为什么?恩仇留与后人说"为结尾,意在告诫夫妻之间应以爱与宽容面对一切怨恨情仇。

《惜姣之死》以一对夫妻的相残来拓展出英雄宋江的日常化精神,徐兵的《后杀惜》①则展示了一个可恶至极的宋江,阎惜娇无法与自愿被勾去的张文远结成夫妻,其鬼魂儿来到梁山忠义堂求得宋江一纸休书。宋江最初答应并写好了休书,得知要与张文远结合,这位领袖人物瞬间凶相毕露,烧掉休书,大骂阎惜娇"淫妇""贱人",拿出斩妖剑要杀阎惜娇。宋江在私人领域尤其是夫妻关系上霸道、强权、专制、阴险、心胸狭隘和嫉妒心极强,书写了梁山英雄日常生活的一面,令人唏嘘不已。杜家福的《潘金莲》②中的武松可谓"有史以来"第一次透露出"心声",与潘金莲初次见面,武松因其美貌而"惊立",羡慕兄长之好福气。在世俗性爱情面前,武松同样动了恻隐之心。当潘金莲问武松"倘若我不是嫂嫂——",作为角色的伴唱替武松道出了心思"武松何吝一腔血",武松则"低头拨火",不敢直视。结尾处痛彻心扉的潘金莲怒骂武松"你空长两膀千钧力,你枉为七尺大丈夫,女人之心你不懂",又撕开白衣,露出里面绣着红牡丹的大红衣服,让武松看到他所赠的红绸和自己亲手所绣的、象征"心中的希冀"的红牡丹,霎时武松"盯住那花步步后退,刀在微微发抖",难以下手,只好举刀劈碎板凳。剧作者这一深入刻画精细地展示了武松灵魂的震撼及其伦理冲突。杜家福破天荒地

---

① 徐兵:《后杀惜》,小戏曲,《剧本》1995年第3期,第73—74页。
② 杜家福:《潘金莲》,无场次戏曲,《剧作家》1996年第1期,第3—20页。引用均参见此书。

第五章 后革命时代：续写、反思与媚俗

书写了武松的爱情心理与生命挣扎，尽管亲情伦理战胜了一切，然而这一潜在的文本可能对后世的创作及改编产生不可低估的影响。

相对而言，就人性这一角度看，对女性角色的刻画更为丰富、立体。杜家福的《潘金莲》里作者强调了潘金莲的大丈夫性格，潘金莲爱慕刚强血性的男子汉，发怒之中直抒心胸："俺是个不戴头巾、不穿皂靴，堂堂正正、响当当的——女丈夫！拳头上站人立得住，胳膊上跑马不含乎（糊）。"潘金莲敢作敢为，表露心迹追求不到武松立马施于报复，给武大郎控诉武松"领进家来欺负我……"，引诱不成反诬陷，又义无反顾地爱上"钱多多""身怀绝技、武艺超群、闪展腾挪"的西门庆。在她的眼里"这才是真好汉英雄本色"，西门庆被杀后潘金莲捧起西门庆的人头，哭诉道："是我害了你……你恨我吗？你后悔吗？官人！我不悔，我不恨，因为在这世上，我爱过，为这爱我不枉来世上一回。"潘金莲敢爱敢恨，直到见武松欲结束其性命犹豫不决，则以胸膛迎着刀锋猛冲过去，并"以最后的力量将刀向里顶进"。潘金莲的决绝及"奴有罪，罪当诛"的自我拯救行为与爱情至上的悲壮精神，都令人感慨万千；对比之下，武松的英雄人格则明暗模糊、稀松平常。

在家庭日常叙事中，潘金莲的毒也得到了淋漓尽致的发挥。戏曲《金瓶梅别传》①由《金瓶梅》第二十五、二十六回改编而来，《金瓶梅》则由《水浒传》"武松杀嫂"一节敷衍而成，潘金莲的故事得到了极度的艺术表现。《金瓶梅别传》第一场潘金莲以妒恨宋惠莲偷情西门庆而出场。显然宋惠莲极有可能动摇以色侍人的潘金莲的家庭地位，因而潘金莲在第一场"气得一怔""气得一抖""气死我了"，连发三"气"，终因来旺气恼宋惠莲与西门庆首尾之事便酒后"恨不得白刀子进去红刀子出来"而口吐真言，连翻几次劝逼西门庆剪草除根，一石二鸟，也逼死了宋惠莲。在《金瓶梅别传》中，几乎人人皆有一颗冷漠、残忍、暴虐的灵魂，被三纲五常所禁锢的女性只能以相互倾轧、争宠上位而求得个体的价值与享乐，潘金莲、孙雪娥欺辱宋惠莲，吴月娘吃斋念佛毫无作为，家奴以顺从听话博得侍奉主子的权利，来兴借机报复来旺，西门庆如暴君高高在上。每个被压抑被羞辱、既可悲可怜又可恨的男男女女都以畸形的方式挣扎着，人性之

---

① 刘强、俞锦元：《金瓶梅别传》，《新剧本》1994 年 1 月，第 48—57 页。引用均参见此文。

阴暗无以复加。曾经"不信花开埋荒草，粉脂堆里试比高"极度膨胀的宋惠莲为救来旺性命五求（几几求遍所有人）、二逼（以死相逼西门庆搭救）也未能挽回来旺，宋惠莲由期望到绝望、由发疯到自缢，真真的"这世界真冷，冷得人打心里头往外寒颤"，"我冷，冷这世界无人味，我怕，怕这天地黢黢黑"，一个冷漠无情的人的社会，还不如"鬼的世界还保留了些许童贞的情趣"。宋惠莲之死，道出了人世间的残酷与人性的残忍，也令我们看到宋代权势家族内女性的日常生活、心理、挣扎与变态。

不同于杜家福的《潘金莲》，《金瓶梅外传》以广阔的视角、众多的角色全面展示了女性及下层人物的时代命运，然而《金瓶梅外传》的改编还是太过囿于原著。杜家福的《潘金莲》除挖掘武松、潘金莲的心理世界与精神性格之外，还深入地挖掘了资本的力量。西门庆的金钱观具有一定的社会现实性，他的一段唱词颇具代表：

> 有钱——才快活，没钱——不能活！钱有多多，势有多多，钱有多多，乐儿有多多；钱有多多，美酒有多多，美人有多多，叫干爹的有多多，想要多多有多多！多多赚钱，赚钱多多，多多复多多——越多越赚，越赚越多！——越多越快活！①

"阳谷县首屈一指的大款"西门庆拿钱收买了王婆，也吸引了潘金莲，杀死了武大郎，乃至司法的失效也是由于钱发挥了作用。钱可以打通一切，意味着钱已然可以支配人们的消费、信念、精神、伦理、司法等与日常生活有关的一切。钱的凸显以及对生活无微不至的渗透，或许正是20世纪90年代市场经济发展起来资本对人的价值观念及行为方式全面扭转的文本映照。

实际上，日常生活叙事中最突出的一个倾向是女性的情欲化叙事，《惜姣之死》中阎惜姣爱恋的张文远未出场，通过其言辞"我与他强结连理，无情爱难共枕席。怎比得与张三相聚，那才叫如胶似漆"可见一斑。若说没有爱情为基础的婚姻都是不道德的婚姻，那么阎惜姣的偷情是建立

---

① 杜家福：《潘金莲》，无场次戏曲，《剧作家》1996年第1期，第11页。

在不合理的婚姻基础之上的,在某种意义上,阎惜姣有了追求自我爱情的自由与合理性。《潘金莲》似乎有所不同,潘金莲被张大户强暴之后强嫁武大,后被武松埋下情爱的种子,极度压抑的潘金莲被视兄为长的武松拒绝,与西门庆勾搭成奸,至死不悔。潘金莲是一个被情欲化的形象,她有一颗扭曲的、极端缺乏爱欲的灵魂,然而她的情欲形象显然最根本的原因是被张大户的淫欲所践踏与揉碎的结果,一个只能靠性资本谋求过上普通人生活的女子却被强势的性所毁掉,心高气傲的潘金莲最终走向爱的疯狂。《金瓶梅别传》里的潘金莲其狠毒源于争宠,而她争宠的本领只限于性资源的利用,一旦丧失给新人,其命运便未可知。《金瓶梅别传》中的潘金莲是被极度情欲化的一个人物,嫉妒是她的表征,情欲是她求取生活的根底,在一个暴虐、贪婪、淫欲的世界,以性资源作为资本的女子只能自觉选择自身的情欲化,以一种物化的可被消费的对象存活。这一点区别于以往女性角色的文本功能即以争取女性的自由与权利为叙述面向,而是以书写女性的个人的情欲或隐秘世界为其着笔点,因而日常叙事道出的是特定时代日常生活的众生尤其是女性挣扎的真相。

第三节 喜剧性的浪漫与类狂欢

值得注意的是,不同于20世纪80年代国家由计划经济向市场经济迈进,创作主体较多地受国家体制的牵制和约束。20世纪90年代市场经济改革全面深化,市场经济持续繁荣,更多的剧作家及演出剧团走上自主经营、自负盈亏的自由性、职业化道路,在市场经济规律之中寻求艺术的出路。水浒戏也与其他戏剧一样受到影视等视觉媒体的强力挤压,在市场大潮中转型,探索自身的生存方式、创新路径、竞争机制和经济利益,所以在新人文语境下表现出喜剧风格或喜剧性元素增多的现象,以及类狂欢特征等非革命化书写,这些成为自20世纪90年代以来新编水浒戏最重要的美学特征。

1.古典浪漫的营造及其策略

20世纪90年代水浒戏在市场经济的催促、"利诱"下表现出向古典浪漫风格回归的文本创作趋势，浪漫式爱情题材的作品成为戏剧市场追逐的主要对象。爱情作为一种永恒的文学题材和文学母题，早在元明时期就已有《西厢记》《墙头马上》《幽闺蜜》《玉簪记》等描写青年男女恋爱的传奇戏剧，其曲折生动的故事情节以及大团圆式的美满结局，成为广大观众对爱情的一种向往方式和审美意识，流传至今，久远不绝，深受习惯于传统审美思维模式下熏陶成长起来的老少一代拥护。20 世纪 90 年代出现了《活捉三郎》①《孙二娘招亲》②《错错错》③ 等多部充满浪漫情怀的新编古典水浒戏。这几部水浒戏基本都是讲述青年男女的爱情故事且以大团圆为结局，以喜庆的方式留给接受者无穷的浪漫回忆。大团圆叙事模式再现了中国人富有良善的传统文化心理，但从侧面也反映出中国普通大众对现实问题的回避，特别是通过一笑了之的方式刻意遮掩现实社会中的尖锐矛盾和求是精神，也表明这个灾难深重的民族长期以来习惯用美好的幻想慰藉心灵的创伤。对 20 世纪 90 年代的接受者来说，在改革开放的大潮中物质需求剧增的境况下，人的生活压力越来越大，精神之弦越绷越紧，舒缓日常工作、缓解生存窘境成为人们茶余饭后的最大内在需求。

　　因此，胡金城改编的《活捉三郎》以"怨而不怒"的中和抒情基调，书写了阎惜娇被宋江杀后冤魂飘零、难割难舍张文远的一段感人肺腑的"人鬼情未了"。阎惜娇回想起与张文远情定白楼、恩爱百般，即使到了阴曹地府阴阳两界也隔不开两人的情丝爱缕。阎惜娇奔赴张文远处要与其做长久夫妻，将其拉到阴曹地府共享风流永偕老，却被张文远拒绝，因此阎惜娇"活捉"了张文远。《孙二娘招亲》则以菜园子张青在沧州打擂台为开端，讲述孙二娘三年三次打败张青的传奇浪漫故事，最终在老父孙元的撮合下二人情定终身。《错错错》改编自传统戏曲《花田错》，但明显有借鉴 1964 年马彦祥改编的《花田错》的痕迹，演绎了一段土匪"帮忙"、地主阻拦、情人眷属的爱情故事，以偶尔性情节连缀了一篇"上错花轿嫁对郎"的喜剧人生。大团圆式的叙事方式同样也体现了中国传统文化中的乐观精神和自由向往，特别是以爱情自由为核心话题架构故事，更能激起人

---

① 胡金城：《活捉三郎》（改编传统川剧），《四川戏剧》1991 年第 1 期。
② 张屯：《孙二娘招亲》（新编四场古装剧），《上海戏剧》1992 年第 5 期。
③ 陈泽远：《错错错》（改编川剧传统喜剧），《四川戏剧》1993 年第 1 期。

们对美好自由生活的不懈追求。

　　实际上，要取得大团圆式的美好结局，非得采用多种符合中国人审美心理的艺术技巧才能完成，传奇、浪漫的故事情节是其最吸引观众的艺术风格。《活捉三郎》中阎惜娇以魂魄出现，与现实世界的张文远再续情缘，一阴一阳、生死两界的爱恋本身给人以陌生化的艺术感受。其实这种传奇、浪漫的故事皆因情节的突转而更加富于表现力，当阎惜娇要求张文远同赴阴曹地府做夫妻时却被张文远拒绝，剧情发生突转，谁知又被阎惜娇"活捉"，以"阎惜娇拉张文远，提人妃造型"而谢幕。"妃"是四川方言词，意为耳朵硬不起来，形容男人被老婆管着，多为贬义。一词形象地说明了张文远的无奈与阎惜娇对爱情的执着炽热，并且同"提"相联缀，给人以强烈的喜剧感。尼科尔说："喜剧把死亡撇在一边，死亡对于目前的快乐无关紧要，至于广阔无垠的宇宙在眼前的欢乐声中早已被人遗忘。"①观众在剧情结束时早已忘记阎惜娇的死，对其凄苦悲凉的"坟墓生活"也予以淡忘，唯独这种"提妃"的状态留在了欢乐的大脑中。《错错错》的情节更为传奇和突转，落魄书生边吉卖画为生，恰逢春莺陪员外刘德女儿刘玉琼"游花田寻芳消遣幽怨"，刘玉琼被边吉的才华和美貌所打动。回家后，其母派刘永前去邀请边吉，谁知边吉此时被人请去画画，而止好桃花山的好汉周通下山来找边吉。刘永将周通请去了刘府，周通因财主刘德慕官贪财而欲助边吉一臂之力，成其好事，便扬言三日之后要来抢亲。慌乱的刘玉琼和春莺以男扮女装的方式叫边吉到闺房商议对策。周通不明之下将边吉抢走，而此时刘德也请官差前去抢回其女，官差又不慎将周通妹妹周玉楼抢回。后周通与边吉商议以智取为佳，装作青州前来迎娶刘玉琼的人马，将刘玉琼和周玉楼一起接回了桃花山，使有情人终成眷属。其情节峰回路转、大开大合、离奇生动，令人忍俊不禁，常常捧腹大笑。

　　20世纪90年代水浒戏传奇、浪漫的情节主要靠三种叙事策略：一是人物性格的喜剧式冲突，二是人物与人物之间的误会推动情节向前发展，三是利用重复制造情节与情节之间的传奇性。在《活捉三郎》里，阎惜娇为川剧里的"鬼狐旦"角色，而张文远为川剧中的"褶子丑"角色，而且

---

① 〔英〕阿·尼科尔：《西欧戏剧理论》，徐士瑚译，中国戏剧出版社1985年版，第315页。

一"死"一"活",还要谈情说爱,本身就充满了荒诞的喜感。另外,阎惜娇的痴情与张文远的苟活又形成了鲜明的性格对比,这种种冲突都给人以喜剧式的赏心悦目。正如李渔在《闲情偶寄》中所言:"妙在水到渠成,天机自露。'我本无心说笑话,谁知笑话逼人来。'"① 本应为一出凄伤哀怨的爱情悲剧,却被人物与人物之间的性格冲突演化成一出怕老婆的喜剧笑话。《孙二娘招亲》也是张青为得到孙二娘使用铁砂掌只用了三分力,却输给了孙二娘,而孙二娘择婿的原则是打赢她,但是孙二娘怕丢了张青也没敢使出自己的绝招,两人纠结的心理与对爱情的向往形成一组充满喜感的矛盾,最终在孙二娘的强势之下更显露出大丈夫张青的憋屈与羞愧,但都难以遮挡两人内心的幸福美满。《错错错》在人物形象与性格的安排上甚是独到,刘玉琼的女子娇羞与周玉楼的汉子气质、刘永的愚蠢与丫鬟春莺的聪慧、边吉的文人美貌与周通的强盗和黑丑、刘德的势利与安人的正义等,一组组对比鲜明的性格人物呈现,给观众以强烈的好奇心,也因此设置了更多的误会。不同的是,《孙二娘招亲》中的误会因彼此怕失去对方而无意间产生,从而创造出一种心理期待与剧情突转之间的失落感;《错错错》将无意的误会与有意的误会交叉使用,推进情节持续向前发展,像周通去见"岳父"故意制造误会以试探员外刘德,其后抢亲又是无意之间的误会,而周玉楼以女扮男装制造误会意在察看实情、寻时机引刘玉琼出逃。误会的叙事功能旨在制造情节的各种巧合,制造偶然性是喜剧常用的艺术技巧。毕尔·高乃依曾说,喜剧则满足于对主要人物的惊慌和烦恼的模拟。② 巧合是以平常的人生际遇制造主人公的惊慌和烦恼,并为之提供解决的途径。重复也是中国传统传奇喜剧惯用的手法,像《活捉三郎》中阎惜娇魂魄去找张文远重复了生前张文远与阎惜娇情定白楼的场景,给人以既熟悉又陌生的感觉,使得阴阳两界的情人又得以重逢;《孙二娘招亲》中两次比武张青皆输,第一次输在高傲自大、武功欠缺,第二次输在对爱情的患得患失,重复性的输让故事变得扑朔迷离;《错错错》重复性使用"轿子戏法",一顶轿子抬来抬去制造各种离奇的巧合,错中有乱,乱中有

---

① (清)李渔:《闲情偶寄》,中华书局2011年版,第88页。
② 〔法〕毕尔·高乃依:《论戏剧的功用及其组成》,载马奇主编《西方美学史资料选编·上卷》,上海人民出版社1987年版,第400页。

喜，一顶轿子连接了一个又一个"桥段"，深化了戏剧人物的内心世界。

20 世纪 90 年代水浒戏是古典浪漫式的，且遵循中国传统艺术的审美规范，充分体现了以儒家文化为核心的礼乐文化精髓，讲究"怨而不怒""哀而不伤""乐而不淫""和而不流"等中和式的古典美学范畴。因此，在水浒戏的"古典浪漫"情节中看不见西方那种过度夸张、剧烈突转、大悲大喜的故事情节，更多的是一种喜庆祥和的生活图景的展示，因此不能引发令人更加深层的哲学思考。所以，20 世纪 90 年代水浒戏的浪漫情怀几乎完全承继了中国古典美学思想，趣味性、娱乐性是其重要的戏剧社会功能，只重视接受者的发笑，而不涉足关于人生的思考，更没有吸收现代主义、后现代主义等 20 世纪的喜剧精神，继而深入挖掘出人生的悖论、荒诞和离奇作为喜剧最重要的内容。或者说，20 世纪 90 年代水浒戏最终在媚俗（Kitsch）的历史叙述之中，完成了对元明清时期审美方式和既定经验框架的认同。关于"媚俗"，其义有多个侧面，"媚"即谄媚、讨好、迎合，一张挤眉弄眼的艳俗面孔，一副扭捏造作的姿态跃然纸上；"俗"可以从多个层面来认识，既指俗气，又可指习俗或世俗。①20 世纪 90 年代水浒戏的媚俗性决定了其艺术生产的复制性、大众化和程式化特征，这种利用传奇、浪漫爱情大做文章追求商品唯美主义的方式，满足了广大接受者的感官享受，对身体以外的现实世界和人生以及与此联系紧密的内心世界，几乎不予碰触。事实上，迎合接受者的审美认知水平，反而容易降低大众对戏剧文学长期以来保持的某种警惕性和敏感度，不利于戏剧艺术的创新创编和长久发展。

2. 消费语境下的类狂欢

"后革命"一词来自德里克的《后革命氛围》一书。在作者看来，作为后现代主义的后殖民主义体现出一系列政治立场，它不仅对从前的革命立场做了批判，而且在全球资本主义登台的新形势下，革命再也站不住脚了。因此，在后殖民主义学者眼中，从"前革命"意识形态理性把握历史、构建主体和社会身份，无非是一种被"构建出来的"历史，根本无法

---

① 李明明：《关于媚俗（Kitsch）》，《外国文学评论》2015 年第 1 期。

指导未来，革命应该被扫地出门。①"后革命"一词在后殖民主义那里具有反革命、解构革命的意味，但是传播到中国之后，学界对其内涵做了丰富和拓展，后革命不仅代表了一种书写革命的价值和状态，即解构革命、消费革命、告别革命等，而且还表现为一种较为确定的时间概念。后革命时期指20世纪70年代末80年代初开始一直到今天的这一阶段历史，此时中国共产党的工作重心由以阶级斗争为纲转变为以经济建设为中心。但是后革命时期的文化并没有因市场经济的深化而完全彻底告别革命，革命文化依旧以各种方式出现在各类文本、各种符号当中。②在后革命时期，水浒戏的革命化书写和革命叙事同样未曾停止过，除却20世纪80年代初期与国家意识形态紧密相关的艺术创作以外，许多民间小戏十分钟情于水浒戏的革命化改编，像二人转《石秀杀楼》③（杨凯）、拉场戏《时迁偷鸡》④（苏景春）、川剧弹戏《武松杀嫂》⑤（谢平安）以及二人转《真假李逵》⑥（王立楠）等，皆承继了"十七年"时期的创作方法、审美规范，并塑造出梁山好汉的革命英雄形象，激发和唤醒大众的革命记忆和革命理想。当然，在新的历史语境下，民间小戏开始从"十七年"时期的格外重视剧本渐渐转向偏重表演，剧本编排突出娱乐性、动作性，像《时迁偷鸡》的幽默语言、滑稽性表演等，本身就对革命产生了消解的作用。这种娱乐与革命并重的戏剧在广大的中小城市、农村占有巨大的市场份额，说明革命思维和革命意识自"文化大革命"结束以来，还未能彻底从大众的头脑意识当中清除出去。

其实，后革命时期的革命文化的书写里水浒戏最具代表性的是1993年同时出现的两部戏剧：改编自传统川剧喜剧的《错错错》和上海京剧院的《扈三娘与王英》⑦。《错错错》中桃花山强盗周通及李忠依照现实主义创

---

① 〔美〕阿里夫·德里克：《后革命氛围》，王宁等译，中国社会科学出版社1999年版，第100—101页。
② 陶东风：《后革命时代的革命文化》，《当代文坛》2006年第3期。
③ 杨凯：《石秀杀楼》，《戏剧创作》1985年第6期。
④ 苏景春：《时迁偷鸡》，《戏剧文学》1986年第2期。
⑤ 谢平安：《武松杀嫂》，《四川戏剧》1992年第4期。
⑥ 王立楠：《真假李逵》，《戏剧文学》1997年第4期。
⑦ 黎中城、王涌石、刘梦德：《扈三娘与王英》，载上海京剧院艺术创作部编《新时期上海京剧院创作剧本选》，上海文化出版社2005年版，第687—731页。

作方法的要求被塑造成粗鲁但乐于成人之美的英雄形象,员外刘德被塑造成一个爱财攀富的财主形象,刘德唱道:"有钱不怕命运低,女儿嫁与州官子,聘礼可得一大笔。官府与我联姻亲,不怕穷鬼把我欺,招赘寒酸有啥利?嫁与边吉我不依。"结果边吉和女儿刘玉琼终成眷属,极大地讽刺了员外这个势利眼。在市场经济资本大肆扩展的境遇下,物质水平的不断提高反而唤起了沉睡在更多人内心的物质欲望,过度的欲望膨胀以及对现实利益的追逐,必然涌现出一些假恶丑的现象。不可否认,一定程度上《错错错》在后革命氛围中讽刺了崇拜权力和物质的一批"土财主"。《错错错》中的革命性叙述早已不是其书写和诉说的主要审美对象,它已颠覆了革命原有的激进理念和意义内涵,保留了革命的能指(形象)而丧失掉革命的所指(概念),借助能指谈论当下的社会现象。实际上,上海京剧院的《扈三娘与王英》是把革命文化、政治意识与市场消费结合得比较成功的一部作品。《扈三娘与王英》取材于《水浒传》"三打祝家庄"的故事,以扈三娘比武招亲并与祝彪定亲为开端,随后祝彪在集市上杀了几个梁山喽啰,梁山派兵马前来捉走祝彪,扈三娘一马当先救出祝彪却不幸被擒。在梁山上,扈三娘为梁山好汉的英雄气概和豪情仗义所打动,但却不胜酒力糊里糊涂答应了王央的婚事,酒醒后扈三娘下山离去。恰好此时祝彪伪装成梁山军士前去试探扈太公,后又杀死扈太公、扈成妻子及众人,只有扈成带伤逃脱。扈三娘回来后,祝彪假称扈家庄被梁山杀戮和焚烧。随后王英乔装老道混进扈家庄暗示祝彪的恶行,祝彪被识破,王英、孙提辖、扈三娘等杀死祝彪。扈三娘与王英百感交集、对视无语,被众梁山将士用花轿抬上了山。毋庸置疑,《扈三娘与王英》一剧革命化书写的痕迹十分明显:祝彪是与梁山作对的恶霸地主和杀人魔鬼,王英这一《水浒传》中的好色之徒被塑造成一个善解人意、英雄救美的形象,外在的矮丑被内在的美所替代。很显然,革命的正义性在梁山泊一方,最终以革命性的胜利——拨乱反正完成了故事。革命性书写已不再是戏剧叙事的核心命题,革命性历史叙述也不再作为一种历史事实、民族记忆和既定性的政治认知贯穿全剧,革命的结局也不以梁山打胜祝家庄为终结,而是以扈三娘和王英的胜利结合为结尾。革命化叙事并没有把塑造英雄人物作为戏剧冲突的任务。实际上,《扈三娘与王英》一剧的基本主题是以扈三娘为主线形成的

"三角"爱情故事。正如哈贝马斯所说:"任何革命理论都失去了它鼓动的对象……即使还存在着批判的头脑,也没有它的心脏了。"①在后革命时代,革命的历史语境已经丧失,革命不仅不能作为社会变革和政治变革的唯一方法与途径,而且革命的激进性及其带来的破坏性远远不及它的建设性。因此,革命话语在经济建设大潮和日常生活中缺少时代的根基,政治稳定和改革开放成为消费主义语境下的发展的两大主潮。所以,突破革命题材的书写首先在于与当下的大众审美情趣相结合,"革命+爱情"这一传统的文学艺术模式尽管在消费主义语境下拥有广大的读者和观众,其实大家关注更多的是"革命中的爱情",而不是"爱情中的革命"。这一审美特性完全不同于以往文艺家创造的"革命+爱情"的革命文学叙事模式。消费主义语境下的接受者期待通过爱情的忠贞不渝、传奇浪漫和曲折生动来满足内心的情感渴求和精神需要,以此获得对人的本质力量的审美观照。

值得注意的是,革命在20世纪90年代也成为文学艺术反思人性的重要的叙事话语,主要是对父辈的历史观念、人生价值与社会意义重新给予解读和审视,《草莽劫》也不例外。"革命"一词经过历代艺术家的生发、创造、转化,尤其是经过官方意识形态的不断调整和构建,在某种意义上成为激情岁月的代名词,它在人的内心世界作为一种审美对象与爱情具有同等性质的功能。爱情是由人的本能焕发出来的自然激情,而革命则是人在历史、社会及事业之中十分重要的一种职业激情。这两种激情展示了人最为基本的两种属性,这也无怪乎消费主义语境下的红色经典文学作品大为流行,后革命文化被不断书写、演出和诠释。除此之外,政府对革命的合法性诉求同样强烈,1991年文化部设立政府奖——"文华奖"以及1992年宣传部设立"五个一工程"奖,以倡导主旋律为奖项目标和任务。例如,"文华奖"旨在引导文艺创作坚持正确的方向,鼓励艺术单位和艺术工作者创作演出新剧目,提高文艺评奖的水平和质量,以推进文艺创作演出的繁荣发展。②这种在创作题材、风格方法、政治倾向等方面受到全面约束的现象,使得许多艺术团体和个人不得不重提革命以及歌功颂德的

---

① 〔德〕哈贝马斯:《哲学和科学之间:作为批判的马克思主义》,载《西方马克思主义译文集》,杨树等译,中央党校科研办公室发行,1986年,第221页。
② 罗松:《文化部首届新剧目"文华奖"在京颁奖》,《中国戏剧》1991年第11期。

主流意识形态，将政府的物质奖励资助、奖项荣耀与商业市场行为结合起来，创作诸如《梁山恨》《扈三娘与王英》等在某种程度上向政治妥协的文艺作品。这也是后革命时期整个新编水浒戏的显著特征。

应该说，20世纪90年代水浒戏的市场化创作倾向也紧跟西方文艺创作思潮，有选择性地借鉴西方现代理论，与中国传统戏曲中的武打场景、插科打诨、滑稽逗乐等相融合，形成一种既具有时代气息又不违背传统戏曲艺术表现手法的审美风格。一些剧作家对狂欢化等西方艺术手法的使用，大大增强了消费主义语境下的水浒戏的民间性、趣味性、娱乐性，它以俗文化特征对抗官方意识形态的严肃性，一改过去革命叙事令人沉闷压抑的艺术气氛和僵化教条的政治表述，从而使得戏剧艺术在平等对话的状态中与接受者进行交流。消费主义语境下的新编水浒戏狂欢化表征类似于巴赫金提出的"狂欢化诗学"，但它中和了中国传统的美学概念，它的狂欢缺乏酒神狄奥尼索斯无拘无束甚至放浪形骸的狂欢激情，以及"从在非狂欢式生活里完全左右着人们一切的种种等级地位（阶层、官衔、年龄、财产状况）中解放出来"的品质。① 所以，消费主义语境下的水浒戏表现为一种类狂欢化现象，主要是采用婚姻喜庆、比武招亲这两种方式。婚姻喜庆如刘广发的七场昆曲《潘金莲》，开场是包括何九叔在内的街坊邻居为武大郎和潘金莲举办婚礼的喜庆情节，上海京剧院排演的《扈三娘与王英》中扈三娘因不胜酒力经安道全询问误答应王英的婚事后，梁山好汉在忠义堂的戏谑、欢笑声中参与了二人的定亲与婚宴，高文畴的戏曲小品《武大郎入洞房》② 也以婚姻喜庆形式展现了潘金莲内心世界的两次欢喜：摆脱张大户的魔爪、嫁给期待中的夫君武大郎。"比武招亲"，如《孙二娘招亲》中张青设立擂台，众人参与，集体狂欢，《扈三娘与王英》中扈三娘比武招亲人多如潮，扈三娘与祝彪的打斗场面是众人的一次集体狂欢。正如巴赫金所指出的，狂欢化包含着许多二律背反的两重性，"狂欢式所有的形象都是合二为一的，它们身上结合了嬗变和危机两个极端：诞生与死亡（妊娠死亡的形象），祝福与诅咒（狂欢节上祝福性的诅咒语，其中同时含有

---

① 〔苏〕巴赫金：《陀思妥耶夫斯基诗学问题》，白春仁、顾亚铃译，生活·读书·新知三联书店1988年版，第176页。
② 高文畴：《武大郎入洞房》，《安徽戏剧》1999年第6期，第68—70页。

对死亡和新生的祝愿),夸奖与责骂,青年与老年,上与下,当面与背后,愚蠢与聪明"①。昆曲《潘金莲》中武大郎与潘金莲的喜庆婚姻就包含了潜在的死亡因素,《扈三娘与王英》的定亲与婚姻则在祝福声中充满了美与丑、戏谑与祝福、嬗变与危机等二律背反,《武大郎入洞房》也经历了一个惊喜与大声哭、惊奇与认命的波澜起伏的过程,它们合二为一,互相转化,最终以永久或暂时的死亡、危机或新生的祝愿而使狂欢丧失了其本身的意义和价值。因此,就艺术创作而言,水浒戏设置婚姻喜庆、比武招亲等类狂欢化场景,往往是引导接受者去观照和审视喜剧背后的悲剧或潜在的悲剧性因素,从而激发接受者对戏剧的更深刻思考。

消费主义语境下的水浒戏类狂欢化还表现在语言的插科打诨及其讽刺性、戏谑性上,最明显的是与极具穿越性质的"拼贴手法"的杂糅,如《扈三娘与王英》第一场扈太公望着来比武相亲的年轻人说:"年轻倒是年轻的,可都是发育不全,营养不良。"第四场婚宴中燕顺自嘲道:"你瞧人家三娘长得天仙一般,你再瞧瞧我,就跟巧克力似的,不般配,不般配。"第六场扈太公讽刺乔装打扮的祝彪:"哦,俺想起来了,活脱像法国电影里的佐罗嘛。"杜家福的无场次戏曲《潘金莲》中西门庆出场唱道:"钱有多多——美酒有多多,美人有多多,叫干爹的有多多。"郓哥对王婆说:"人家一个好好的家,您愣让'第三者'插足,就不怕人家'起诉'告您。"……作者借剧中角色讽刺社会中的丑恶现象和不良意识。正是这种对当下一些文化现象狂欢化式的戏谑,新编水浒戏在官方文化与民间文化、精英文化与通俗文化、高雅与俗俚之间保持了一定的蓬勃兴盛状态,在老戏翻新的同时寻找契合市场经济发展规律的艺术生产模式。当然,经过民俗性、市场化、时代性及杂语现象的通力合作,才真正消解了长期以来所形成的革命化叙述方式,形成了一种特殊的解构革命话语的文本力量,拉近了戏剧与观众的审美距离和心理感知,也使得水浒戏在消费语境下产生了更为丰富的思想内涵和价值意义。

---

① 〔苏〕巴赫金:《陀思妥耶夫斯基诗学问题》,载《巴赫金全集(第5卷)》,河北教育出版社 2009 年版,第 162—163 页。

第六章

21世纪：病相、英雄以及空间

曾被当作历史剧的水浒戏在21世纪与历史的关系愈加疏远，而与现实的联系更加紧密，剧作家借历史之壳超然于历史之外，在文本中极力开拓水浒人物的内在秉性与精神世界，通过人的欲望及其爱恋表现其深度的人文关怀。同时，梁山英雄的血性及男性本色在商业气氛的催发中得以高涨，好汉传奇及其忠与义等传统文化再次成为观众的审美期待，而香港的荒诞水浒话剧却表现得别具一格，通过西方现代戏剧创作理念及方法呈现了香港人的无奈与荒谬。值得注意的是，水浒戏剧的空间叙事或叙事空间得到极大的延展，舞台艺术表现力与创造力得到有力提升，台湾地区的水浒系列京剧以摇滚及其他当代艺术类型的融入为特色，创造了一种更符合年轻人欣赏的以京剧技巧为基础的戏剧剧场，不仅突破了水浒戏的表达范式与美学形式，而且在一定意义上产生了一种泛戏剧、异质性的京剧艺术样式。但是，需要提醒的是，进入21世纪以来内地/大陆的水浒戏剧本创作艺术水准整体不高，佳作少之又少，其主旨立意、情节编排、人物形象等各个方面，亟待创作者以经典文本为标杆。

第一节 病相及其身体叙事

对人的心理活动甚至潜意识的深入挖掘与展示成为21世纪水浒戏创作的重要特征，水浒戏本身形成的传统伦理文化中的叔—嫂禁忌被轻而易举地打破，一个由各种人的欲望组成的残忍暴虐的世相被想象性地构建，女性的身体在物化与符号化过程中重新确立了与男性之间的主奴关系,因而欲望及其身体叙事已超越对历史的追问,并进入人性的深层来拷问灵魂的罪孽及其救赎。

1."解体的人伦":由"杀嫂"到"通嫂"

《水浒传》①"武松杀嫂"一节呈现出来的叙述暧昧性值得后世改编者仔细把玩。潘金莲的风流自不必言说,然而在叙述者的眼里"武松是个直性的汉子,只把做亲嫂嫂相待",无论潘金莲如何瞟视武松的身上,武松"只低了头不怎么理会",于是亲嫂嫂邀请武松回家居住,武松便禀告知县,知县以孝悌为由准回家住。在家潘金莲每日"洗手剔甲,齐齐整整,安排下饭食。三口儿共桌儿吃",又是递茶,又是嘘寒问暖,"过了数日,武松取出一匹彩色段子与嫂嫂做衣裳",武松自此"只在哥哥家里宿歇",潘金莲除做羹做饭、服侍武松外,时常用些言语来撩拨武松,叙述者称"武松是个硬心直汉,却不见怪"。只是到了潘金莲雪天陪武松饮酒表了心迹,武松才大骂其"败坏风俗没人伦的猪狗"。在此之前,既未有武松直接的精神活动,也未有叙述者讲出武松的心理意识,这就给读者留出了巨大的想象空间,如这一段叔嫂同屋的日常生活与和谐人伦到底对武松的心理产生了怎样的影响,或者说,在武松与潘金莲翻脸之前,他的内心世界经历了多少。这种叙述的暧昧性丰富了文本的艺术空间与情感结构,留给读者无穷遐思,也成为许多戏剧家重新构建"武松杀嫂"故事的突破口。

应该说,21世纪以来剧作者对潘金莲的情欲化或淫欲化描写是与《水浒传》及传统水浒戏的跨时空遥相呼应,但又以现代视角内化了"武松杀嫂"丰富的人的意涵。这种遥相呼应以及深化其实早在21世纪初就有王元平的《红水衣》②一剧作为蓝本,此剧再次还原了潘巧云的淫荡风貌,然而又通过叙述杨雄的床事不济、潘巧云的性压抑以及石秀的拒绝,才导致潘巧云偷情青梅竹马、强被拆散的旧情人海和尚裴如海,最终被杨雄、石秀一起残忍杀死。有意思的是,该出戏中杨雄因性无能有借石秀生子的内在诉求,却碍于英雄大丈夫的情面不好说出,而石秀对貌美如花的潘巧云

---

① (明)施耐庵、罗贯中:《水浒传》,人民文学出版社2007年版。引文均参见此书。
② 王元平:《红水衣》,《剧本》2003年第6期,第22—40、44页。

竟然动了真情,"惊呆,望着潘巧云的身体,欲火中烧,猛扑过去,伸手要去抚摸那诱人的肉体,终于克制住"。然而石秀的梦想是做大英雄,"我是堂堂正正的男子汉!我是屹立于天地间的大英雄!我是拼命三郎石秀",他不能越雷池一步,"竟然恸哭起来",随后偷窥潘巧云与裴如海男女之事,又妒火怒烧起了杀心,石秀的性心理以及由此引起的欲望与伦理的冲突和从大丈夫的面子问题到杀心的转变等,被刻画得相当细腻精致。

实质上,《水浒传》以"武松杀嫂"情节建构叔嫂关系,本质上试图维护父权人伦及家庭秩序,自欧阳予倩以五四思想为潘金莲翻案以来,冲击传统父权制家庭以及不合理的婚姻制度成为捍卫女性爱情与自由的不二法门。这种创作及改编方式一直延续到20世纪90年代,潘金莲的爱情以死亡为代价换得了观众的觉醒与感悟,然而文本内部的人伦秩序却固若金汤,武松用屠刀解决了人伦与道德的困境,也在一定程度上惩戒了潘金莲的淫浪与恶毒。因而武松与潘金莲的关系是一种家庭与自由、婚姻与爱情的关系。武松早年丧父失母,被武大拉扯养大,待兄如父,作为兄长的妻子的嫂嫂潘金莲,尽管姿色出众,但出身低微,又在卑屈的环境中遭受不公与羞辱,她被压抑的个性与欲望急需自我补偿。然而欲望终究难逃破坏性,作为人妻又充满欲望,其破坏性的力度必然巨大。事实上,武松恰恰害怕爆发的潘金莲所带来的致命的摧毁性,她会毁掉整个武家。在传统社会,"家庭更多是有宗教意义和神圣性的人类团体,而婚姻,可以简单地说是一种契约关系"①,因此家庭在先而婚姻在后,这也正是家庭伦理禁忌最在意的地方,所以武松无论如何都不可能与潘金莲发生不伦之事,那么潘金莲偷奸西门庆的毁家之举必会遭到武松的报复。

实际上,武松既是一位英雄,也是一个凡人,凡人就有其凡心。杜家福的《潘金莲》中武松的心理活动尽管很少,但已流露出明暗晦涩的强忍的凡心;王延松则毫无顾忌地大量描写武松的心理活动:

(拿着帽子,若有所思)……瞧,漫天的雪花,美是美,就是忒缠人了,就像女人的美,有点儿缠人。家中的大嫂……她长得算是美……

---

① 甘阳、张祥龙、吴飞:《家与人伦关系》,《读书》2017年第11期,第127页。

她时常并不盯着我看，可是我分明感觉她眼睛从没离开我的身……是，嫂嫂人不错，管我吃管我住，整日欢欢喜喜的……尤其显得美……她时常并不盯着我看……可我总觉得她那双眼睛带着钩儿……

（第一幕第一场）

不过说良心话，今天我武二早归，也是知道家里头嫂嫂的眼睛是长钩儿的。……我心里慌慌的，万不能让嫂嫂看出来！
……

（握住拳头不知道该怎么办，慢慢地松了拳头）我心里慌乱得很！酒真不是好东西！①

（第一幕第三场）

面对嫂嫂的美与风流，武松情欲萌发，心理活动丰富细腻。同时在王延松的笔下，武松也是一个被英雄文化或面子文化所包裹的人，他是"顶天立地堂堂正正的男子汉，不是伤风败俗猪狗不如的浪荡子"，加上武大从小拉着他的手"沿街卖这炊饼，一卖就是二十多年"，这份无可替代的厚重人伦之情，使得武松警告嫂子之后出走公办。归来的武松还有了一个更加响亮的名字"行者武松"，尽管"这个家，曾经有那么一股子温暖在"，由于武大的死，家破人亡，心变成了铁且不需要借酒浇愁的武松显然也没人味儿地喜欢杀人，武松依旧回到传统的道路上，以维护家庭人伦而杀死潘金莲替兄报仇。

在一定意义上，杜家福和王延松写出了一个有着凡心、动着情欲的武松，溶解了以往武松古板僵化的道德人生与复仇者形象，也意味着传统人伦在当代社会的挑战与攻掠之下，特别是在恋爱自由思想的大肆宣扬之中，慢慢走向解体，随之而来的是对人性尤其是人的本能的某种程度的挖掘，以及已有的英雄人格的扁平化、世俗化。作为父权制产物的家庭也深受影响，在这方面走得更远的是高字民的话剧《武贰》②。《武贰》以武松

---

① 王延松：《潘金莲》，《剧本》2010年第3期，第46—76页。该剧英文版2008年在美国曾上演，中文版一直没能上演。引用均参见此文。
② 高字民：《武贰》，载《青春作伴——高字民校园戏剧实践教学事例集锦》，中国戏剧出版社2018年版，第51—91页。引用均参见此文。

与潘金莲的男女爱情关系凌驾于整个家庭人伦之上，仍摆脱不了悲剧的发生。剧中武贰被刻画为一个比较"二"，更为憨，抑或说似乎少了心肺的平凡人物。武贰打死老虎纯属偶然，做英雄实乃意外，武松英雄形象的解构将武松拉回到最为普通平凡的地面，因而武贰可以"抓住金莲的手"与嫂子"先把心里话倒一倒"。事实上，体格伟岸、名号响亮、公务在身外加心地纯净的武贰，还具有一种超越时代的女人观，"咱们大老爷们，一定要懂女人心，一定要疼女人、爱女人"，与"媳妇是媳妇，女人是女人，绝不是一回事"的武大形成高下之分，于是善于谈心的武贰与美貌无双的潘金莲终于"顺手插上门闩"，做了苟且之事。

《武贰》前半部展示了两个以爱情为纽带而连接的叔嫂通奸的故事，并无半点风流与淫欲可言，那种"狂喜，忘忧，欲仙欲死，不管不顾"的爱恋状态"像在梦里，又像不是"。武大发现之后，武贰将祸事揽于一身，以万夫之勇愿为爱情承担一切，因而情种武贰的形象几几令人感动。应该说，情种武贰真正毁掉了这个家，武大差点上吊自杀，正是爱情自由观念发展到一定高度冲垮了传统观念所建立的家庭人伦秩序。那么当金莲提议私奔之时，武贰如哈姆莱特般发出了人伦之问："金莲，还是嫂嫂？这是一个值得思考的问题。""这两种行为，哪一种更高贵，更像英雄？"事实上，武贰是一个被武大惯坏的野孩子，他有着人类的童心与天真，同样他也受着武大父权思想的深度影响。尽管武贰的女人观相对于特定时代较为特别，然而家庭伦理的破坏乃至说武大这一父权典型在意义层面的被弑，可能会对武贰留下无法承受的人生之重。乱伦之后武大如此骂武贰："迈出这个门，你就不是武家人了。你，没我这个哥哥，我也没你这个兄弟。打今儿起，这屋子、这院子，还有爹、娘、武家的祖先，全都跟你没有关系了……武家的祖坟，已经没有你的位置了。将来生下儿女，也不能姓武。"武松被彻底扫除家庭人伦之外，包括姓氏的剥夺，成为一个无家不孝之人或者说孤魂野鬼。武大如父，尽管父权衰微，但依然有其威权的余力，武贰的软弱恰恰在于此，这也可能是整个人类的软肋，谁都无法想象被排除于家庭人伦之外的情境，因而武松对潘金莲说："嫂嫂，我对不起你！（痛苦地摇头）但我更对不起老大！毕竟，我只有这么一个亲哥哥。"实质上，孝才是中国宗法制社会伦理秩序的根本，乱伦对尊卑等级关系的破坏最为激烈，它颠覆了一切，因此血亲伦理战胜爱情契约，武松提着哨棒独自离去。然而如同王延松笔下的武松一样，兄长之死以及潘金莲为报复他而疯狂与西门庆的媾和，使得武贰杀心骤起，爱情终究彻底败于人伦。的确，比较古今中外不伦之爱中男女主人公高强度的激烈与痛苦，武贰显得太过于"二"，传统伦理与现代女人观在他的内心并未发生强烈的冲撞，或许这也正是作者贴近某种现实生活的一种艺术真实反映，也反映了家庭的神圣性及其乱伦禁忌在当代社会已不再那么令人胆战心惊，或者说自由欢乐的爱情可以超越更可能多的世俗性道德。

或许叔嫂之恋是一个永远没有答案的不伦之恋，因为以血缘关系建立起来的家庭在人类的生活生产中长期牢固而不可动摇，叔嫂通奸作为创作及改编的一种方式也难以突破既定的家庭伦理而走向更为广阔的人性解放与人性书写。事实上，这也考验着诸多剧作家及观众爱情与家庭的轻重高卑这一永恒的伦理学问题。万军的音乐剧《紫石街》①以独特的方式着重歌颂了武松与潘金莲的缠绵悱恻。《紫石街》一剧设置了走向人生高峰的英雄武松回家寻找失散的长兄时偶遇潘金莲的情景，将武松与潘金莲的爱情置于认嫂之前，实际上减弱了认嫂之后犯禁的不道德性。两人一见钟情，在得知"街头一见钟情的竟是我的嫂娘，命运捉弄武松武二郎，从小没了爹娘，大哥拉扯成长，对她纵有千般恩爱，也只能在心底埋葬"。这时，两个爱得深沉的恋人皆唱道"我解脱不了情欲的折磨，我摆脱不了对爱的渴望"，然而武松"若我能接受这样的恋情，只有等到世界毁灭的那一刻"。武松的拒绝以及西门庆的勾引使得天生淫荡的潘金莲"在情欲里寻真"，"西门庆，只要你愿意，一切都属于你"，拱手将自己交给魔鬼。与高宇民的《武贰》中以情为主的潘金莲不同，万军的《紫石街》中的潘金莲以欲为首，"我被西门诱引，或者说我一直渴望被他诱引。一直渴望的、渴望的、渴望着，最后只剩下背叛和斑斑血迹"。她因抑制不住情欲而杀死了丈夫武大。一方面，武大死后武松"关于武大（兄长）的一幕幕的影像，清晰地超越了时间的分量"；另一方面，潘金莲说"我杀的不是武大，我杀的是你武松，在我心底你早已死亡"。在某种程度上，《紫石街》表征

---

① 万军：《紫石街》，2015年创作，东方赢乐（北京）文化传媒有限公司宣传册，作曲、作词、编剧、导演皆为万军，有完整的剧本。引用均参见此文。

了叔嫂之恋的实质——这是一个充满悲剧性的不伦之恋。然而,创作者却说"所有悲剧的根源在于欲望的无节制及侥幸冒险心态",只能用"爱与宽容"去解决人世间极其复杂的爱欲情仇。这也意味着,家庭及其所秉持的人伦秩序只能以"爱与宽容"来坚守,正如潘金莲开头所唱的:"爱,让人类延续到了公元两千年,而我却已被欲望及罪恶封在了深渊。"那么究竟用"爱与宽容"去宽恕谁的欲望与罪恶,抑或去压制谁的不轨之举,都显得软弱无力,实质上无益于悲剧性人物的自我疗愈,也无益于被毁掉家庭人伦的重新建立,至少武大之死是无可挽回的。因此,《紫石街》的创作反而不如王延松、高字民等试图通过对人性的挖掘以显示艺术的悲剧性力量,提高对人自身的认知性和关怀度,从而发挥警示这一美育功能。

2. 病态的世相:原罪、报应及拯救

20世纪90年代出现《金瓶梅别传》后,自21世纪以来,依据《金瓶梅》新编的"武松杀嫂"戏骤然增多,而且多以围绕家庭而展开。《金瓶梅别传》淋漓尽致地展现了宋惠莲之死所呈现出来的西门庆及其妻妾的种种罪恶,然而剧作家隆学义、王延松等又以新的创作手段持续丰富了西门家族的原罪、报应及自我拯救。

原罪不仅来源于社会环境对女性的压迫与欺侮,同样也来自女性的内在性格与欲望。王延松的《潘金莲》中的金莲对武大说,自己九岁被卖到王招宣府,王招宣每天让她学琴棋书画,描眉画眼,准备把她培养好了将来卖高价。后来王招宣死了,三十两银子被转卖给了张大户,被使唤添了毛病,于是许给了武大。结婚八年多,也没太嫌弃武大,可是总这么想,难道她潘金莲一辈子就这么过了?她长得不比人差,一推这窗户,多少浮浪弟子像苍蝇一样扑过来。应该说,潘金莲多才多艺,长相出色,只是出身卑微又生不逢时,错许武大。正因为如此,潘金莲被压制的内心更为强烈。碰到武松之后,潘金莲对武大提出"以后咱仨一起过。我有一个条件,你不能干涉我和叔叔之间的事",后被武松拒绝,与西门庆偷奸完全出于情欲而非爱的报复。毒杀武大一节,金莲"掏出手绢擦了擦眼睛,然后假装哭着走到武大床前",给武大灌了药,"金莲奋力捂住被子,她怕武大挣扎,跳上床,坐在被子上",并说"你再坚持坚持就好了,再坚持坚持就好了……"充满情欲的潘金莲同时充满杀欲。隆学义的《金莲》[①]中李瓶儿与西门庆做手脚,将前夫花子虚活活气死;庞春梅看见有身孕的李瓶儿时"驻足而望,充满嫉妒",为争宠上位挤掉潘金莲,将李瓶儿给潘金莲的安胎药暗中调包换成断根汤。《紫石街》中的潘金莲同样情欲难抑,伙同西门庆杀死了武大。情欲乃人性的本能,极度膨胀又畸形的情欲极易成为一种罪恶,人类无法摆脱情欲,如何去控制与调节自身的情欲的确是一个古老又现代的问题。不仅女性的情欲如烈火可以灼杀人,王延松的《潘金莲》、高宇民的《武贰》、万军的《紫石街》中的武松的愤怒的拳头或不由自主的情窦初开,都在客观上激发了潘金莲的情欲与杀心。在王岩松的《潘金莲》中受伤绝情的武松俨然成为一个杀人不眨眼的魔头,替施恩杀了仇人全家,而且他声称"杀人是因为那些人可杀","什么讲义气、够哥儿们,全是假的,我喜欢杀人。我喜欢用鲜血证明我诚实的价值……我是一个用刀刃写作的诗人,只有在充满血腥的杀戮中,我才能体会到人间的快意",这无异于一个刽子手"自豪"的人生宣言。

假如说潘金莲、李瓶儿、庞春梅用身体、心机、恶毒寻找价值,争取女人的地位与荣宠,那么武松则以杀人的方式来证明自身诗意的价值与快意的人生,这是男权时代底层女性与男性生命挣扎的表征,手段迥异且罪恶满满,突显出一种病态人格。同样地,处于权势地位的西门庆,在王岩松的《潘金莲》、隆学义的《金莲》、高宇民的《武贰》、万军的《紫石街》中化身为淫欲的象征。西门庆为得到美色不择手段,视性命如草芥。西门庆在外寻花问柳,在家淫乐欢快乃至性虐潘金莲,动辄毒打侍妾与下人。如此残暴成性的心理变态者,还是一个政治上的成功者。他在《金莲》里为自己升官发财,把潘金莲心爱的檀香盒儿送给了蔡太师做寿礼,在《潘金莲》中与"东京的杨提督的亲家成了亲家",大捞政治资本,在他的眼里"什么都是假的,钱才是命根子"。实质上他只相信钱,女人在他眼里只不过一个情欲之物而已。西门庆不仅自己罪恶累累,还是其他人的罪恶之源。正是以西门庆为代表的在男权话语基础上建立起来的专制社会及其家庭秩序,才导致女性饱受灵肉之苦与生命之害,将女性的一切吞噬掉。在这样封闭而畸形的泥淖,女

---

① 隆学义:《金莲》,载《隆学义文心雕虫》,中国文联出版社 2011 年版,第 113—142 页。引文均参见此文。

性的人格丧失殆尽，人性泯灭全无，以身体资源为资本，争取做稳了奴隶的地位，以性侍人，以生子嗣为最高荣誉与目标，直接沦落为西门庆的淫乐对象与生育工具，也显示出十足的病态性。不止于此，女性与女性之间也无所不用其极，相互嫉妒倾轧。《金莲》里李瓶儿和庞春梅两次调包安胎药，潘金莲以红色衣服包裹生肉训练雪狮子（猫）吓死官哥，即使一向吃斋念佛、清心寡欲的吴月娘，在西门庆死后也彰显了其自私苛刻的一面，冷酷无情地卖了春梅和潘金莲。西门庆及其金钱、政治势力与话语权力使女性生活在地狱一般的世界，导致所有女性及男性再次犯下罪恶，乃至武大也走向罪恶的渊底，"张大户将我送你，分文不收最歹毒！任由他随时来家将我侮，你不出气，不敢怒，不出声，不敢哭，只为富人免你租"。受害者武大也是施恶者，又如在《武贰》里潘金莲说，"我背着你家老大红杏出墙，偷人养汉，他不答应，抽我、打我、要杀我"，因而武大郎的形象在21世纪发生了巨大变化：一方面延续了以往老实巴交、胆怯懦弱的思想性格，另一方面又成为制造潘金莲出轨偷情的罪魁祸首之一。这两种性格在不同的文本中交替出现，在一定意义上拓展和深化了武大郎的人物精神，强化了文本的戏剧性。就武大郎作为恶的一面来说，武大之恶并非出于人性的恶，他也是专制社会的被戕害者，又由于他同其他男人一样，拥有男性的绝对的话语权以及有一个完整家庭的渴望，因而这样的一个带着预设性创伤心态的贩夫走卒对潘金莲的压迫也就具有了一定的现实基础。

应该说，王延松的《潘金莲》、隆学义的《金莲》以及《金瓶梅》向我们展示了一个病态、残暴、邪恶的世界，这个世界秉持的文化制度有罪而且人人有罪，男性制造罪恶，女性既制造、迁就罪恶又永远处于一种不安的生存状态，罪恶既来源于环境，也来自人性。没有灵魂是干净无瑕的，或许这才是人世的真相，人人生活在一个难以自觉净化的病态社会。

与罪恶对应的是报应，王延松的《潘金莲》真实地再现了鬼魂世界的各类形态：李瓶儿的"身体里已经流不出一滴鲜血了"；武大郎成了"风度翩翩的复仇大将军"，他用"绝妙"药丸欺骗潘金莲，从而让西门庆纵欲而死；死去的西门庆"跟刚才判若两人，那灵魂项带沉枷，腰系铁锁，衣衫褴褛，光着脚"，而且单单他的"脚下种着刺"；缺德的王婆被杀后腿"怎么摸不到一点骨头，软软的，像蛇一样"；潘金莲"身子被掏空了，只有一个血红的大洞……成空心人了"。每个有罪的人都得到了相应的报应，这种报应表面上看带着某种天人感应或因果报应的特性，然而哪一种报应又不是人生逻辑的结果？是极端的肉欲世界与深厚的人伦世界激烈对撞的结果。这在隆学义的《金莲》中更为明显。西门庆淫乐纵欲将自己推向死亡，他一手建造的肉欲世界以及争宠的游戏规则瞬间倒塌，财、权、势随风而去，在人性恶的思维的惯性的持续推动下，吴月娘作为新的主人显露出其冷酷的性格，对家庭成员而言报应随之而来，恶根产生恶果。所不同的是，王延松的《潘金莲》让人鬼同台，"坟内是灵魂的人，坟外则是肉体的人"，虽然"肉体的人与灵魂的人是无法沟通的"，但"两个属灵的人只有独处时，他们才能说出一些他们感兴趣的话"。①如此，灵的人既感叹命运的不幸，又能以超脱的姿态重新认识自我以及人世间的悲欢情仇，像西门庆的灵魂唱道，"巫水巫云风流遍。男女恩怨空翻转。生，多亏欠；死，还亏欠"，潘金莲唱道，"多情唤起荒淫志，天地报应本无私"。王延松笔下的人物被本能、欲望所裹挟，几乎没有多少清醒的自我意识。相对而言，隆学义的《金莲》里多位女性有着清晰的自我认知，她们明知自己有罪，却依旧用罪恶的方式去满足自己的私欲，"金莲失算悔难悔，难悔难救悲中悲！悲我保命罪赎罪，赎罪香盒买官回。他是魍魉我魑魅，都是恶鬼谁怕谁"。罪恶滔天的世界，人人都是犯罪者，生存的规则就是犯罪，只因为（潘金莲语）"我们都太想活了"。官哥死不复生，李瓶儿说道："我们错就错在太想活了，自造罪孽，老天报应。"求生的本能压倒了一切，不作恶就没有活路，唯有作恶才有活着的希冀。一方面她们通过陷害别人而达到自己攀升的目的，另一方面她们又自知罪孽深重渴望求得生命的解脱，"愿到阴间去受苦，阴间挑寻好丈夫"，甚至"早知女人万般辱，当变壮士大丈夫"。潘金莲最终以颈迎武松，含笑谢快刀。

王延松用死亡反观存在的方式来拯救人类的罪恶灵魂，隆学义以死亡解脱的方式来取得灵魂的自我净化与救赎，二者都是罪恶之人的道德反省与道德拯救，也是对人性的一次较为深刻的拷问，并在一定程度上折射了当今人们的精神危机与道德信仰。但仍然要说，两部作品对自我救赎的表

---

① 王延松：《话剧〈潘金莲〉的创作》，《剧本》2010年第3期，第77页。

达或人生意义的体现,还未能达到更富于深思的哲理性层面,没有站在生命本体的高度指涉人类的自身即探讨生死的终极性问题,而是过多地囿于人的悲欢情欲在伦理方向寻求生命的超度或来世的解脱。之所以提出这一看法,在于王延松的《潘金莲》令灵魂登台,实际上超越时空的灵魂本身是现代视角的一种投射,是现代人反省历史角色的一种有效的途径。同样隆学义的《金莲》也存在能进出叙述行列的"第三方"合唱队,合唱队以超然的现代视角完全可以提升全剧的戏剧意义。

3. 物化的身体:符号化以及主奴关系

从性别政治看,中国传统社会构建的两性权力关系是社会结构组织中最基本的支配与从属的关系。这一关系集中体现在家庭内部,而性别政治最大的关系就是性权力,它是人类文明发展过程中男女关系的重要场域。[①]荡妇是这一关系最为敏感、特殊的个体,她的性属性与性行为对家庭、家族乃至整个社会的伦理系统都会形成最为猛烈的挑战与威胁。俄国思想家别尔嘉耶夫曾指出,爱欲的诱惑很厉害,性是奴役人的最重要的孽根之一。[②]一旦被性所奴役,即便冲出内在的思想道德的重重藩篱,也极有可能被外在的种种规范及秩序所钳制甚至毁灭。古代中国有"女人祸水"论这一强大的莫须有的观点,因而水浒中女性多为荡妇,性格泼辣而长相妖艳,擅长卖弄又不择手段,这样一个情欲燃烧且欲壑难填的女性往往通过身体扮演其独具特性的角色。

身体的情欲化或符号化是 21 世纪以来水浒戏创作及改编的最大特色之一。王元平的《红水衣》以贴身的红水衣为意象,象征了潘巧云被压抑的强烈的爱与欲,并明示其性感的身体,且红水衣贯穿全剧;而"武松杀嫂"戏同样写了潘金莲的身体;像隆学义的《金莲》中的身体情欲化十分明显,潘金莲不仅以身体博取西门庆的宠爱,以身体满足张大户为武大郎免租,以身体与女婿陈经济做交易;现代舞剧《莲》[③]以更为大胆的身体叙

[①] 〔美〕凯特·米利特:《性政治》,宋文伟译,江苏人民出版社 2000 年版,第 41—44 页。
[②] 〔俄〕别尔嘉耶夫:《人的奴役与自由——人格主义哲学的体认》,徐黎明译,陈维正、冯川校,贵州人民出版社 1997 年版,第 47 页。
[③] 北京当代芭蕾舞团:现代舞剧《莲》,编导陈媛媛,2011 年创作,改编自《金瓶梅》。

事即通过演员性感撩人、尺度大开的欲望化肢体动作，从潘金莲一个女性的视角演绎了女性内在的渴望与挣扎。但潘金莲的身体并非没有标准，它倾向于英雄人物或者权势人物，绝不会倾向于矮矬丑陋的武大郎。事实上，身体是被纳入社会秩序、观念、伦理之中的身体，并非一个简单的区分男女性别的身体。正是身体的这种极强的社会性，以不证自明的方式体现了身体的社会构造性，"身体及其运动是服从于一种社会建构作用的共相的模子"①。最初的潘金莲等形象是被传统社会所构建，21世纪以来的剧作家又一次重新构建了潘金莲的形象，然而未能脱离消费时代将女性身体作为最美的消费品这一宿命，"身体只是心理所拥有的、操纵的、消费的那些物品中最美丽的一个"②。身体除它能承载的美丽的热度之外，还在于身体需要被解放以及获得自由，如此女性也就获得了解放与自由。王延松的《潘金莲》中，正是潘金莲的身体俘获了武松，令他浮想联翩，令武大得意扬扬；隆学义的《金莲》中，身体是潘金莲获取一切的最根本的资本，它所遭受的侵犯、淫乐以及虐待集中体现了女性的被统治地位与残酷的生存环境；现代舞剧《莲》用身体话语告诉观众，身体不仅奴役了潘金莲，也被潘金莲所奴役，西门庆同样以淫乐及性虐的方式对待潘金莲的身体。实际上，身体欲望化的根本问题在于身体的色情化，不仅在于身体绽放所带给观众的某种心理暗示与无意识宣泄，也在于戏剧内部所展现出来的家庭关系的色情化。身体是衡量男女关系的唯一物件，也是男性统治女性的根本特征，而且"婚姻对于妇女而言，仍旧是获得一种社会地位的特殊手段"③，女性的自我身体化、色情化同样表现得格外突出，从本质上说，这是求生欲所带来的自我简单的物化和符号化。

由此来看，21世纪水浒戏中女性的构建是从身体构建开始的，在一定意义上，传统视域中的女性身体所承载的被排斥、被压抑的含义，在现代视野下以一种被欣赏、被操纵的方式重新焕发出来。因而女性角色的着力

---

① 〔法〕皮埃尔·布尔迪厄：《男性统治》，刘晖译，中国人民大学出版社2017年版，第24页。
② 〔法〕让·鲍德里亚：《消费社会》，刘成富、全志钢译，南京大学出版社2014年版，第123页。
③ 〔法〕皮埃尔·布尔迪厄：《男性统治》，刘晖译，中国人民大学出版社2017年版，第58页。

点也在于装饰身体("穿着盛装,明艳动人",《潘金莲》)、卖弄身体("金莲抱起琵琶弹奏,弄出水性姿势",《潘金莲》)、展现身体(《莲》中的性感肢体)以及转换身体("早知女人万般辱,当变壮士大丈夫",《金莲》)与怜惜身体("你的身子不净,可别毁了身子",《金莲》),一切围绕身体而进行。就主奴关系来说,杨雄不愿治疗其性无能的身体,而希望借石秀之躯帮助自己传宗接代,得知潘巧云与裴如海通奸后,与石秀的刽子手本性展露出来,无丝毫怜悯之情,一口气杀了铁儿、迎儿和潘巧云三人;西门庆、张大户以凌辱的方式对待潘金莲等,而居于男权地位的武大郎则以捆绑的方式试图占有潘金莲;武松尽管是欣赏,但终究以屠刀替兄报仇而夺了潘金莲的肉身,因而武松是一个既可与其平等恋爱又可高高在上通过伦理道德取潘金莲性命的人。所以,这种主奴关系或男女关系事实上是一种权力暴力关系,被社会规则以及男性话语构建的女性及其身体,在整个社会尤其是家庭的运作逻辑里,真正被权力、暴力所统治。女性不仅仅是男性身体的工具、传宗接代的器皿,也是男性社会地位、生活、尊严等各方面的象征物。王元平的《红水衣》中英雄有借种生子的意想;在隆学义的《金莲》中就可以清楚地看到,谁拥有子嗣,谁在西门庆家就拥有绝对的地位。潘金莲唱"莲不生子必自败,只为自救怀珠胎",李瓶儿唱"幸得贵子专宠在,祝愿官哥长成才",吴月娘唱"贵为夫人本气派,无子失宠空悲怀"。在王延松的《潘金莲》中同样表达了这一诉求,"来了这里,别人每天光盯着你的肚子,生不出儿子等于白在这儿混了",所有女性对身体产生了不同程度的焦虑与希望。也就是说,男性统治将女性置于一种永久的不安全状态,"一种永久的象征性依赖状态:她们首先通过他人并为了他人而存在,也就是说作为殷勤的、诱人的、可用的客体而存在"①。传统女性特有的女人气质经男性暴力化、色情化的统治而得以实现。

男性对女性身体话语的控制本身是对女性话语统治的最直接体现,而女性话语实质上是建立在男性话语基础之上的。在王延松的《潘金莲》中,鬼魂李瓶儿对着棺材前贪财好色的西门庆说:"对谁都和和气气的,从没见他跟谁红过脸。别人越是急赤白脸,他反倒越谦和了。女人都喜欢他。只

---

① 〔法〕皮埃尔·布尔迪厄:《男性统治》,刘晖译,中国人民大学出版社2017年版,第93页。

有我给他生过……我的傻冤家。"又对武大郎讲:"他是一个大好人。""得让他得一个儿子!我回不去了也只好……让她……"尽管她痛恨潘金莲放狗吓死她的孩子,但还是希望西门庆有个儿子。传统的妇道伦理在李瓶儿的身上体现得分外明晰,给男人生孩子是女性在家庭地位及责任中的第一要务。隆学义的《金莲》则有一种较为混乱的价值观。作者曾说:"潘金莲自幼喜爱金银珠玉。平日积攒残金碎玉私下打造了一双金莲鞋儿,珍藏檀香盒内。原想用此堂堂正正、体面嫁个好丈夫。"又说:"面对复仇英雄武松,完全绝望的金莲饮刀而亡,带着她那双金莲鞋儿到阴间去完成人间情梦和灵魂的自我拯救。"① 很显然,金莲鞋儿是作者赋予潘金莲追求爱情与自我净化的美好象征,然而这一象征物却值得商榷。金莲鞋儿在文本当中具有多种功能,它既是潘金莲一个女性的纯洁美好的一面,也是与西门庆娱乐的玩物,"穿上爹爹最喜欢的那双红绣鞋儿,在葡萄架下奉酒恭候",而且金莲鞋儿放在一个檀香盒里几经出现还具有一种审美功能。需要指出的是,金莲鞋儿本身代表了男权对女性的压制与统治,在一定意义上是男性性观念与性娱乐的畸形产物。潘金莲以此为心爱之物实质上是以男性话语构建了自身的女性话语,女性以取悦奉迎男性作为生存的根本,且把一种扭曲的女性观念当作天然的女性特有的一种人生追求。这是文本创作当中的一种不自觉的回潮倒退现象,应该说作者想赋予潘金莲的意义是没错的,只是这一象征物存在明显的问题,但也从中可以窥测到男性话语长久的延续性与潜在性。当然,隆学义主要在于写出了女性的悲剧性,争宠之外,潘金莲只能到阴间去寻找一个柔情蜜意会呵护她的好丈夫,或者不得已来世再做大丈夫。这些情节都表明了男性话语对女性话语的控制以及潜移默化,导致女性的出路只能寄托于男性,本身体现了一种更为深度的书写。

对女性的现代构建以及主奴关系的破除,王元平的《红水衣》多次写了丫鬟迎儿和下人铁儿之间的现代爱情关系,(铁儿)"说什么?"、(迎儿)"说你爱我"、(铁儿)"我都说了一千遍一万遍了……"、(铁儿)"我……(意识到)我说什么来着"、(迎儿)"我爱你"、(铁儿)"哎!说得真是好好动人啊",而且迎儿以现代人的观念直接替代作者说出了宋代女人的悲剧源于婚

---

① 隆学义:《金莲·简介》,载《隆学义文心雕虫》,中国文联出版社2011年版,第115页。

姻爱情不自由。潘巧云也被塑造成一个刚烈的女子，以死誓爱，"你们只管放胆过来，睁大眼睛，看看这鲜红似血的红水衣！……这鲜红是从奴家的心底流出，这鲜红是奴家的热血染成，这鲜红尽染了奴家的天，尽染了奴家的地，这鲜红刺伤了世俗的眼睛，唤醒了沉睡的欲望，使人激动，使人疯狂！多少男人女人，因它而生而死，多少激情时刻，因它萌发复灭！……来来来！你们只管放胆过来！用这鲜红的水衣来包裹英雄好汉的头颅，岂不更显英雄本色"，原来符号化的情欲底下流动着传统女性对自由对爱的强烈渴望。高字民的《武贰》以彻底消解英雄武松的方式做到了，不仅潘金莲并非情欲的化身，而且武松还能以平等视之，两个人的爱情是建立在自然主义的人性上的相互的爱。正如恩格斯所说，现代的性爱"它是以所爱者的互爱为前提的"①，如此，潘金莲作为真正意义上的一个人、一个女性获得了独立的尊严与价值。也如文本所写："这世间，有一种东西，特别特别好——它能让人狂喜——"，"（直视武贰，眼神火辣辣的）是爱——"，"对！爱，像酒一样醇香、浓烈，让人沉醉、痴迷。但又比酒更温柔、更可靠、更长久"。而后潘金莲提出与武松私奔，这是宗法制社会最不忠不孝的个体行为，它预示着彻底摆脱一切囹圄而走向广阔的自由，而且潘金莲跨时空捡起武大的休书说道，"一张判决女人放浪但却卸掉她身上枷锁的凭证，谢谢你武大，谢谢你赏给我一个卑贱而自由的名分"，足见潘金莲心高气傲的现代精神与价值观念。她在人格上早已鄙视了文本中的所有男性，这是女性话语对男性话语的真正挣脱与反抗。

第二节　英雄的消释与传奇

21世纪水浒英雄再一次被"降格"成为反英雄人物，并与现实生活接轨而表现出荒诞的一面，与此同时，庸常生活又使得一些剧作家从男性气概角度重新塑造梁山好汉的传奇人生与血性阳刚，而传统文化中的忠与义等问题依旧极具话题吸引力和审美内在张力，表明此时剧作家的创作已进入一个个性化表达与商业性融合的新的阶段，水浒戏的现实性意义及其艺

---

① 《家庭、私有制和国家的起源》，载《马克思恩格斯全集》第 21 卷，人民出版社 1965 年版，第 90 页。

术形式又一次被延展与拓宽。

1. 反英雄及其荒诞性

自五四新文化运动开始，水浒传统英雄形象轰然倒塌，英雄价值以及英雄崇拜在启蒙思想的开掘中转向负面，赵伯颜的《宋江》里宋江被塑造为灰色革命人物，欧阳予倩的《潘金莲》中武松从打虎英雄蜕化为孝悌英雄，20世纪80年代改革开放后宋江依旧在忠与义之间徘徊、痛苦，其复杂的人物性格从《梁山恨》到台湾地区当代传奇剧场的"水浒108"系列都未曾发生太大改变，而以武松为代表的忠义英雄们日益落寞，从英雄的神台走入寻常生活，凡人的一面即世俗性被不断强化。不近女色是水浒英雄的潜在准则之一，水浒英雄对女色无情，更与子嗣无缘，因而20世纪90年代后大陆剧作家将英雄拉向世俗的关键一步是"动凡心"，武松等开始对潘金莲等有了普通人的"好色"之心，即在人性的层面重新挖掘和开拓其精神的向度，但打虎这一标志性的英雄行为并未削减。王元平的《红水衣》让石秀动了情欲之心，通过其爱欲、偷窥、性嫉妒、杀人灭口等一系列动作将传统英雄的内心剖开来给世人看，所谓英雄也不过是个刽子手而已，传统英雄观念被解构；高字民的《武贰》则将武松打虎的英雄行为彻底消解，武贰当时"借着一股酒劲，稀里糊涂就上了山岗"，遇见老虎"差点没吓晕过去"，后来"狠狠两耳光把自己抽醒，深吸一口气"，靠运气"这老虎——和我身后一棵腰粗的松树撞个正着"，一命呜呼。英雄行为及其价值的消释，意味着传统的江湖侠义在当代的解构性遭遇以及文化的失重。武贰又说："我其实就是一个粗人，可打完虎之后，我却搞不清自己是谁了。"这无不有力体现了侠义文化的自我迷失与英雄意识的淡漠至极。事实上，水浒英雄作为行走江湖、行侠仗义的一类英雄，依然有着强烈的精英意识，他们在抱打不平、兄弟结义中践行着英雄人格，同时也为后世树立了伟大的行为规范，英雄消释其社会责任或然要面对自身的个体性价值与本色，于是武贰在人的意义上爱上了其嫂嫂潘金莲。王延松的《潘金莲》中武松顿起"好色"之心，惦记着嫂嫂勾魂的眼神；湘剧《武松之踵》[①]将重

---

① 《武松之踵》：小剧场湘剧，湖南湘剧院2017年首演，编剧向晓青。

心放在"踵"字上,如同阿喀琉斯之踵这一致命弱点一样,武松的致命弱点就是情,虽说这情先为思念兄嫂的"思归之情",渴望过上幸福平稳的小日子,后演变为杀嫂的"不忍之情",恻隐之下难以下手,英雄之"踵"折射出英雄的悲剧性、平凡性,这一切都表明剧作家对偶像、权威的质疑与遗弃、嘲弄。

实际上,香港的戏剧家潘惠森在20世纪90年代中后期就着手遗弃、嘲弄水浒的英雄们了。他以独特的香港平民阶层体验去表达个人内心深处的感觉,创作了荒诞性十足的水浒系列话剧。1995年首次创作的古装喜闹剧《武松打蚊》[①]讲述了武松因杀嫂潘金莲而被刺配孟州,途中遭西门庆之弟西门吹雪挟毒蚊追杀,又在十字坡客栈内遇到心怀鬼胎的孙二娘、张青夫妇,内外危机一触即发,又令人啼笑皆非。一位打虎英雄突然打起了蚊子,这种情节的颠覆性设置明显带有极强的去英雄化、反英雄色彩,武功高强的武松被降到普通人的水准,武松的命运变化在一定程度上实现了对传统价值观念的证伪,人世间并没有那么多伟大的事情等待英雄去做,而面前的毒蚊或不怀好意的孙二娘夫妇正是英雄的用武之地。于是蚊子这一特殊的意象就有了独特的隐喻功能,"我利用'蚊'倚靠在动物身上吸吮血液赖以生存的习性,喻意成掠取老百姓血汗辛劳成果的贪官污吏。所以武松打蚊,就可以变成两重意象上的演绎。除了真的打死扰民的蚊子,亦可革除官场的腐败风气"[②]。与其他水浒戏的创作及改编者们不同,潘惠森更愿意关注身边的人与事,并将自身对香港生活的个人化体验投射进作品当中,所以他的作品只是部分地借了传统故事的少许情节,着重以大篇幅虚构性细节表达现代人的生存经验与作者的现实关怀,突出戏剧干预现实生活的力度。他在新域剧团时曾说,要使戏剧成为众人皆可拥有的力量,在社群中积极介入,使戏剧成为社会生活中的一个有机部分。[③]《武松打蚊》塑造了一个不是英雄的英雄,打蚊虽造就不了丰功伟绩却可以为天下普通百姓除害,那么英雄何为或者何为英雄的确成为一个值得深究的当代话语。

[①] 潘惠森:《武松打蚊》,1995年创作,在香港、澳门、广东等地有演出。
[②] 周昭伦:《〈从剧场到小说到电影〉座谈会札记》,《文化现场》2008年11月第7期。
[③] 莫昭如:《寻找民众戏剧》,载杜伟德、陈玉兰主编《变动中的视野:香港剧场与教育会议2000》,国际演艺评论家协会(香港分会)2002年,第295页。

在《李逵的蓝与黑》①中潘惠森对水浒英雄给予了彻底解构，元宵佳节，梁山好汉在山上无聊至极，来到东京城内寻花问柳，得知大宋皇帝今夜将出现，日夜盼望招安的宋江、一心想杀皇帝的李逵、专心寻找旧爱的燕青、逃避过去的林冲以及等待皇帝驾临的青楼女子们，皆各怀心思。然而梦想与现实却如此的遥远。剧中梁山的英雄们处于一种荒诞的境地，正如李逵所说："真的快亮了，蟋蟀的叫声也已经没了，每当天快亮时，天空只剩下两个颜色，蓝色和黑色。真奇怪，为什么这个世界上只剩下两个颜色，说出来也没人信吧。"蓝色和黑色是全剧最为耀眼的两个意象，也充分表达了作者意图表现的主题，而造成蓝色与黑色的世界的正是这种荒诞性。与其说李逵想杀皇帝，不如说李逵的真正志向是当一个画家；燕青呢，又何尝不是替天行道这一外在的行为与寻找旧爱这一内在的需求相冲突。如此一来，所谓的梁山英雄皆被现实所打倒，英雄行为终了是一时不得已之下策，而真正让他们日思夜想的倒是那些充分体现人性且再平凡普通不过的俗世俗人，在这种言行不一的表面之下，是梁山好汉们自身与世界的背离与荒谬关系，生存的意义断裂并处于一种迷惘或迷思之中，丧失了自我的主体性。相对而言，反倒是几个青楼女子目标明确，人生意义连贯。潘惠森创作初期曾受西方荒诞派戏剧的影响，20世纪90年代中后期创作的水浒系列话剧也明显采用了荒诞的艺术手法，表达香港普通个体自我主体性的消释以及在怀疑、无奈中的空虚与落寞，带着黑色幽默性质的蓝色与黑色恰好体现了香港人内在精神的分裂与矛盾，一种焦虑性存在跃然纸上。也正是利用了荒诞性的话语，显示了潘惠森对"高度资本主义化了的香港世情"以及香港"人的尴尬处境和人自身的心理矛盾"的深度关怀。②

进入21世纪后潘惠森的《武松日记》③可以说是前期水浒系列话剧的一次集合式创作，沿袭了《武松打蚊》《李逵的蓝与黑》《花和尚立地成佛》等样式、风格与主题。总体上看，潘惠森的水浒系列话剧对尤奈斯库的戏剧汲取较多，格外突出以荒诞的形式寻找自我这一艺术主题。尽管

---

① 潘惠森：《李逵的蓝与黑》，1996年创作，在香港、深圳等地有演出，获第22届香港舞台剧最佳整体演出奖、最佳导演奖等。
② 田本相、方梓勋主编：《香港话剧史稿》，辽宁教育出版社2009年版，第297页。
③ 潘惠森：《武松日记》，2017年由动画电影版《武松日记》改编，获第27届香港舞台剧最佳剧本奖。

• 第六章　21世纪：病相、英雄以及空间 •

《武松日记》（见图6-1）依据"武松打虎""杀西门庆"等"武十回"创作而来，但水浒情节已被大大淡化处理，而主要突出武松上梁山之后的心境上：梁山好汉生活于荒山之地，意志日渐消磨，宋江一心等待皇帝招安，却无所作为，只有李逵是个例外，忍受不了梁山的无聊苦闷，于是冲下山来直奔京城，誓要杀掉皇帝，武松奉宋江之命率兄弟林冲、鲁智深、燕青下山追寻李逵，以免他闯下大祸，最后把李逵带回梁山。①其实李逵杀皇帝是假，而他真正的志向是做一个画家，他要退隐江湖。与此相对，武松陷入一种消极的状态，他打虎的英雄事迹被刻画成误打误撞，而杀死西门庆和潘金莲的情节也变得莫名其妙，写日记反而成了他莫大的兴趣，也是他无事可干记录琐事以便消磨时光的方式，而日记内容则"只是一个空闲得可以晚晚写日记的落魄中年七零八落的思考"②。尽管武松在乞丐的手上写下了"不要放弃"四个字，然而自己却沉思于人生的意义之中，武松也从最初的"打虎"到"打蚊"到与"猫"对谈人生。猫的人生意义在于到处捉老鼠，然而它更像一位智者帮助武松回答哲理性的问题，又刺激武松的觉醒，"渐渐明白到江湖上的一切名望功业，原来不过是虚名，人生在世，

图6-1　香港话剧《武松日记》

---

① 《Panasonic 呈献〈武松日记〉》，香港话剧团官网 https://www.hkrep.com/press/20171021/.
② 袁洁敏：《〈武松日记〉：从梁山走到狮子山，路从来不止一条》，Cultural Masseurs http://www.culturalmasseur.hk/en/blog/.

245

都是身不由己"①。不仅武松如此,夜幕降临时,燕青对旧日情人念念不忘,李逵用粗犷的嗓子唱愁绪浓郁的歌曲,好汉们借酒消愁,雄心壮志早已烟消云散。潘惠森的一段视频发言恰好道出了这帮英雄的现实困境与生存无奈:

> 为何我们这代人如此身不由己,我觉得不止(只)是我这一代,由武松他们那时已这样,自古以来有人[的]地方就是这样。我相信是这样,不是因为现在是这样。一个社会的形成,自自然然会慢慢滋生许多制度在其中。这些制度是怪兽来的,它会愈生愈大,愈来愈难以找到一个所谓安身立命,你比较相对能够自由地愉快地生活的空间,这是好难的东西。《水浒传》讲到的社会都好腐败,所以好多人都被迫上梁山。他是其中一个被迫上梁山的。大碗酒大块肉,这不是唯一的目的,更高的目的,是要干一番事业。其实这帮男人以武松作为代表……他作为一介武夫,都希望一身的能力,可以奉献在某些事情上。②

潘惠森发现了历史与当代现实的共同性,各种如同怪兽一般的制度令所有人身不由己,难以安身立命。以武松作为代表的梁山好汉们也有其远大的志向,然而他们对自我的身份产生了严重不自信与怀疑。一介武夫,武松明白他的能力他的才华,希冀能被他人利用,他也明白自己应有所追求,但他找不到方向。这种焦虑的现代性存在实质上就是恐惧,"只是这种恐惧不自觉形成的情感紧张氛围丧失了其对象,而这种紧张氛围表现的是'内在危险'而非外在具体化的威胁"③。其"内在危险"也是社会制度等种种怪兽所带来的个体的压抑、苦闷与自我分离。潘惠森虽以"荒诞体"结构全剧,但其内容基于香港现实经验与水浒历史经验的合一,体现了当代香港人尤其是中年人的危机意识与内在恐惧。事实上,剧本同样给出了答

---

① 邓正健:《武松的退隐与执念》,香港话剧团官网 https://www.hkrep.com/en/article/20171021/.
② 《Panasonic 呈献〈武松日记〉》,https://www.youtube.com/watch?v=AeQn2az13H0.
③ 〔英〕安东尼·吉登斯:《现代性与自我认同——晚期现代社会中的自我与社会》,夏璐译,中国人民大学出版社 2016 年版,第 41 页。

案、猫捉老鼠的人生启示、高升客栈掌柜对武大郎烧饼独门绝技的执迷，以及武松最后面对观众的"路不只是得一条，慢慢行，总会找到方向"的鼓舞之语，都给了武松和观众一个清晰的交代。而武松最终放弃豪情壮志、专心致志做烧饼的举动粗看荒诞不经，细究则能体会剧作家的良苦用心：力所能及，从小处着手，为社会所用，或许正是香港人度过人生迷惘的唯一出路。

潘惠森以朴素的务实的精神来反抗香港人的荒诞窘境与危机痛苦，可谓是话剧与社区、历史与现实融合的一种典范，在当代意义上为水浒戏剧的创作及改编拓展出一条新的路径与面向，使水浒戏的艺术生命力更为鲜活永恒。与此同时，水浒戏的彻底市场化以及由此而引起的无厘头、无意义化改编也开启,《梁山囧人》①以爆笑为噱头刻画了一群别样的梁山好汉，李逵自恋、宋江滑头、鲁智深犯二、吴用乃情痴、王英猥琐、扈三娘野蛮，当他们被关进牢房后，人性的阴暗面爆发，相互猜忌、推诿、挤兑、吐槽，甚至不如芸芸众生、凡夫俗子，在高俅追杀的狼狈"囧途"，以吴用和李师师生发的爱情化解了夺命灾难。号称"越狱大戏"的《梁山囧人》将梁山好汉彻底解构，以笑的方式制造了一出娱乐化、消费性的大众闹剧。

2. 好汉传奇及其忠与义

进入 21 世纪后对于梁山好汉的传奇事迹，或者说男人与男人之间、男人与家国之间的情与义、忠与奸，即江湖文化的重新理解与认知大致呈现出多种创作倾向。总体来看，这些创作倾向都是对义气、报恩等旧有价值体系和伦理结构的评价与批判，以及对传统英雄行为及其家国精神的呼应与弘扬，显然渗入了当代社会的文明观念与时代精神，也与创作者个人的概念、思想有着巨大的内在关联。

王元平的《红水衣》构建了一种畸形的江湖兄弟情义，石秀因帮杨雄而被杨雄引家招待，石秀出于兄弟情义以及对传统纲常伦理的坚守与捍卫，强压内心的欲望并杀死与潘巧云偷情的和尚裴如海。石秀的情欲迸发以及不道德的偷窥行为早已自我消解了传统英雄的价值，然而对于江湖中

---

① 《梁山囧人》：2013 年创作，https://baike.baidu.com/item/%E6%A2%81%E5%B1%B1%E5%9B%A7%E4%BA%BA/2128797?fr=aladdin.

受人崇拜的英雄怎能轻易丧失其男性气概，因为这种面子文化始终占据着石秀的主体思想。同样地，杨雄性无能不敢让人知道，不敢看病就医，想悄无声息地借石秀来替己生子，后又被石秀点破潘巧云与裴如海偷情，顿时恶向胆边生。在《红水衣》中，英雄气概实质上就是面子文化和男权文化的混杂体，但都在本能即"红水衣"面前不堪一击。尽管这种英雄气概取得了胜利，而且所谓江湖上的兄弟情义得以保存与加强，但最终指向却令人看清了梁山好汉的本来面目，竟然是这样一群以残忍冷酷为手段维护兄弟情义的封建性卫道士，上了梁山要替天行道。因此，《红水衣》与其说建构了一种江湖兄弟情义，不如说真正解构了梁山兄弟关系。这种对私人关系的揭露与解构，还表现在诸多创作之中。刘鹏春、刘觅滢共同创作的《林冲与陆谦》[1]刻画了同门师兄弟、相濡以沫、情同手足的林冲与陆谦之间的恩恨情仇。林冲隐忍谦让，助兄早出头；陆谦性本嫉妒，野心膨胀，欲壑难填，不仅对林冲娘子有觊觎之心，与林冲比武时有敌无友，后又出卖良知，替高俅父子给林冲下刀刺字，火烧草料场。虽说作者意在"确定写嫉妒对人类的伤害"[2]，但其中突显的江湖情义或私人关系降至冰点以下，从信任、友情到仇恨、绝情。上海戏剧学院排演的话剧《野猪林》[3]同样表达了这一思想，以陆谦与林冲的私人关系为中心情节，充分暴露了陆谦的邀宠之心、不择手段，同门师兄弟之情最终走向瓦解与死境。

台湾地区吴兴国的京剧《水浒108忠义堂》和《水浒108之终极英雄荡寇志》采用新颖独特的当代视听语言表演艺术手段，延续且阐述了水浒英雄的不同价值立场及其悲剧性结局，对其中的忠与义给予了较多的现代性解读。《水浒108忠义堂》主要演绎梁山勒石注名、列等任官以及改换门头等待招安一事，以关胜、张清、秦明、呼延灼、黄信、杨志等为首的一派多系高级军官出身，对于朝廷和君王仍有无比强烈的归属感，而以鲁智深、林冲、武松、李逵、阮小五、杨雄、石秀等中下级军官或平民出身

---

[1] 刘鹏春、刘觅滢：《林冲与陆谦》，《剧本》2009年第10期，第67—82页。
[2] 刘鹏春：《在巨人的肩膀上试跳芭蕾》，《剧本》2009年第10期，第83页。
[3] 赵武：《野猪林》，2018年创作，腾讯视频，https://v.qq.com/x/page/v31294b7y5f.html. 上海戏剧学院继续教育学院2019年演出。

的头目却有着不一样的想法，他们立志替天行道意在推翻朝廷。①两种不同立场、不同目的的人马对忠与义的理解便不同，前者与宋江保持一致，铲除权臣和邪恶的地方势力，后者则以天下为己任。吴兴国以阶层出身及其意识立场为标准划分梁山群体，刻意制造裂痕，以突显戏剧性冲突，探讨了传统道义的现代性问题，对义的解读呈现出真假之别。正如编剧张大春所指出的："'忠义'两字是复杂的、冲突的，有人想要忠，有人却想要义；义虽是真挚的情绪，却也有虚假的意思，戏剧展现兼顾忠与义的冲突与义的两层意义。"②其中所蕴含的两种忠与义，其实也是中国传统儒家文化与江湖文化的基本矛盾，这一裂痕与矛盾在《水浒108之终极英雄荡寇志》③中表现得最为明显。全剧从《水浒传》第七十二回演至一百二十回，宋江一方面在与官军对峙中显示梁山实力，另一方面频繁向被俘虏官员坦白心声，且利用燕青通过东京名妓李师师成功获取宋徽宗降恩诏书，然而梁山好汉出于忠于宋江的江湖情义，委曲求全，为宋徽宗平辽番、抓田虎、打王庆、讨方腊，伤兵损将，热血换取的却是人生悲剧，李逵及其弟兄效忠在宋江身边只能与生共死，而宋江最终得到了一杯毒酒。梁山好汉的悲剧在于被宋江个人的功名利禄所绑架，江湖文化及其义气所应当承担的社会功能让位于正统文化所秉持的儒家名节思想，更可悲的在于李逵及其兄弟对宋江个人私心的愚忠与愚义，私人关系远大于匹夫有责，本质上还是江湖文化的胜利。相比较而言，经20世纪90年代《梁山恨》而改编的《风雨杏黄旗》，后又改为《李逵与宋江》④，全剧通过招安易帜（降下"替天行道"杏黄旗，升起"御赐顺天护国"大纛旗）、君臣评画（君臣品评宋江及梁山好汉，展示其驭人之术）、辨人谈忠义等场次与情节，增添

---

① 吴兴国：《水浒108忠义堂》，2011年创作。《当代传奇剧场·水浒108II 忠義堂》，http：//www.twclt.com/drama_story.aspx?ID=10963fe7-9862-4777-98c2-2d60dcf43f7b.

② 廖俊逞：《吴兴国、张大春、周华健二度混搭上梁山》，《表演艺术杂志》2011年第222期，第21页。

③ 吴兴国：《水浒108之终极英雄荡寇志》，2014年创作。《当代传奇剧场·水浒108III 蕩寇誌》，http://www.twclt.com/drama_story.aspx?ID=c16b6ea2-c90e-47fb-a526-2af28d6565c9.

④ 高文阑、黄新树：《李逵与宋江》，孟繁杰整理，国家京剧院演出。《CCTV空中剧院》20160921 京剧《李逵与宋江》1/2_CCTV节目官网-CCTV-11_央视网（cctv.com）http://tv.cctv.com/2016/09/21/VIDEluuUSph1DquSVKCHRsdg160921.shtml?fromvsogou=1.引文均参见此网视频。

并改善了宋江孤家寡人无支持者的局面，突出了李逵个人的重要性，实际上是通过李逵来诠释剧本的真正含义。应该说，真正体现作者创作意图的是剧末"辨人"一节，李逵与宋江饮毒酒后的一番对话既着力阐释了忠与义的当代意义，又写出了李逵新的人性高度。

  李逵：大哥，要说旁人，咱李逵不敢妄言，若是大哥你，咱李逵我是心知肚明。（怎见得？）你那骨子里面就是一个字，（何字？）忠，忠。（忠？）对，忠心不二的忠。（对谁忠？）对朝廷哪。（是对梁山。）自然是对朝廷哪。（是对梁山。）不不不，大哥，你为了归顺朝廷是费尽苦心，两败童贯却放他生路，三败高俅擒而不杀，还忍气吞声厚礼相待，到后来还想方设法走那京师窑姐李师师的枕头关节，这一切不是出自对朝廷的忠字吗？

  宋江：知我者，贤弟也……你么，除酒以外一个义字。（怎么，一个义字？）是啊，为了一个义字，你闹江州、劫法场，为了一个义字，你私自放走方银花，今日还陪愚兄饮下这皇封毒酒。

  李逵：……我兄弟为何落到如此这般，上梁山就为把那朝廷反，为什么千方百计要当官，恨只恨李逵我，头脑糊涂无主见，只信大哥无有错，事事只听大哥言，降义旗、受招安，征方腊义字当先，祸到临头不知返，跟着你一错再错，错到今天。大哥啊，你害了自家害李逵，害了江南的义军，害了梁山。

  李逵痛陈完，宋江随之倒地而毙命。可见，《李逵与宋江》中李逵有着清醒的自我意识与现代思想，对宋江及其自我的认知达到水浒戏一个新的高度，这与之前所塑造的愚忠愚义型的李逵形成鲜明对比。也由此看出，李逵已经由之前的重私情私义脱胎换骨为重大义、辨是非黑白的人物，行为体现出了这种以天下为己任的家国情怀，他才堪称具有英雄气概。

  实际上，《林冲与陆谦》《野猪林》等通过对英雄的不断锤炼即遭受非人的折磨、痛苦与经历，克服自身人性弱点来达到自我精神及境界的提升，从而完成英雄本色的转变。这两部戏剧都刻画了林冲逆来顺受、委曲求全、软弱怯懦的性格，甚至在忏悔中痛骂自己"世人把你当豪杰，你何曾像个真英雄",最后在反省中唱道,"从今后,肋骨不软,脊梁不弓,血热心暖,昂首挺胸,两肩担起,道义忠勇,一路踏平荆棘刀丛,利锋淬火,剑刀见红,除暴安良,翦恶惩凶,替天行道,为民尽忠",一个为民除害、铁骨铮铮的新的梁山英雄形象树立起来。通过险恶的私人关系以及无恶不作的官场境遇,林冲认识到扫平天下邪恶之人和势力的重要性,从而突显英雄的本色及其传奇性。所谓"传奇者,传其事之奇焉者也,事不奇则不传","奇"正好是林冲成为英雄的必备条件。① 除此以外,还有许多剧作皆表达了这一主题,吴兴国的《打虎英雄:武松》和《水浒108上梁山》②同样演绎了梁山好汉"侠之大者、为国为民"的传奇性,后者由林冲拉开序幕到武松上梁山结束,中间所涉及女性人物如阎惜姣、潘金莲等成为英雄人物的刀下鬼,宋江气急而杀阎惜姣并自首认罪,武松手刃毒死武大郎的潘金莲而投刑问罪,英雄人物敢作敢当,豪气干云。而晚近演出的《好汉武松》则再一次演绎了"武松杀嫂"的故事,"再谱水浒血性男儿烈性传奇。男性荷尔蒙点燃英雄梦,暴力美学刷新感官体验"③,以英雄为卖点突显男性的刚烈血性乃至血腥暴力,唤醒久藏世人心中的英雄梦想以及传奇人生,在一定程度上迎合了人潜意识中的非理性倾向。

倒是有些小戏如《李逵上任》④等颇有意思。李逵为黎民百姓撑腰上任稀奇州古怪县县令,打算做个清官,前来告状的李贵子却告李逵是杀死他爹的凶手。原来李逵错把李贵当李鬼毫不留情地给杀了,听此言李逵痛恨不已,要当场抡起板斧自刎,在众人劝说下向李贵母赔罪并做了李母的干儿子。此剧鞭挞了梁山好汉的滥杀无辜,但似乎又在某种意义上有替梁山好汉洗白罪恶之嫌,其理由在于李逵忏悔及自刎的桥段过渡太快,如演戏一般未触及一个好汉的内心深处,轻易以终生抚养代替杀人罪孽取得了死者家属的谅解。这是以一种离奇的情节重新塑造了梁山好汉的传奇经历与神话色彩,缺乏理性精神与自由意志。事实上,21世纪很多水浒戏直接

---

① 孔尚任:《桃花扇》,人民文学出版社1998年版,第3页。
② 吴兴国:《水浒108上梁山》,2007年创作。《当代传奇剧场·水浒108I上梁山》,http://www.twclt.com/drama_story.aspx?ID=f3dc2eaf-3adb-4141-8fe5-bd1b1eb18617。
③ 李卓群:《好汉武松》,2018年创作。北京京剧院资讯详情 https://www.bjo.com.cn/art_news_detail.html?id=52946eeea00244e984987b45836f1436。
④ 杨小泉:《李逵上任》,《剧作家》2007年第3期,第40—44页。

延续了传统水浒戏的基本情节与创作思路,除一些演出方式采用更为现代的表演手段外,在内容上、主题上未做大的改动,如由《野猪林》而改编的淮剧《英雄泪》[①],多侧面展现了林冲忍辱负重直至奋起反抗的心路历程,塑造出一个有血有肉的悲情英雄形象;又如根据泉州傀儡戏清抄本《抢卢俊义》改编的傀儡戏《卢俊义》[②],则讲述了梁山赚取卢俊义的过程,仗义疏财的卢俊义历经小人陷害、妻子偷情、入牢遭罪等,在义仆燕青和梁山兄弟相助之下上了梁山。此类剧上演较为频繁,也符合中国大众的传统文化心理与审美理想,因而在市场的驱动下,作为悲情英雄的林冲、武松、李逵、宋江等则成为时代宠儿,他们身上所体现的个人悲剧与命运悲剧,恰恰是平凡生活中人人可能遭遇的悲剧性,他们展现的英雄人格、不屈精神恰恰是众人寻求的精神食粮,这也正是水浒经久不衰的艺术魅力所在。

需要指出的是,21世纪水浒戏的创作及改编善于塑造英雄的男性气质或好汉气概,而其中最为关键的一点是责任。隆学义的《金莲》中潘金莲骂武松自私无情、冷酷、爱面子,最大的理由是没有责任;王延松的《潘金莲》中西门庆因为对李瓶儿表现出了应有的一些责任反而给人以好感;高宇民的《武贰》中武贰缺乏的就是作为男子汉的责任,这些都是个体之间的责任;吴兴国的"水浒"系列京剧以及《李逵与宋江》《林冲与陆谦》《野猪林》等重点强调英雄本色当中的家国情怀与匹夫之责。责任的背后实际上是强者理论,认为男性是社会生活或两性关系中的强者。此乃其一。其二则是对男性暴力的构建。几乎所有文本皆构建了具有杀伤力的男性及其特征,而暴力确与梁山好汉的英雄身份相符合,也符合水浒世界男性的行动准则、交互关系与生存原则。在一个暴力的世界,解决问题的方式必然变得明快粗鲁,女性也必然成为这个世界最大的受害者,从编剧角度讲其戏剧性、冲突性也格外引人注目。其三是荣誉、尊严等面子文化的凸显。无论是王元平的《红水衣》,还是后来的大戏《李逵与宋江》,男性的面子文化直接关系到男性的社会地位、尊严、价值乃至死后的盖棺论定,这种耻感文化背后隐藏着中国男性的功名利禄以及关于生与死的世俗

---

① 钟谷、单弦:《英雄泪》,2016年创作。《淮剧进入上海110周年 新编淮剧〈英雄泪〉今首演》,上海频道—人民网 http://sh.people.com.cn/n2/2016/0325/c137167-28013739.html。
② 王景贤:《卢俊义》,《剧本》2015年第11期,第34—49页。

性哲理。因此,中国男性的传奇事迹更多的是一种对功名利禄的热衷与追寻,体现出深刻的殉道精神,只有那些如林冲一般经历过灵魂救赎的英雄或许才能返璞归真,于刻骨铭心中超脱世俗之外获取英雄骄傲的灵魂。

第三节 空间、视角与视觉策略

21世纪水浒戏的创作较之以往更多地在整体上追求形式的实验与意义,水浒戏的叙事空间抑或空间叙事受到格外重视,艺术表演及其空间的转换、变化与并置等令人目不暇接,文本叙事功能得到了前所未有的增强。尤为值得探究的是,中国台湾地区水浒戏的创作呈现出异质性特征,融合当代艺术表演多种类型以及与多媒体新技术等的综合运用,突破了传统京剧程式化的表演形态而形成一种具有泛戏剧特性的戏剧剧场。这一改革以京剧技巧为基础着重改造其视听语言,受到更多年轻人的喜爱,本质上是以他者的视角进行了一次能产生新质的京剧尝试。

1.叙事空间抑或空间叙事的可能性

魏明伦的荒诞川剧《潘金莲》[①]采用西式舞台艺术手法大大拓展了传统戏曲的叙事空间。整体来看,《潘金莲》仍旧依照"武松杀嫂"的故事情节铺陈演绎,只是以倒叙的方式将武松杀死潘金莲那一刻拆解开来,放在最前和最后作为"楔子"与"尾声",从而突出传统伦理制度的反人性与暴虐性,中间主体部分通过反抗、委屈、追求、沉沦四个部分展开情节并以古今人物对话的方式争辩、评议潘金莲这一类妇女的悲惨命运。古今人物对话本来是一种穿越式的时空重叠及互通,即古人空间与今人处于同一空间且能自由对话交流,像"委屈""追求"两幕中现代阿飞与古代泼皮、武大郎、武松、潘金莲等毫无障碍的对话,或者现代女郎吕莎莎与明清小说中人物贾宝玉的对话,打破了历史的线性时序与空间的重重壁垒,轻而易举地交换彼此的思想及观念。但他们实质上处在剧作家虚构的同一艺术空间,只是这一空间的时间被终止,空间无限重叠与互通,因而魏明伦以

[①] 魏明伦:《潘金莲:剧本和剧评》,生活·读书·新知三联书店1988年版,第1—69页。文中引用均参见此书。

荒诞不经的想象力虚构了一个混杂着各时代人物或现实或本身就虚构的人物的主观性空间，带有极强的写意性、共时性特征。在某种意义上，这是一种舞台艺术的时空变形，极大地丰富了戏剧的表演空间与表征意涵。

　　同时，魏明伦还运用了另外的手法创造艺术空间：其一，空间并置。比如，"楔子"一节中现代女郎吕莎莎与施耐庵争论时，"（施耐庵登上云阶，戟指处，四女人蹁跹舞蹈而上）"，又"〔潘金莲以传统戏荡妇面貌出现，莲步妖娆，手绢轻抛，四女人伴舞，亦步亦趋〕"，"〔四女人退下，潘金莲纨扇半遮，回眸荡笑，'定格'〕"；而施耐庵与吕莎莎仍处于辩论之中，艺术空间并未转移。其二，空间转换。如"反抗"一幕，张大户与潘金莲故事完毕之时，古代空间迅速转换为"穿越式"艺术空间，"〔切光，琵琶声起。〔云阶映出一位金冠华服少年"，金冠少年贾宝玉与现代女郎吕莎莎开始谈论潘金莲。其三，空间变形。譬如前述武松杀潘金莲瞬间被剧作家拆解为两部分作为"楔子"和"尾声"，中间则插入武松杀嫂的主体故事情节，就是一种空间拉伸，这种回溯式空间拉伸能够突显戏剧情节的紧凑性，并突出戏剧的冲突与刺激以放大剧场的观赏效应与心理时空，呈现悲天悯人的"残忍"与情怀主旨。其四，抽象时空的使用，即帮腔的存在。帮腔最初见于南戏，用以衬托演员的唱腔，渲染舞台气氛，或叙述环境和剧中人的心情，往往是一个旁观者、局外人，是作者、观众或角色的代言人。帮腔或处于后台，或站立于舞台一侧，虽不是剧中角色，但在一定意义上是游离于戏剧之外的一个叙述者，或抒情者，或议论者，是舞台表演非常重要的一个组成部分。实质上，帮腔创造了一个抽象的艺术空间，它不同于一般意义上的表演空间，它以独特的方式隐藏在舞台的前场或者后场，从他者角度介入戏剧的物理空间，表现为一种非物质性、非物理性的极端的抽象空间。

　　应该说，现代技术尤其是灯光的充分运用是实现空间转换、空间变形，乃至空间并置最有效的方式。魏明伦就在其说明中强调了灯光的功能，"景：不用复杂布景，但须特效灯光"，灯光将舞台的表演区切割为若干部分，并以明暗度来引导观众的观看动向。灯光的运用自近代以来已充分展示了其舞台魅力，到了21世纪依旧如此。王元平的《红水衣》等对灯光就格外重视，整个舞台艺术表演依靠灯光明暗度划分区域，又依托灯光实现了无场次对接与演出。同样地,帮腔也被广泛运用,像20世纪80年代徐棻的《惜姣之死》中有帮腔,90年代《金瓶梅别传》中有伴唱、帮腔、儿童合唱等,杜家福的《潘金莲》中有伴唱,21世纪隆学义的《金莲》《金瓶梅》中有幕后合唱,万军的《紫石街》中有合唱,吴兴国的水浒系列京剧中的现代歌曲等,不胜枚举,其功能大致与传统戏曲中的帮腔一致,不再赘述。

需要指出的是,中国台湾地区的吴兴国的水浒系列京剧不仅完全承继了魏明伦的多种叙事空间,而且还将其与国际文化接轨并发扬光大。吴兴国的空间转换与变形及其空间并置同样丰富多彩,例如,弹着吉他的摇滚乐手与梁山好汉同处于一个空间表演,现代音乐歌声与非程式化的戏剧舞蹈动作相得益彰。其不同在于吴兴国的水浒系列京剧中充斥着大量的非叙事性场景,摇滚、歌舞、街舞等表演艺术而非戏剧艺术以身体空间形式与水浒故事结合。也就是说,情节性空间与非情节性空间交错出现于水浒系列京剧之中,这一新的演出方式大大增强了戏剧的娱乐性与动作性、视听化。实际上,在魏明伦的《潘金莲》一剧"楔子"中,现代女郎吕莎莎就以"(唱流行歌曲风味)"表达"八十年代"的观点,并"拉施耐庵跳起交谊舞",在古典戏曲中插入现代歌曲与西方舞蹈。只不过魏明伦的《潘金莲》中此类另类做法仅有一二,对主体故事性叙述并未构成"威胁",然而吴兴国却以现代歌舞音乐等为手段全面消融了传统戏曲的呈现方式,乃至于说,吴兴国的叙事空间大大弱化了故事性,强化了戏剧舞台的抒情功能,观众所熟悉的空间中的等级差例,如人、道具、背景等不同程度地、时不时地得以取消,反而突出、强调了舞台的空间性和异质性。就空间创造来说,上戏版《野猪林》也值得一提。此剧中有以往物质性、客观性不同的纯主观性心理空间的创造,其实就是剧中角色人物心理活动的外化,或者说梦境、幻觉的客观化展演,带有纯粹的虚幻性和意念性。比如,高俅命陆谦将林冲置于死地,陆谦的手开始颤抖,心在疯狂奔跑。他无法控制的邪恶随之在旁展现为一群由女子组成的摇摆着的血红的身体和手姿,充满了隐喻与象征。这种幻觉空间的制造本身是吸收西方话剧艺术的结果,运用到水浒戏之中却显得别致、新颖。

从魏明伦肇始所创造的各种叙事空间形式,以一种单线条时间流或多或少皆参与、推动着情节的发展，因而所有的空间都围绕一条时序或并置或转换或变形，不一而足。21世纪以来倒是有两部水浒戏较为特殊，它们同样吸收了西方的空间结构方法，始终以双层空间整体上推进故事的演变发展，呈现出强烈的空间叙事功能。一部是隆学义的《金莲》，此剧第一幕呈现了两个空间，"西门府，寻访门前。第二空间：武松回乡路上"。第一空间是西门府，即将要展开西门府内的故事，而第二空间乃武松回乡，将苟且偷安与死亡威胁同时置于观众眼前，既有暂时的欢愉又有不祥的荫翳。开端以"第一空间"为主体构建文本的表演舞台，"第二空间"若隐若现，"另一空间：苍茫大地。武松突显，身段矫健，提刀急行"，武松高唱一段，然后隐去。两重空间交错出现，并形成一种威胁与被威胁的关系，使得剧情气氛异常紧张、恐慌。在第二幕同样，"西门府，临溪馆外、内。第二空间潘金莲家门外"，剧情发展到陈经济说潘金莲私通张大户假正经时，潘金莲屈辱而愤怒地辩驳，此时"第二空间"随即出现于舞台，叙述潘金莲与武大郎的情仇恨事，然而不久武大郎同另一空间皆隐去，又回到了陈经济与潘金莲的"第一空间"。潘金莲伤心之处，又想起武松，于是"另一空间显现，潘金莲家"，"戏叔"一节呈现在舞台，"戏叔"完毕则"……返还第一时空——临溪馆内"。可见，第二幕中的两次第二空间的出现皆与潘金莲的心理活动相关，而其情节乃潘金莲过去之事，它既是一种物质化的空间，又可以被认为是潘金莲的回忆性空间。第三幕依然有"另一空间的切入。武松横刀高坡，昂首迎风，英姿凛然"，第四幕潘金莲所在的第一空间与武松的第二空间相遇，迎来的是故事的结尾即武松杀嫂。武松所形成的第二空间或另一空间贯穿全剧，其中还增添了两个具有双重特性的回忆性空间。由此可见，隆学义对于空间的运用已十分娴熟而多变，其空间叙事精巧而奇特。

  与隆学义的两个空间不同，王延松的《潘金莲》的双重空间展现的是肉体的人与灵魂的人的平行性和同一性。《潘金莲》以西门庆为李瓶儿守灵而遭潘金莲纠缠为"序幕"，两个物质性空间同时呈现、彼此交织重叠，一侧西门庆与潘金莲纠缠，一侧则是李瓶儿的鬼魂出现且默默有词，尽管人鬼处于同一艺术空间，但无法交流。该剧第一幕以五年前的一个冬日武松回家为先，采用回溯式倒叙讲述潘金莲与武松、武大的故事，在此幕第五场，剧作家将潘金莲、西门庆、王婆与武大郎用"一扇屏风将他们隔开了。舞台上两组场景同时发生,话语有时交织在一起",并使武大郎死去,其鬼魂出现在舞台,又与潘金莲处于同一艺术空间。在第二幕发现,武大郎与李瓶儿可以畅通无阻地对话交流,然而李瓶儿却与活着的人始终无法交流,其后死去的王婆、西门庆、潘金莲亦如此,这象征了人的世界与鬼魂的世界的不相通性,却能在平行的世界共存。实际上,第二幕的第二场作者让复仇大将军武大郎与潘金莲有了一番对话,目的在于通过武大郎的生子药丸促使西门庆纵欲而死,以此推动情节的发展,也展现了西门庆、潘金莲的淫乐本性,似乎也预示着一种因果报应的人生宿命。这是全剧唯一的一次,也是篇幅很长的一次活人与鬼魂的对话交流,它打破了两个世界的壁垒,使并置的空间走向融合的第三空间。这一空间剧作家写到"幽光出现,疑似梦境。武大打扮成僧人上场",因而它是一种似现实似梦境的写意性空间。写意性空间犹如角色的镜像世界,它用精神错乱的方式使空间人物的台词如同呓语,真真切切地挖掘出其内在的潜意识心理活动,武大的报复心理、潘金莲的求子欲望、西门庆的荒淫性体验,譬如西门庆所言,"如果你不信真的是假的,你就信了假的是真的;如果你信了真的是假的,那么,你就不信假的是真的。反之,如果你信了真的是假的,你就信了假的是真的。到时候,你不信假的是真的也不行,因为你不信真的是假的……",等等,皆展示得淋漓尽致。王延松所创造的这一物质性的写意空间,实际上通过死去的武大与潘金莲、西门庆的生子互动,反映了人世间的荒诞性存在主题,并在更深的层次上表明摆脱肉欲的束缚或许才是真正的解脱与清醒,如此一来,这一写意性空间便处于全剧的核心地位且具有整体性的象征意义。

21世纪的水浒戏对文本舞台空间的探索是多元化的,虽说这一手法大多受话剧的影响,但为创作及改编新的水浒戏提供了更为广阔的修辞手段与空间营造,极大地丰富了水浒戏的艺术表现力与内在张力。但是,较之西方话剧或中国先锋话剧等艺术手段与舞台空间的运用,21世纪的水浒戏还需要更多的创新意识,还有更大的提升空间。

2. 他者视角:一种产生新质的视听策略

水浒戏所蕴含的独特的文化因子,使其在整个20世纪的文学、戏剧、文化变革中经常承担着重要的角色，而每一次承担都或多或少地推动着水浒戏自身的变异。清末的社会政治变革所引起的文化文学新编中就有"新水浒"小说的问世，在五四时期个性启蒙时代，欧阳予倩的《潘金莲》掀起了文化"翻案"之风，这一影响力持续了百年之久，20世纪30年代初的水浒戏改编使现代革命话语首先进入传统戏曲领域，延安时期的旧剧改革及其大众化运动，使得《逼上梁山》《三打祝家庄》成为戏曲改革的先声和革命戏剧的典范，对后延安时期和新中国前三十年产生了巨大的规训作用，新中国成立之后的《新大名府》等成为"反历史主义"的"反面教材"，在批判中树立了新的美学规范和人民性导向，改革开放之初魏明伦的荒诞川剧《潘金莲》是中西戏剧融合的经典之作，冲击力波及海内外。事实上，水浒戏的每一次变革或创新都意味着一次变异，这种变异往往超出水浒戏这一单一的剧目范围，成为整个戏剧创作及改编的原点力量。之所以以变异性称之，在于无论是话剧抑或戏曲还是荒诞剧，都未能摆脱原有的戏剧类型及其基本的美学规范，因而每一次变革皆体现出一种变异性，包括21世纪的音乐剧《紫石街》、舞剧《莲》等都在其戏剧类型范畴内吸收了其他艺术形态或手法给予局部性创造，整体上循沿了戏剧类型的内在规定性，未改变戏剧类型的本质特征。

21世纪中国台湾地区当代传奇剧场的水浒系列京剧不仅突破了以往京剧的传统创编模式和舞台演出方式，而且发展成为一种融汇中西、自创一家的泛戏剧京剧类型与样式。所谓泛戏剧形态实际上并不新鲜，中国古代戏曲种类繁多、形态多样，黄竹三将其归纳为三类：以歌舞表演为主的泛戏剧形态、以假面表演为主的泛戏剧形态、以说白为主的泛戏剧形态，而且认为"种种类似戏剧但又不完全是戏剧的表演，它们具有某些戏剧的因子——人物装扮和情节故事"，以及具有戏剧的"歌唱、舞蹈、说白、表演动作"等，与所谓"真正的戏剧""未融合为一"，此类表演被称为"泛戏剧形态"。① 与传统泛戏剧形态迥异，当代传奇剧场在质的内容上全面向西方戏剧及表演艺术借鉴，目的在于创造一种世界性的新的京剧演出样式，从而反驳京剧的颓丧之势以及交流之障。虽然可以说当代传奇剧场的水浒系列无异于一场"京

---

① 黄竹三：《论泛戏剧形态》，《文学遗产》1996年第4期，第57—63页。

剧革命"，然而从其《水浒108上梁山》《水浒108忠义堂》《打虎英雄：武松》《水浒108之终极英雄荡寇志》等实践成果来看，在题材内容上的革新力度较为有限，新意不足，但其表演技术与演出风格的革新可谓是异质性的，完全吸纳了当代的视听语言与表演成就。正是通过这一跨媒介、跨类型、个性化的艺术策略实现了京剧质的新生。

在谈到吴兴国与张大春联合创编京剧版水浒传时，吴兴国说了一番颇具代表性的话：

> 当代传奇做了那么多创新，我们是不是回头看一下自己的传统，可以为这些年轻人做一些什么？他们可以自己去创造，创造出来以后，也可以很有自信地演给一些年轻的观众看，而不是说演一个梅派，结果没人认同你梅派，演一个余派，别人也不认为你是余叔岩。①

作为一名长期接受传统京剧训练的老戏骨，又曾一度参与中国台湾地区现代舞团体云门舞集的舞者，以及把西方话剧改编为京剧而积累丰富艺术经验的跨义化改编者，吴兴国的视野较之台湾地区其他京剧艺人显得独特而凌厉。吴兴国能充分认识到当代京剧的尴尬地位与难以认同的窘境，尤其是面对伴随着大量电视、电影、广播等成长起来的青年，传统京剧的演出方式及其意义表达方式早已脱离了深受影像熏陶而培育起来的消费群体。然而传统文化艺术是一个民族之根，那么只能通过一种新的方式去为年轻人"做一些什么"，消除京剧梅派、余派等派别表演的局限，而以一种更适合年轻人审美的方式不断传承京剧，寻求文化的自信。基于此，可以说吴兴国已透露出对京剧进行系统性、全面性改造的思想。后来接受《南风窗》采访时，吴兴国提到"程式化是京剧的风格"，但"现在的问题就是程式化现在不被接受"。那么如何来改造，吴兴国指出，"歌不足兮舞之，唱歌不满足就开始舞蹈嘛"，"观众希望看多种元素的表演，集合在一个戏剧里面呈现"，"把歌剧舞剧默剧等多种合在一个戏剧里面就不容易，

---

① 廖俊逞、张孟颖：《〈水浒〉两好汉回归传统搞叛逆——张大春 vs.吴兴国》，《表演艺术杂志》2007年第177期，第70页。

这样有可看性，你悲的时候可能用唱的，表达叙述的时候可能用念的，战争的时候尽可能就用打的，高兴地时候就要用舞蹈的了"。在他看来，这种"集合"不仅蕴含于中国传统戏曲之中，外国戏剧像百老汇也有，关键是融合得好，"放得不好，观众就不会喜欢了"。① 可以看出，吴兴国非常重视"观赏者的欣赏的角度"，而这种角度主要从不愿接受程式化的年轻人出发，甚至从外国人看京剧的角度出发，着手寻求"京剧的技巧"这一"有韵味的"传统的改造。那么显然，吴兴国的京剧改革是从他者角度或观赏者角度来思考与实践的。然而不得不说，从传统戏曲的当代变异史角度看，魏明伦的《潘金莲》首次在演出中加入了现代歌曲与舞蹈，而依据其改编的香港话剧《一女四男》则在演出形式上采用话剧中的音乐剧风格，以粤语对白为主，间或插用粤剧、越剧、流行歌曲、西洋咏叹调及芭蕾舞蹈，布景为太空式的几何图案，表演既有斯坦尼斯拉夫斯基的写实又有布莱希特的写意，按不同的人物、不同的场面灵活运用，从而呈现出一种中西互渗、古今杂糅的特性。② 吴兴国的京剧改造在一定程度上也是京剧自觉发展的一种结果，尽管吴兴国个人在其中起到了决定性作用。

的确，就传统艺术革新而言，题材内容的革新毫无意义，只有艺术样式的革新才能突显其艺术的进步。吴兴国的京剧改革重点放在其视听策略的运用上，换句话说，传统京剧的艺术空间在吴兴国的水浒京剧中被转变为某种综合性的剧场艺术或视觉场域。综合性或杂糅性是水浒京剧最大的特色，《水浒108上梁山》中吴兴国将传统说唱艺术、传统京剧表演以及摇滚音乐糅合在一场演出之中，而且在开场与每场间运用不同的说唱类型来串场，通过传统说唱解说情节达到评论是非的效果，又安排以正宗的京剧唱腔与文武场演出，随即衔接电音摇滚乐和摇滚舞蹈，再配上摇滚节奏的彩色灯光，使观众跨越时空来回穿梭产生强烈刺激的眩晕感。③ 这种新的表演艺术在其后《水浒108忠义堂》中也被大量使用，传统京剧艺术与摇滚歌曲、现代舞蹈及街舞、类似时装秀的走姿、艺术彩带、黄梅戏腔调

---

① 何蕴琪：《吴兴国：这是我一生想做的事情》，《南风窗》2015年第23期，第82页。
② 黄光新：《香港的〈一女四男〉——记魏著〈潘金莲〉在香港》，《中国戏剧》1988年第8期，第57页。
③ 施德玉：《当代传奇的"爆"发力——观看〈水浒108〉有感》，《艺术欣赏》第3卷第6期，第99—100页。

等杂语共生;《打虎英雄:武松》集合了令人目眩神迷的街舞、京剧身段、杂技、功夫和哑剧等;《水浒108之终极英雄荡寇志》则采用了更多的跨界元素,融合京剧的唱念做打与摇滚音乐、街舞、影像、时尚服装、故宫书画等于一体。其实,不能将吴兴国的中西古今杂糅简单地理解为一种大杂烩,吴兴国的水浒系列摇滚京剧其艺术形式实际上与内容意义、人物性格心理以及剧情发展紧密相贴。比如,《水浒108忠义堂》中宋江回顾往事时内心的不平与沸腾是通过宋江写毛笔字、甩艺术彩带与周华健的摇滚歌曲共同完成的,"三打祝家庄"中的一段武戏与气势非凡的周华健的摇滚歌曲相得益彰,突出表现了梁山好汉的英雄形象。因此可以说,吴兴国创造了一种新颖别致、贯通古今中外的又富含审美表现力的京剧演出样式,尽管这种样式当中的绝大多数角色的唱功、做功略显稚嫩,糅合的痕迹十分明显,表演水准有待进一步提高,但其清晰的轮廓风貌能自圆其说。需要指出的是,吴兴国以西方剧场艺术来建构一种新的京剧表演方式,实际上他未改变京剧艺术的基础性地位与支配性作用,一切西方表演艺术都是嫁接在传统京剧表演艺术之上的,只不过西方表演艺术在与传统京剧的融合过程中稀释、冲散了传统京剧的程式化表演。应该说,其非程式化唱腔、动作身段、服装道具、脸谱造型、布景灯光等皆较为成功,唯独在音乐与动作、唱腔的融合上力不从心,西式音乐与京剧唱腔、动作等难以结合;或者说,传统京剧乐器与现代歌舞无法对接,这也显示出两种异质性艺术之间有着不可逾越的深渊鸿沟,也促使批评家更多地从当代剧场或西方戏剧表演体系立场来考量其作品的性质归属问题。

具体来讲,当代传奇剧场的水浒系列注重京剧技巧的改造,除了打破原有的京剧唱腔和程式化动作之外,极尽所能追求京剧剧场的个性化、奇观性、仪式化和影像化。水浒系列京剧无疑是个性而独特的,它在演出形态方面改变了原有角色的主从关系,以往京剧表演形成了以一人或两三人为主的念唱程式,而水浒系列京剧几乎给了每一个角色念唱的机会,尽管仍然突出了主要角色的舞台地位,但其角色的个人表演和集体表演成分大大增加。实际上,水浒系列京剧的个性化主要表现在奇观性上,舞台背景以写意和多媒体运用为主,炫酷的新潮的灯光本身造成了一种现代感十足的舞台奇观,而明艳夸饰的服装以及充分表达角色性格的造型,都令人耳目一新。比如,《水浒108忠义堂》中人物的衣服汲取了日本浮世绘中的服饰样式与色彩,并融合当代时尚元素,给人以强烈的视觉冲击力,到了《水浒108之终极英雄荡寇志》中,不仅设计的服装时尚,还将故宫的书画融入布料图案并为每位好汉设计了能体现其个性的图案标志,同时在视觉、听觉、感官上追求更多层次的"血脉沸腾",各种类型当代艺术的综合使用,"比前两集还要夸张气势,就是要观众惊喜"①。实际上,操纵这种形式的青春与炫酷的早已不是单纯地依靠京剧情节的内在张力与节奏,而是故事情节与摇滚音乐双重操纵的结果,虽说摇滚音乐依据情节发展而时起时伏,但摇滚音乐对观众的情绪掌控却是直接的。比如,《水浒108忠义堂》中周华健的摇滚歌曲总共出现五次,分布于全剧的开头、发展、高潮和结尾,另有女生现代歌曲《笑英雄》重复两次。这就改变了京剧演出推进的恒定模式,即依靠情节推动故事的发展、带动观众的情绪。水浒系列京剧的奇观还采用了一种集体亮相、演出的方式,角色人物个个穿盛装,在自报家门或欢乐之时通过集体舞蹈、集体走秀的方式表达他们共同的信念与行为,这种集体体验"就是一个原始部落以及一个高度发达的社会用以体验这种一致性的手段之一"②,它恰恰满足了个体无意识的对集体性仪式的体验与依赖。仪式性展演为观众带来了梁山好汉那种充满原始激情的凝视快感,京剧舞台从一种文化艺术的深度体验转为一种更多实现视听奇观的展演场景,因而演出在一定程度上呈现出一种对符号价值与美学的狂欢体验。但是,它并不妨碍水浒系列京剧艺术表演的反映与沟通功能,它们的故事性以及对忠义等的解读不仅完整而且与各个时尚元素达到了杂语共生的状态;或者说,一切艺术的表现手段和文化元素都是为故事情节及其主题而服务的。正是当代传奇剧场采取了更为自由、灵活的剧场表演方式,影像化才成为它的视听策略之一。在《水浒108忠义堂》中以蒙太奇电影手法、以宋江为主线串联《水浒传》第31—71回情节,在《水浒108之终极英雄荡寇志》中运用多媒体、灯光技术等实现"影像与演员互动",追求更强的"电影化动漫感"。③影像化更加强化了水浒系列京剧的视听

---

① 小礼:《青春!酷炫!吴兴国水浒之终极英雄》,《戏曲品味》2014年第160期,第40页。
② 〔英〕马丁·艾思林:《戏剧剖析》,罗婉华译,中国戏剧出版社1984年版,第20页。
③ 小礼:《青春!酷炫!吴兴国水浒之终极英雄》,《戏曲品味》2014年第160期,第40页。

感，形成了全新的视听盛宴，消解了京剧原有的表演样式与剧场形态，呈现出泛戏剧形态特征，即以京剧技巧为中心、以观众为舞台视角，杂糅了各种时代性表演元素的一种创造性的戏剧样式。当然，这种样式并不完美，它只是初步具备了某种符合年轻人观赏的戏剧风格。

余论

话语、史诗与寓言

20世纪中国水浒戏自清末民初戏曲改良伊始，就与20世纪中国大的主题背景、民族意识、政治运动、革命话语、社会变革以及文化思潮等具有广阔而深层的关联度，尽管在程式化表演框架内延续了传统艺术的生命形式，但其在思想性、文学性以及表演性等诸多方面都或多或少汲取了现代精神及其文化思想，在一定程度上体现了传统戏曲的现代性转化与创造性突破，尤其是为今人承继文学遗产以及如何与时代文化精神相结合，找到了一种叙述范式与话语表达。应当指出，20世纪中国水浒戏承继了现代语言文体变革的既有成果，其叙述话语经历了抗战时期及其之前的个性化叙述方式和延安时期及"十七年"时期的集体性革命叙述两次大的转化，直到新时期才产生了言语行为的自由性、多样性和融合性，并且以突出主要英雄人物抗争精神的方式呈现了一种宏大的史诗性叙述建构与官逼民反—替天行道的历史性隐喻。实际上，20世纪中国水浒戏浓郁的政治革命色彩也在相当长时期内造成了作品的单一性、概念化、公式化现象，而这一以阐释政治话语为主要内容的图式化行为，在20世纪90年代才被逐渐反思，并由此打破了水浒戏本身内在的文体规范与叙述逻辑，同时逐渐消解了其所内蕴的政治话语与革命寓意。

一、叙述话语的秉承与转化

20世纪中国水浒戏大致划分为水浒戏曲、水浒话剧两种类型，其中水浒话剧的产生源于西洋戏剧的传入和运用,它以塑造人物冲突为核心,追循戏剧行动的完整统一性,戏剧语言多采用现代白话文完成对话,而文明戏时期的水浒戏却较为独特,呈现出话语杂糅的特质。春柳剧场演出的《豹子头》《花和尚鲁智深》和革命党人刘艺舟编演的《豹子头》作为"水浒新剧"的萌芽,大体判断其已参与到时代的变革之中,但从所存剧本"幕表"看,是否加入了"新潮"词汇以及加入了多少我们不得而知,倒是同处文明戏时期的以商业演出为目的的民鸣社,其所演出的前本《卢俊义》中的角色对白则采用半文半白的语言,如"宋江曰:玉麒麟久闻矣,轻财好侠,惟难求上山",以及"张用惊曰:'员外五日之内必有血光之灾,财产、身命难保'"和"吴与李固曰:'汝主人允为寨主,汝可先回去接汝主母上山'"等句子。① 可知这种"半新剧"依旧采用的是清末戏曲语言,与当时接近白话文的"新剧"明显不同。实际上,清末民初包括春柳剧场等新剧团体编演的一批古装新剧在内容上突出强调革命思想、关注现实社会,为政治改良或革命宣传呐喊,却依旧在形式上承继了传统戏曲的结构模式,且深受日本新派剧影响并汲取了近代西洋戏剧的分幕形式。这是传统戏曲向"现代话剧"过渡的一种戏剧样式,这种新型的戏剧文体形式直接影响了整个20世纪中国戏剧的创作途径、结构方法及审美意识。应该指出,正是水浒戏不同程度地受到《水浒传》、传统水浒戏的文言的影响,也受到中国现代文学文体的有力渗透,加之各时代思想话语与政治主题的强势介入,才形成一种在感觉方式、体验方式、思想方式上都远不同于传统戏曲的语言文体。这种文体特征内隐于水浒戏的语言深层,外显于戏剧意义的表层,同时包含着与文本相关的社会思想与人文精神,体现了剧作人现代戏剧思维及形态的历史性变迁与心理结构的衍变,也恰恰促进了水浒戏这一传统戏曲资源的生长,由此得以在清末实现文学艺术的现代性探索与转型,形成新的叙述话语与精神内涵。

其实,整个20世纪水浒戏曲都没有打破外在的戏曲叙事程式,而是在语言艺术及其表现的思想、情感与精神特征等方面逐渐发生了巨大的改变。应该说,经过五四时期的第一部水浒话剧《宋江》以及五四尾声出现

---

① 王凤霞:《文明戏考论》,广东高等教育出版社2011年版,第374—477页。

的具有划时代意义的话剧《潘金莲》的洗礼，较之以前水浒戏曲语言呈现出个人化、口语化、自由化的倾向，现代水浒戏不再局限于半文半白或强行加入"革命"等政治性词汇，基本上是以白话文或现代散文的叙述语言组织戏剧的文体结构，整体上突显了较强的五四文化精神及个体价值。那么，通俗易懂、灵活自如的革命性词汇的大肆浸入以及革命叙事模式的确立与普遍深入，则是20世纪30年代初期出现的新编文本。欧阳予倩和马彦祥的两部《讨渔税》最具有代表性，如出现"事不公平无理讲，恶霸害人害一方。大家齐心来扫荡，杀杀杀！烈烈轰轰斗一场"等革命性话语，使得水浒戏的语言日益贴近生活实际与暴力场面，并产生了"侠义英雄＋反抗群众"通力合作采用暴力方式打倒贪官劣绅的叙述模式，其中侠义英雄体现了领导者的地位与作用。这种集体性革命叙述影响深远，延安时期第一部抗战戏曲《松花江上》就吸收了欧阳予倩《讨渔税》的结构框架与叙述话语，许多故事细节及语言表现常有惊人的相似之处，但欧阳予倩的革命话语是建立在个体的自由意志斗争的基础上，而《松花江上》已是在表现无产阶级的革命话语。同样地，全面抗战时期的国统区和沦陷区，尽管抗战思想和抗战话语同样盛行于水浒戏，并将构建民族—国家作为创编戏剧语言的重心所在，且其叙述话语往往强调联合反抗侵略者，但突显了个人英雄行为，像"你们这些死不要脸的强盗！国家已经亡了！你们还要趁火打劫"，"大家联合起来！和日本人拼了"，等等，诸如此类，不胜枚举。所以，抗战水浒戏呼唤民族的侠义行为，激发民众内心深处的民族大义情怀和反抗外族侵略精神，体现出"侠之大者"的国民精神，感时愤世的忧患意识十分强烈，像田汉《武松》一剧中宋江就分析了大宋内外形势，"我大宋朝自太祖武德皇帝未能恢复燕云十六州，以致东辽、西夏屡寇边关。每年纳款求和，金银绢匹动逾数十百万。再加蔡京童贯专权误国，以声色犬马献媚皇上"；吴祖光的《林冲夜奔》中鲁智深与林冲拜了把兄弟，鲁智深形影相随保护林冲身家性命，其实鲁智深与林冲的侠义就是作者想要为抗战中的民众寻找互爱和义气。这种叙述话语格外突出道德化的民族情感与英雄的个人主义高洁品格，而个性色彩鲜明的侠的人格精神与价值规范却是剧作家叙述的中心话语。

延安时期以及"十七年"时期的水浒戏延续了上述语言文体变革的成

果,但是个性化的叙述方式被集体性的革命叙述所替代。政治对语言的渗透和控制使得这一经左翼文学和中央苏区红色戏剧融合发展而来的戏剧经验,突出强调了阶级、革命和斗争语言,语言不仅被分裂为"敌/我"状态,语言之间的仇恨也使得政治抒情语言和阶级叙事语言成为支撑这一时期水浒戏的两大内在力量,对革命精神、革命英雄的赞美与对阶级敌人的控诉、仇恨成为戏剧语言的内在肌理。像"十七年"时期的《血溅鸳鸯楼》一剧中,武松替兄报仇杀死潘金莲等人后,被刺配孟州,遇见孙二娘,孙二娘说道"我二人就在这十字坡前,开了一所小小的客店。善良好百姓住在我的店中,我们是好招待,若是遇见赃官、恶霸,他难逃我手";后武松被张都监和蒋忠陷害,醒悟后言道"俺武松今日才晓:'善恶难相并,水火不同炉',只要俺不死,定要把这些贪官污吏、土豪劣绅,斩尽杀绝,方消我心头之恨",随之在刺配恩州的路上杀死解差,回首血溅鸳鸯楼,走上反抗官府的道路。胡涌编剧的《武松与潘金莲》更是突出潘金莲与武大郎的悲剧命运,控诉有钱有势的恶霸奸污民女毒死民夫,潘金莲唱道:"郎君娘子在一起,苦吃苦穿都完全,待等叔叔回家转,再把这血仇账来算,叔叔知道受冤屈,定要替你报仇冤,哪知晓与郎姻缘成孽缘,被贼害得如此惨。"张庚提出剧诗时认为,剧诗最大的特点是模仿人物的声口来表现他的性格,将人物性格的语言诗化,以诗的语言作为描述人物性格的重要手段之一。① 这种诗化的戏剧语言风格在"十七年"时期达到了极致,许多水浒戏中宋江一出场便要唱"聚水泊,替天行道;为黎民,安良除暴"等类似的唱词,而劳苦大众则是诉说阶级敌人残暴的言语行动者。每一剧本结局的情节突转,都是作为革命代言人的革命英雄结束阶级叙事语言,转向政治抒情语言,并以大团圆式喜庆的言语叙述程式完成革命性语言意义的最终表达。

真正弥合戏剧语言这种裂隙状态是在新时期以后,新时期多元文化思维产生了言语行为的自由性、多样性和融合性,水浒戏呈现出或古典浪漫,或狂欢媚俗,或深邃思辨的多重格局,一举打破了革命戏剧的体式规范和语言心理结构。新时期水浒戏语言在回归雅化的基础上有汲取方言、

---

① 张庚:《张庚戏剧论文集(1959—1965)》,文化艺术出版社1984年版,第177—181页。

口语和俚语的趋势,像刘广发的《潘金莲》采用地方俚语俗语编撰,唱词雅俗共赏,句式字数较为随意,不拘一格,如潘金莲唱:"啊呀,老天呵!蓦地里俊才来到,东风惹得春窈窕!若不送清芳缭绕,怕红颜难自保——须趁这锦帐流苏春意好!"在宾白方面,新时期水浒戏曲说念通俗、浅白,对白干净,赘词不多,且常常夹杂时代性或时髦的话语,以追求市场化、戏谑性、趣味性艺术效果。新时期水浒戏剧作家对戏剧语言的艺术品质的提高进行了不懈的努力,这是区别于新时期以前受五四新文化运动影响的知识分子最大的不同。新时期水浒戏直接吸收消化元杂剧及明清传奇传统水浒戏的语言风格,注重语言的内在音韵性、审美性,大大提高了语言的文学性和思想性,而且在叙述方式上明显受到西方戏剧深层结构模式的影响。尤其以荒诞川剧《潘金莲》和京剧《草莽劫》为代表,其语言的哲理性、散文化程度超越了历史上所有时期,例如(潘金莲)"潘金莲打烧饼心驰屋外,梦红男伴绿女双双游街……";(阮小七)"路断情绝梁山界,是与非",(菊花)"安得恩怨一笔销?问心凭谁结缘好——血淋淋,杀人刀",在思想性、文学性和舞台效果方面大大拓展了水浒戏的语言表意功能。以胡金城的川剧《活捉三郎》为代表的水浒戏,其语言风格又呈现古典化倾向,雅致清丽,意境深远,"想那日,阳春三月风拂柳,欲遣闺怨上白楼"。20世纪90年代以来,随着市场经济对戏剧的不断渗入和改造,水浒戏的唱词几乎抛弃了工整对仗的固有传统,以人物情感、思想的内在旋律取代原有程式化的字句模式,形成自由度较大的表达方式,只是简单追求句末字的押韵罢了。如《王英与扈三娘》中开场扈成唱词:"我胞妹扈三娘幼习刀枪与拳棒,到如今二九芳龄英姿飒爽,'一丈青'威名传四方。比武招亲无欺谎,立分高下与强弱。胆小者莫把校场闯,胆大的一个一个各逞其能,只管向前试锋芒。今日交手不相让,明朝箫管结鸾凰。"每句字数变化较大,且句与句之间并无对仗平仄关系,作者只是依照内在的节奏感在末尾做了押韵。这种语言表达方式更接近于散文而非诗歌体式,也不同于新时期以前水浒戏唱词还略微照顾字句的格律性特征,而是完全彻底打破了唱词的格律性,唱词的抒情特性减弱,叙事性功能加强,把讲故事作为其核心的语言叙述结构。故事性成为新时期水浒戏语言文体的主要艺术追求和审美取向。

二、史诗性叙述构建与隐喻表达

在现代文学批评领域,史诗性是个通行的文学概念,一般用来指涉题材宏大、篇幅鸿巨且具有英雄主义倾向的文学作品。《水浒传》毫无疑问属于长篇英雄史诗小说,也为其后历代水浒戏披上了一层崇高刚劲的美学风格。黑格尔将戏剧称为"戏剧体诗",认为戏剧无论在内容上还是在形式上都要形成最完美的整体,所以应该将其看作诗乃至一般艺术的最高层。在他看来,"戏剧体诗是史诗的客观原则和抒情诗的主体性原则这二者的统一"①,也就是说,内心生活是戏剧体诗的抒情对象,而完整的动作情节表现出的客观性实在,则是史诗的基础。在黑格尔看来,"一种民族精神的全部世界观和客观存在,经过由它本身所对象化成的具体形象,即实际发生的事迹,就形成了史诗的内容和形式"②。由此看来,史诗是一个民族精神的传奇故事。自元代水浒杂剧产生以来,经过千百年民间艺人、文人、知识分子的不断加工、提炼、创造和再创造,水浒戏已形成一个庞大的"家族群体",以丰富的人物故事情节、英雄主义的侠义精神广阔地展现了历史时空中的政治、经济和日常生活,内蕴着生生不息的民族精神,形成了极具中国特色的"民族形式的叙事诗"。③ 但是,水浒戏就其单本长度来说,还不足以构成具有史诗特性的叙事戏剧,然而水浒戏的多重文类属性以及文本间的互文性关系,使得在观照某一阶段水浒戏文本的价值和作用时无法就单个文本进行考察和研究,必须通过历时和共时的视野,以多剧本为核心。特别是20世纪后,需要搜集大量同一题材的水浒戏,才能获得整体性的认知。一次次的修订、改良、新编,使得水浒戏表现出极强的艺术生命力、繁殖力,也使得家族庞大的水浒戏整体上呈现出史诗性特征。事实上,由于传统水浒戏以演绎北宋社会生活为主,并产生了壮观的英雄群体以及衍生出众多英雄好汉的故事,那么在进入20世纪以后,新水浒戏所携带的这种前现代历史表述与现世生活形成一种超现实关系,即"将历朝历代的差异融合在模糊的'古代'的概念里,而和生活着的现实划

---

① 〔德〕黑格尔:《美学第三卷(下册)》,朱光潜译,商务印书馆2015年版,第240—241页。
② 同上书,第107页。
③ 赵景深:《鼓词选·序言》,古典文学出版社1957年版,第4页。

界"①,特别是"官逼民反""替天行道"等观念的提出和传播,几乎可以涵盖历史上各个时期的农民起义,从而成为一种带有普遍性的集体性认知。劳里·航柯(Lauri Honko)曾指出:"史诗是关于范例的伟大叙事,作为超故事是被专门的唱诗人首先表演,它在篇幅长度、表现力与内容的重要程度超过其他的叙事,在传统社会或接受史诗的群体当中具有认同表达源泉的功能。"②这就是说,史诗作为文化群体自我辨识的"超级故事",在不同的地区、社会、人群乃至民族和国家中,具有创造整体的意识,它能够反映一个社会的记忆,反映一个民族的认同度与文化的价值态度。水浒戏作为这样一个"超级故事"最初由民间说唱人加工演绎,再到文人参与创作,经过长期积淀早已成为侠义精神文化的符号象征,它的隐喻功能和意义被历代知识分子所接受。而且水浒戏所表现的精神不仅是对贪污腐败、奸臣当道的社会的一次法外反拨,对以儒家文化为代表的社会秩序的认同,也是对一种自由快乐的乌托邦的追求。应该说,传统水浒戏本身蕴藏着史诗的表达功能和隐喻叙事,保留了民族历史的集体记忆,而且是一再被当代激活、不断演绎的民族的史诗传奇。

很显然,20世纪的中国水浒戏从一开始就参与到挽救民族危亡、建构民族国家的历史性任务。它以历史表述与历史隐喻的方式,体现出民族寻求变革的伟大意识与信念。在民国初期,水浒戏以启蒙的方式叙述个人的历史命运和时代精神,又在1930年前后随着革命烽火的再次燃烧,水浒英雄以挽救社会的姿态和气魄进入欧阳予倩和马彦祥的《讨渔税》,进而在抗战中成为中华民族英雄的榜样人物,蕴含着强烈的民族情绪和抗敌激情呈现于戏剧舞台,这种崇高庄严的风格与古希腊时期的史诗英雄毫无二致。而从延安时期开始,水浒英雄人物的政治使命日臻高涨,英雄人物被集中描写为"以自身行动决定整部落、民族或人类命运的英雄或近似神明的人物"③。水浒英雄人物是"反霸抗日""反蒋抗日"的"联盟军",同时也是劳苦大众的"领导者和指引者"。"十七年"时期,水浒英雄依照社会

---

① 钱穆:《中国文学论丛》,生活·读书·新知三联书店2002年版,第174页。
② *Religion, Myth, and Folklore in the World's Epics: The Kalevala and Its Predecessors*, Edited by Lauri Honko, Mouton de Gruyler, 1990, pp.13-14.
③ 〔美〕M. H. 艾布拉姆斯:《欧美文学术语词典》,朱金鹏译,北京大学出版社1990年版,第91页。

主义现实主义的创作方法被塑造成无产阶级革命英雄。作为一种新式的英雄人物，梁山好汉以正义的化身战胜了阶级敌人。即便新时期，尤其是20世纪90年代之后在文艺受到市场经济的强烈冲击的境况下，大众化、娱乐化和审美差异性的创作追求也未能将梁山好汉从民族史诗的宝座上彻底解放出来，梁山英雄仍被视为民族英雄反抗不合理黑暗社会的代表性人物。

整体来看，其一，20世纪中国水浒戏作为一种史诗性的叙事方式，在早期启蒙阶段，其个人化情绪表达超过故事性叙事，以个人情绪展示为中心，明显具有新文化文学的特质。但是到20世纪30年代被革命叙事打断，欧阳予倩和马彦祥将水浒戏从历史性叙述空间转化为以追求宏大场面的共时性叙事为主，场景性描写明显增多，舞台人物数量大大加强，革命意识和革命氛围异常浓烈。这种空间的史诗性叙述方法被延安时期第一部现代水浒改编戏剧《松花江上》所学习。不同的是，20世纪30年代以及全面抗战时期的水浒戏充满了知识分子的独立思想和个性化表达。尽管这种思考被民族危亡所左右，但仍不失作者自身的价值和意义，是时代与个人合一的作品。而延安时期的水浒戏十分明显地被集体的理性所笼罩，个人主义消失殆尽，集体主义乃至集体性创作成为水浒戏的一种存在方式，并被自觉弘扬。《逼上梁山》中的林冲受到"群众创造历史"这一马克思主义唯物史观的影响，人民群众是指引林冲奔赴梁山的主要力量，也应该成为戏剧舞台的主要表现对象。集体性的叙述模式在"十七年"时期得到了进一步强化，水浒戏作为党的文艺政策的阐释者、宣传者，以人民性、历史主义为其创作基本原则。梁山英雄不仅被赋予历史发展规律代言人的地位，而且还行使着解救劳苦大众的革命任务，梁山泊也成为实现革命理想的乌托邦。不得不说，这一时期的梁山英雄人物几乎千篇一律，缺乏个性人格色彩，也无自由意志可言。推动他们行动的人格并不是元明清水浒戏及《水浒传》中人物的性格。传统水浒戏中英雄人物以替天行道为己任，强烈体现着作者个人的意志或意图，虽说作者赋予人物一个明确、具体、合理的动作走向，并按照某种生存逻辑或伦理逻辑使人物产生冲突，最终实现一个理想性的结果，但都缺乏黑格尔所说的戏剧中人物的自由意志。这群被作者决定和选择的梁山英雄，在"十七年"时期同样被作者所决定和选择，而且被同一种声音所覆盖。因此，几乎所有"十七年"的水浒戏曲都存在情节突转这一叙述手法，戏中人民群众在遭受地主恶霸掠夺、强掳、欺压、殴打、杀虐的时候，梁山英雄便以如同古希腊史诗中的神那样的面目出现，扭转战局，使得自己认同或支持的一方得到解救。这种情节突转在"十七年"时期的水浒戏中不断被强化和重复，构成了此阶段史诗性叙述的重要艺术手法。

其二，应该指出，水浒故事这一庞大家族整体上体现了封建时代替天行道或护国安民的国家意识，此种国家意识在"家天下"以后，其核心意识就是君主思想及其个人式复仇精神。20世纪的中国水浒戏对《水浒传》及传统水浒戏曲的文本选择与利用大致以官逼民反、替天行道、扶危济贫三大思想作为基本主题，以历史隐喻现实的思维方式确定剧作家惯用的艺术手法和创作模式，最终形成一种官逼民反—替天行道这一史诗性革命叙述的内在结构。基于此，20世纪中国水浒戏的新编超越了封建式君主思想和狭隘的个体式复仇范畴，在塑造主要人物形象的过程中尽力张扬英雄人物的社稷意识与公忠精神，艺术性地展现被压迫者的反抗斗争。从延安"走出去"的新傀儡戏拓荒者、剧作家温涛的独幕剧《逼上梁山》①就蕴藏着这一官逼民反—替天行道的叙述内在结构。温涛的《逼上梁山》与水浒戏、《水浒传》皆无关联，讲述了一位汉奸卖国贼、豪绅地主张三爷仗势欺压、鱼肉百姓的故事。张三爷曾做过日本人的维持会会长，抗战胜利后收租拉走福嫂女儿，抱走福嫂唯一的财产小猪，福嫂自杀未遂后变疯癫；就连跟着他的长工土狗，张三爷杀死其哥哥并害死其娘；最终王得胜用装死的办法不仅躲过了收租，而且逼迫张三爷说出藏粮藏枪的地方，发动村民翻身做主人，杀死张三爷后"大家一齐上梁山去"。剧中王得胜对梁山的描述是这样："你真是，这个很有名的'梁山泊'的故事，你还不晓得吗？梁山就是一个大山的名字，里面有一百零八个好汉，这些好汉都是良民，好百姓，因为有钱有势的人欺侮、剥削，弄得上天无路，下去无门，没办法，才被迫上梁山去，专做劫富救贫的事情。今天大家说上梁山，就是上山的意思，明白吗？"十分明显，作为抗战后的豪绅地主张三爷代表了国民党，而梁山则指向延安。正因为国民党的反动统治，官逼民反，老百姓才被迫走上梁山的道路，而梁山的"专做劫富救贫的事情"则暗含了替天行道的朴素真理。温涛的《逼上梁山》这一典型

---

① 温涛：《逼上梁山》，《文艺生活（桂林）》光复版1947年第15期。温涛乃抗战时期延安走出去的红色戏剧家。

个案所折射的由水浒戏、《水浒传》衍生出来的官逼民反—替天行道的叙述内在结构与历史性隐喻,以及由此而浮现的传统水浒戏及《水浒传》等隐藏的结义—复仇或结义—复仇—上梁山泊的基于民间立场的叙述结构,一并再次成为20世纪中国水浒戏一次新的普遍的史诗性美学追求。

三、寓言的突破及消解

20世纪的中国水浒戏是建立在民族意识和英雄崇拜的创作观念基础之上的。近代以来,深重的民族危机以及晚清"西学"的传输,促使民族独立意识在国人思想深处逐渐清晰。每临民族危机或处于历史大转折时期,对英雄的呼唤便随之而来,谭嗣同、章炳麟以其学说著作呼唤侠客,梁启超以戏剧传奇倡导尚武精神,南社伪造石达开诗作,孙中山以洪秀全为"榜样"……无论是资产阶级改良派或革命派,还是中国共产党,对民族意识的强调与英雄人物的推崇,都与其政治目的及纲领的实施紧密结合。20世纪中国水浒戏的这种现代性话语,与知识分子对待小说的态度不无关系。夏志清在《中国古典小说导论》中指出,历史学家们为中国小说的创造提供了最重要的文学背景,小说家就依靠历史提供取之不竭的人物与故事,讲史小说是被当作通俗历史来写的,也是被当作通俗历史来读的;即便荒诞不经的故事,只要附会上一点史实,也很可能被文化程度低的读者当成事实而不是当作小说看。[①] 金圣叹曾将《水浒传》与司马迁的《史记》相提并论,认为《水浒传》有《史记》的春秋笔法。当然,《水浒传》也是依托宋史及笔记中的"宋江三十六人"事迹后经文人加工而成。因此,作为一种弘扬英雄崇拜的历史长篇小说,与民族意识、政治民主、自由观念等现代思想高度融合,成为解读文学和隐喻历史的基础。需要强调的是,水浒戏与20世纪社会国家、革命政治实现了强有力的结合,并产生了一批具有持久影响力的革命历史正剧。这种革命历史正剧自延安时期就得到中国共产党的大力支持,并在"十七年"时期达到顶峰,而曾因此在20世纪50年代初产生过"历史主义"与"反历史主义"的论争,最终杨绍萱的《新大名府》、黄铸夫的《新渔家仇》等"反历史主义"水浒戏遭受批判。

---

① 〔美〕夏志清:《中国古典小说导论》,胡益民译,安徽文艺出版社1988年版,第11—15页。

不可否认，20世纪的中国水浒戏自身所蕴含的政治激情、英雄主义等革命性话语，在鼓动、教育人民外御国敌、内除军阀以及对新中国的向往等方面做出了突出贡献，具有建构民族国家的意义，塑造了一系列令人难忘的英雄形象和女性形象。尤其是"十七年"时期对英雄人物的大量书写以及赋予英雄人物传奇的经历、扭转乾坤的超自然力量和历史性的角色，使得英雄人物不仅成为推翻旧社会的主导性人物，也是新社会关系的主要创造者。这种英雄人物的创作模式在社会主义现实主义创作观念下取得了丰硕的成果。需要强调的是，20世纪的中国水浒戏作品主要是京剧，一半以上都产生于延安时期至"十七年"时期，不仅深受毛泽东文艺思想的影响，而且成为毛泽东文艺思想的宣传者、诠释者和党的政策及历次政治运动的体现者。这种对现实世界、日常生活的高度介入是元明清时期水浒戏所不曾拥有的，后者更不可能利用水浒戏来全面改造社会及人生。但对阶级意识、革命政治的教条式图解，也导致这一时期水浒戏的艺术审美水平一直处于相对不高的阶段。实际上，直到新时期初期，水浒戏还延续着革命性书写。魏明伦的荒诞川剧《潘金莲》尽管以反思历史文化的方式重新审视"中国第一淫妇"，但其主题归旨依旧是突出反封建色彩，将潘金莲一个女人的沉沦主要归咎于封建制度与封建社会的戕害。20世纪90年代随着市场机制的不断调适和大众化消费市场的日渐成熟，曾一度繁花似锦的水浒戏不得不面临转型和探索创新的局面，即如何在后革命时代承继、翻新、生产、上演反抗特质显著的水浒戏，成为剧作家承继文学遗产需要探讨、解决的重要艺术问题。应该指出，直到20世纪90年代，彻底突破蕴藏着革命性意味和道德化、概念化、单一性的革命英雄形象，摆脱历史—政治这一思维惯性的叙述方式，成为戏剧文本创作及改编的一种趋势。

具体而言，全国优秀剧本获奖作品《草莽劫》和1992年获文化部新剧目奖的《梁山恨》，是消费主义语境下出现的为数不多的两部具有反思革命与回归生命的作品。《草莽劫》撇开革命的政治意识形态性，深入革命的机理即人与人之间的本质性关系，来讨论革命的生命伦理与道德价值。《草莽劫》拥有两条线索：一条是花逢春前来找阮小七聚义三官庙、重上二龙山，扯旗造反；另一条是方腊护旗官被阮小七杀死战场，其妻子菊花前来找一个姓罗的人复仇。《草莽劫》通过对历史推演、想象和叙述，塑造了阮小七

・余 论 话语、史诗与寓言・

这一外在冲突与内在冲突皆强烈的人物形象,以否定自我、批判自我乃至超越自我的结构方式,实现与过去的价值观念彻底决裂,并将这一锲而不舍的求索精神理解成民族性格和民族文化心理的积淀,以此来总结梁山泊起义失败的主要原因以及历史人物自身心灵之劫的过程。究其实质,《草莽劫》探讨了梁山好汉是否能挣脱情感的奴役、道德的绑架以及实现自我的个体价值。不能不说,《草莽劫》是戏剧界对"寻根文学"的继续和拓展。其实,后创作的《梁山恨》较之《草莽劫》缺乏对历史反思的深度,它同样反思了梁山起义的合理性与合法性,反思了革命背后真实的正义性力量。在《梁山恨》中,李逵不愿违背宋江的号令,即使得知"花石纲"一事之后,发觉梁山的理想受到了前所未有的讽刺和揶揄,依旧没有去造反,却用忠和义完成了生命的绽放,情愿被宋江毒死,以保全梁山替天行道的名节。他们是宋江所言名节和个人情感的双重奴役者,这种个体道德价值的依附性显然丧失了善恶判断的标准,以意气用事模糊感性与理性的界限,反而宋江倒是唯一的理性主义清醒者,梁山众兄弟被他所奴役。应该说,《草莽劫》《梁山恨》从历史的角度探寻了农民起义者的生命悖论及其英雄个体自我价值的更新,具有极强的哲理性意味,即个体生命的追问与道德价值批判。这是对以往水浒革命性话语的颠覆与远离,使水浒戏回归戏剧本身,从人性角度对革命进行新的阐释与解读。因此,这种革命性书写本质上是一种非革命性叙述。

众所周知,相对于元明清水浒戏主要突出梁山好汉的行侠仗义与反抗意识,民国时期的水浒戏主要围绕潘金莲、潘巧云、阎惜娇等"水浒淫妇"来表现现代女性的觉醒与悲剧。她们与男性世界、英雄侠义之间存在着严重的冲突和决裂,往往以死的方式启蒙还处于父权、夫权及封建思想控制下的女性,以达到批判男性及男权思想的目的。"十七年"时期延续了五四新文化运动以来的文学戏剧观念,塑造了一系列如顾大嫂(范钧宏《猎虎记》)、阮小二妻(安娥《黄泥岗》)、林冲妻子(李少春《野猪林》)、满堂娇(上海市文化局创作研究室改编、王征夫整理《黑旋风李逵》)等令人难忘的新女性形象。这些女性不仅充满女性特有的性格与魅力,而且富于男性气质,甚至可与男性并肩作战、除恶灭霸,具有积极乐观的革命精神和革命情绪,她们的智慧、能力与干劲也不可小觑,饱满的激情印证了女性在政治地位上的翻身与平等。事实上,她们也是阶级话语的产物,鲜明的形象常常被意识形态所束缚。那么，格外值得注意的是，新时期是水浒女性形象大解放的时期，到20世纪90年代，浪漫的爱情故事或女性形象的凸显开始成为水浒戏的主要内容之一，也成为彻底消解水浒戏革命话语的内在因素与主体性力量，而且这一意义消解的实现主要是靠女性主人公们完成的。《活捉三郎》（胡金城）、《孙二娘招亲》（张屯）、《错错错》（陈泽远）、《潘金莲》（杜家福）等剧本的出现，使得水浒戏与政治意识形态、革命思维以及启蒙思想剥离开来，革命话语被消费主义话语所消解与替代。这些剧作着重表现水浒人物曲折、感人的爱情姻缘，并塑造出众多形象可爱、意深情挚的女性角色。其中《孙二娘招亲》中张青为得到爱慕对象孙二娘只使用了三分功力，不料却输给了孙二娘，而孙二娘择婿的原则是打赢她；谁知孙二娘也没敢使出绝招怕失去了张青，情人之间的纠葛与向往形成一组充满喜感的矛盾。这一大团圆式的叙述明显有别于以往对梁山英雄人物的革命性塑造方式。杜家福的无场次戏曲《潘金莲》中西门庆出场唱"钱有多多——美酒有多多，美人有多多，叫干爹的有多多"，郓哥对王婆说"人家一个好好的家，您愣让'第三者'插足，就不怕人家'起诉'告您"，等等，作者借剧中角色讽刺社会丑恶现象和不良意识，十分贴近时代现象，原本此类"挑帘裁衣"的剧目中所蕴含的政治话语与阶级仇恨荡然无存。但是不能由此得出结论，认为革命话语被古典式浪漫彻底消解了，实际上，后革命化叙述同样是消解政治话语的有效方式。上海京剧院的《扈三娘与王英》以扈三娘比武招亲并与祝彪定亲为开端，随后祝彪因杀死梁山小兵而被梁山兵马捉走，扈三娘一马当先救出祝彪却不幸被擒。后扈三娘被梁山好汉的英雄气概和豪情仗义所感动，醉酒中糊里糊涂答应了王英的婚事，酒醒后又下山离去。此时祝彪又杀死扈太公及其家人，扈成带伤逃脱，其后王英混进扈家庄杀死祝彪，扈三娘百感交集，被众人用花轿抬上了梁山。《王英与扈三娘》在革命叙述之中努力发展出了娱乐化、市场化的艺术表达手段。事实上，此类水浒戏与革命思维、政治意识形态还存在着千丝万缕的联系，特别是在国家各种文化政策奖励、鼓励之下，政治话语在新时期水浒戏当中并未消失，它与市场化、商业化一并成为文艺生产模式的指导思想，但其娱乐性及其市场化在某种程度上消解了水浒题材所内蕴的政治话语与革命精神。

不可否认，由于20世纪的中国水浒戏在相当长的一段时间与国家政权、阶级斗争等政治活动密切合作，充当政治革命宣传的利器，加之水浒长期被看作农民起义的真实写照和历史再现，从而使得水浒戏在新时期仍旧没有摆脱历史功利主义思维，无法回归戏剧的自主性、独立性层面进行自由自觉的创作。新时期的水浒戏对历史的滥用，其背后无法排除政治意识的影响，也使得绝大多数水浒戏在新时期难以突破创作思维定式，除个别纯粹的爱情戏剧之外，几乎是清一色的革命性续写、革命化反思以及革命的爱情。即使《王英与扈三娘》这样高度市场化、娱乐化的水浒戏，其梁山好汉的高大革命英雄形象也依然屹立不倒。因此，被贴上革命标签的水浒戏在戏曲界还拥有一定的观众和读者。而话剧界始终未能改编出理想的作品，其重要原因是未能找到突破这种类型化、命名化的戏剧题材的方式方法。毕竟梁山的官逼民反、替天行道、行侠仗义等思想及其产生的反抗形象太过深入民心，早已成为一种挥之不去的集体无意识。

总体来看，戏剧关注的始终是人性、人的命运，无论是以历史表述与历史隐喻的方式，还是以当代重大事件或日常生活为题材，皆在揭露、探讨、分析和研究人的生存状态与内在心灵。换句话说，戏剧是以艺术的方式感觉、触及、深入人的生命本真，正如布莱希特所指出："我们所需要的戏剧，不仅能表现在人类关系的具体历史的条件下——行动就发生在这种条件下——所允许的感受、见解和冲动，而且还运用和制造在变革这种条件时发生作用的思想和感情。"① 因而，面对历史题材时，纪念、怀古或批判都是利用历史来服务于人类的生活、服务于现在和未来。循此且基于上述所论，水浒戏巨大的潜力以及浩如烟海的互文性素材，还有待戏剧家去整理、挖掘和创新，同时更应该从多元化角度重新考量水浒戏在当代社会的价值和意义，既不简单否定已成形的水浒戏创作模式和作品，又能更好地纠正过去对人性深度挖掘不足的缺陷，反思梁山好汉包括反面人物漫画式的刻画与塑造，反思民族文化传统及其文化心理，并与当代人的精神价值批判联系起来，真正从人类的共同命运出发，写出水浒戏所蕴含的具有普遍价值、意义的人类思想与感情。

---

① 〔德〕贝托尔特·布莱希特：《戏剧小工具篇》，载中国社会科学院外国文学研究所、外国文学研究资料丛刊编辑委员会编《外国现代剧作家论剧作》，中国社会科学出版社1982年版，第99页。

参考文献

报纸期刊类

1. 郑振铎:《水浒传的演化》,《小说月报》1929年第20卷第9期。
2. 林培志:《水浒戏》,《文学年报》1939年第5期。
3. 梨史:《记民鸣社之古装剧武松》,《上海》1915年第1卷第1期。
4. 云楼:《论民鸣社之武松》,《白相朋友》1914年第1期。
5. 陈独秀:《论戏曲》,《安徽俗话报》1904年第11期。
6. 陈独秀:《文学革命论》,《新青年》1917年第2卷第6期。
7. 钱玄同:《致刘半农》,《新青年》1918年8月15日第5卷第2号。
8. 胡适:《文学进化观念与戏剧改良》,《新青年》1918年9月第5卷第4期。
9. 张厚载:《我对于改良戏剧的意见》,《晨报》1919年1月7日。
10. 胡适:《易卜生主义》,《新青年》1919年6月15日第4卷第6号。
11. 伯颜:《中国革命之意义及其前途》,《革命军》1927年第2期。
12. 千里:《中国戏剧运动发展底鸟瞰(1930—1931)》,《北斗》1932年1月20日第2卷第1期。
13. 田汉:《南国社的事业及其政治态度》,《南国期刊》1929年7月28日第1期。
14. 安娥:《女性群像——水浒上被杀的三个女性》,《现代妇女》1947年第七卷第四期。
15. 一墨:《土豪劣绅研究》,《革命》1929年第106期。

16. 《惩治土豪劣绅条例》:《中国国民党浙江省党部周刊》1927年第1卷第4期。
17. 《土豪劣绅》:《真光》1926年第25卷第2期。
18. 吴虞:《家庭制度为专制主义之根据论》,《新青年》1917年2月1日第2卷第6期。
19. 王绍之:《高压政策与侠义精神》,《民族魂》(上海)1934年第1卷第4期。
20. 白雪:《记三星舞台之四本〈水泊梁山〉》,《申报》1930年10月15日。
21. 洪深:《〈阎婆惜〉蹦蹦戏脚本引序》,《文学》(上海1933)1936年第7卷第1期。
22. 孙澹厂:《漫谈〈阎婆惜〉与张文远之死——看了洪深将〈乌龙院〉改编〈阎婆惜〉以后》,《戏剧旬刊》1936年第31期。
23. 王钟麒:《论戏曲改良与群治之关系》,《申报》1906年9月22日。
24. 柳亚子:《二十世纪大舞台·发刊词》,《二十世纪大舞台》1904年第1卷第1期。
25. 陈去病:《论戏剧之有益》,《二十世纪大舞台》1904年第1卷第1期。
26. 周作人:《人的文学》,《新青年》1918年第5卷第6期。
27. 郑伯奇:《中国戏剧运动的进路》,《艺术月刊》1930年第1卷第1期。
28. 《中国左翼戏剧家联盟最近行动纲领》,《文学导报》1931年9月第6/7期。
29. 马彦祥:《"一个新的企图"》,南京《中央日报》之《戏剧周刊》1934年9月。
30. 欧阳予倩:《戏剧与宣传》,《戏剧》1929年7月25日第1卷第2期。
31. 周木斋:《水浒传和国防文学》,《文学界》创刊号1936年6月5日。
32. 马彦祥:《中国剧运之一般问题》,《万人杂志》1930年4月第一卷第一期。
33. 马彦祥:《现代中国戏剧》,《现代文学评论》1931年第1卷第3期。
34. 李辰冬:《"三国""水浒"与抗战的中国》,《学生之友》创刊号1940年。
35. 编工委执笔:《重庆抗战剧运第五年演出总批判》,《演剧生活》(半月刊）1942年第1期。

36. 田汉：《关于〈武松与潘金莲〉》,《评论报》（昆明）1945年5月12日。
37. 茅盾：《谈〈水浒〉》,《大众文艺》1940年第1卷第6期。
38. 何大白：《文学的大众化与大众文学》,《北斗》1932年（7）第二卷第三四期合刊。
39. 田汉、马彦祥主编：《创刊词》,《抗战戏剧》（创刊号）1937年11月16日。
40. 王实味：《文艺民族形式问题上的旧错误与新偏向》,《中国文化》1941年5月25日第2卷第6期。
41. 茅盾：《需要一个中心点》,《文学》1936年5月第6卷第5期。
42. 毛泽东：《在延安文艺座谈会上的讲话》,《解放日报》1943年10月19日。
43. 艾思奇：《逼上梁山》,《解放日报》1944年1月8日。
44. 刘芝明：《从〈逼上梁山〉的出版到平剧改造问题》,《解放日报》1945年2月26日。
45. 金灿然：《论〈三打祝家庄〉》,《解放日报》1945年3月29、30日。
46. 刘芝明：《从〈逼上梁山〉的出版到平剧改造问题》,《解放日报》1945年2月26日。
47. 尚伯康：《〈乌龙院〉的生活与思想》,《解放日报》1942年11月。
48. 张庚：《谈〈乌龙院〉》,《解放日报》1942年12月。
49. 向林冰：《论"民族形式"的中心源泉》,《大公报》副刊《战线》1940年3月24日。
50. 马少波：《平剧必须改造》,《大众报》1946年4月18日。
51. 马少波：《文艺的战斗性》,《胶东文艺》1947年10月第2期。
52. 马少波：《新年与文艺思想革命》,《胶东文艺》1948年1月第1卷6、7期合刊。
53. 阿甲：《评〈新大名府〉的反历史主义观点》,《人民日报》1951年11月9日。
54. 张光年：《历史唯物论与历史剧、神话剧问题——评杨绍萱同志反历史主义的倾向》,《人民戏剧》1951年第3卷第8期。

55. 马少波:《戏曲的历史真实与现实影响》,《新戏曲》1950年5月号。
56. 熊复:《反对创作中的反历史反科学观点——在讨论〈新渔家仇〉座谈会上的总结发言》,《长江文艺》1951年7月第一期。
57. 田汉:《为爱国主义的人民新戏曲而奋斗》,《人民日报》1952年1月21日。
58.《重视戏曲改革工作》:《人民日报》1951年5月7日。
59. 邵荃麟:《党与文艺》,《文艺报》1951年第3卷第5期。
60. 陈荒煤:《为创造新的英雄的典型而努力》,《长江日报》1951年4月22日。
61. 张立云:《关于写英雄人物和写"落后到转变"的问题》,《文艺报》1952年第10、11期合刊。
62. 张真:《谈〈黑旋风李逵〉的改编工作》,《剧本》1953年5月号。
63. 张真:《谈京剧〈猎虎记〉》,《剧本》1954年3月号。
64.《希望马连良有以自省》:《戏剧报》1954年第7期。
65. 田汉:《向卓越的表演艺术家盖叫天先生学习》,《戏剧报》1956年12期。
66. 罗松:《义化部首届新剧目"义华奖"在京颁奖》,《中国戏剧》1991年第11期。
67. 魏明伦:《我做着非常"荒诞"的梦——〈潘金莲〉遐想录》,《戏剧界》1986年第2期。

中文资料汇编及专著类

1. 傅惜华等编:《水浒戏曲集》(第一集),中华书局1962年版。
2. 傅惜华编:《水浒戏曲集》(第二集),古典文学出版社1958年版。
3. 阿英编:《晚清文学丛钞·小说戏曲研究卷》,中华书局1960年版。
4. 朱一玄、刘毓忱主编:《水浒传资料汇编》,百花文艺出版社1981年版。
5. 郑振铎:《郑振铎全集》,花山文艺出版社1998年版。
6. 王国维:《王国维戏曲论文集》,中国戏剧出版社1957年版。
7. 清华大学国学研究院主编、方麟选编:《王国维文存》,江苏人民出版社2014年版。

8.〔日〕狩野直喜:《中国学文薮》,周先民译,中华书局 2011 年版。

9. 欧阳予倩:《欧阳予倩全集》,上海文艺出版社 1990 年版。

10. 田汉:《田汉全集》,董建、颜长珂等编,花山文艺出版社 2000 年版。

11. 朱双云:《新剧史》,新剧小说社 1914 年版。

12. 郑正秋、张冥飞:《新剧考证百出》,中华图书集成公司 1919 年版。

13. 陈洁编:《民国戏曲史年谱》,文化艺术出版社 2010 年版。

14. 鲁迅:《鲁迅全集第 4 卷·三闲集·二心集·南腔北调集》,人民文学出版社 2005 年版。

15. 胡适:《胡适文存》,上海科学技术文献出版社 2015 年版。

16. 欧阳哲主编:《胡适文集》,北京大学出版社 1998 年版。

17. 陈平原、夏晓红主编:《二十世纪中国小说理论资料(第一卷)1897—1916》,北京大学出版社 1989 年版。

18. 许志豪编:《新编戏学汇考》,"京剧剧本集",上海大东书局 1934 年版。

19. 李白水主编:《平剧汇刊》,"京剧剧本集",上海戏学书局 1936—1937 年版。

20. 杨彭年:《平剧戏目汇考》,上海会文堂新记书局 1933 年版。

21. 王大错编:《戏考》,"京剧剧本集",上海中华图书馆 1915—1925 年版。

22. 聆英馆主编:《戏典》,上海中央书局 1948 年版。

23. 胶东文化协会主编:《平剧新编集·前言》(草本,第一、二辑),华东新华书店胶东分店 1949 年版。

24. 中国戏曲研究院编:《京剧丛刊》(1—32 集),"京剧剧本集",新文艺出版社 1953—1955 年版。

25. 京剧丛刊编辑委员会编:《京剧丛刊》(33—50 集),"京剧剧本集",中国戏剧出版社 1958—1959 年版。

26. 北京市戏曲编导委员会编:《京剧汇编》(1—95 集),"京剧剧本集",北京出版社 1957—1962 年版。

27. 北京市戏曲研究所编:《京剧汇编》(96—106 集),"京剧剧本集",北京出版社 1962—1985 年版。

28.〔德〕曼弗雷德·菲普斯特:《戏剧理论与戏剧分析》,周靖波、李安定译,北京广播学院出版社 2004 年版。

29. 王荣:《中国现代叙事诗史》,中国社会科学出版社 2004 年版。
30. 闻一多:《闻一多全集·文艺评论·散文杂文》,湖北人民出版社 2004 年版。
31. 何丽:《水浒戏纵横谈》,山东省艺术研究所发行 1989 年版。
32. 王晓家:《水浒戏考论》,济南出版社 1989 年版。
33. 周贻白:《中国戏剧史长编》,人民文学出版社 1960 年版。
34. 中国京剧院编:《旧剧革命的划时期的开端——延安平剧研究院演出剧本集》,中国戏剧出版社 2005 年版。
35. 南京大学中文系资料室编:《水浒研究资料》,内部资料,1980 年版。
36. 马俊山:《演剧职业化运动研究》,人民文学出版社 2007 年版。
37. 陈独秀:《独秀文存》,上海亚东图书 1926 年版。
38. 陈平原:《千古文人侠客梦》,北京大学出版社 2010 年版。
39. 吕效平:《戏曲的本质》,南京大学出版社 2003 年版。
40. 〔德〕卡尔·曼海姆:《意识形态与乌托邦》,姚仁权译,中国社会科学出版社 2009 年版。
41. 〔德〕伽达默尔:《真理与方法》,洪汉鼎译,上海译文出版社 1999 年版。
42. 夏晓虹、王风等:《文学语言与文章体式》,安徽教育出版社 2006 年版。
43. 舒芜等编选:《近代文论选》(上),人民文学出版社 1959 年版。
44. 陈铮编:《黄遵宪全集》(上),中华书局 2005 年版。
45. 巴赫金:《小说理论》,河北教育出版社 1998 年版。
46. 黄裳:《水浒戏及其他》,开明书店 1952 年版。
47. 刘再复、林岗:《传统与中国人》,生活·读书·新知三联书店 1988 年版。
48. 周扬:《周扬文集》,人民文学出版社 1984 年版。
49. 王德威:《想象中国的方法:历史·小说·叙事》,生活·读书·新知三联书店 1998 年版。
50. 田仲济、蒋心焕主编:《中国新文艺大系·1937—1949》,中国文联出版公司 1996 年版。
51. 胡星亮:《中国现代戏剧论集》,中国戏剧出版社 2010 年版。
52. 王奇生主编:《新史学·第七卷·20 世纪中国革命的再阐释》,中华书局

2014年版。

53. 王奇生:《革命与反革命——社会文化视野下的民国政治》,社会科学文献出版社2010年版。

54. 王学泰:《游民文化与中国社会》(增修版),山西人民出版社2014年版。

55. 张莉:《浮出历史地表之前——中国现代女性写作的发生》,南开大学出版社2010年版。

56. 〔法〕西蒙·波伏娃:《第二性》,桑竹影、南珊译,湖南文艺出版社1986年版。

57. 傅谨、袁国兴主编:《新潮演剧与新剧的发生》,学苑出版社2015年版。

58. 朱晓进:《政治文化与中国二十世纪三十年代文学》,人民出版社2006年版。

59. 郭英德、过常宝:《中国古代的恶霸》,商务印书馆国际有限公司1997年版。

60. 毛泽东:《毛泽东文集》,人民出版社1993年版。

61. 毛泽东:《毛泽东论文艺》(增订本),人民文学出版社1992年版。

62. 孙克强主编:《中国历代分体文论选·下》,北京交通大学出版社2006年版。

63. 金艳霞、孙董霞主编:《中国古典剧论选辑》,兰州大学出版社2012年版。

64. 朱一玄编、朱天吉校:《明清小说资料选编》,南开大学出版社2012年版。

65. 朱一玄、刘毓忱编:《水浒传资料汇编》,百花文艺出版社1981年版。

66. (明)施耐庵、罗贯中:《水浒传》,人民文学出版社2013年版。

67. 中国艺术研究院马克思主义文艺理论研究所外国文艺理论研究资料丛书编委会编:《读者反应批评》,文化艺术出版社1989年版。

68. 蔡世成辑选:《〈申报〉京剧资料选编》,内部资料,1994年版。

69. 翁偶虹:《翁偶虹编剧生涯》,中国戏剧出版社1986年版。

70. 李跃力:《中国现代文学中的"革命话语"研究——以1930年代为中心》,(台湾)花木兰文化出版社2015年版。

71. 葛飞:《戏剧、革命与都市漩涡——1930年代左翼剧运、剧人在上海》,北京大学出版社2008年版。

72. 〔英〕卡莱尔:《英雄与英雄崇拜》,何欣译,辽宁教育出版社1998年版。

73. 朱猷武、王俊芳:《国统区的文人与文化》,天津人民出版社2009年版。

74. 余英时:《余英时文集(第八卷)·文化评论与中国情怀》,广西师范大学出版社2006年版。

75. 冯文楼:《四大奇书的文本文化阐释》,中国社会科学出版社 2003 年版。
76. 〔德〕卡尔·施米特:《政治的概念》,刘宗坤、朱雁冰等译,上海人民出版社 2015 年版。
77. 黄俊杰主编:《中国文化新论·思想篇一·天道与人道》,(台北)联经出版事业公司 1983 年版。
78. 〔加〕诺思罗普·弗莱:《批评的解剖》,陈慧、袁宪军、吴伟仁译,百花文艺出版社 2006 年版。
79. 〔英〕威廉·葛德文:《政治正义论》(第 1 卷),何慕李译,商务印书馆 1980 年版。
80. 朱德发等:《现代中国文学英雄叙事论稿》,山东教育出版社 2006 年版。
81. 〔匈〕格奥尔格·卢卡奇:《卢卡奇论戏剧》,罗璇译,北京师范大学出版社 2014 年版。
82. 〔美〕埃里克·霍弗:《狂热分子:群众运动圣经》,梁永安译,广西师范大学出版社 2011 年版。
83. 王平主编:《明清小说传播研究》,山东大学出版社 2006 年版。
84. 〔法〕罗兰·巴尔特:《写作的零度》,李幼燕译,中国人民大学出版社 2008 年版。
85. 贺桂梅:《转折的时代——40—50 年代作家研究》,山东教育出版社 2003 年版。
86. 〔法〕西蒙·波伏娃:《第二性》,陶铁柱译,中国书籍出版社 1998 年版。
87. 〔法〕古斯塔夫·勒庞:《革命心理学》,佟意志、刘训练译,吉林人民出版社 2011 年版。
88. 中国艺术研究院戏曲研究所《戏曲研究》编辑部、吉林省戏剧创作评论室评论辅导部编:《戏剧工作文献资料汇编·续编》,内部资料,1985 年版。
89. 梅庆吉主编:《水浒系列小说集成·新水浒》,黑龙江人民出版社 1997 年版。
90. 隗芾选编:《元明清戏曲选》,吉林人民出版社 1981 年版。
91. 〔苏〕杜勃罗留波夫:《杜勃罗留波夫选集》(第 2 卷),辛末艾译,上海译文出版社 1983 年版。
92. 曹树钧编:《顾仲彝戏剧论文集》,中国戏剧出版社 2004 年版。

93. 唐小兵编:《再解读:大众文艺与意识形态》,北京大学出版社 2007 年版。
94. 刘小枫:《沉重的肉身:现代性伦理的叙事纬语》,华夏出版社 2004 年版。
95. 马彦祥:《马彦祥文集》,文化艺术出版社 1995 年版。
96. 梁启超:《饮冰室合集》,中华书局 1989 年版。
97. 董健、胡星亮主编:《中国当代戏剧史稿》,中国戏剧出版社 2008 年版。
98. 许纪霖、宋宏编:《现代中国思想的核心观念》,上海人民出版社 2011 年版。
99. 袁盛勇主编:《还原与重构——新的延安文学研究在崛起》,重庆出版社 2012 年版。
100. 〔美〕苏珊·邓恩:《姊妹革命》,杨小刚译,上海文艺出版社 2003 年版。
101. 姜辉:《革命想象与叙事传统》,人民出版社 2012 年版。
102. 方维保:《红色意义的生成:20 世纪中国左翼文学研究》,安徽教育出版社 2004 年版。
103. 〔德〕马克思、恩格斯:《马克思恩格斯选集》(第 3 卷),人民出版社 1972 年版。
104. 〔德〕黑格尔:《美学第三卷》(下册),朱光潜译,商务印书馆 2015 年版。
105. 金登才:《清代花部戏研究》,中国戏剧出版社 2006 年版。
106. 〔英〕阿·尼科尔:《西欧戏剧理论》,徐士瑚译,中国戏剧出版社 1985 年版。
107. 马奇主编:《西方美学史资料选编·上卷》,上海人民出版社 1987 年版。
108. 光未然:《张光年文集》(第 2 卷),人民文学出版社 2001 年版。
109. 戴不凡:《百花集续集》,新文艺出版社 1958 年版。
110. 〔美〕阿里夫·德里克:《后革命氛围》,王宁等译,中国社会科学出版社 1999 年版。
111. 杨树、石武选译:《西方马克思主义译文集》,中央党校科研办公室,内部资料,1986 年。
112. 魏明伦等:《剧本和剧评:潘金莲》,生活·读书·新知三联书店 1988 年版。
113. 〔美〕凯特·米利特:《性政治》,宋文伟译,江苏人民出版社 2000 年版。
114. 聂绀弩:《聂绀弩全集(第九卷)·序跋·书信》,武汉出版社 2004 年版。
115. 张枬、王忍之编:《辛亥革命前十年间时论选集》(第一册),生活·读书·

新知三联书店 1960 年版。

116. 中国戏曲研究院编:《中国古典戏曲论著集成》,中国戏剧出版社 1959 年版。

117. 吴梅:《吴梅词曲论著集》,南京大学出版社 2008 年版。

118. 张庚:《张庚戏剧论文集(1959—1965)》,文化艺术出版社 1984 年版。

119. 〔美〕M. H. 艾布拉姆斯:《欧美文学术语词典》,朱金鹏译,北京大学出版社 1990 年版。

120. 〔美〕夏志清:《中国古典小说导论》,胡益民译,安徽文艺出版社 1988 年版。

121. 〔德〕恩斯特·卡西尔:《国家的神话》,范进、杨君游、柯锦华译,华夏出版社 1990 年版。

122. 中国社会科学院外国文学研究所、外国文学研究资料丛刊编辑委员会编:《外国现代剧作家论剧作》,中国社会科学出版社 1982 年版。

123. 〔美〕海登·怀特:《后现代历史叙事学》,陈永国、张万娟译,中国社会科学出版社 2003 年版。

124. 〔法〕皮埃尔·布尔迪厄:《男性统治》,刘晖译,中国人民大学出版社 2018 年版。

125. 王荣:《延安文艺史料学》,中国社会科学出版社 2021 年版。

中文论文类

1. 董健:《中国戏剧现代化的艰难历程》,《文学评论》1998 年第 1 期。
2. 陈平原、黄子平、钱理群:《二十世纪中国文学三人谈:民族意识》,《读书》1985 第 12 期。
3. 齐燕铭:《旧剧革命划时期的开端》,《文艺论丛》1978 年第 2 期。
4. 陈晓明:《"人民性"与美学的脱身术》,《文学评论》2005 年第 2 期。
5. 陈宝良:《明代知识人群体与侠盗关系考论——兼论儒、侠、盗之辨及其互动》,《西南大学学报》2011 年第 2 期。
6. 唐月梅:《浅论日本话剧演进的历程》,《日本学刊》2009 年第 4 期。
7. 王荣:《调整与改造:从"新歌剧"到"新中国电影"的确立——论 1949

年前后〈白毛女〉文学剧本的修改与改编》,《陕西师范大学学报》2013年第5期。

8. 蔡翔:《父与子——中国文学中的"父子"问题》,《文艺争鸣》1991年第5期。

9. 杨春时:《论中国现代性》,《厦门大学学报》2009年第2期。

10. 施旭升:《"新潮演剧":中国戏剧现代化的逻辑起点》,《广州社会科学》2010年第4期。

11. 薛柏成:《墨家思想对中国"侠义"精神的影响》,《东北师范大学学报》2005年第5期。

12. 高波:《"无产阶级英雄形象"何以要排斥"人情味"?》,《戏剧》2010年第3期。

13. 李明明:《关于媚俗(Kitsch)》,《外国文学评论》2015年第1期。

14. 陶东风:《后革命时代的革命文化》,《当代文坛》2006年第3期。

15. 张邦炜:《宋代婚姻制度的种种特色》,《社会科学研究》1989年第3期。

16. 〔台湾〕林淑薰:《台湾新编京剧的"戏中戏"叙事方法——以〈荒诞潘金莲〉、〈阎罗梦〉、〈孟小冬〉、〈百年戏楼〉为探讨对象》,(台湾)《戏曲学报》2014年第11期。

17. 陈建平:《水浒戏与中国侠文化》,中国艺术研究院博士学位论文,2006年。

18. 郭玉琼:《戏曲与国家神话——延安时期到文革时期的戏曲现代戏研究》,厦门大学博士学位论文,2007年。

19. 孙琳:《水浒忠义观的建构与解构》,山东大学博士论文,2019年。

外文论著类

1. Jean-Marie Benoist, La Révolution Structurale, ditions Grasset et Fasquelle, 1975.

2. 吉田登志子.「中華木鐸新劇」の来日公演について--近代における日中演劇交流の一断面.日本演劇学会紀要(通号29)1991.

3. Religion, Myth, and Folklore in the World's Epics: The Kalevala and Its Predecessors, Edited by Lauri Honko, Mouton de Gruyler, 1990.

附录一

20世纪以来中国水浒戏新编、改编剧目

序号	年份	剧目	类型	作者	备注
1	1914	《豹子头》	古装新剧	陆镜若	剧本仅存梗概，见郑正秋《新剧考证百出》
2	1914	《豹子头》	古装新剧	刘艺舟	剧本遗失
3	约1912—1914	《花和尚鲁智深》	古装新剧	燕士	剧本仅存梗概，见郑正秋《新剧考证百出》
4	约1913—1914	《武松杀嫂》	古装新剧	不详	仅存剧照一张，见朱双云《新剧史》插图
5	1914	《武松》	古装新剧	顾无为	完整剧本未见，民鸣社演出剧目
6	1923	《宋江》	独幕话剧	（赵）伯颜	—
7	1923	《野猪林》	改编京剧	清逸居士	剧本未知
8	1926	《潘金莲》	五幕话剧	欧阳予倩	—
9	1926	《新打渔杀家》	改编京剧	陈墨香、荀慧生	剧本未见
10	1929	《林冲》	新编京剧	田汉	—
11	1929	《野猪林》	整理改编剧	吴幻荪	原本为清逸居士所编
12	1929	《桃花村》	新编川剧	吴幻荪	—
13	1930	《花田错》	改良京戏本	谭觉存	
14	1930	《景阳冈之夜》	儿童话剧	李罗梦、卢野马	—
15	1930	《坐楼杀惜》	新编京剧	作者不详	剧本未知，上海三星舞台剧目，演出介绍见《申报》1930年

续表

序号	年份	剧目	类型	作者	备注
16	1931	《陈丽卿》	新编京剧	金仲荪	完整剧本未知
17	1931	《美人一丈青》	新编京剧	陈墨香	完整剧本未知
18	1931	《沂水县李逵迎母》	五幕话剧	（张）权	—
19	1932	《讨渔税》	独幕话剧	马彦祥	—
20	1934	《生路》	独幕话剧	马彦祥	—
21	1934	《讨渔税》	新编京剧	欧阳予倩	—
22	1934	《巧连环石秀杀山》	改良京戏本	龙彭祖	—
23	1934	《打渔杀家》	改良京戏本	陈希新	—
24	1936	《萧恩》	两幕话剧	（岳）穉珪	—
25	约1936—1937	《闹院杀媳》	改良京戏本	李白水	—
26	约1936—1937	《五花洞》	改良京戏本	沈乃蓉	—
27	1937	《阎婆惜》	新编评剧	洪深	剧本未见
28	1937	《翠屏山》	改良京戏本	中国戏曲音乐院研究所	—
29	1937—1938	《煞星降地球》（八本）	新编粤剧	徐若呆	剧本未见
30	1938	《阎惜姣与张三郎》	新编戏	喜彩莲	完整剧本未见
31	1938	《打渔杀家》	独幕话剧	陈樾山	—
32	1938	《松花江上》	京剧现代戏	王震之	依据《打渔杀家》改编
33	1938	《刘家村》	京剧现代戏	罗合如	剧本未知，依照《乌龙院》改编
34	1939	《赵家镇》	京剧现代戏	李纶	剧本未知，依照《清风寨》改编
35	1939	《孙二娘》	话剧	马海亭	剧本未知
36	1939	《林冲夜奔》	四幕话剧	吴永刚	—

附录一　20 世纪以来中国水浒戏新编、改编剧目

续表

序号	年份	剧目	类型	作者	备注
37	1940	《林冲夜奔》	五幕话剧	吴祖光	—
38	1941	《黑旋风》	独幕话剧	陈楚淮	借"黑旋风李逵"之名而衍生的现代戏剧，情节与李逵故事完全不同
39	1941	《拳打镇关西》	新编京剧	不详	华中文协主办《江淮文化》杂志刊登
40	1941	《宋江》	新编平剧	阿甲、李纶、石畅	剧本未知
41	1942	《卢俊义》	新编平剧	任桂林	剧本未知
42	1943	《逼上梁山》	新编京剧	杨绍萱	20世纪50年代前后有修改本
43	1944	《武松》	十八场新编京剧	田汉	—
44	1944	《武大之死》	新编京剧	王一达	—
45	1945	《潘巧云》	五幕话剧	黄鹤	—
46	1945	《林冲》	新编京剧	朱尧天	剧本未知，苏北解放区戏剧
47	1945	《梁山遗恨》	新编京剧	周玑璋	剧本未知
48	1945	《黄泥岗》	新编京剧	周玑璋	剧本未知，1950年有改编修订版《黄泥岗》，由新华书店印发
49	1945	《三打祝家庄》	新编京剧	任桂林、魏晨旭、李纶	—
50	1946	《明星大会串：武松》	独幕话剧	黄也白	—
51	1946	《十一郎》	新编京剧	杨绍萱	剧本未知
52	1947	《逼上梁山》	独幕话剧	温涛	—
53	1947	《林冲》	广播剧	龙斯猷	—
54	1947	《顾大嫂》	新编秦腔	马健翎	剧本未知
55	1947	《拳打镇关西》	新编京剧	不详	剧本未知，冀鲁豫解放区新戏剧

续表

序号	年份	剧目	类型	作者	备注
56	1948	《李逵夺鱼》	新编京剧	王颉竹	剧本未知，华北平剧研究院首演
57	1948	《水泊梁山》	新编京剧	不详	剧本未知，东北军区政治部京剧团演出
58	1948	《野猪林》	新编京剧	李少春	—
59	1949	《渔家仇》	新编京剧	马少波	—
60	1949	《丁甲山》	新编京剧	姚冀	—
61	1949	《浔阳楼》	新编京剧	叶明	—
62	1949	《坐楼杀惜》	新编京剧	不详	剧本未知，新疆天山平剧社演出
63	约1949—1951	《满江红》	新编京剧	翁偶虹	剧本未知，未排演
64	约1949—1951	《小鳌山》	新编京剧	翁偶虹	剧本未知，未排演
65	1950	《夜奔梁山》	新编京剧	翁偶虹	—
66	1950	《新大名府》	新编京剧	杨绍萱	—
67	1950	《梁山遗恨》	新编京剧	孙联	—
68	1950	《三打祝家庄》	修改本	魏晨旭	—
69	1950	《血溅鸳鸯楼》	新编京剧	刘梦德、孙联	—
70	1950	《打渔杀家》	整理改编	马少波	—
71	1950	《李逵探母》	新编京剧	老牛、童凯	—
72	1950	《大破东平府》	新编京剧	李衡	—
73	1951	《李逵夺鱼》	新编戏	杨绍萱	—
74	1951	《渔夫恨》	新编地方戏	王明希原著、征言改编	收录《抗美援朝戏曲选》
75	1951	《新渔家仇》	新编京剧	黄铸夫	—
76	1951	《梁山人马》	新编粤剧	徐若呆	原名《活捉登州虎》

续表

序号	年份	剧目	类型	作者	备注
77	1951	《浪里白条黑旋风》	新编粤剧	徐若呆	徐若呆"十七年"时期还有新粤剧《武松醉打蒋门神》《九纹龙史进》等,具体编写年代不清楚
78	1952	《花田写扇》	川剧修改本	鸣凤、胡漱芳等修改	—
79	1953	《猎虎记》	新编京剧	范钧宏	—
80	1953	《黑旋风李逵》	新编京剧	上海市文化事业管理局艺术事业管理处创作室集体改编	—
81	1953	《乌龙院》	新编京剧	周信芳	—
82	1953	《醉打山门》	新编湘剧	作者不详	中央文化部全国第一届戏曲观摩演出大会作品
83	1954	《武松与潘金莲》	新编京剧	胡涌原编、苏城改编	—
84	1954	《李逵坐衙》	新编京剧	朱慕家	—
85	1954	《野猪林》	新编越剧	大为	—
86	1954	《智取生辰纲》	新编豫剧	安澜	—
87	1954	《拳打镇关西》	吕戏	山东省戏曲工作组整理	—
88	1955	《打渔杀家》	整理改编	李少春、朱家慕	—
89	1955	《武松与潘金莲》	新编评剧	作者不详	完整剧本未知,由筱喜彩莲演出
90	1955	《浔阳楼》	新编京剧	严扑	—
91	1955	《李逵负荆》	新编川剧	胡琴	—
92	1956	《李逵探母》	新编京剧	翁偶虹、袁世海	—
93	1956	《黄泥岗》	新编京剧	安娥	—
94	1956	《桃花村》	新编京剧	翁偶虹	—

续表

序号	年份	剧目	类型	作者	备注
95	1956	《夺鱼》	山东梆子	山东省戏曲工作组改编	—
96	1956	《林冲》	新编越剧	红枫改编	—
97	1957	《拳打镇关西》	新编京剧	李修蔚	—
98	1958	《鲁达除霸》	新编评剧	成兆才	—
99	1958	《花荣大闹清风寨》	新编京剧	周少楼等	—
100	1959	《买艺访友》	新编京剧	樊放	—
101	1959	《三盗铃》	新编京剧	陈延龄、吕瑞明	—
102	1960	《青面兽大战鲁智深》	新编京剧	周俊臣	—
103	1961	《燕青卖线》	新编吉剧	王肯	—
104	1961	《拳打镇关西》	湘剧弹腔	董武炎、李志雄整理	—
105	1961	《李逵闹江》	湘剧弹腔	董武炎、王华运整理	—
106	1961	《时迁除害》	湘剧弹腔	陈曦、周章改编	—
107	1962	《智取生辰纲》	四场话剧	丁西林	—
108	1964	《花田错》	新编京剧	马彦祥	—
109	1977	《逼上梁山》	整理改编	金紫光	—
110	1977	《逼上梁山》	十场京剧	依据1943年延安中国共产党中央党校俱乐部演出本和金紫光改编本而改编	北京京剧团排演本
111	1978	《三打祝家庄》	改编修订	李纶、魏晨旭、任桂林	北京市京剧团排演本
112	1979	《武松打店》	新编花灯戏	陶增义	—
113	1980	《晁盖三打祝家庄》	整理改编	作者不详	排演本
114	1980	《水浒拾遗》	京剧三折	章子冈	—
115	1982	《武松打虎》	新编儿童京剧	徐昶奎	—

续表

序号	年份	剧目	类型	作者	备注
116	1983	《白面郎君》	新编京剧	翁偶虹	—
117	1984	《十一郎》	新编越剧	吴琛（执笔）、徐玉兰编剧	—
118	1985	《石秀杀楼》	新编二人转	杨凯	—
119	1985	《武大郎开店》	微型喜剧	郝湘榛	—
120	1985	《翠屏山》	新编京剧	吴江、孙毓敏	剧本未知
121	1985	《潘金莲》	新编荒诞川剧	魏明伦	—
122	1986	《时迁偷鸡》	新编拉场剧	苏景春	—
123	1986	《阎惜姣》	新编淮剧	徐耿声	—
124	1987	《潘金莲》	新编话剧	香港影视剧艺社	剧本未知，依据魏明伦《潘金莲》改编
125	1987	《武松外传》	讽刺喜剧	亚江	—
126	1988	《潘金莲》	新编昆曲	刘广发	—
127	1988	《草莽劫》	新编京剧	齐致翔、张之雄	—
128	1988	《秦明入赘》	新编独幕喜剧	武平、唐碧	—
129	1989	《惜姣之死》	新编川剧	徐棻	—
130	1989	《阎惜姣》	新编京剧	翁舜和	—
131	1990	《下书杀惜》	新编京剧	阿甲、湖南省京剧团	剧本未知
132	1990	《鲁智深打店》	小戏曲	苏景春	—
133	1991	《活捉三郎》	新编川剧	胡金城	—
134	1992	《孙二娘招亲》	新编京剧	张屯	—
135	1992	《梁山恨》	新编京剧	高文澜、黄新时	剧本未出版，2008年被改编为《风雨杏黄旗》，2015年又被改名《李逵与宋江》
136	1992	《武松杀嫂》	新编川剧	谢平安	—
137	1992	《武松打虎》	新编木偶哑剧	焦锋	—

续表

序号	年份	剧目	类型	作者	备注
138	1993	《错错错》	新编川剧	陈泽远	—
139	1993	《双枪董平》	新编京剧	汪福增、朱福侠	完整剧本未知
140	1993	《潘金莲出嫁》	小戏曲	王柱金	
141	1994	《荒诞潘金莲》	改编京剧	（台湾）复兴剧团	剧本未知，依据魏明伦《潘金莲》改编
142	1994	《金瓶梅别传》	新编戏	刘强、俞锦元	—
143	1994	《阎惜姣》	戏曲型话剧	杨世彭	1989年在美国演出英文版，后大改，1994年香港话剧团公演
144	1995	《杀嫂》	新编秦腔	罗铁宁	—
145	1995	《武松打蚊》	话剧	潘惠森	—
146	1995	《后杀惜》	小戏曲	徐兵	—
147	约 1978—1995	《真假潘金莲》	新编京剧	赵万鹏	剧本未出版
148	1996	《花和尚立地成佛》	话剧	潘惠森	
149	1996	《潘金莲》	新编无场次戏曲	杜家福	—
150	1997	《真假李逵》	新编二人转	王立楠	
151	1997	《李逵的蓝与黑》	话剧	潘惠森	
152	1997	《潘金莲打炊饼》	瓯剧小戏	郑朝阳	—
153	1998	《武松打鼠》	小品话剧	陈云福	
154	1999	《活捉张三郎》	新编粤剧	秦太英	
155	1999	《李逵与李鬼》	小戏曲	谢天德	
156	1999	《武大郎入洞房》	戏曲小品	高文畤	—
157	2001	《阎惜姣》	新编湘剧	茂梅	—
158	2003	《红水衣》	话剧	王元平	—
159	2004	《孙二娘开店》	荒诞小品	史长生	—
160	2007	《李逵上任》	小戏曲	杨小泉	—

续表

序号	年份	剧目	类型	作者	备注
161	2007	《金瓶梅》	昆曲	隆学义	—
162	2007	《水浒108 上梁山》	新编京剧	吴兴国	—
163	2007	《潘金莲》	话剧	陈刚	—
164	2008	《武大郎》	校园小戏曲	张传强	—
165	2009	《林冲与陆谦》	扬剧	刘鹏春、刘觅滢	—
166	2010	《潘金莲》	话剧	王延松	—
167	2010	《金瓶外传》	古装喜剧	胡钢	—
168	2011	《金莲》	广东汉剧	隆学义	—
169	2011	《莲》	现代芭蕾舞	王媛媛	—
170	2011	《水浒108 忠义堂》	新编京剧	吴兴国	—
171	2013	《梁山囚人》	话剧	王伟	—
172	2013	《武贰》	话剧	高字民	—
173	2013	《惜·姣》	小剧场京剧	李卓群	—
174	?	《打虎英雄：武松》	新编京剧	吴兴国	—
175	2014	《水浒108 之终极英雄荡寇志》	新编京剧	吴兴国	—
176	2015	《卢俊义》	傀儡戏	王景贤	—
177	2015	《紫石街》	音乐剧	万军	—
178	2016	《英雄泪》	新编淮剧	钟谷、单弦	—
179	2017？	《武松日记》	话剧	潘惠森	—
180	2017？	《水浒喽啰》	喜闹剧	王晓怡	—
181	2017	《武松之踵》	新编湘剧	向晓青	—
182	2017	《蓼儿洼》	新编秦腔	宁夏演艺集团秦腔剧院	—
183	2018	《好汉武松》	新编京剧	李卓群	—
184	2018	《武松》	新编川剧	重庆市川剧院	—
185	2018	《惜》	实验话剧	饶洁湘、钟海清	—

续表

序号	年份	剧目	类型	作者	备注
186	2018	《野猪林》	上戏话剧	赵武	—
187	2019	《武松》	实验粤剧	广州粤剧院	—

注：本附录中剧目的整理是以京剧和话剧为中心兼及其他剧种。其主要包括改良京戏、新编戏、整理改编戏，涵盖笔者查阅到的出版及未出版的所有剧目。

附录二

"十七年""戏改"时期京剧整理、改编剧目（部分）

《京剧丛刊》："第四集"王玉让、苏维明演出本《真假李逵》，"第九集"李少春、朱慕家共同整理的《打渔杀家》和茹富兰演出本《林冲夜奔》，"第十集"景荣庆演出本《通天犀》，"第十一集"侯喜瑞、高登甲演出本《清风寨》，"第十四集"孙毓堃、耿明义《艳阳楼》，"第二十三集"盖叫天演出本《武松》（含《打虎》《狮子楼》《十字坡》《快活林》《鸳鸯楼》《蜈蚣岭》等盖叫天演出本以及中国京剧团演出本《武松打虎》），"第二十五集"盖叫天演出本《一箭仇》，"第三十八集"《扈家庄》，"第四十八集"翁偶虹改编的《桃花村》，"第五十集"《十一郎》，其中《桃花村》为新编水浒戏剧。

《京剧汇编》："第十九集"阎庆林藏本《扈家庄》，"第三十三集"刘砚芳藏本《清风寨》、苏连汉《丁甲山》，"第五十六集"王连平藏本《时迁偷鸡》，"第五十八集"王介林藏本《罗家洼》、阎岚秋藏本《青峰岭》，"第五十九集"北京图书馆藏本《杨志卖刀》、王连平藏本《请关胜》、李万春藏本《持轮战》、王连平藏本《风流双枪将》、马连良藏本《双卖艺》、王连平藏本《太湖山》，"第七十一集"马连良藏本《野猪林》和苏连汉藏本《小鳌山》《浔阳楼》，"第七十六集"《大名府》、李燕生和王介林藏本《秦淮河》、王介林藏本《二龙山》《法华寺》，"第八十一集"《柴家庄》《小孤山》、王连平藏本《雁翎甲》《神州擂》、王介林藏本《百花庄》、王连平和闫庆林藏本《蔡家庄》、王介林藏本《红桃山》、王连平藏本《昊天关》，"第一零八集"《闹渭州》《十字坡》，其中《闹渭州》《十字坡》为新时期续出收录作品。

后　记

　　命运之神何时眷顾一个人，谁也说不清楚。硕士毕业后我因多次考博而不得，带着无限失望与创痛奔赴于职场，虽干出了自己的特长和一点小小的成绩，但始终似乎在一种空空如也、迷惘盲乱的心境中前行。这种荒凉虚妄从我由农村进入城市就悄然埋下，伴随我度过四年大学又孤独于异地教书，后来考上研究生再毕业闯荡五年，才在开启博士生涯的那一刹那将其彻底清除。其实，我曾经想当文学青年，卖文立身，但写小说、写诗歌种种不成，又死磕文学，最终受命运指使走上披荆斩棘的学术之路，说来实属不易，其中掺杂着多少偶然因素与世间艰辛。

　　记得癸巳年过得不太顺畅，境遇颠簸且处处受制，事业干得百爪挠心，情形微妙又焦虑不安，夜不成寐脱了不少头发。大学舍友李跃力说："不如你考个博士，我看你适合做学问。"反复思考之后我关门大吉，先去西藏旅游了一圈，然后在五平方米的窠臼书房复习备考半年，投奔王荣教授门下，由此进入一个崭新的人生领域。我是比较文学与世界文学专业硕士毕业，跨到中国现当代文学需要恶补大量知识，培养自己的学术视野，形成自己的学术立场以及一定的学术思想，这对我来讲都是极大的挑战。那时候我三十有余，每天早晨七点起床，半小时到学校宿舍，冷板凳一整天，晚上十点后散步又回到家中，一周七天天天如此，持续两年半几乎从未间断。日如一日枯燥而又充满乐趣的学术日子，折磨着我的灵魂，也充实着我的血液，虽如临盆阵痛时而发生，但不至于苦不堪言。好在发表了一篇权威外加四篇C刊，完成了一部二十多万字的毕业论文，三年如期毕业。

后　记

　　本书就是在我博士毕业论文的基础上修改及增添而成，增添部分主要是第六章进入 21 世纪以后的水浒戏研究。博士毕业论文给了我很多鼓舞，其中最令人意外的是既以此为基础获得了国家社科基金一般项目，又拿到了陕西省优秀博士学位毕业论文。但我清楚地知道，正式进入中国现当代戏剧学术领域至今才七年时间，这点积淀真的不足挂齿，也不可能有多大的学术成就，仍旧属于志大才疏的一类，因而本书难免挂一漏万，出现些许纰漏与错误。当初确立选题时内心倾向于做中国现当代文学与古典文学的关系研究，然而术在何方举棋不定、茫然无措。王老师让我看看戏剧方向，于是凭着我很早以前积累的一点传统文化、小说知识，对英雄的朴素情怀与粗犷倔强的天蝎心理，以及王老师及陕师大诸位老师的延安文艺研究成果，就确定了 20 世纪水浒戏剧本研究这一选题。像欧阳予倩、延安时期以及魏明伦的水浒戏众所周知，然而大量的 20 世纪水浒戏及其相关资料被埋没于浩瀚的文献中，要系统地、整体地研究这一重要而独特的学术现象，思考 20 世纪中国水浒戏的再现与重构，以及所呈现的资源意义、时代意义、历史意义与审美价值，揭示 20 世纪戏剧尤其是中国传统文化在现代化进程中的复杂性与丰富性，需要扎实而雄厚的史料梳理、新的阐释视角和新的材料发掘，特别是推动现实世界的我们去思考历史文化的内容与特性，它的现代性转化与创造，并追问当下我们该如何承继、弘扬与反思这一历史遗产，以及如何创造属于我们的戏剧成果。本着这一总的问题意识，在搜集材料时数度令人崩溃，比如与宋江有关的关键词有宋江、及时雨、呼保义、黑三郎、乌龙院、浔阳楼、清风寨、阎婆惜、阎惜姣、阎惜娇、杀惜、坐楼杀惜、蓼儿洼、李逵等，多达一二十个，而水浒人物又众多，剧目名称五花八门，检索起来眼睛发酸费劲不说，有几次感觉眼珠子已胀出眼眶，似乎要变成三星堆的经典面具。

　　幸运的是，本书的一些章节已经在《中国现代文学研究丛刊》《戏剧艺术》《新疆大学学报》《现代中国文化与文学》《艺术百家》《水浒争鸣》以及台湾大学《戏剧研究》等重要学术刊物上发表，这不仅增加了我对学术的信心，更在评审及发表过程中训练提升了我对论文写作的驾驭能力与学术思维能力。特别感谢中国现代文学馆易晖老师、《海南大学学报》吴晓珉老师和《现代中国文化与文学》诸老师以及《文学评论》等给我的鼎力支持。在我读博期间以及上课、开题、预答辩、答辩等过程中，李继凯、赵学勇、程国君、田刚等老师给了我许多良好的建议，从宏观视野到具体微观论述，对这本书的思路与方法启发甚大，对我的学术抱负、研究观念以及情感结构等鞭策更多。感谢诸位长辈。

这里要特地感谢我的老同学李跃力，从本科至今已相处二十余载，幸在彼此心境并未随波而浊，也未因时事而沧桑变质，自始至终保持着一种学人应有的良知与心性。我人生的几处渡口，无论水势如何湍急，他都是引渡人，因而多年来我的"脱胎换骨"与他有着直接的关系。甚至可以说，我的"革命性"选题与他的默化密不可分。更要衷心感谢我的导师王荣教授，王老师学识渊博、思想邃远、功底深厚，崇尚实学，一向淡泊自然，不喜张扬，对叙事诗以及延安文艺史料研究卓有建树，从我攻读博士至今对我的学术观念熏染深刻而炽盛，使我明白了如何将一切研究建立在史学之上，守正出新，勇于开拓。他给我的教诲常常是醍醐灌顶的，给我的建议是丰厚而殷殷的，从学术到人生，从精神到生活，对我谆谆教诲、关怀备至，令我时常感动不已。面对他们两位，我总感到言辞极其匮乏，又无以回报。这么多年，要感谢我的妻子王洋，尽管她很忙，我也很忙，时有为争抢时间而言语交锋，但在紧要关头她总是义无反顾地支持我、理解我。还要感谢我的岳父母以及我的父母亲的鼎力相助，否则很多时候我可能一筹莫展。出版之际，恰遇父亲溘然去世，藉此告慰，愿他安祥。

最后，感谢中国戏剧出版社总编辑武云博士提出了宝贵的修改意见，感谢责编邢俊华老师的辛勤付出，她的工作态度和精神令人感动，使本书能与广大读者见面，与学界交流、向学界讨教。重要的是，本书得到了文学院的大力资助，真诚感谢谷鹏飞院长及杨遇青副院长的鼓舞，真诚感谢我系张阿利教授及各位老师多年来的关心和温暖。

本书是我踏上学术之路的第一步，路漫漫其修远兮，我仍将在史料文献中上下求索，探寻历史场域中的细节与真相，希冀发现更多中国现当代戏剧的"多质"与"杂质"，展现它的精彩纷呈与生命无限。

天佑学人，是以为记。

焦欣波

2022年10月于长安